# 자비의 시간
*A Time for Mercy*

<u>2</u>

**A TIME FOR MERCY**
Copyright © 2020 by Belfry Holdings, Inc.
All rights reserved.

Korean translation copyright © 2025 by DAEWON C.I. Inc.
Korean translation rights arranged with THE GERNERT COMPANY, INC.
through EYA Co., Ltd.

# 자비의 시간
*A Time for Mercy*

2

존 그리샴
장편소설

남명성 옮김

하빌리스

차례

| 28 ~ 55 | 6 |
|---|---|

| 작가의 말 | *390* |
|---|---|

# 28

해리 렉스가 한바탕 폭언을 더 퍼붓고 나서 스탠은 잭슨의 상사를 간신히 설득해 갚아야 할 대출금액을 2만 5천 달러까지 깎았다. 제이크는 저축해 둔 돈을 털어 그 가운데 절반 금액의 수표를 썼다. 해리 렉스도 어디선가 돈을 구해 마찬가지로 수표를 썼고, 스탠과 다시는 말을 섞지 않겠다는 자필 메모와 함께 보냈다. 다음번에 광장에서 만나면 주먹맛을 보여주겠다는 협박도 쓰려다가 간신히 참았다.

해리 렉스는 여전히 스몰우드 사건에서 조금이라도 건질 수 있으리라 믿고 있었다. 혹시라도 철도회사가 큰 재판을 진행하면서 어차피 들어갈 비용을 대신해 합의에 동의할 수도 있기 때문이다. 재판이 언제 열릴지 아무도 알 수 없지만. 숀 길더와 철도회사 사람들은 여전히 특유의 지연 작전을 쓰면서 딱 맞는 전문가를 찾는 중이라고 주장했다. 누스는 1년 넘게 그들을 거칠게 압박하고 있었지만, 제이크가 정보 공개 과정에서 낭패를 보는 바람에 신속한 재판에 흥미를 잃어버리고 말았다. 길더 로펌에서 일하는 도비 피트먼은 철도회사가 사건을 마무리하기 위해 합의를 고려할 수도 있다는 뜻을 넌지시 드러냈다. "10만 달러 정도면 될 거야." 그는 잭슨에서 가진 술자리에서 해리 렉스에게 말하기도 했다.

실제로 그럴 것 같지는 않지만, 철도회사와 보험회사가 정말 수표를 보내온다면 소송 비용 상환이 가장 먼저 처리될 터였다. 현재까지 쓴 비용은 7만 2천 달러와 약간의 잔돈이었다. 그러고도 남는 돈이 있으면 3분의 2를 그레이스 스몰우드에게, 3분의 1을 제이크와 해리 렉스가 나누어 가질 수 있었다. 수임료로는 미미한 금액이지만 그래도 불운한 '불법 스포츠' 대출금이라는 총알을 피할 수는 있었다.

하지만 결정을 내리는 사람은 도비 피트먼이 아니었고, 그는 전에도 정확하지 않은 정보를 흘린 적이 있었다. 숀 길더는 물러설 기미를 보이지 않았고 법정에서의 영광스러운 승리를 확신하는 것처럼 보였다.

6월 8일 금요일, 로웰 다이어와 제리 스누크는 오지, 그의 수사관 커크 래디와 제이크의 사무실 대회의실에 자리를 잡았다. 테이블 너머에는 제이크가 조시와 키이라를 양쪽에 두고 앉아 있었다.

이번 모임을 위해 키이라는 헐렁한 청바지에 넉넉하고 두툼한 스웨터를 입었다. 기온이 32도나 되었지만 두툼한 스웨터가 어울리지 않는다는 사실은 아무도 눈치채지 못했다. 제이크와 조시는 회의실에 모인 모두가 이 가족은 남이 입다가 기부한 중고품을 입는다는 사실을 알고 있다고 생각했다. 키이라는 임신 6개월째였고, 배가 살짝 나왔지만 잘 숨길 수 있었다.

어색하게 서로 인사를 주고받은 뒤 다이어는 키이라에게 범죄를 목격했기 때문에 검사 측에서 증인으로 불러낼 수도 있다는 사실을 설명했다. "내가 한 말 이해할 수 있겠니?" 그는 사뭇 자상한 말투로 물었다.

키이라는 고개를 끄덕이고 부드럽게 말했다. "네."

"증인으로 나오면 무엇을 한다는 얘기를 브리건스 씨에게 들었니?"

"네, 이야기를 나누었어요."

"어떤 말을 해야 한다고 들었니?"

그녀는 혼란스러운 듯 어깨를 으쓱했다. "그런 거 같아요."

"그래, 브리건스 씨가 무슨 말을 하라고 했니?"

시빗거리만 찾고 있던 제이크가 끼어들었다. "그냥 목격한 내용을 물어보면 어떨까요?"

"좋아, 키이라. 그날 밤 무슨 일이 있었니?"

키이라는 눈을 마주치지 않은 채 테이블 중앙에 놓인 법률용 노트에 시선을 고정하고 이야기했다. 새벽 2시에 뜬눈으로 스튜어트 코퍼가 집에 돌아오기를 기다렸다. 어머니는 아래층에서 기다릴 때 그녀는 침실에서 드루와 함께 숨어 있었다. 두려움 때문에 잠을 이룰 수가 없었다. 문을 잠그고 오빠와 함께 어둠 속에서 침대에 앉아 있었다. 자동차 전조등 불빛이 보였고 차가 다가오는 소리,

주방 문이 열리더니 쾅 닫히는 소리가 났다. 어머니와 코퍼가 다투는 목소리가 들렸고 어머니를 창녀, 거짓말쟁이라고 부르면서 언성이 높아졌다. 어머니가 또 얻어맞는 소리가 들렸고 한참 동안 아무 소리도 나지 않아서 두 사람은 기다렸다. 코퍼의 무거운 발소리가 계단을 타고 올라왔고, 그는 방으로 다가오면서 그녀의 이름을 불렀다. 문고리를 잡아 흔들었다. 문을 두드리는 소리에 두 사람은 숨죽인 채 울며 도와달라고 기도했다. 코퍼가 포기하기로 하면서 잠시 정적이 흘렀다. 코퍼가 계단을 내려가는 소리가 들렸다. 어머니가 두 사람을 보호하려고 싸우다 다쳤거나 그보다 더 큰일이 벌어졌을지도 모른다는 공포를 느꼈다. 기다리는 동안 길고 끔찍한 침묵이 흘렀다.

목소리가 갈라진 키이라가 휴지로 양쪽 뺨을 닦았다.

다이어가 말했다. "힘들다는 건 알아, 하지만 이야기를 끝까지 해줬으면 해. 이건 아주 중요한 일이야."

키이라는 고개를 끄덕이고 결심하는 것처럼 입을 꽉 다물었다. 그녀는 제이크를 보고 고개를 끄덕였다. 끝내자.

드루가 아래층으로 내려갔고 의식을 잃은 어머니를 발견했다. 그는 위층으로 달려와 눈물을 흘리며 어머니가 죽었다고 말했다. 그들은 주방으로 함께 내려갔고, 키이라는 어머니에게 일어나라며 매달리다 주저앉아 어머니 머리를 무릎에 얹었다. 두 사람 가운데 누구였는지 기억나지 않지만, 누군가 911에 신고해야 한다고 말했다. 드루가 전화를 걸었고 키이라는 숨을 쉬지 않는 어머니를 껴안고 있었다. 그들은 어머니가 죽은 줄 알았다. 키이라는 어머니의 머리를 안고 머리칼을 쓰다듬으며 귀에 대고 속삭였다. 드루는 여기저기 돌아다녔지만, 키이라는 오빠가 무엇을 하는지 확실히 알 수 없었다. 오빠가 코퍼는 침대에서 곯아떨어졌다고 했다. 드루는 침실 문을 닫았고 키이라는 총성을 들었다.

그녀는 흐느껴 울기 시작했고 회의실에 모인 어른들은 서로 눈길을 피했다. 1, 2분 뒤 그녀는 뺨을 다시 닦더니 다이어를 바라보았다.

그가 물었다. "총성이 들린 뒤에 드루가 뭐라고 했니?"

"자기가 스튜를 쐈다고 했어요."

"그럼, 넌 드루가 실제로 스튜어트를 쏘는 걸 보지는 못했니?"

"네."

"하지만 총성은 들었구나."

"네."

"드루가 뭔가 다른 얘기를 했니?"

그녀는 말을 멈추고 질문을 생각하더니 마침내 말했다. "오빠가 한 말은 아무것도 기억나지 않아요."

"좋아, 그다음엔 어떻게 됐지?"

또 침묵. "모르겠어요. 전 그냥 엄마를 안고 있었고, 엄마가 죽었다는 걸 믿지 못하고 있었어요."

"경찰관이 현장에 왔을 때를 기억하니?"

"네."

"경찰관을 봤을 때 넌 어디 있었니?"

"저는 그대로 바닥에 앉아서 엄마를 안고 있었어요."

"경찰관이 무슨 일이 있었냐고 물었던 걸 기억하니?"
"그런 것 같아요. 네."
"그때 넌 뭐라고 했지?"
"'드루가 스튜어트를 쐈어요'라는 식으로 말했어요."
다이어는 멍청한 웃음을 짓더니 말했다. "고맙구나, 키이라. 나도 이런 일이 쉽지 않다는 걸 잘 알아. 네가 안고 있을 때 어머니가 숨을 쉬고 있었니?"
"아뇨, 안 쉬는 것 같았어요. 한참 동안 머리를 안고 있었는데, 분명히 죽은 상태였어요."
"혹시 맥박이 뛰는지 확인해 봤니?"
"그러지 않았던 것 같아요. 너무 무서웠어요. 그런 일이 벌어지면 제대로 생각을 하기가 어려워요."
"이해한다." 다이어는 뭔가 적은 내용을 보더니 잠깐 말을 멈췄다가 다시 물었다. "자, 내 기억으로는 네가 스튜어트 코퍼와 엄마가 아래층에서 말다툼하다가 싸우기 시작하는 걸 들었다고 말했을 때 '또'라는 말을 사용했던 것 같구나. 내 말이 맞니?"
"네."
"그럼 이런 일이 전에도 있었니?"
"네, 아주 많았어요."
"두 사람이 싸우는 걸 직접 본 적이 있니?"
"네, 하지만 그걸 싸운다고 말할 수는 없어요. 그 사람이 때리면 엄마는 그냥 스스로 보호하려고 애쓴 거예요."
"그리고 그런 장면을 네가 봤고?"

"네, 한 번 봤어요. 그때도 늘 그렇듯 술에 취해 늦게 집에 돌아왔어요."

"코퍼가 너나 드루를 때린 적이 있니?"

제이크가 "그건 대답하지 않을 겁니다"라고 끼어들었다.

"왜요?" 다이어가 테이블 너머로 다그쳤다.

"재판정에서 직접 신문할 때는 물어보지 않을 질문이니까요. 키이라는 그때 당신네 증인으로 불려 나오는 겁니다."

"증인이 어떤 증언을 할 것인지 알 권리가 있습니다."

"당신이 불러낸 증인을 직접 신문할 때만 그런 거죠. 증인이 반대 신문에서 어떤 대답을 할 건지 알 권리는 없어요."

다이어는 제이크를 무시한 채 키이라를 보며 같은 질문을 다시 던졌다. "스튜어트 코퍼가 너 또는 드루를 때린 적이 있니?"

제이크가 말했다. "대답하지 마."

"당신은 키이라의 변호사가 아니에요, 제이크."

"하지만 키이라는 내가 반대 신문할 증인입니다. 그냥 그녀가 반대 신문에서 할 증언이 검찰 측에 도움이 되지 않을 거라고 해둡시다."

"이건 당신이 잘못하는 겁니다, 제이크."

"그럼 함께 누스 판사님과 얘기를 해봅시다."

"이건 선을 넘은 짓입니다."

"한번 봅시다. 키이라는 판사의 명령을 듣기 전까지는 그 질문에 대답하지 않을 겁니다. 당신이 원하는 걸 들었으니, 이제 그만하세요."

"그럴 수 없소. 키이라가 내 질문에 대답하도록 강제해 달라는 요청서를 법원에 낼 겁니다."

"그러세요. 그럼 요청서를 두고 판사 앞에서 함께 따져봅시다."

다이어는 펜의 뚜껑을 닫고 메모한 종이들을 모으는 시늉을 했다. 면담은 끝났다. 그가 말했다. "시간을 내주어 고맙구나, 키이라."

제이크와 키이라 그리고 조시는 다른 모두가 일어서서 줄지어 회의실 밖으로 나갈 때까지 움직이지 않았다. 문이 닫히고 나자 제이크는 키이라의 팔을 토닥이며 말했다. "잘했다."

열네 살짜리 여자아이는 훌륭하게 잘 해냈다.

빈털터리가 된 제이크였지만 뒷마당에서 바비큐 파티를 열고 싶었다. 금요일 늦은 오후, 그는 뒤쪽 테라스에 있는 그릴에 불을 피우고 닭가슴살과 닭다리를 양념장에 재운 다음 핫도그와 옥수수를 구웠고, 그 사이 칼라는 커다란 유리병에 레모네이드를 만들었다.

헤일리 가족이 가장 먼저 도착했다. 칼 리와 그웬이 네 자녀를 데리고 왔다. 이제 열일곱 살이지만 스무 살처럼 보이는 토냐와 세 아들 어니, 자비스, 미카였다. 그의 집에 올 때마다 그들은 살짝 과묵해졌는데, 클랜턴에서는 보기 드문 백인들 동네에 있는 멋진 집에 초대받은 손님이었기 때문이다. 제이크는 흑인들을 초대한 바비큐 파티나 칵테일파티, 심지어 결혼식에도 참석해 본 적이 없었다. 5년 전 칼 리의 재판 이후 그와 칼라는 이런 관행을 바꾸겠다고 결심했다. 그들은 헤일리 가족과 오지 그리고 그의 가족을 뒷마당에 여러 번 초대했다. 또 헤일리의 집에서 야외 식사가 있거나 가족 모임이 있을 때 참석하기도 했는데, 그들은 그곳에서 유일한 백인들이었다. 포드 카운티 흑인들 사이에서 제이크 브리건스는 나쁜 짓을 할 사람이 아니었다. 그는 그들의 변호사였다. 문제는 수임료를 내기에는 그들은 너무 가난했고, 그들의 법률적 문제는 대부분 제이크의 전문 분야인 무료 변론 거리에 속했다.

오지도 초대를 받았지만 오지 않을 핑곗거리를 찾아냈다.

조시와 키이라가 찰스와 메그 맥게리 부부와 도착했다. 메그는 임신 9개월로 곧 출산 예정이었다. 키이라는 그보다 넉 달 뒤졌고 더운 날씨에도 여전히 넉넉한 스웨터를 입고 있었다.

해리 렉스도 현재 아내와 늘 함께 초대받았는데, 맥주를 마실 수 없다는 것 때문에 대부분 참석을 사양했다. 루시엔은 가끔 손님으로 참석했고, 한번은 샐리를 데려온 적도 있었다. 그때가 외부인들이 있는 곳에 두 사람이 함께 모습을 드러냈던 유일한 순간이었다. 그러나 그 역시 해리 렉스처럼 술 없이는 바비큐를 즐기지 못했다. 게다가 그는 지독할 정도로 반사회적인 사람이라는 사실에 자부심을 품고 있었다.

스탠 앳캐비지도 한때 초대 손님 명부에 이름을 올렸지만 참석한 적은 거의 없었다. 아내인 틸다가 하층민들과 어울리는 걸 좋아하지 않았기 때문이다.

아이들이 배드민턴을 즐기고 여자들이 테라스에 모여 앉아 메그와 그녀의 출산일을 주제로 소란을 벌이는 사이 제이크와 칼 리는 잔디밭 그늘 의자에 앉아서 레모네이드를 마시며 동네 소문 얘기를 주고받았다. 레스터가 늘 화제였다. 칼 리의 남동생인 그는 시카고에 살았는데, 노조 소속 제철소 노동자로 월급을 많이 받았다. 여자들과 얽히고설키는 그는 늘 믿기 힘든 이야기와 끝도 없는 유머의 근원이 되고 있었다.

다른 사람들이 정신이 팔려 있을 때 칼 리가 말했다. "자네 또 다른 골칫거리를 맡은 것 같더군."

"그렇다고 할 수 있죠." 제이크는 웃으며 동의했다.

"재판이 언제야?"

"8월이요. 두 달 남았어요."

"날 배심원으로 넣지 그래?"

"칼 리, 저쪽 사람들이 당신만큼은 절대로 배심원단에 넣지 않을 겁니다."

그들은 가벼운 순간을 즐겼다. 칼 리는 여전히 목재 공장에서 일했고 지금은 감독이 되었다. 그는 집과 주변의 땅 4천 제곱미터를 소유하고 있고, 그와 그웬은 규칙이 많은, 엄격한 환경에서 아이들을 키웠다. 매주 일요일에는 교회에 가고, 아이들에게 집안일을 많이 시키고 숙제를 하고 좋은 성적을 받아야 하고 나이 많은 사람들을 공경해야 했다. 그의 어머니가 1킬로미터도 떨어지지 않은 곳에 살았고 매일 손주들과 만났다.

"월리도 코퍼는 좋아하지 않았어." 칼 리가 말했다. 월리 헤이스팅스는 그웬의 6촌 형제로 오지가 고용한 첫 번째 흑인 보안관보였다.

"놀랄 일은 아니군요."

"그는 흑인을 싫어했어. 이유가 있어서 오지한테는 알랑거렸지만, 어두운 면이 있었지. 진짜 어두운 면. 윌리 생각에는 군대 시절에 맛이 갔을 거라고 하더군. 군에서 쫓겨난 거잖아, 알지?"

"알아요. 불명예제대였죠. 하지만 오지는 그를 좋아했고, 그는 좋은 경찰이었어요."

"윌리가 그러는데 오지는 자기가 말하는 것 이상으로 알고 있었다는군. 보안관보들이 코퍼가 난장판으로 사는 거 모두 알았대. 술, 마약에 술집에서 싸움을 벌이기도 하고."

"그건 소문이에요."

"소문이 아니야, 제이크. '술집 털기'라고 들어봤어?"

"아뇨."

"바보 같은 게임인데, 술에 취한 폭력배들이 자기 영역이 아닌 술집으로 밀고 들어가는 거야. 신호에 따라 싸움을 벌이는 거지. 사람들을 때리기 시작하고 그곳에 있는 모두를 흠씬 두들겨 팬 다음 문을 박차고 달아나는 거야. TV에서 하는 금요 권투의 극단적 버전이라고 할 수 있지. 술집에 어떤 사람들이 있을지 알 수 없으니까 끝내주게 재미있는 거야. 어쩌면 싸움을 못 하는 노인네들이 잔뜩 있을 수도 있고, 어떨 때는 병을 깨고 당구채를 휘두르는 진짜 악당들이 있을 수도 있으니까."

"코퍼가 그런 짓을 했다고요?"

"아, 그렇다니까. 그를 포함한 무리가 술집 털기로 유명했는데, 대개는 카운티를 벗어나 돌아다녔나 봐. 몇 달 전, 그가 죽기 얼마 전에 그들이 포크 카운티 경계에 있는 한 흑인 술집을 쳐들어갔대.

내 생각에 코퍼는 강직한 법 집행관이라서 포드 카운티에서는 체포되고 싶지 않았나 보지."

"그들이 흑인 술집을 습격했어요?"

"그래, 윌리 말로는 그래. 문독이라는 술집이었대."

"이름 들어봤어요. 몇 년 전에 의뢰인 한 명이 그곳에서 칼싸움을 벌여서 기소된 적이 있거든요. 거친 곳이죠."

"그거야. 토요일 밤이면 주사위 게임이 큰판으로 열리곤 했나 봐. 코퍼랑 다른 백인 네 명이 문을 박차고 들어가 주먹을 날리고 사람들을 걷어찬 거야. 주사위 게임을 망친 거지. 아주 난리가 났대. 아주 거친 놈들이니까, 제이크."

"그런 짓을 하고도 살아 나왔어요?"

"간신히. 몇 놈이 총을 꺼내 벽에 대고 쐈대. 백인들은 빠져나와 줄행랑을 쳤고."

"미친 짓이군요, 칼 리."

"완전히 미친 거지. 칼질을 당하거나 총에 맞지 않았길 다행이지."

"이런 걸 윌리가 알아요?"

"응, 하지만 그는 경찰이니까 다른 경찰을 밀고할 수 없어. 내 생각에 오지는 모르고 있을 거야."

"미친 짓이군요."

"어쨌든 코퍼는 그 정도로 제정신이 아니었고, 거친 녀석들과 어울렸어. 이 얘기를 재판에서 써먹을 수 있어?"

"모르겠어요. 잠깐만요." 제이크는 벌떡 일어나 그릴로 가서 닭고기를 뒤집고 소스를 더 뿌렸다. 어떻게든 여자들 곁을 벗어나고 싶었던 맥게리 목사가 그릴 옆에 있다가 제이크를 따라 그늘로 와 칼 리와 합류했다. 이야기는 스튜어트 코퍼에서 배드민턴 게임으로 넘어갔다. 해나와 토냐가 네트의 한쪽을 차지하고 반대편의 헤일리 삼 형제와 싸우고 있었지만 지고 있었다. 결국 토냐가 아버지에게 와서 도와달라고 소리 질렀다. 칼 리는 기꺼이 라켓을 들고 재미난 놀이에 동참했다.

해가 질 무렵, 모두 피크닉 테이블 주위에 모여 닭고기와 핫도그, 감자샐러드를 먹었다. 호수 여행, 낚시, 야구와 소프트볼 게임, 가족 모임 등 여름 이야기가 오갔다.

다가오는 살인 사건 재판은 멀게만 느껴졌다.

# 29

나흘 뒤인 6월 12일, 메그 맥게리는 포드 카운티 병원에서 건강한 아이를 출산했다. 제이크와 칼라는 퇴근 후 차를 몰고 잠깐 병원에 들렀다. 그들은 꽃과 초콜릿 한 상자를 가져갔지만, 음식은 필요하지 않았다. 선한목자성서교회 신자들이 분만 도중에 병원으로 몰려와 대기실은 캐서롤과 케이크로 가득했다.

메그를 잠시 만나고 외할머니 품에 안긴 신생아를 살짝 살펴본 뒤 제이크와 칼라는 교회 여자들에게 붙잡혀 어쩔 수 없이 케이크를 먹고 커피를 마셔야 했다. 그들은 계획했던 것보다 오래 그곳에 머물렀는데, 가장 큰 이유는 제이크가 그를 좋아하는 사람들 사이에 있었기 때문이었다.

다음 날 어린이 변호 재단의 리비 프로빈이 워싱턴에서 베일러 대학교의 최고 정신과 의사를 데리고 찾아왔다. 세인 세즈윅 박사는 청소년 범죄 행동 분야를 연구했고, 엄청난 두께의 이력서를 갖고 있었다. 자격은 말할 것도 없거니와 그는 텍사스 시골 러프킨 근처에서 자랐고 북부 미시시피에서는 절대로 주목받을 일 없는 콧소리 섞인 느린 말투를 구사했다. 그가 맡은 임무는 우선 드루와 몇 시간을 보낸 뒤 정신 분석 보고서를 준비하는 것이었다. 재판이 시작되면 그는 대기하고 있다가 드루가 유죄 평결을 받고 형량 선고 단계에서 변호인이 피고인의 목숨을 구하기 위해 싸우게 될 때 증언대에 오를 것이다.

이력서에 따르면 세즈윅 박사는 30년 넘는 기간 동안 스무 건의 재판에서 증언했는데, 늘 사형수가 되는 위기에서 의뢰인을 구해내려는 마지막 필사적 노력의 일환이었다. 제이크는 만나자마자 그가 마음에 들었다. 그는 쾌활하다 못해 우스꽝스러울 정도였고 느긋했으며 억양은 아름다울 정도였다. 제이크는 그가 학위를 네 개나 받고 오랜 세월 학계에서 경력을 쌓으면서도 텍사스식 느릿한 말투가 전혀 무뎌지지 않았다는 사실에 놀라지 않을 수 없었다.

그들은 포샤를 데리고 구치소로 가서 이제는 드루의 교실이 된 곳에서 그를 만났다. 30분 동안 가벼운 이야기를 나눈 뒤 제이크와 포샤, 리비는 방에서 나왔고 세즈윅 박사는 일을 시작했다.

오후 2시, 그들은 도로를 건너 법원 대법정으로 들어갔다. 로웰 다이어와 그의 조수는 이미 검찰 측 테이블 위에 서류를 잔뜩 펼쳐놓고 기다리고 있었다. 제이크는 리비를 다른 사람들에게 소개했다. 다이어는 친절했지만, 리비가 재판에서 그를 돕도록 해달라는 제이크의 요청은 반대했다. 제이크의 의견에 따르면 그의 반대는 어리석었다. 누스 판사는 주 내의 다른 모든 판사와 마찬가지로 다른 주 변호사가 이 지역 변호사와 적법하게 협력할 때는 일회성 협력 변호를 허용했기 때문이다.

이야기를 나누면서 법정을 둘러보던 제이크는 많은 방청객에 놀랐다. 검사 측 테이블 뒤쪽에 코퍼 가족과 많은 친구가 무리 지어 앉아 있었다. 제이크는 살인 사건이 벌어지고 얼마 후 듀머스 리가 기사에 올린 사진에서 본 얼 코퍼를 알아보았다. 그의 옆에는 1년 내내 울고 있던 사람처럼 보이는 여자가 앉아 있었다. 의심할 여지 없이 어머니인 재닛 코퍼일 것이다.

얼은 증오 그 자체인 표정으로 그를 노려보았고, 제이크는 그들을 못 알아보는 척했다. 하지만 그는 그들을 여러 번 반복해 바라보았는데, 얼 코퍼의 아들들과 사촌들 얼굴을 기억해 두고 싶어서였다.

누스 판사가 2시 30분에 자리에 앉았고 모두에게 앉으라는 손짓을 했다. 그는 헛기침하고 마이크를 가까이 끌어당기더니 선언했다. "몇 가지 청구 건을 논의하기 위해 모였습니다만, 우선 기분 좋은 문제부터 처리합시다. 브리건스 씨, 아마 소개해야 할 사람이 있는 것 같군요."

제이크가 일어서서 말했다. "네, 재판장님. 어린이 변호 재단의 리비 프로빈 씨가 변호 활동에 합류할 것입니다. 워싱턴 D.C.와 버지니아주 그리고 메릴랜드주 변호사 자격을 보유하고 있습니다."

리비가 웃으며 일어나 판사를 향해 고개를 숙였다. 판사가 말했다. "싸우러 오신 걸 환영합니다, 프로빈 양. 귀하의 지원서와 이력서를 검토했는데, 두 번째 변호인석에 앉을 수 있는 이상으로 자격이 있으셔서 만족하고 있습니다."

"감사합니다, 재판장님." 그녀는 앉았고, 누스는 뭔가 서류를 들었다. "장소 변경을 요청한 변호인 청구부터 바로 시작합시다. 브리건스 씨."

제이크는 연설대로 나가 판사에게 말했다. "네, 재판장님. 청구 서류에 제가 여러 사람의 진술서를 첨부했습니다. 모든 의견이 이곳 카운티에서 편견 없는 사람을 열두 명 찾아내는 건 불가능하다고 말하고 있습니다. 그 가운데 네 사람은 이 지역 변호사이며 모두 이곳 법원에 잘 알려진 분들입니다. 한 사람은 캐러웨이시의 전 시장입니다. 한 사람은 이곳 도시의 감리교회 목사입니다. 한 사람은 레이크 빌리지의 전 교육감입니다. 한 사람은 박스 힐 지역의 농부입니다. 또 다른 사람은 지역사회 활동가입니다."

"나도 청구서를 읽었습니다." 누스는 사뭇 무뚝뚝하게 말했다.

진술서를 제출한 사람들 가운데 변호사가 아닌 사람들은 제이크가 크게 의지하고 있는 예전 의뢰인들로 모두 법정에 출석하지 않아도 좋다는 조건을 달고 진술서에 서명했다. 제이크가 접촉했던 사람들 가운데 다수는 개입을 단호히 거부했고, 그들을 비난할 수는 없었다. 혹시라도 변호인 측을 돕는 것으로 받아들여질 수도 있는 그 어떤 행동도 크게 꺼리는 분위기가 있었다.

진술서 내용은 모두 같았다. 그들은 이곳 카운티에 오래 살았고 많은 사람을 알고 이 사건에 관해 많이 알고 있으며 가족이나 친구들과 사건을 두고 토론했는데, 많은 사람이 이미 의견을 갖고 있고 공정하고 편견 없고 사건을 잘 모르는 배심원을 포드 카운티에서 찾아낼 수 있을지 의심하고 있었다.

"이 사람들을 전부 불러내 증언하게 할 계획인가요?" 누스가 물었다.

"아닙니다. 이들의 진술서는 명확하고 그들이 법정에 나와 증언할 모든 내용을 담고 있습니다."

"제출하신 긴 준비 서면도 읽었습니다. 덧붙이고 싶은 내용이 있습니까?"

"없습니다. 모두 포함했습니다."

누스도 애틀리 판사처럼 이미 서면으로 제출한 내용을 변론 중에 반복할 필요가 있다고 느끼는 변호사들과의 시간 낭비를 매우 싫어했다. 제이크는 그런 상황을 더 잘 다룰 방법을 알았다. 포샤가 몇 주에 걸쳐 작업한 준비 서면은 30페이지나 되는 대작이었다. 서면에서 그녀는 미시시피주뿐 아니라 좀 더 진보적인 다른 주들까지 포함해 재판 장소 변경의 역사를 추적했다. 재판 장소 변경 선례는 거의 없었는데, 그녀는 그런 이유로 불공정한 재판이 이루어졌다고 주장했다. 하지만 그렇다고 주 대법원이 1심 판사를 비판한 경우는 거의 한 번도 없었다.

로웰 다이어는 생각이 달랐다. 제이크의 청구에 대한 응답으로 그는 모두 열여덟 명이나 되는 사람들의 진술서를 제출했는데, 그중에는 공정한 배심원단보다 유죄 평결을 더 지지하는 어조를 가진 철저한 법질서주의자들의 의견이 포함되어 있었다. 그의 여섯 페이지짜리 준비 서면은 판례에만 집중했을 뿐 창의적 내용은 포함되어 있지 않았다. 법률은 그의 편이었고 그는 그걸 분명히 했다.

"혹시 증인을 부를 계획이 있나요, 다이어 씨?" 누스가 물었다.

"변호인이 부르면 저도 부르겠습니다."

"그럴 필요는 없습니다. 심사숙고해서 곧 결론을 내리도록 하겠습니다. 다음 신청 건으로 넘어가도록 하죠, 브리건스 씨."

제이크가 다시 연설대로 돌아오자 다이어는 자리에 앉았다. "존경하는 재판장님, 잔인하고 비정상적인 처벌을 금지하는 수정헌법 제8조를 위반한다는 이유로 1급 살인죄 기소를 기각해 주시길 요청합니다. 2년 전까지만 해도 이런 식의 기소는 불가능했습니다. 스튜어트 코퍼는 직무 수행 중 사망하지 않았기 때문입니다. 재판장님께서도 아시다시피 1988년 우리의 존경하는 입법부는 범죄에 더 강력히 대응하고 더 많은 사형을 집행하겠다는 잘못된 노력으로 사형제 강화법을 통과시켰습니다. 그전에는 법 집행 공무원을 살해하면 그 사람이 근무 중이었을 때만 1급 살인죄로 보았습니다. 36개 주에서 사형제도가 시행되고 있는데, 그중 34개 주에서는 해당 공무원이 근무 중이었을 때만 사형 선고가 가능한 죄로 기소될 수 있도록 하고 있습니다. 미시시피주는 텍사스주를 본받고 사형 집행을 늘리기 위해 사형 선고가 가능한 범죄의 범위를 넓히기로 했습니다. 살인뿐 아니라 뭔가 더해져야 합니다. 살인에 추가로 강간이나 강도, 납치 등이 이루어져야 합니다. 아동 살인도 있습니다. 청부 살인도 있고요. 그런데 이제 이 잘못된 법령에 따르면 근무 중이 아닌 경찰관을 살해한 죄로도 사형을 선고받을 수 있습니다. 근무 중이 아닌 경찰관은 다른 모든 시민과 같은 지위를 가져야만 합니다. 미시시피주처럼 범위를 확장하는 것은 수정헌법 제8조를 위반하는 것입니다."

"하지만 연방대법원은 아직 결론을 내리지 않았습니다." 누스가 말했다.

"맞습니다. 하지만 이런 사건이 알려지면 대법원이 새 법률을 폐기할 수도 있습니다."

"내가 그 법률을 폐기할 수 있는 위치에 있지는 않은 것 같습니다, 브리건스 씨."

"저도 이해합니다, 재판장님. 하지만 이는 불공평한 법률임을 분명히 알 수 있고, 이런 이유로 기소를 기각할 권한을 갖고 계시지 않습니까. 그렇게 하시면 주 검찰에서는 더 가벼운 혐의로 다시 기소할 겁니다."

"다이어 씨?"

로웰이 테이블에서 일어나 말했다. "법률은 법률이고 법전에 기록되어 있습니다, 재판장님. 그야말로 간단합니다. 입법부에서는 무엇이든 선택해 법률로 통과시킬 수 있고, 법률을 따르는 것은 우리 의무입니다. 법률이 개정되거나 상급 법원에서 무효화될 때까지 우리에게 다른 선택은 없습니다."

"기소장의 내용과 어떤 법률로 기소할 것인지는 검찰 측에서 선택한 것입니다." 제이크가 말했다. "검사께 1급 살인죄로 기소하라고 한 사람은 아무도 없습니다."

"1급 살인죄가 맞아요, 브리건스 씨. 잔혹한 살해 행위입니다."

"'잔혹한 살해 행위'라는 용어는 법률 어디서도 찾아볼 수 없습니다, 다이어 씨. 선정적으로 표현할 필요는 없습니다."

"신사분들." 누스가 큰 소리로 말했다. "이 문제에 관한 양쪽의 준비 서면을 읽었고 기소를 기각할 생각은 없습니다. 모두 동의하든 그렇지 못하든 기소는 법률에 따라 진행되었습니다. 요청은 기각합니다."

제이크는 놀라지 않았다. 하지만 유죄 판결을 받은 뒤 항소심에서 이 문제를 제기하려면 지금 제기해 두어야 할 필요가 있었다. 그는 드루를 위해 앞으로 몇 년 동안 항소심을 진행해야 한다는 현실을 오래전부터 받아들이고 있었고, 재판이 열리기 전부터 그를 위한 기반을 많이 마련해야 했다. 이 법률의 유효성은 연방대법원에서 검증되지 않았고 결국은 그곳에서 효력을 두고 다투어야 할 것처럼 보였다.

누스는 서류를 뒤섞으며 제이크에게 말했다. "다음은 뭡니까?"

포샤가 건네준 준비 서면을 받은 제이크가 다시 연설대 앞으로 돌아왔다. "재판장님, 재판이 열릴 때까지 피고인을 소년원 시설로 옮겨 지낼 수 있도록 요청드립니다. 피고인은 현재 두 달 반째 이곳 카운티 구치소에 구금되어 있는데, 구치소는 열여섯 살짜리가 지낼 곳이 못 됩니다. 소년원 시설에서는 적어도 다른 미성년자들과 함께 기거할 수 있고 제한적이나마 접촉이 허용됩니다. 더 중요한 것은 피고인이 일정 수준의 교육을 받을 수 있다는 점입니다. 피고인은 현재 학업에서 최소 2년 뒤처져 있습니다."

"내가 개인교습을 허용한 것으로 압니다만." 누스는 길고 경사진 코 가장 끄트머리에 늘 얹어두는 돋보기 안경 너머로 바라보며 말했다.

"일주일에 몇 시간이어서 충분하지 않습니다, 재판장님. 제가 개인교습 선생님을 잘 아는데, 그분 말씀이 매일 수업이 필요하다고 합니다. 피고인은 간신히 진도를 따라가면서 뒤처지지 않을 뿐입니다. 스타크빌에 있는 시설 책임자와 얘기해 봤는데, 그쪽에서 피고인을 안전하게 감금할 수 있다고 합니다. 탈출할 가능성은 없습니다."

누스는 얼굴을 찡그렸다. 그는 지방 검사를 보더니 말했다. "다이어 씨."

로웰은 자기 자리에서 일어나 말했다. "재판장님, 우리 주 내의 소년원 시설 세 곳의 책임자 모두와 확인했는데, 어느 곳에도 1급 살인죄를 지은 피고인은 한 명도 없었습니다. 우리 시스템은 그런 식으로 작동하지 않습니다. 이런 범죄를 저지른 피고인은 늘 범죄가 발생한 카운티에 구금됩니다. 갬블 씨는 성인으로 재판을 받게 될 것입니다."

제이크가 말했다. "성인은 교육이 끝난 사람들입니다, 재판장님. 교도소에 있는 사람들은 추가 교육이 필요할지 모르겠습니다만, 어쨌든 교육을 다 받았습니다. 하지만 우리 피고인은 그렇지 않습니다. 만일 피고인이 파치먼 교도소로 간다면 일정 수준의 훈련을 받게 될 텐데, 그 교육이 적절한 것인지는 알 수 없습니다."

다이어가 말했다. "그리고 최고 수준의 보안 속에 갇히겠죠. 그곳이 1급 살인죄를 저지른 사람들을 가두는 곳이니까요."

"피고인은 아직 유죄 판결을 받지 않았습니다. 다른 청소년 시설로 보내서 최소한 교실에 앉을 기회를 주는 것이 왜 안 되는 겁니까? 이를 금지하는 법률은 어디에도 없습니다. 이런 피고인들이 주소지 관할 구치소에 구금되는 것이 관례는 맞지만, 법은 아닙니다. 법원에는 재량권이 있습니다."

"전례가 전혀 없습니다." 다이어가 주장했다. "그런데 왜 이제 와서 예외를 만듭니까?"

"신사분들." 누스가 다시 논쟁을 끊으며 말했다. "난 피고인의 구금 장소를 옮길 생각이 없습니다. 피고인은 성인으로 기소됐고 성인으로 재판을 받을 겁니다. 그리고 성인 대접을 받게 될 겁니다. 요청은 기각합니다."

이번에도 제이크는 놀라지 않았다. 그는 누스 판사가 재판을 공정하게 진행하고 어느 쪽의 편도 들어주지 않으리라 예상했다. 그러니 이 시점에 호의를 구하는 것은 시간 낭비였다.

"다음은 뭡니까, 브리건스 씨?"

"이걸로 변호인 측 요청 사항은 전부 마무리했습니다, 재판장님. 애초에 오늘 다이어 씨의 요청 건이 우선이었으니, 그 문제는 판사실에서 논의할 수 있으면 합니다."

다이어가 말했다. "동의합니다, 재판장님. 민감한 문제라서 법정에서 공개적으로 논의해서는 안 됩니다. 적어도 지금은요."

"잘 알겠습니다. 휴정하고 판사실에서 다시 하도록 합시다."

자신의 테이블을 향해 걸어가던 제이크는 코퍼 가족을 힐끔 훔쳐보지 않을 수 없었다. 만일 얼이 총을 갖고 있다면 벌써 총을 쐈을 것이다.

누스는 가운을 벗고 테이블 끝에 있는 자신의 왕좌에 앉았다. 제이크와 리비 그리고 포샤는 한쪽에 나란히 앉았다. 반대편에는 로웰 다이어와 그의 조수이자 경험 많은 검사보인 D. R. 머스그로브가 앉았다. 속기사가 속기용 타자기와 녹음기를 갖추고 한쪽에 앉아 있었다.

누스는 창문을 열 생각도 하지 않은 채 파이프에 불을 붙였다. 그는 연기를 한 모금 빨아들이더니 앞에 놓인 준비 서면을 훑어보았다. 그는 연기를 내뿜더니 말했다. "이거 곤란하군요."

다이어가 요청한 건이었기 때문에 그가 먼저 발언했다. "재판장님, 저희는 재판에서 일부 증언에 제한을 두고 싶습니다. 이 살인 사건은 조시 갬블과 스튜어트 코퍼의 격렬한 싸움 이후에 벌어진 것이 분명합니다. 저희는 조시 갬블을 증인으로 부르지 않을 것이지만 변호인 측은 분명히 그럴 겁니다. 그러므로 조시 갬블은 분명히 그날 싸움과 이전에 있었던 싸움에 관해 질문을 받게 될 겁니다. 그리고 아마도 사망자의 다른 신체적 학대가 있었는지도 증언할 겁니다. 이런 식이라면 변호인이 사실상 스튜어트 코퍼를 재판하는 진정한 촌극이 펼쳐질 겁니다. 코퍼는 법정에 나와 스스로 변호할 수 없습니다. 이는 당연히 불공정합니다. 검찰은 재판 전에 법원이 어떤 식이든 신체적 학대를 주장하는 증언은 엄격히 제한해 주기를 요청합니다."

누스는 이미 다 읽은 서류지만 다이어가 제출한 준비 서면과 요청서를 뒤적거리고 있었다. "브리건스 씨."

리비가 헛기침하더니 말했다. "재판장님, 발언해도 괜찮을까요?"

"물론입니다."

"사망한 사람의 평판은 늘 공정하게 재판에서 다뤄졌습니다. 특히 이번 상황처럼 폭력이 수반된 경우엔 더 그렇습니다." 그녀는 완벽한 말씨로 정확하게 지적했다. 그녀의 스코틀랜드 억양에서 권위가 느껴졌다. "저희는 준비 서면에서 이곳 주에서 수십 년 동안 벌어진 같은 종류 사건의 역사를 짚었습니다. 고인의 폭력적 평판에 관한 증언이 배제된 적은 거의 없으며, 피고인이 마찬가지로 학대의 대상이었던 경우는 특히 그렇습니다."

"아이가 학대받았습니까?" 누스가 물었다.

"네, 하지만 공개 기록에 남을 수 있어서 저희 준비 서면에 해당 내용을 넣지는 않았습니다. 코퍼 씨는 적어도 네 번 드루의 뺨을 때렸고, 그 밖에도 여러 번 위협했습니다. 드루는 그를 두려워하며 살았고, 그건 조시와 키이라도 마찬가지였습니다."

"신체적 확대의 범위가 어디까지입니까?"

리비는 병원에서 얼굴에 붕대를 감고 있는 조시의 8×10 컬러 사진을 재빨리 테이블 위에 내놓았다. 그녀는 말을 이었다. "저희는 문제의 날 밤 조시의 상태에서 시작할 수 있습니다. 그가 조시의 얼굴을 때렸고 턱을 부러뜨려서, 수술해야만 했습니다."

누스는 사진을 멍하니 바라보았다. 다이어는 받은 사진을 보며 얼굴을 찡그렸다.

리비가 말했다. "조시는 그런 구타가 일상이었고 매우 자주 벌어졌다고 증언할 겁니다. 헤어지고 싶어 했고 집에서 나가겠다고 위협도 했지만, 갈 곳이 없었습니다. 재판장님, 이들 가족은 두려움에 단련된 상태로 살고 있었습니다. 드루는 뺨을 맞고 위협을 당했습니다. 그리고 키이라는 성적 학대를 당했습니다."

"말도 안 되는 소리!" 다이어가 낮게 말했다.

"당신이 마음에 들어 하리라 생각하지 않았어요, 다이어 씨. 하지만 사실이고, 이런 내용은 재판에서 다루어야 합니다."

다이어가 화가 나 말했다. "바로 이런 문제 때문입니다, 판사님. 이래서 제가 여자아이의 증언을 제한해야 한다고 요청한 겁니다. 제이크는 여자아이에게 제 질문에 대답하지 말라고 했습니다. 저는 여자아이가 재판에서 무슨 말을 할지 알아야 할 권리가 있습니다."

"형사 사건 재판에서 증언을 제한하자는 건가요?" 누스가 물었다.

"네, 판사님. 그래야만 공정합니다. 저희는 지금 매복 공격을 당하고 있습니다."

제이크는 "매복"이라는 단어를 매우 좋아했다. *배 나온 걸 볼 때까지 기다려라.*

누스가 말했다. "하지만 여자아이를 증언대에 불러내면, 그녀는 당신의 증인입니다. 당신이 불러낸 증인의 증언을 어떻게 제한해야 하는지 알 수가 없군요."

다이어가 대답했다. "저는 어쩔 수 없이 그녀를 증인으로 불러야 합니다. 사건 현장을 목격한 사람은 세 명입니다. 어머니는 의식이 없는 상태였고 총성을 듣지 못했습니다. 피고인이 증언할 것 같지는 않습니다. 그러면 여동생만 남습니다. 지금에서야 저는 여동생이 성적 학대를 당했다는 걸 알았습니다. 이건 불공정합니다, 재판장님."

"지금 그녀의 증언을 제한할 수 있도록 해두어야 한다는 요청을 받아들이긴 어려울 것 같습니다."

"좋습니다, 그렇다면 저희는 그녀를 증언대에 불러내지 않겠습니다."

"그럼 우리가 부르죠." 제이크가 말했다.

다이어는 의자에 몸을 깊이 묻고 그를 노려보더니 앞으로 팔짱을 꼈다. 패배한 것이다. 그는 아무 말도 하지 않은 채 생각하며 긴장감을 높이더니 말했다. "이건 공정하지 않습니다. 이번 재판이 사망한 경찰관을 대상으로 일방적인 중상모략 잔치로 전락하는 걸 허락하실 수는 없습니다."

제이크가 말했다. "사실은 사실입니다, 다이어 씨. 우리는 사실을 바꿀 수는 없습니다."

"그렇죠, 하지만 법원은 이번 재판의 일부 증언을 분명하게 제한할 수는 있습니다."

"참 좋은 아이디어군요, 다이어 씨. 내가 돌아가는 상황을 보면서 검찰 측의 요청을 받아들일 것인지 숙고해서 결정하도록 하겠습니다. 그때 다시 요청하면서 특정 증언에 이의를 제기하면 될 것 같습니다."

"그때는 이미 너무 늦을 겁니다." 다이어가 말했다.

당연히 그렇겠지. 제이크는 속으로 생각했다.

칼라는 프라이팬에 닭다리 살과 방울토마토, 곰보버섯을 구웠고, 그들은 어두워진 뒤에 테라스에서 저녁을 먹었다. 폭풍우가 지나가서인지 습기는 싹 사라졌다.

10대 살인범이 저지른 살인 사건이나 재판 이야기는 피한 채, 그들은 뭔가 즐거운 얘기만 하려고 최선을 다했다. 리비가 스코틀랜드의 글래스고 근처 작은 마을에서 자란 얘기를 들려주었다. 그녀의 아버지는 유명한 변호사로 그녀가 법률가의 길을 걷도록 격려해 주었다. 어머니는 근처 대학에서 문학을 가르쳤고 그녀가 의사가 되기를 원했다. 미국인 교사가 미국 유학을 권유했고, 미국에 온 그녀는 계속 눌러살았다. 조지타운에서 법대를 다닐 때 그녀는 지능이 낮고 가슴 아픈 과거를 가진 열일곱 살 소년의 끔찍한 재판을 지켜본 적이 있다. 소년은 가석방 없는 종신형, 즉 사형 선고를 받았다. 있을 수 없는 일이었다. 그녀의 다음 이야기는 첫 번째 남편에 관한 것이었다. 다음 대법관 후보로 누구나 손에 꼽는 사람이었다.

세인 세즈윅 박사는 감방에서 드루와 세 시간을 보냈고, 그와 관련 없는 얘기를 하고 싶어 했다. 그들은 다음 날 아침 두 시간 회의하기로 했는데, 세즈윅은 긴 소견서를 준비하기로 했다. 세즈윅은 솜씨 좋은 이야기꾼이었다. 그의 아버지는 텍사스 시골에서 목장을 했고, 그는 안장 위에서 어린 시절을 보냈다. 그의 증조부는 소도둑 두 사람을 총으로 죽여서 시체를 짐마차에 싣고 두 시간이나 달려 보안관에게 넘겨준 적이 있었다. 보안관은 그에게 감사했다.

늦은 저녁이 되자 리비가 세즈윅에게 말했다. "이번 재판에서는 박사님이 별로 하실 일이 없을 것 같아요."

"아, 그렇죠. 상당히 자신감이 넘치시네요?"

"무슨 말씀." 제이크가 끼어들었다. "우리는 자신감이 넘칠 이유가 없어요."

리비가 말했다. "제가 보기엔 어느 쪽도 이길 수 있다고 장담할 수 있는 재판이 아니에요."

"이쪽 배심원들을 잘 모르시네요." 제이크가 말했다. "오늘 무슨 말을 들었든, 죽은 사람을 동정하는 사람이 많습니다. 또 재판에서 고인을 묘사하는 방식에 분노를 느끼는 사람도 많을 겁니다. 우린 조심해야 해요."

칼라가 말했다. "그 얘기는 그만하세요. 복숭아 음료 드실 분?"

# 30

 다음 토요일 제이크와 칼라는 해나를 캐러웨이의 할아버지 댁에 데려가 하루를 보내도록 했다. 해나는 친조부모를 매주 만나고 있는데도 전혀 만족하지 못했다. 잠깐 들어가서 커피를 마시면서 짧은 방문을 마치고 두 사람은 딸을 맡기고 나왔다. 더 신이 난 사람이 해나인지 제이크 부부인지 알 수가 없었다.
 그들은 두 사람이 대학 시절을 보냈기 때문에 늘 사랑하는 도시 옥스퍼드로 향했다. 대학교 3학년 때 사교 클럽 모임에서 만난 뒤부터 지금까지 함께했다. 두 사람이 가장 좋아하는 당일 여행은 토요일에 올 미스에서 미식축구 경기를 보고 오래전 대학 친구들과 만나는 거였다. 1년에 몇 번은 그저 사는 곳에서 벗어나고 싶다는 이유로 한 시간 동안 드라이브를 즐기고 경치가 좋은 광장에 차를 세우고 서점을 방문하고 좋은 식당들 여럿 가운데 하나를 골라 긴 점심을 먹고 클랜턴으로 돌아오곤 했다.

뒷좌석에는 집들이 선물인 토스터와 칼라가 직접 구운 초콜릿 쿠키가 한 접시 놓여 있었다. 칼라는 아무 준비도 해두지 못한 키이라를 위해 아기용품을 사고 싶어 했지만, 제이크가 안 된다고 막았다. 변호사인 그는 젊은 산모가 낳은 아기를 보고, 품에 안고 즉시 애착을 품게 되면 어떤 피해가 발생할 수 있는지 직접 여러 번 목격했다. 그런 상황에서 산모들은 마음을 바꾸고 아이를 입양하기를 거부한다. 물론 조시가 그런 상황을 그냥 두지 않을 것임을 알았다. 그런데도 제이크는 혹시라도 강력한 모성애를 불러일으킬 수도 있는, 그 어떤 일도 하지 않아야 한다고 고집했다.

2년 전 그는 클랜턴의 한 병원에서 하루를 꼬박 보내면서 열다섯 살짜리 산모가 서류에 마지막 서명만을 남겨두고 괴로워하는 모습을 지켜본 적이 있다. 그의 의뢰인으로 아이가 없는 40대 초반의 부부는 그의 사무실에 앉아 전화벨이 울리기만을 기다리고 있었다. 하루가 다 지나고 병원 관리자는 제이크에게 이렇게 주저하는 상황이라면 산모가 결국 제대로 서명할 수 없다고 알렸다. 관리자는 산모가 이제 막 할머니가 된 그녀의 어머니에게 너무 강요받는 것으로 보였고, 어떤 결정도 자유롭게 내릴 수 없다고 느꼈다. 제이크는 망설였지만, 병원 측 관리자는 이미 결정은 내려졌고 아이를 포기하고 입양할 수는 없는 상황이라고 말했다.

그는 사무실로 차를 몰고 돌아와 의뢰인들에게 소식을 전했다. 지금도 떠올리면 고통스러운 장면이었다.

그와 칼라는 가족의 수를 늘릴 것인지 아직 결정하지 못했다. 그들은 오랜 시간을 두고 의논했고 계속 이야기하기로 동의한 상태였다. 시내에 사는 두 사람의 친구인 한 의사는 새벽 4시에 전화를 받은 적이 있다. 그와 아내는 서둘러 투펄로로 갔고 정오에 태어난 지 사흘 된 아기를 데리고 집에 돌아왔다. 그들의 두 번째 입양이었다. 입양 결정은 오래 걸리지 않았지만, 그때부터 오랫동안 여기저기 수소문했다. 그들은 스스로 뭘 원하는지 알았고 열심히 노력했다. 제이크와 칼라는 아직 그렇지 못했다. 키이라를 만나기 전까지 오랫동안 그들은 입양에 관해 생각해 보지 않았다.

입양에는 복잡한 문제가 많았다. 마을 사람들의 시선이나 혹시라도 부적절한 행동으로 보일 수 있는 상황은 걱정하지 않는다고 했지만, 제이크는 의뢰인으로부터 아기를 받을 기회를 잡았다며 일부 사람들이 비난할 수도 있다는 걸 잘 알았다. 이에 칼라는 모든 비난은 일시적일 것이며 세월이 흐르면서 아이가 좋은 집에서 잘 자란다면 모두 사라질 것이라는 믿음으로 맞섰다. 게다가 제이크는 이미 비난을 잔뜩 받고 있지 않나? 멋대로 떠들라지. 그들의 가족과 친구들은 기뻐하며 그들을 단단히 감싸며 보호해 줄 것이다. 다른 사람들이 뭐가 문제가 되겠는가?

제이크는 아이의 DNA가 밝혀질 수도 있는 지역사회에서 아이를 키우는 일이 걱정이었다. 아이는 성폭행의 결과물로 지목될 것이다. 친부가 살해당한 아이. 친모도 아이인 아이. 칼라는 아이가 그런 내용을 전혀 알 수 없을 거라며 반박했다. "아무도 자기 부모를 선택할 수 없어." 그녀는 자주 말하곤 했다. 아이는 운 좋은 모든 다른 아이들처럼 보호받고 사랑받을 것이고, 시간이 흐르면 사람들도 아이를 있는 그대로 받아들일 것이다. DNA는 바꿀 도리가 없었다.

제이크는 코퍼 가족과 늘 가까이 살아야 한다는 사실도 마음에 들지 않았다. 그들이 아이에게 관심을 두지 않으리라 생각했지만, 확실치는 않았다. 칼라는 그들이 모른 척하리라 생각했다. 게다가 그녀나 제이크조차 코퍼 가족과 한 번도 마주친 적이 없었다. 같은 카운티지만 그들은 다른 지역에 살았고 서로 오가는 길이 엇갈리지도 않았다. 개인적인 입양 절차는 다른 사법 관할구역인 옥스퍼드에서 이루어질 것이고, 비공개로 진행되어 서류는 비밀에 부쳐질 것이다. 그래서 동네 사람들 대부분, 제이크가 주장하기로 지금까지 아무 신경도 쓰지 않고 있다는 사람들은 앞으로도 자세한 내용을 전혀 알지 못할 가능성이 컸다.

제이크는 논의를 피하고 있지만, 비용도 걱정스러웠다. 해나가 아홉 살인데 그들은 아직 딸의 대학 학비를 위해 저축도 시작하지 못했다. 사실 조금 있던 저축마저 최근에 털린지라 그들의 재정적 미래는 암울했다. 아이가 한 명 더 늘면 칼라는 적어도 1년에서 2년은 집에 있어야 할 것이고 그러면 그녀가 받던 월급이 아쉬워질 것이다.

갬블 가족은 그를 파산으로 몰고 갈 수도 있다. 재판에 관한 보상을 해주겠다는 누스의 엉뚱한 계획에도 불구하고 그는 돈을 받아낼 생각은 거의 접어두고 있었다. 조시에게 처음 꿔준 돈은 새 변속기를 살 800달러였다. 두 번째는 아파트 보증금과 첫 달 월세 그리고 공과금 납부를 위한 600달러였다. 집주인은 6개월짜리 임대 계약을 원했고, 제이크가 자기 이름으로 서명했다. 전화와 가스, 전기도 마찬가지였다. 조시 이름으로 된 것은 전혀 없었다. 그는 조시에게 웨이트리스로 일하고 현금과 팁을 받아 생활하라고 조언했다. 그래야 빚쟁이들이 그녀를 찾아내기 어려울 터였다. 그런 식의 대비가 전혀 불법은 아니었지만 그렇다고 제이크가 전적으로 마음이 편하지는 않았다. 하지만 상황이 상황인 만큼 달리 방법이 없었다.

2주 전 조시가 포드 카운티를 떠났을 때, 그녀는 시간제로 세 군데에서 일하고 있었고 저임금에 무리하게 일하는 방식에 익숙해져 있었다. 그녀는 한 푼도 남기지 않고 갚겠다고 제이크에게 약속했지만, 그럴 수 있을 것 같지 않았다. 월세가 한 달에 300달러였는데 그녀는 적어도 절반은 자기가 벌어 내겠다고 결심했다.

다음으로 꺼준 돈은 키아라의 병원비였다. 이제 거의 7개월이 다 되었고, 지금까지는 아무 문제가 없었다. 제이크는 돈이 얼마나 필요할지 감이 오지 않았다.

전화 통화에서 조시가 입양 비용에 관한 문제를 언급했던 일이 마음에 걸렸다. 제이크는 입양할 부모가 늘 출산 비용과 변호사 비용을 부담한다고 설명해 준 적이 있다. 조시는 돈을 전혀 낼 필요 없다고 생각할 것이다. 그러더니 그녀는 한참 말을 돌리다 물었다. "혹시 아기 엄마한테는 뭐 해주는 거 없어요?" 달리 말하면 아기를 넘기면서 돈을 받을 수 없느냐는 것이다.

예상했던 질문이어서 제이크는 재빨리 대답했다. "아뇨, 그건 안 될 일이에요."

하지만 그럴 수 있었다. 그가 몇 년 전 진행했던 입양 건에서는 부모가 될 사람들이 추가로 어린 산모에게 5천 달러를 주겠다고 동의했는데, 개인적인 입양에서 그런 일은 종종 있었다. 입양 기관에서도 수수료를 받았고 일부 돈이 비밀리에 산모에게 전달되기도 했다. 그렇지만 조시가 엉뚱한 생각을 하면서 돈을 벌 수 있다는 꿈을 꾸는 걸 제이크는 절대 원하지 않았다. 그는 맥게리 목사와 함께 아이에게 좋은 가정을 찾아주겠다며 그녀를 안심시켰다. 그녀가 나서서 입양 가정을 알아보러 다닐 필요는 없었다.

제이크와 칼라는 광장에 차를 세우고 대학 시절부터 알던 상점들 창문 안쪽을 기웃거리면서 돌아다녔다. 광장 서점을 둘러보고 위층 테라스로 올라가 커피를 마시면서 윌리엄 포크너가 한때 혼자 앉아 마을을 둘러보던 법원 잔디밭을 내려다보았다. 정오가 되자 한 가게에서 점심으로 먹을 샌드위치를 샀다.

아파트 건물은 광장에서 몇 블록 떨어진 곳으로, 학생들을 위한 싸구려 숙소가 많은 뒷골목이었다. 제이크는 로스쿨에 다니는 3년 동안 근처에서 살았다.

조시가 활짝 웃으며 문을 열고 그들을 맞았다. 아는 사람을 만나 기쁜 것이 분명했다. 그녀는 두 사람을 안으로 안내하더니 자랑스럽게 새 커피머신을 소개했다. 선한목자교회의 여자 신도들이 선물한 물건이었다. 찰스 맥게리가 신자들에게 조시와 키이라가 교회를 떠나 그들만의 아파트로 이사할 거라고 말했을 때, 교회 신자들은 쓰던 침대 시트, 수건, 접시, 추가 옷가지에다 몇 가지 가전제품을 모아 선물했다. 아파트는 가장 기본적인 물건들만 갖춰져 있었다. 소파, 의자, 침대 그리고 아주 오래전부터 대학생들이 사용했던 테이블이 있었다.

그들이 주방 테이블에 앉아 커피를 마시고 있을 때 키이라가 나와 두 사람과 포옹으로 인사했다. 티셔츠에 반바지 차림인 그녀는 임신한 것이 확연히 드러나 보였다. 나중에 칼라가 하는 말로는 임신한 지 오래된 것치고는 많이 드러나지 않는다고 했다. 키이라는 기분은 괜찮다면서 텔레비전이 없어서 심심하지만, 교회 사람들이 기증한 책을 많이 읽고 있다고 말했다.

조시가 이미 일자리를 구해 시내 북쪽에 있는 식당에서 웨이트리스로 일하고 있다는 건 놀랍지 않았다. 일주일에 스무 시간 일하고 현금과 팁을 받았다.

칼라는 그 주에 드루와 네 시간을 함께 공부했고, 그의 학업 진척에 관해 찬사를 보냈다. 처음엔 속도가 느렸지만, 드루는 과학과 미시시피주 역사에 관심을 드러냈고 수학에는 소질이 없었다. 드루 얘기가 나오자 조시는 슬픔에 잠겼고 눈가가 촉촉해졌다. 그녀는 일요일에 차를 몰고 구치소에 가서 긴 시간 면회를 할 계획이었다.

네 사람 모두 배가 고프다는 데 동의했다. 키이라가 청바지로 갈아입고 샌들을 신었고, 네 사람은 차를 타고 올 미스 교정으로 갔다. 6월의 토요일이라 학교에는 아무도 없었다. 그들은 그늘진 공원처럼 보이는 넓은 공간으로, 학교의 중심인 그로브 근처에 차를 세웠다. 그들은 아주 오래된 떡갈나무 아래 피크닉 테이블을 찾았고 칼라는 샌드위치와 감자튀김, 탄산음료를 꺼내 펼쳤다. 식사하면서 제이크는 멀리 보이는 로스쿨 건물과 학생회관을 가리켜 보였고, 미식축구 경기가 있는 날에는 수만 명이 그로브에 모여 음식을 나누어 먹곤 했다고 설명했다. 그리고 무대 근처에 있는 나무 아래서 여자 친구에게 반지를 내밀며 청혼했다고 설명했다. 운이 좋게도 여자 친구가 청혼을 받아들였다면서.

키이라는 제이크의 이야기에 푹 빠져서 속속들이 알고 싶어 했다. 그녀는 그런 미래, 그러니까 대학에 가고, 누군가 잘생긴 남자에게 청혼을 받고, 지금까지 알고 살았던 것과는 전혀 다른 인생을 살 수 있다는 생각에 사로잡힌 것이 틀림없었다. 칼라는 키이라가 볼 때마다 점점 이뻐진다고 생각했다. 원치 않은 임신이었지만 적어도 몸에는 잘 맞았던 모양이었다. 칼라는 키이라가 전에 한 번이라도 대학에 와본 적이 있었는지 궁금했다. 그녀는 키이라를 매우 좋아했고, 어린아이가 마주한 일에 가슴이 아팠다. 아이를 낳아야 하고, 낳은 아기를 보내야 한다는 두려움. 열네 살 나이에 성폭행 당하고 임신했다는 오명. 그녀는 상담을, 그것도 많이 받아야 했지만 그런 일은 이루어지지 않았다. 가장 좋은 시나리오는 9월 하순에 아기를 낳고 옥스퍼드 고등학교에 아무 일도 없었던 것처럼 새로 입학하는 것이다. 제이크의 로스쿨 동창이 시청 변호사로 일했고 문제가 없도록 도와줄 수 있었다.

점심 후에 그들은 캠퍼스를 따라 오래 산책했다. 제이크와 칼라는 번갈아가며 가이드 노릇을 했다. 그들은 미식축구 경기장과 강당, 교회를 지났고 학생회관에서 아이스크림을 샀다. 여학생 클럽 기숙사 옆 인도에서 칼라는 그녀가 2학년과 3학년 때 살았던 파이

뮤 하우스를 가리켜 보였다. 키이라는 그녀에게 속삭이며 물었다. "여학생 클럽이 뭐예요?"

느릿느릿 걷는 동안 칼라는 그들이 아이를 입양한다면 무슨 일이 벌어질지 궁금한 생각이 여러 번 들었다. 그들은 억지로 키이라와 조시를 잊어야만 할까? 제이크는 반드시 그래야만 한다고 느꼈다. 그는 생모와 모든 관계가 끊겨야만 가장 안전한 입양이라고 믿었다. 하지만 동시에 그는 갬블 가족이 앞으로 오랜 시간 동안 그들 인생의 일부가 될 수 있다는 두려움을 안고 있었다. 만일 드루가 유죄 판결을 받는다면, 제이크는 영원히 항소심에 얽혀 살아야 할 것이다. 만일 불일치 배심이 된다면 다시 재판이 시작될 것이고 아마도 계속 반복될 것이다. 오직 무죄 선고를 받아야만 이들 가족과 헤어질 수 있지만, 그럴 가능성은 매우 낮았다.

모든 것이 너무 복잡하고 예측할 수 없는 상황이었다.

일요일 아침 브리건스 가족은 가장 좋은 옷으로 차려입고 교회에 갔다. 막 동네를 벗어나는 순간 해나가 뒷좌석에서 물었다. "근데, 우리 어디 가요?"

제이크가 말했다. "오늘은 다른 교회로 가는 거야."

"왜?"

"설교가 늘 지루하다고 네가 그랬잖아. 설교 시간 절반은 졸았고 말이야. 이 근처에는 적어도 교회가 천 개는 있어. 그래서 다른 교회에도 한번 가보기로 한 거야."

"하지만 내가 다른 교회에 가고 싶다고 말하지도 않았는데. 일요 학교에서 만나는 친구들은 어떻게 해?"

"오, 나중에 또 만날 수 있어." 칼라가 말했다. "모험 정신은 어디로 간 거야?"

"교회 가는 게 모험이야?"

"기다려 봐. 아마 너도 이제 가는 곳을 좋아할 거야."

"어딘데?"

"알게 돼."

해나는 더는 말이 없었고 그들이 탄 차가 시골 지역을 지나는 동안 부루퉁해 있었다. 그들이 선한목자교회 옆 자갈 깔린 공터에 차를 세우자 해나가 말했다. "여기야? 너무 작은 곳이네."

"여긴 시골 교회야." 칼라가 말했다. "시골 교회는 다 작아."

"난 마음에 들 것 같지 않은데."

제이크가 말했다. "착하게 굴면 점심은 할머니 집에 가서 먹자."

"할머니네서 점심? 좋아."

제이크의 어머니가 아침에 전화해 세 사람에게 밥을 먹으러 오라고 했다. 그들로서는 늘 기다리는 초대였다. 그녀는 정원에서 신선한 옥수수와 토마토를 수확했고 요리를 하고 싶은 기분이었다.

한쪽 나무 아래 그늘에서 남자 몇 명이 피우던 담배를 끄고 있었다. 여자 몇 명이 출입문 앞에서 수다를 떨고 있었다. 브리건스 가족은 현관 접객실에서 안내원의 인사를 받았다. 안내원 여자는 그들에게 따뜻한 인사를 건네고 예배 순서가 적힌 안내장을 한 장씩 나누어주었다. 멋진 예배당 내부에서는 반주자가 피아노를 연주하고 있었고, 그들은 방석이 깔린 신도석 중간쯤에 자리를 잡았다. 찰스 맥게리가 금세 그들을 알아보고 다가와 따뜻한 인사를 건 넸다. 메그는 아기와 집에 있었다. 아기는 감기에 걸렸지만, 그것 말고는 아무 문제도 없다고 했다. 그는 세 사람에게 와주어 감사하다고 말했고, 그들을 교회에서 만나게 되어 더할 나위 없이 행복해 보였다.

도시 사람인 그들은 즉시 너무 차려입었다는 생각이 들었지만, 아무도 신경 쓰지 않는 것 같았다. 제이크는 신자들 가운데 자기 말고 검은 정장을 챙겨 입은 사람이 한 사람밖에 없다는 걸 알아차렸다. 어쩔 수 없이 사람들의 시선이 쏠렸다. 브리건스 씨가 참석했다는 소문이 퍼졌고, 다른 사람들도 다가와 친절하게 환영 인사를 건넸다.

11시가 되자 소규모 합창단이 파란색 가운을 입고 옆문으로 들어왔고 맥게리 목사가 예배 시작을 알리기 위해 연단에 올라섰다. 목사는 짧은 기도를 마치고 합창단 지휘자에게 자리를 넘겼고, 지휘자는 모두에게 일어서달라고 말했다. 찬송가를 세 곡 부른 사람들은 자리에 앉아 독창 찬송가를 들었다.

설교가 시작되자 해나는 어떤 교회에서든 잠들 수 있다는 걸 증명하려 결심했는지 엄마와 아빠 사이의 좀 더 아늑한 자리로 옮겨 앉더니 낮잠 준비를 했다. 목사치고는 젊고 경험이 많지 않았지만, 찰스는 연단에서 아주 능숙했다. 설교는 바울이 빌레몬에게 보낸 편지에 관한 내용으로 주제는 용서였다. 다른 사람, 심지어 용서받을 자격이 없는 사람마저 용서할 수 있는 우리 능력은 우리가 예수님을 통해 하나님으로부터 받은 용서를 나타낸다고 했다.

제이크는 설교를 좋아했고, 다른 모든 종류의 연설도 좋아했다. 그는 연설을 들으면 반드시 시간을 쟀다. 루시엔은 어떤 연설이든 20분이 넘으면, 특히 배심원들을 대상으로 하는 최후 변론에서는 관중이 관심을 잃을 위험이 있다고 가르쳤다. 제이크가 무장 강도 사건을 맡아 처음 배심원 재판을 할 때, 최후 변론은 전체 길이가 11분이었다. 그리고 그의 변론은 먹혔다. 그가 다니던 장로 교회 목사는 다른 대부분 목사처럼 설교를 길게 끌었다. 제이크는 설교를 듣다가 에너지가 모두 떨어지고 지루해져 고통받은 적이 아주 많았다.

찰스는 18분 만에 설교를 마쳤고 멋지게 마무리까지 했다. 목사가 자리에 앉자 어린이 합창단이 활기찬 노래로 장내를 밝혔다. 해나는 기운을 차리고 음악을 즐겼다. 그런 다음 다시 찰스가 돌아와 신도들에게 기쁨과 걱정을 나누자고 말했다.

확실히 예배 스타일이 달랐다. 훨씬 덜 답답하고 더 따뜻했고 유머가 넘쳤다. 축복 기도가 끝난 뒤 제이크와 칼라는 신도들에게 둘러싸였다. 그들은 두 사람이 충분히 환영받는 느낌이 들었는지 확인하고 싶어 했다.

# 31

나쁜 날들이 절대로 끝나지 않고 이어질 것 같던 날들 가운데서도 월요일이 최악인 것 같았다. 도저히 집중할 수 없던 제이크는 9시 55분까지 시계를 보고 있다가 사무실을 나와 광장 너머로 짧은 산책에 나섰다.

클랜턴에는 은행이 세 군데 있었다. 시큐리티 은행의 스탠은 이미 거절했다. 설리번 가문은 카운티에서 가장 큰 로펌을 운영할 뿐 아니라 사촌 몇 사람이 제일 큰 은행의 지분을 대부분 소유하고 있었다. 제이크는 그들에게 돈을 구걸하는 수모를 감수하고 싶지 않았다. 그들은 어차피 거절할 것이고, 그것도 즐겁게 거절할 것이다. 그는 그들 로펌을 지나며 그들을 저주했고, 그들이 운영하는 은행을 지나면서 재차 그들을 저주했다.

세 번째 은행인 피플스 트러스트 은행은 제이크가 항상 피해 왔던, 뚱뚱하고 늙은 노랑이인 허브 커틀러가 운영했다. 나쁜 사람은 아니지만 인색한 은행가로 대출을 해줄 때마다 필요 이상의 담보를 요구하곤 했다. 철면피였다. 허브에게 돈을 얻어내려면 애초에 대출이 필요 없을 정도로 충분한 담보가 있다는 사실을 보여주어야만 했다.

제이크는 마치 누군가 그의 머리에 총을 겨누고 있는 것 같은 심정으로 은행 로비에 들어섰다. 접수대에 있던 직원이 구석을 가리켰고 그는 거대하고 지저분한 사무실로 정확히 10시에 들어섰다. 늘 입던 대로 밝은 빨간색 멜빵이 달린 바지 차림인 허브가 책상 뒤에서 기다리고 있었지만, 자리에서 일어서지도 않았다. 악수를 주고받은 뒤 통상적인 말을 주고받았지만, 허브는 허투루 많은 말을 늘어놓지 않았다. 그는 원래 무뚝뚝하기로 유명했다.

대출 얘기가 나오자 그는 이미 머리부터 가로젓고 있었다. "제이크, 자네 주택담보대출을 다시 재융자한다는 게 무슨 말인지 모르겠네. 30만 달러라니, 감정가가 지나치게 높은 것 같지 않나? 자네가 2년 전에 그 집을 25만에 샀다고 알고는 있지만, 내가 보기엔 윌리 트레이너가 자네한테 바가지를 씌운 것 같아."

"그건 아니죠, 허브. 제가 싸게 산 겁니다. 거기에다 아내가 진짜 그 집에서 살고 싶어 했거든요. 어떻게든 대출금을 갚을 겁니다."

"정말인가? 30년 동안 30만 달러를 이자 10퍼센트에? 한 달에 2천5백 달러나 된다고."

"알고 있고 문제 될 것 없어요."

"그 집이 그 정도 가치는 없어, 제이크. 자네가 사는 곳은 클랜턴이지 잭슨 북부가 아니라고."

그는 그것도 잘 알았다.

"게다가 세금과 보험도 생각해야 하는데 자네는 30만 달러를 원하는 거잖아. 그러니까, 제이크, 이 동네에서 그 금액의 주택담보대출은 엄청난 금액이라는 걸세."

"허브, 저도 잘 알아요. 제가 잘 처리할 수 있어요." 너무 큰 숫자를 듣고 나니 그는 속이 메스꺼워졌고, 그렇지 않은 척 상대방을 잘 속이고 있는지 의심스러웠다. 5월 내내 그의 조용하고 작은 사무실 매출은 2천 달러도 되지 않았다. 6월 매출은 그보다도 더 적을 터였다.

"음, 뭔가 증명이 될 만한 것이 필요해. 재무 서류나 세금 신고서 같은 것들. 자네가 가져온 감정평가액을 도저히 믿을 수 없으니, 그런 서류라고 해도 내가 믿을 수 있을지 모르겠지만 말이야. 올해 매출이 얼마나 될 것 같은가?"

엄청난 모욕이었다. 다른 은행마저 장부를 들춰보고 싶어 하는 꼴을 당하다니. "이쪽 업계가 어떻게 돌아가는지 아시잖아요, 허브. 어떤 건이 굴러 들어올지 모르는 일이라고요. 어쩌면 15만 달러를 넘길 수도 있어요."

현재 수준이라면 그것의 절반만 해도 대성공일 터였다.

"글쎄, 잘 모르겠군. 재무 서류를 좀 보충해 주면 내가 검토해 보겠네. 현재 진행 중인 건이 뭐지?"

"무슨 말씀이세요?"

"이봐, 제이크, 난 늘 변호사들과 거래해. 지금 자네 사무실에서 최고의 사건이 뭔가?"

"스몰우드 가족이 철도회사를 상대로 낸 사망사건 소송이죠."

"정말인가? 내가 듣기에 그 사건은 눈앞에서 날아가 버렸다던데."

"그렇지 않아요. 누스 판사가 가을 지나면 새로 재판 날짜를 줄 겁니다. 예정대로 진행되고 있다고 말할 수 있어요."

"그렇군. 그다음으로 괜찮은 사건은 뭔가?"

전혀 없었다. 제시 터닙시드의 어머니가 식품점에서 바닥에 뿌려진 피클 국물에 미끄러져 넘어지면서 팔이 부러진 사고가 있다. 치료는 완벽히 끝났다. 보험회사에서는 합의금으로 7천 달러를 제시했다. 제이크는 재판으로 그들을 위협할 수도 없었다. 그녀가 주위에 아무도 없을 때 보험이 든든한 가게에서 넘어지는 습관이 있었기 때문이다. "늘 있는 이런저런 교통사고 같은 것들이죠." 그는 자신감 없이 말했다.

"쓸데없는 것들이고. 돈 좀 되는 것 없나?"

"별로요. 어쨌든 현재는 그래요."

"다른 자산은 어떤가. 그러니까 뭐든 값나가는 건 없어?"

아, 정말이지 은행가들은 너무 싫었다. 그의 변변찮은 저축은 스탠의 대출금을 갚느라 사라졌다. "저축이 조금 있고, 차가 두 대. 뭐, 그렇죠."

"아네, 알아. 다른 빚은 어떤 상태야? 주변의 다른 변호사들처럼 자네도 빚더미에 올라앉은 건가?"

신용카드, 칼라의 자동차 할부금. 그는 감히 소송 비용 대출 얘기는 꺼낼 수도 없었다. 허브가 벌컥 화를 낼 것이 분명했기 때문이다. 소송을 하겠다고 그렇게 거금을 빌릴 생각을 했다니. 그 순간만큼은 그런 생각이 정말 멍청하게 느껴졌다. "뻔한 것들이죠. 심각한 건 없어요. 제가 모두 감당할 수 있는 것들입니다."

"이봐, 바로 본론으로 들어가세, 제이크. 계산을 좀 하고 내가 들여다보겠네. 하지만, 이건 알아둬. 30만은 말도 안 돼. 젠장, 내가 보기엔 25만도 쉽지 않을 것 같은데."

"그래도 괜찮아요. 감사합니다, 허브. 또 뵙죠."

"별말씀을."

제이크는 다시 한번 은행을 향한 증오심을 키우며 사무실을 뛰쳐나왔다. 그는 철저히 패배자가 되어 자기 사무실로 슬그머니 돌아갔다.

다음 만남은 더 고통스러웠다. 세 시간 후 해리 렉스가 쿵쿵거리며 계단을 올라와 문을 열고 말했다. "가자고."

그들은 제이크가 그날 일찌감치 걸었던 길을 따라가 설리번 로펌 앞에서 멈췄다. 예쁜 비서가 그들을 사람들이 기다리는 넓고 웅장한 회의실로 안내했다. 테이블 한쪽에는 월터 설리번이 숀 길더와 그의 많은 동료 직원들 가운데 한 명과 함께 앉아 있었다. 철도 회사 변호사 두 명도 같이 있었다. 악수를 주고받는데 잠시 시간이 흘렀고, 모두 정중한 태도였다. 법원 서기는 한쪽 끄트머리 증인을 위해 준비한 의자 옆자리에 앉아 있었다.

신호를 받은 닐 니켈 씨가 걸어들어와 인사를 했다. 법원 서기의 안내로 진실만을 말하기로 선서한 그는 자리를 잡고 앉았다. 길더가 불러낸 증인이었기에 그가 재빨리 진행을 시작했다. 그는 증언 지침과 사전에 준비한 긴 질문 목록을 갖고 있었다. 그는 일하는 시간만큼 돈을 받았기 때문에 느리고 꼼꼼했다.

니켈의 얼굴을 자세히 살펴본 제이크는 그를 잘 아는 기분이 들었다. 사건 현장을 찍은 사진 속에서 수없이 본 얼굴이었다. 그는 여전히 검은 정장을 입었고 말투가 명확하고 교육 수준이 높았고 조금도 겁먹지 않은 모습이었다.

금방 처참한 진실이 드러났다. 충돌 사고가 있던 날 밤, 그는 간신히 굴러다닐 수 있을 정도로 낡은 픽업트럭 뒤를 따라 달리고 있었다. 픽업트럭은 좌우로 심하게 비틀거렸다. 니켈은 충분한 거리를 두고 따라갔다. 언덕 꼭대기에 다다랐을 때 아래쪽에서 빨갛게 반짝이는 건널목 경고등이 보였다. 기차가 지나가고 있었다. 픽업트럭과 그에 앞선 자동차 전조등에 각 화차에 붙어 있는 반사 스티커가 빛났다. 갑자기 폭발이 발생했다. 픽업트럭이 브레이크를 밟았고 니켈도 멈춰 섰다. 차에서 내려 건널목으로 달려갔더니 작은 차가 180도 뒤집힌 채 그를 보고 있었다. 앞쪽은 구겨진 채 엉망이 되어 있었다. 기차는 여전히 달리고 있었고, 아무 일도 없던 것처럼 평상시 속도로 움직였다. 픽업트럭 운전자인 그레이슨 씨는 소리를 지르고 양팔을 흔들며 사고가 난 차 주위를 뛰어다니고 있었다. 차 내부는 끔찍했다. 운전자인 남자와 조수석에 앉은 여자는 으깨지고 토막이 난 채 피를 흘리고 있었다. 뒷좌석에는 어린 남자아이와 여자아이가 있었는데 깔려 죽은 것으로 보였다. 니켈이 풀밭으로 걸어가 토하고 있는 사이 열차가 마침내 모두 지나갔다. 다른 차가 멈췄고, 또 한 대가 멈췄다. 모두가 차량 잔해 주위로 몰려들었지만, 아무것도 할 수가 없었다. 열차가 멈췄고 천천히 거꾸로 움직이기 시작했다. "죽었어, 전부 죽었어요." 그레이슨은 반복해 말하며 잔해 주위를 맴돌았다. 다른 운전자들도 니켈과 마찬가지로 겁에 질려 있었다. 그 순간 여러 개의 사이렌 소리가 들리기 시작했다. 구조대원들은 서두를 필요가 없다는 걸 금세 깨달았다. 네 명 모두 사망했기 때문이다. 니켈은 현장을 떠나고 싶었지만, 고속도로는 막혀 있었다. 그는 이 지역 사람이 아니어서 뒤로 돌아가는 길을 잘 알지 못했고, 그래서 기다리며 다른 많은 사람과 현장을 지켜보았다. 그는 세 시간 동안 옆에 서서 소방관들이 시신을 잘라 옮기는 모습을 목격했다. 절대로 잊을 수 없는 끔찍한 광경이었다. 그는 악몽을 꿨다.

아름다운 선물을 손에 넣은 숀 길더는 니켈의 증언을 천천히 그리고 꼼꼼하게 다시 반복하도록 하면서 모든 세부 내용을 되짚었다. 그는 니켈에게 건널목 경고등을 찍은 커다란 사진을 건넸지만, 니켈은 혼란한 와중에 경고등을 살펴볼 정신은 없었다고 말했다. 충돌이 벌어질 때 경고등은 반짝이고 있었고, 중요한 건 그것이었다.

안타깝게도 적어도 원고 측에서 볼 때 니켈은 행크 그레이슨보다 훨씬 더 신빙성 있는 증인이었다. 행크 그레이슨은 지금도 경고등은 반짝이지 않았고, 자신도 스몰우드 가족의 차에 부딪히기 직전까지 열차를 보지 못했다고 주장하고 있었다.

재미난 시간을 충분히 보낸 길더는 사고 몇 달 후 벌어진 사건으로 주제를 옮겼다. 정확히 말해 니켈이 내슈빌에 있는 자신의 사무실에서 사립 탐정과 만난 일이었다. 니켈은 누군가 그를 찾아냈다는 사실에 놀랐다. 탐정은 자신이 클랜턴의 변호사를 위해 일한 다고 말했지만 그게 누구인지는 말하지 않았다. 니켈은 전적으로 협조했고, 탐정에게 조금 전 선서하고 말한 것과 같은 이야기를 아무것도 남기지 않고 들려주었다. 탐정은 감사 인사를 하고 떠난 뒤 다시는 연락이 없었다. 지난 2월 그는 클랜턴 근처를 지나던 길에 법원에 들러보기로 했다. 그는 소송에 관해 물었고 소송 관련 서류가 공개 자료라는 말을 들었다. 그는 두 시간 동안 자료를 읽었고 행크 그레이슨이 원래 자기 이야기를 고수하고 있다는 사실을 알았다. 니켈은 이런 상황이 마음에 걸렸지만, 스몰우드 가족이 불쌍하다는 생각에 여전히 나서고 싶은 생각은 들지 않았다. 하지만 시간이 지나면서 나서서 뭔가 해야 한다는 생각이 들었다.

　사전 증인 신문에서 일부 변호사들은 가진 카드를 총동원해 모든 패를 보여주었다. 그들의 목표는 사전 증인 신문에서 승리를 쟁취하는 거였다. 길더는 그런 종류의 변호사였다. 더 솜씨 좋은 변호사들은 뒤로 물러나 전략을 숨겼다. 그들은 최고의 패를 재판을 위해 아껴둔다. 위대한 변호사들은 가끔 아예 사전 증인 신문 단계를 전부 건너뛴 다음 잔인한 반대 신문을 계획한다.

　제이크는 증인에게 아무 질문도 하지 않았다. 그는 니켈에게 목격자로서 왜 경찰에 아무 말도 하지 않았느냐고 물을 수 있었다. 사고 현장에는 보안관보들이 여럿 있었고 고속도로 순찰대원 두 명이 인파를 통제하고 있었지만, 니켈은 아무 행동도 하지 않았다. 그는 가만히 옆에 서서 입을 다물고 있었다. 그의 이름은 그 어떤 보고서에도 포함되지 않았다.

제이크는 너무 당연하지만, 지금까지 길더나 그의 팀에서 묻지 않은 질문을 할 수도 있었다. 열차는 건널목을 완전히 통과했다가 멈추고 다시 뒤로 움직였다. 기관사가 충돌음을 들었기 때문이다. 해당 철로는 열차가 양방향으로 오갈 수 있는 구간이었다. 그렇다면 열차가 반대 방향에서 거꾸로 들어올 때는 왜 경고등이 작동하지 않았던 걸까? 제이크는 열차가 근처에 멈춰 서 있고 구조 작업이 진행되는 동안 경고등이 반짝이지 않았다고 분명히 말하는 증인을 10여 명 확보해 두고 있었다. 길더는 자신감이 넘쳤거나 아니면 그저 게을렀기 때문에 이런 목격자들과는 이야기하지 않았다.

제이크는 그에게 과거를 물어볼 수도 있었다. 니켈은 마흔일곱 살이었다. 그는 스물두 살 때 10대 세 명이 사망한 끔찍한 교통사고에 연루된 적이 있다. 그들은 금요일 밤에 맥주를 마시고 난폭운전으로 시골길을 달리다가 니켈이 모는 차와 정면충돌했다. 조사해 보니 모두 음주 운전이었다. 니켈은 혈중알코올농도가 0.1이었고 음주 운전으로 체포되었다. 과실치사로 기소된다는 얘기도 있었지만, 당국은 결국 그의 잘못으로 인한 사고가 아니라는 결정을 내렸다. 어쨌든 세 희생자의 가족이 소송을 제기했고 재판은 4년을 끌다가 니켈의 보험회사가 합의로 끝냈다. 그래서 그는 사건에 개입하기를 꺼렸다.

이런 귀중한 배경을 발견한 사람은 사립 탐정이었고, 그는 제이크에게 3천5백 달러를 청구했는데, 이는 예전에 스탠의 은행에서 받아낸 '불법 스포츠' 대출금 일부가 되었다. 제이크는 재를 뿌릴 준비가 되어 있었다. 숀 길더가 증언을 청취할 때 언급하지 않은 것으로 볼 때 그는 모를 수도 있었다. 제이크는 배심원단 앞에서 니켈에게 달려들어 그를 박살 낼 순간이 기다려졌다. 그의 신빙성은 더럽혀질 것이지만 그렇다고 그의 과거가 스몰우드 사고의 사실을 바꿀 수는 없을 터였다.

제이크와 해리 렉스는 전략을 두고 논쟁을 벌였다. 해리 렉스는 증언 사전 청취 자리에서 전면 공격을 퍼부어 피고 측 변호사들을 위협하자고 했다. 길더가 약한 마음을 먹으면 혹시라도 있을 합의의 발판이 될 수도 있다는 것이다. 그들은 돈이 절실한 상황이었지만, 제이크는 여전히 법정에서 노다지 판결을 받는 꿈을 꾸었다. 그리고 그는 재판을 밀어붙이고 싶은 생각도 없었다. 상황이 안정되려면 1년은 있어야 했다. 갬블 사건 재판이 열리고 끝나면서 그에 따른 문제들도 사라져야 했다.

해리 렉스는 바보 같은 꿈이라고 생각했다. 1년을 견딘다는 건 불가능한 일처럼 보였다.

## 32

제이크는 월요일 늦게까지 일하고 어두워진 뒤에 사무실을 나섰다. 다른 생각에 정신이 팔렸던 그는 집에 거의 다 와서야 칼라가 우유와 달걀, 토마토소스 두 캔과 식료품점 커피가 필요하다던 말이 기억났다. 그는 차를 돌려 시내 동쪽에 있는 크로거로 향했다. 빨간 사브 자동차를 거의 텅 빈 주차장에 세우고 가게로 들어가 바구니를 채우고 돈을 낸 다음 물건을 챙겨서 차에 거의 도착했을 때 갑자기 상황이 나쁜 쪽으로 바뀌었다. 뒤에서 시비를 거는 듯한 말투의 목소리가 들렸다. "이봐, 브리건스." 제이크는 고개를 돌렸고, 순간적으로 어렴풋이 눈에 익은 얼굴을 봤다는 생각이 들었다. 식료품이 든 봉지를 손에 든 그는 불의의 주먹을 재빨리 피할 수가 없었다. 주먹에 얻어맞은 코가 부러지면서 그는 자기 차 옆 아스팔트 위로 쓰러졌다. 순간적으로 아무것도 보이지 않았다. 바닥에서 뒹구는 중에 묵직한 발이 오른쪽 귀를 강타했다. 손에 토마토소스 캔이 잡혀서 재빨리 상대방에게 던져 얼굴에 맞았다. 사내가 소리 질렀다. "이 개 같은 자식!" 그리고 다시 발길질했다. 제이크가 거의 몸을 일으켰을 때 두 번째 사내가 뒤에서 그를 덮쳤다. 그는 다시 아스팔트 위로 호되게 쓰러졌고 간신히 자신을 덮친 자의 머리칼을 움켜쥘 수 있었다. 전과 같은 묵직한 발이 다시 그의 이마를 강타했고, 제이크는 너무 멍한 나머지 반격할 수가 없었다. 그는 머리칼을 움켜쥔 손을 놓고 일어서려 애썼지만, 바닥에서 등을 뗄 수가 없었다. 두 번째 가해자인 덩치 크고 뚱뚱한 남자가 그의 얼굴을 때리며 으르렁거리듯 욕지거리를 내뱉었고, 첫 번째 남자는 갈비뼈와 복부 그리고 그 외 어디든 발이 닿는 곳이면 발길질하고 있었다. 사내에게 사타구니를 걷어차인 제이크는 비명을 지르고 정신을 잃었다.

총성 두 발이 공기를 갈랐고 누군가 소리쳤다. "움직이지 마!"

두 괴한은 깜짝 놀라 현장에서 달아났다. 그들의 마지막 모습은 가게 모퉁이를 돌아 뛰어가는 모습이었다. 윌리엄 브래들리 씨가 권총을 든 채 뛰어왔다. "이런 세상에."

제이크는 얼굴이 피투성이인 채로 의식을 잃은 상태였다.

칼라가 응급실에 도착했을 때, 제이크는 엑스레이를 찍고 있었다. 간호사가 그녀에게 말했다. "호흡도 정상이고 의식도 어느 정도 있어요. 지금 당장은 그것밖에 알 수가 없네요." 30분 뒤 제이크의 부모가 도착했고 칼라가 대기실에서 그들을 맞았다. 윌리엄 브래들리 씨가 구석에서 클랜턴시 소속 경찰관에게 자기가 본 상황을 얘기하고 있었다.

같은 교회에 다니는 친구인 의사 메이스 맥키가 두 번째로 그들을 찾아와 최근 소식을 알려주었다. "상당히 심하게 맞았습니다." 그는 심각하게 말했다. "하지만 제이크는 정신을 차렸고 안정되었으니 위험할 일은 없어요. 좀 찢어지고 타박상을 입었고 코가 부러졌습니다. 아직 엑스레이를 찍고 있고 모르핀을 주사했어요. 고통이 아주 심할 겁니다. 잠시 후에 다시 돌아올게요." 그는 사라졌고 칼라는 시부모와 함께 앉았다.

카운티 경찰 보안관보인 파넬 존슨이 도착해 잠시 그들과 함께 시간을 보냈다. 그는 브래들리 씨 그리고 시 소속 경찰관과 모여 얘기를 나누더니 칼라 앞에 있는 커피 테이블에 앉아 말했다. "범인은 두 명인 것 같습니다. 그들이 크로거 상점 밖에서 차에 타려던 제이크에게 덤벼들었습니다. 저기 계신 브래들리 씨가 막 주차하다가 구타하는 모습을 보고 권총을 꺼냈습니다. 두 발을 발사하자 놈들이 달아났고요. 그는 녹색 GMC 픽업트럭이 가게 뒤쪽 골목길로 사라지는 모습을 봤습니다. 범인이 누구인지는 지금으로서는 알 수 없지만요."

"감사합니다." 칼라가 말했다.

긴 시간이 지나고 의사인 맥키가 돌아왔다. 그는 제이크를 병실로 옮겼고 칼라를 보고 싶어 한다고 전했다. 제이크의 부모는 당장은 면회가 허락되지 않지만, 내일은 만날 수 있다고 했다. 맥키 박사와 칼라는 3층으로 올라가 닫힌 문 앞에 섰다. 의사가 속삭였다. "끔찍한 모습일 겁니다. 환자가 상당히 지쳐 있어요. 코가 부러졌고 갈비뼈도 두 개 부러졌고 치아가 두 개 사라진 데다 얼굴이 세 군데 찢어져 마흔 바늘 꿰맸습니다. 하지만 팬더그래스트 박사에게 봉합을 부탁했습니다. 그 친구 솜씨가 최고니까 심한 흉터가 남을 일은 없을 겁니다."

칼라는 깊게 숨을 들이마시고 눈을 감았다. 어쨌든 그는 죽지 않았다. "오늘밤 병실에 함께 있어도 되나요?"

"그럼요. 직원들이 보조 침대를 넣어드릴 겁니다."

그는 문을 밀어서 열고 안으로 들어갔다. 칼라는 남편을 보고 거의 기절할 뻔했다. 눈썹 위로 머리 전체를 두꺼운 붕대가 감고 있었다. 턱 대부분도 다른 붕대가 감고 있었다. 코 위를 가느다란 검은색 봉합선이 가로지르고 있었다. 양쪽 눈이 섬뜩했는데, 삶은 달걀 크기로 부풀어 올라 눈을 뜰 수가 없었다. 입술은 빨갛고 두껍게 부어오른 모습이었다. 튜브가 뱀처럼 입안으로 들어갔고 위쪽에 정맥 주사 약병이 매달려 있었다. 그녀는 침을 꿀꺽 삼키고 남편 손을 잡았다. "제이크, 여보. 나 왔어." 그녀는 남편 뺨에 아주 조금 보이는 살갗에 부드럽게 입을 맞췄다.

그는 끙 소리를 내더니 웃으려 애썼다. "아, 여보. 당신 괜찮아?"

그녀도 마주 웃으려 했지만, 어차피 남편은 전혀 앞이 보이지 않았다. "지금 당장은 내 걱정은 하지 말기로 해. 난 여기 있고 당신은 괜찮아질 거야."

그는 뭔가 이해할 수 없는 말을 중얼거리더니 다리 한쪽을 움직이며 신음을 냈다.

맥키 박사가 말했다. "사타구니를 아주 세게 맞았는데, 고환이 무척 많이 부어올랐습니다. 계속 부풀어 오를 겁니다."

제이크는 의사가 하는 말을 듣더니 놀라울 정도로 명확하게 말했다. "자기야, 나랑 한번 놀아나 보고 싶지 않아?"

"아니야. 그건 며칠 기다려야지."

"젠장."

그녀가 남편의 손을 잡고 머리에 감은 붕대를 바라보는 사이 한참 시간이 흘렀다. 눈물이 나기 시작했고, 금세 양쪽 뺨을 타고 흘렀다. 제이크는 조는 것처럼 보였고, 맥키 박사는 문을 향해 고갯짓했다. 복도로 나온 뒤 그가 말했다. "뇌진탕을 일으켰는데, 좀 지켜봐야 할 것 같습니다. 그래서 병원에 며칠 입원해 있어야 해요. 심각한 것 같지는 않지만 그래도 확인해야 합니다. 여기 있고 싶으면 있어도 돼요. 하지만 꼭 그러실 필요는 없습니다. 부인께서 하실 수 있는 일이 없고, 제 생각에 제이크는 금방 잠들 것 같으니까요."

"있겠어요. 해나는 시부모님이 돌봐주실 거예요."

"원하시는 대로 하세요. 정말 안됐어요, 칼라."

"감사합니다, 맥키 박사님."

"괜찮아질 겁니다. 앞으로 일주일 정도는 정말 아프겠지만, 크게 잘못된 곳은 없어요."

"감사합니다."

해리 렉스가 병원에 왔지만, 간호사가 면회를 못 하게 하자 욕설을 퍼부었다. 병원을 떠나면서 그는 간호사를 고소하겠다며 위협했다.

자정이 되었으나 제이크는 한 시간 넘게 아무 소리도 내지 않았다. 맨발에 여전히 청바지 차림인 칼라는 엉성한 접이식 침대 위에서 베개에 몸을 기댄 채 흐릿한 탁상 램프 불빛에 잡지를 뒤적이고 있었다. 범인들이 누군지 생각하지 않으려 애썼지만, 코퍼 가족이 관련된 폭행이 분명했다. 5년 전 헤일리 재판이 진행될 때는 KKK단이 그들의 집을 불태우고 법원 밖에서 제이크에게 총을 쐈다. 3년 동안 위협이 계속되어 그들은 총을 준비해 두고 특별히 보안에 신경 쓰며 살았다. 다시 폭력이 시작되었다는 사실을 그녀는 믿을 수가 없었다.

그들은 도대체 어떤 삶을 살고 있는가? 다른 변호사들은 아무도 이런 위협에 노출되지 않는다. 왜 그들만 그래야 할까? 왜 그녀 남편은 돈도 되지 않는 위험한 사건들에 엮여야 하는 걸까? 12년 동안 그들은 열심히 일했고 저축하려 애썼고 미래를 위해 뭔가를 세워보려고 꿈꿨다. 제이크는 변호사로서 능력이 엄청나게 좋았고 어떻게든 유명한 재판 변호사로 성공하겠다고 결심했다. 그는 지나칠 정도로 야심이 컸고 배심원들을 놀라게 하고 엄청난 승소 판결을 받아내는 날을 꿈꿨다. 언젠가는 돈을 한 트럭씩 벌어들일 거라고 그는 확신했다.

그런데 지금 그들을 보라. 남편은 얻어맞아 휴짓조각처럼 구겨졌다. 변호사 일은 말라붙었고, 빚은 주마다 쌓이고 있었다.

지난달 바닷가에서 친정아버지는 제이크가 주변에 없을 때 다시 한번 조용히 제이크가 금융계에서 일할 자리를 알아봐 줄 수 있다고 언급했다. 투자자인 친구가 몇 명 있는데 대부분 은퇴하다시피 한 사람들이지만 같이 자금을 끌어모아 병원과 의료기기 스타트업에 투자할 수 있다고 했다. 그게 무슨 말인지 칼라는 확실히 알지 못했고 제이크에게 단 한 마디도 전하지 않았다. 그러나 그렇게 한다면 윌밍턴 지역으로 이사해야 하고 제이크의 인생은 완전히 뒤바뀔 것이다. 친정아버지는 심지어 일을 수월하게 진행하려면 대출이 필요하다는 말까지 했다. 그들이 이미 얼마나 큰 빚을 지고 있는지 아버지가 알았더라면.

아버지의 말을 따른다면 훨씬 안전하게는 살 수 있을 터였다.

가끔 그들은 작은 도시에서의 생활이 고되다는 이야기를 나누곤 했다. 똑같은 일상, 같은 친구들, 의미 있는 사회생활의 부재. 예술과 운동을 위해 한 시간이나 차를 타고 투펄로나 옥스퍼드까지 가야 했다. 그녀는 친구들과 즐겁게 지냈지만 누가 집이 더 큰지, 차가 더 좋은지, 더 멋진 휴가를 보냈는지 경쟁이 끝나지 않았다. 작은 도시에서는 누구나 서로 도우려 하지만, 반면에 서로의 사정을 너무 잘 알았다. 2년 전 그들은 지나치게 큰돈을 들여 호컷 하우스를 샀고, 그녀의 여자 친구들 두어 명이 확실하게 차갑게 변한 걸 눈치챌 수 있었다. 마치 브리건스 가족이 지나치게 빨리 수준이 높아지면서 다른 사람들을 뒤로 제친 것처럼 느껴졌다. 그들이 실상을 알았더라면.

때때로 간호사들이 오가는 바람에 제대로 잠을 잘 수가 없었다. 모니터들이 빛을 내며 깜박였다. 진통제는 잘 통하는 것 같았다.

이 사건이 삶의 전환점이 될 수 있을까? 이번 일이 매달 빠듯한 살림을 이어가려 매달리는 변호사의 고된 삶에서 제이크를 해

방해 줄 마지막 지푸라기인 걸까? 그들은 아직 마흔 살도 되지 않았다. 아직 시간은 많았고 지금이 방향을 바꿔 뭔가 더 나은 곳, 미시시피를 벗어나 좀 더 살기 쉬운 곳을 찾아낼 완벽한 순간이었다. 그녀는 언제든 교사 일자리를 구할 수 있다.

그녀는 잡지를 내려놓고 눈을 감았다. 8월에 갬블 사태를 해결한 다음 9월에 키이라의 아기를 입양해 클랜턴을 떠나면 안 될 일이 뭘까? 드루의 미래는 불안정하지만, 다른 변호사에게 떠넘기면 그만이고, 변호사는 늘 넘쳐난다. 수천 킬로미터 떨어진 곳으로 이사하는 것이 더 안전하고 현명한 일 아닐까? 그들은 칼라의 부모님과 가까운 곳에서 살게 될 테고, 부모님은 함께 열심히 아기를 돌봐 줄 것이다. 제이크는 매달 정해진 월급을 받는 새로운 일자리를 갖게 될 수 있다. 그리고 그들은 1년 내내 바닷가에서 살 수 있다.

그녀는 눈이 말똥거렸고, 새벽 1시 30분에 간호사가 슬그머니 들어와 그녀에게 수면제를 내밀었다.

제이크는 아침으로 팩에 든 사과주스를 빨대로 마셨다. 온몸이 아팠고, 그는 몸 전체가 아프다고 불평했다. 간호사가 모르핀의 양을 늘리더니 슬그머니 사라졌다.

7시, 맥키 박사가 나타나 칼라에게 뇌를 촬영하고 엑스레이를 추가로 찍고 싶다고 말했다. 그는 칼라에게 몇 시간 병원을 떠나 집에 가서 해나도 확인하고 몸을 추스르는 것이 좋겠다고 말했다.

집에 온 그녀는 제이크 부모님께 연락해 상황을 알려주고 해나를 집에 데려다 달라고 부탁했다. 그녀는 해리 렉스에게 전화해 적지만 아는 걸 전달했다. 그녀는 제이크에게 폭행범이 누군지 아느냐고 묻지 않았다. 포샤와 루시엔, 스탠 앳캐비지 그리고 누스 판사에게 전화했고, 그들 모두 궁금한 것이 많았지만 통화는 짧았다. 그녀는 나중에 다시 연락하겠다고 했다. 개 먹이를 주고 주방을 청소하고 빨래를 하고 커피를 타서 테라스로 나가 정신을 차리려 애썼다. 한 가지 걱정은 해나에게 뭐라고 말해야 할지였다. 그렇다고 해나에게 아빠의 모습을 숨길 수는 없으며, 그는 앞으로 한참 끔찍하게 보일 터였다. 아이는 아버지를 보면 겁을 집어먹을 것이 뻔했고, 그때는 어쩔 수 없이 이해하게 될 것이다. 무시무시하지만 세상에는 나쁜 사람들이 있고, 그들이 아빠를 해치고 싶어 한다는 사실을 배울 것이다.

커피를 마셔도 안정이 되지 않았고 그녀는 결국 어머니에게 전화를 걸어 무슨 일이 벌어졌는지 말했다.

11시, 시부모님이 해나를 데리고 왔고, 해나는 눈물을 흘리며 엄마에게 달려가 아빠가 어떻게 됐느냐고 물었다. 칼라는 딸을 끌어안고 아빠는 병원에 있지만 멀쩡하다고 말해주면서 오늘은 베키 집에서 놀라고 했다. 해나는 빨리 씻고 옷을 갈아입어야 했다. 해나는 마지못해 주방을 나갔고, 칼라는 시어머니에게 말했다. "해나에게 뭐라고 하셨어요?"

"별로, 그냥 아빠가 다쳐서 병원에 있지만 금방 집에 돌아올 테고 모든 일이 괜찮아질 거라고 했지."

시아버지가 말했다. "어떻게 말해야 할지 몰랐지만, 뭔가 일이 벌어졌다는 건 알고 있더구나."

칼라가 말했다. "며칠은 아빠를 만날 수 없어요. 너무 충격이 클 거예요."

"우린 언제 볼 수 있을까?" 시어머니가 물었다.

"오늘요. 잠시 후에 함께 가시죠."

대기실은 붐비기 시작했다. 그들이 도착했을 때 포샤, 해리 렉스, 스탠과 그의 아내, 그들이 다니는 교회 목사인 엘리 프록터 박사가 와 있었다. 칼라는 그들 모두와 일일이 포옹으로 인사하고 제이크를 만나고 나서 상태를 알려주겠다고 말했다. 맥키 박사가 나타나 함께 병실로 가자는 몸짓을 했다. 두 사람이 병실에 들어갔더니 제이크는 일어나 앉아 얼굴에 냉찜질을 누가 해야 하는지를 두고 간호사와 언쟁을 벌이고 있었다. 칼라가 그에게 말을 걸며 손을 잡자, 제이크가 말했다. "여기서 나가야겠어."

맥키 박사가 말했다. "그렇게 빨리는 안 돼요, 제이크. 뇌 촬영과 엑스레이 결과는 좋지만, 며칠은 꼼짝 말고 병원에 있어야 합니다."

"며칠이나? 지금 농담해요?" 그는 다리를 움직였다가 고통에 몸을 움찔했다.

"아파?" 칼라가 물었다.

"숨 쉴 때만 그래."

"어디가 아픈데?"

"모든 곳이 아파. 불알이 자몽처럼 커진 것 같아."

"말조심해, 제이크. 어머니가 곧 오실 거야."

"이런, 세상에. 부모님은 좀 나중에 오시게 하지. 내가 눈 뜨고 볼 수도 없는데. 아무것도 안 보인다고."

칼라는 웃더니 맥키 박사를 바라보았다. "이미 많이 나아진 것 같네요."

"괜찮을 겁니다. 뇌진탕은 심하지 않아요. 나머지 상처는 모두 나을 겁니다. 하지만 시간은 좀 걸릴 수 있어요."

"그럼, 추가 뇌 손상은 없다는 거죠?" 그녀가 물었다.

"전혀 없습니다."

"고마워, 여보." 제이크가 말했다. "해나는 어디 있어?"

"팔머 씨 댁에 맡겼어. 베키랑 놀고 있어."

"좋아. 그냥 그곳에 둬. 좀비 같은 모습으로 겁주긴 싫으니까."

"어머님과 아버님을 모시고 올게, 괜찮지?"

"아무도 만나고 싶지 않은데."

"긴장 풀어, 제이크. 엄청나게 걱정하셨고 오셔도 금방 가실 거야."

"그러던지, 그럼."

칼라와 맥키 박사가 병실을 나가고 간호사가 찜질 팩을 들고 다가섰다. "다시 해보시죠." 그녀가 친절하게 말했다.

"내 몸에 손대면 고소할 겁니다."

오후 늦은 시간 제이크가 낮잠을 자는데 맥키 박사가 부드럽게 그의 팔을 흔들며 말했다. "제이크, 손님들이 오셨어요."

그는 일어나 앉으려다 또 몸을 움찔하더니 중얼거렸다. "면회라면 아주 지겹군."

"월스 보안관이에요. 전 나가 있겠습니다." 맥키 박사는 두 사람을 남겨두고 밖으로 나가 문을 닫았다.

오지와 모스 주니어가 침대 옆으로 다가서며 충격받은 표정을 숨기려 애썼다. 오지가 말했다. "제이크, 나야."

제이크는 툴툴거리며 말했다. "오지. 여긴 무슨 일로 왔나?"

"나도 왔네, 제이크." 모스 주니어가 말했다.

"그래. 아무것도 안 보이지만 두 사람 모두 늘 그렇듯 멍청해 보이는군."

오지가 말했다. "자, 그럴 수도 있겠지. 하지만 당장 자네 꼴을 보고 말을 보태진 않겠네."

"꽤 잘 두들겨 팼다고 해야겠지?"

"오랜만에 본 최고의 폭행이라고나 할까." 오지가 웃으며 말했다. "자, 그러니까 당연한 질문을 해야겠군. 누구 짓이야? 누군지 봤나?"

"최소 두 명이었어. 두 번째 놈은 전혀 못 봤지만, 첫 번째 녀석은 코퍼네 아들이야. 세실이나 배리였어. 내가 잘 아는 놈들이 아니라서 누군지 정확하지는 않아. 지난주에 그냥 법원에서만 봤으니까."

오지는 모스 주니어를 바라보았다. 그는 고개를 끄덕이고 있었다. 놀랄 일은 아니었다.

"확실해?" 오지가 물었다.

"내가 왜 거짓말을 해?"

"좋아. 우리가 놈들을 찾아가 보겠네."

"얼른 가봐야 할 거야. 내가 코퍼 자식 얼굴에 400그램짜리 토마토소스 캔으로 상처를 냈거든. 정확하게 면상을 때렸으니 아마도 흔적이 남았을 거야. 며칠이면 아물 수도 있겠지."

"잘했군."

"기습을 당했어, 오지. 난 대항할 기회조차 없었다고."

"물론 그랬겠지."

"누군가 총을 쏘지 않았더라면 놈들이 날 죽였을 거야."

"윌리엄 브래들리 씨가 차를 세우다가 보고 권총을 뽑았어."

제이크는 고개를 흔들었고 잠시 시간이 흘렀다. "그분이 내 목숨을 살렸군. 내가 할 수 있을 때 감사 인사를 하겠다고 전해줘."

"그러지."

"그리고 왜 놈들에게 총알을 먹이지 않았느냐고 물어봐."

"우린 코퍼네 가봐야겠어."

## 33

 불편하기는 했으나 냉찜질 팩이 효과가 있었고, 제이크는 결국 불평을 멈췄다. 수요일 아침이 되자 부기가 가라앉아 제이크는 눈을 뜨고 사물을 흐리게나마 볼 수 있었다. 처음 본 것은 예쁜 아내의 얼굴이었는데, 깔끔하지는 않았지만, 그 어느 때보다 더 멋져 보였다. 제이크는 정말이지 오랜만에 아내에게 키스한 뒤 말했다.
"집에 갈 거야."
"오, 그럴 수 없어. 오늘 아침 약속이 있잖아. 먼저 안과 의사를 만나야 하고, 그다음은 치과, 그다음에 다른 의사들을 만난 다음 재활 전문가를 봐야 해."
"내 고환이 더 걱정스러운데."
"나도 그래. 하지만 어떻게 할 건 없고 참고 견뎌야 해. 어젯밤 당신이 코를 골면서 잘 때 내가 슬쩍 들여다봤는데 정말 가관이더라고. 맥키 박사 말로는 거기는 어쩔 도리가 없고 진통제 먹고 언젠가 남자처럼 다시 걸을 수 있게 되기를 기도하라고 했어."

"고환에는 어떤 전문가가 있으려나?"

"비뇨기과 의사겠지. 당신이 정신 나가 있을 때 와서 사진을 찍던데."

"거짓말."

"정말이야. 내가 사진 찍으라고 시트를 걷어서 들고 있었는데."

"왜 사진을 찍어?"

"의사 말로는 사진을 확대해서 대기실에 걸어놓고 싶다던데."

제이크는 가까스로 웃었지만, 뜨거운 칼이 갈비뼈를 갑자기 파고드는 것 같은 느낌에 금세 표정이 일그러졌다. 고통은 며칠 동안 삶의 일부가 될 터였고 그는 적어도 아내 앞에서만은 그걸 드러내지 않으리라 결심했다. "해나는 어때?"

"아주 좋아. 어머님 아버님과 함께 지내는데 두 분이 아주 좋아하셔."

"그거 잘 됐군. 해나한테는 뭐라고 했어?"

"모든 걸 사실대로 말하진 않았어. 당신이 사고를 당했는데 어떤 종류의 사고인지는 말하지 않았고, 어쨌든 상처를 입어서 며칠 병원에 있어야 한다고 했지. 아주 속이 상해서 당신을 보고 싶어 해."

"병원에서는 안 돼. 나도 해나가 보고 싶지만, 너무 겁먹게 하고 싶지는 않아. 내일은 집에 가서 가족끼리 얼굴을 볼 시간을 가졌으면 해."

"누가 당신이 내일 집에 갈 수 있대?"

"내 마음이야. 여기 너무 오래 있었어. 뼈는 맞췄고 찢어진 곳도 붙였으니까. 당신이 종일 간호해 주면 집에서도 요양할 수 있어."

"나도 얼른 그랬으면 해. 제이크, 많은 사람이 당신을 걱정하고 있어. 루시엔이 오고 싶다고 했는데, 내가 기다려야 한다고 했어. 해리 렉스가 계속 전화해."

"해리 렉스는 이미 만났는데 얻어맞았다면서 비웃기만 했어. 루시엔이야 기다리면 될 일이고. 포샤와도 얘기했는데, 의뢰인들한테 이리저리 핑계를 대면서 시간을 끌고 있대. 내 생각에 의뢰인이라야 세 명밖에 안 남았을 거야."

"누스 판사가 전화했어."

"그래야지. 날 이렇게 엉망으로 만들었는데."

"아주 걱정이 커. 델이 전화했어. 애틀리 판사도. 프록터 박사님. 맥게리 목사. 여러 사람이 걱정해."

"전부 나중에 보면 돼. 피할 수 있으면 굳이 누굴 만나고 싶은 기분이 아니야. 일단 집에 가서 문을 잠그고 내 발로 일어섰으면 해. 그냥 참견하고 싶어서 그런 사람들 있잖아?"

"그리고 정말 걱정하는 사람들도 있지."

"난 안 죽었어, 칼라. 난 금방 나을 거야. 누군가 찾아와 내 손을 잡아줄 필요는 전혀 없어."


세실 코퍼는 호수 근처 수로에서 진행하는 토목 공사장에서 반장으로 일했다. 오전 늦은 시간 모스 주니어와 믹 스웨이지가 그의 트럭 옆에 차를 세우더니 공사장 트레일러 안으로 들어왔다. 세실은 안전모를 책상 위에 내려놓고 서서 통화하고 있었다. 근처에 있던 비서 한 명이 그들을 보며 말했다. "안녕하세요."

모스 주니어는 그녀를 노려보며 말했다. "나가요."

"뭐라고 하셨어요?"

"'나가요'라고 했지. 당신 상사랑 얘기 좀 해야겠으니까."

"그렇게 무례하게 굴 필요는 없잖아요."

"5초 안에 밖으로 나가라고요."

여자는 일어서서 트레일러 밖으로 서둘러 사라졌다. 세실은 전화를 끊었고 보안관보 두 명은 그와 마주 섰다. 모스 주니어가 말했다. "잘 있었나, 세실. 이쪽은 믹 스웨이지야. 우린 오지가 보내서 왔어."

"정말 반갑습니다, 신사분들."

서른한 살인 세실은 단단한 체격에 필요 없는 살이 적어도 25킬로그램은 붙어 있었다. 이유는 몰라도 수염을 깎지 않아 붉은 수염을 지저분하게 길렀는데 인상이 오히려 나빠지기만 했다.

모스 주니어가 주먹이 닿을 정도로 다가서며 물었다. "월요일 밤에 시내에 갔었나?"

"기억나지 않아요."

"아주 오래전이라서 그렇겠지. 밖에 있는 녹색 GMC 트럭이 자네 거 맞지?"

"아마도요."

"차량 번호가 442ECS고. 누군가 저 차가 월요일 밤 9시쯤 크로거에서 달아나는 걸 봤대. 아마 다른 사람이 운전하고 있었겠지?"

"글쎄, 친구한테 빌려준 것도 같고요."

"친구 이름이 뭐지?"

"기억 안 나요."

"이마에 혹이 크게 났군. 밴드까지 붙였는데, 안쪽은 어때? 꿰맸나?"

"맞아요."

"어쩌다 그랬지?"

"차고에서 선반에 부딪혔어요."

"빌어먹을 선반 같으니. 늘 그런다니까. 믹, 저 상처가 선반에 부딪힌 것처럼 보이나?"

스웨이지가 한 걸음 다가서서 세실의 이마를 유심히 바라보았다. "아니, 내가 보기엔 400그램짜리 토마스소스 캔에 맞아서 생긴 것 같은데. 우리야 늘 보는 상처잖아."

모스 주니어가 말했다. "틀림없이 그렇군." 그는 천천히, 최대한 소리를 많이 내면서 벨트에서 수갑을 꺼내 흔들었다. 세실은 깊게 숨을 몰아쉬더니 수갑을 바라보았다.

모스 주니어가 말했다. "단순 폭행과 특수 폭행 사이에는 분명한 차이가 있어. 단순 폭행은 감방에서 2년이면 끝나지만, 특수 폭행은 20년까지 가능하지."

"좋은 상식이네요."

"기억력이 형편없으니까 적어두라고. 두 명이 한 사람을, 그것도 심각한 신체 손상을 의도해 폭행했다면 그건 특수 폭행이야. 파치면 교도소로 가는 거지. 네가 없으면 마누라와 세 아이는 누가 돌보지?"

"난 아무 데도 안 가요."

"야, 그건 이제 네가 결정할 일이 아니야. 제이크가 널 알아봤어. 그리고 총을 쏜 사람이 네 트럭이 현장을 빠져나가는 걸 봤고."

세실은 어깨가 조금 처지더니 뭔가를 찾아 두리번거렸다. "그 자식 날 알지도 못하잖아요."

"법원에서 널 봐뒀대. 코퍼네 아들이고 지저분한 빨간 수염을 기른 놈이라고 했어. 우리가 배리를 먼저 만났는데 그놈의 지저분한 수염은 빨간색이 아니라 검은색이었어. 너희들, 면도날 좀 사지 그래?"

"적어둘게요."

모스 주니어가 거들었다. "오마르 누스 판사가 판결 내릴 거야. 그 사람은 제이크를 아주 좋아하는데, 자기 변호사가 흠씬 얻어맞아 화가 머리 꼭대기까지 나 있어. 법원에서 소송이 늦어진다면서 말이야. 진짜 엄한 처벌을 내릴 거라고."

"무슨 말을 하는지 모르겠네요."

"우리가 오지에게 보고하면 내일은 널 체포하러 오게 될 거야. 여기서 할까? 아니면 집에서, 자식들 앞에서 체포당할래?"

"변호사를 살 겁니다."

"우리 카운티에서는 안 될 거야. 누스 판사를 열받게 하고 싶은 변호사는 여기 없을 테니까. 여기야, 집이야?"

세실은 어깨가 더 처졌고 사내인 척하는 것도 끝났다. "필요?"

"체포 말이야. 우리가 널 구치소로 데려가고 입건하고 감방에 처넣는 거지. 보석금은 대충 만 달러쯤 되니까 현금 천 달러면 나갈 수 있을 거야. 여기야, 집이야?"

"여기가 나을 것 같네요."

"내일 보자고."

물리치료사는 마를린이라는 이름의 강인하고 권위적인 여자로 처음부터 제이크의 고환을 보고 싶어 했다. 그는 단호히 거절했다. 그녀는 그런 제이크가 재밌다고 생각했고, 그는 병원 직원 모두가 그를 비웃고 있는 건지 궁금했다. 병원에서 사적인 일이 있기나 할까?

칼라가 한쪽에서 부드럽게 잡아당기며 돕자 그는 간신히 몸을 틀어 두 다리를 침대 아래로 내릴 수 있었다.

"저기 문까지 걸어갔다가 돌아올 수 있게 되기 전까지는 병원에서 나가실 수 없어요." 마를린은 그에게 도전하듯 말했다. 그녀가 그의 한쪽 겨드랑이 아래를 손으로 받쳤고 반대쪽은 칼라가 맡았다. 제이크는 두 발이 차가운 리놀륨 바닥에 닿을 때까지 몸을 아래로 미끄러뜨렸고, 고통이 창끝처럼 척추와 갈비뼈 그리고 그의 목과 머릿속까지 찌르며 들어오는 느낌에 얼굴을 찡그렸다. 어지럼이 느껴져서 잠시 멈춰 눈을 감고 이를 악물었다. 살짝 한 걸음을 내디디고 다시 한 걸음 내디딘 뒤 그는 말했다. "놔봐." 두 사람이 손을 놓자 그는 비틀거리기 시작했다. 어마어마하게 부어오른 고환이 아파 정상적으로 걷는 건 그만두고 그냥 서 있기조차 힘들었다. 그는 다리를 절룩이는 오리처럼 문으로 걸어가 손잡이를 덥석 잡았다. 그는 자랑스럽게 돌아서서 여덟 걸음을 움직여 침대에 돌아왔다. "자, 이제 됐으니 퇴원시켜 주세요."

"그렇게 빨리는 안 돼요, 카우보이 씨. 다시 해보세요."

두 다리가 후들거리고 힘이 없었지만, 그는 문까지 걸어갔다가 돌아왔다. 걷는 일은 고통스러웠지만, 등을 떼고 뭔가 정상적인 활동을 한다는 사실에서 활력이 생겼다. 네 번째 짧은 여행을 마치고 나자 마를린이 물었다. "소변을 좀 보시면 어때요?"

"소변보고 싶지 않아요."

"어쨌든 보세요. 혼자서 화장실에 가실 수 있는지 봅시다."

"와서 지켜볼 겁니까?"

"그건 아니에요."

제이크는 비틀거리며 화장실 문까지 걸어간 다음 안으로 들어가서 문을 닫았다. 환자복 자락을 들어 올려 턱으로 잡았다. 천천히 아래를 내려다본 그는 괴물처럼 변한 사타구니를 보고 도저히 믿을 수가 없어서 웃음을 터뜨렸다. 고통과 기쁨에 찬 울부짖음에 칼라가 문을 두드렸다.

수요일 늦은 오후, 제이크는 병원 침대에 앉아 있었고 칼라는 그의 발치 의자에 앉아 있었다. 케이블TV 뉴스를 보고 있는데 누군가 문을 두드렸다. 제이크가 "들어오세요"라고 말하는 순간 문이 열렸다. 오지와 모스 주니어가 다시 찾아왔다. 칼라가 TV 소리를 죽였다.

"의사 말로는 아침에 퇴원한다고 했다던데." 오지가 말했다.

"그렇게 빨리는 안 되나 봐." 제이크가 말했다.

"다행이로군. 좀 괜찮아졌나?"

"백 퍼센트야."

"여전히 끔찍한 몰골인데." 모스 주니어가 말했다.

"고마워. 시간이 좀 걸리겠지."

"얘기해 주세요." 칼라가 말했다. 그녀는 침대 반대편으로 돌아가 두 사람을 마주 보고 섰다. 오지가 고개를 끄덕여 보이자 모스 주니어가 말했다. "우리가 오늘 아침에 세실 코퍼를 찾아갔더니 일하고 있더군. 큰 혹이 났고 이마에 찢어진 자국이 있었어. 물론 모든 걸 부인하지만 범인이 틀림없어. 내일 체포할 거야."

"난 고소 안 할 거야." 제이크가 말했다.

오지는 칼라를 바라보았고, 그녀는 고개를 끄덕였다. 두 사람은 이 문제를 이미 의논했고 결정을 내린 것이 분명했다.

"무슨 소리야, 제이크." 오지가 말했다. "우린 이런 건을 처벌하지 않을 수 없어. 그들은 자넬 죽일 수도 있었어."

"하지만 그러지 않았지. 난 고소 안 해."

"왜?"

"난 싸우고 싶지 않아, 오지. 그렇지 않아도 신경 쓸 일이 너무 많아. 게다가 그 가족은 겪을 만큼 겪었다고. 난 문제 없이 나을 테고, 이 건은 잊을 거야."

"그럴 수 있을까? 나도 멤피스에서 습격당한 적이 있는데, 나쁜 놈들한테 호되게 얻어맞았어. 지금도 그때 맞던 기억이 생생하다고."

"난 결정했어, 오지. 고소 안 해."

"어쨌거나 난 그들을 체포할 수 있어, 알지?"

"그러지 마. 그리고 어차피 내가 증언하지 않으면 기소도 못 해. 코퍼 가족에게 그냥 날 건드리지 말라고 해. 전화도 하지 말고 위협이나 협박도 하지 말라고. 만일 날 보고 눈살이라도 찌푸리는 날에는 이 건으로 증언하고 고소할 테니까. 그냥 그들이 이 건을 계속 걱정거리로 삼도록 두자고. 알았지?"

오지는 어깨를 으쓱했다. 제이크와 논쟁하는 건 소용없는 일이다. "자네가 그러길 원한다면."

"원해. 그리고 그쪽 가족에게 내가 총을 갖고 다니고 있고 허가도 받았다고 전해. 이번처럼 내게 달려들 일은 없겠지만, 만일 너무 가까이 다가오면 대가를 치르게 될 거야."

"그러지 마, 제이크." 칼라가 중얼거렸다.

세 번째이자 마지막 날 밤, 그는 혼자 잤다. 칼라는 허리가 아픈 접이식 침대에 지쳤고, 제이크는 그녀에게 딸을 데리고 집에서 조용히 밤을 지내라고 설득했다. 그들은 9시에 통화를 하고 잘 자라고 인사했다.

하지만 수면제도 진통제도 효과가 없었다. 간호사에게 좀 더 강한 약을 부탁했지만, 그녀는 이미 지나치게 복용했다고 말했다. 두 번째 수면제가 역효과를 내면서 새벽 2시에도 도무지 잠이 오지 않았다. 육체적 충격은 사라져가고 부기도 가라앉고 있었지만, 몸은 오랫동안 뻣뻣하고 연약한 상태로 고통에 시달릴 터였다. 그래도 뼈와 근육은 치유될 것이다. 짓밟힐 수 있다는 공포와 두려움도 치유될지는 자신이 없었다. 조금 전까지만 해도 평소처럼 건강한 몸으로 닥친 온갖 문제에 머릿속이 복잡했는데, 바로 다음 순간 바닥에 쓰러져 정신을 잃은 채 피를 흘리면서 얼굴을 연달아 얻어맞고 있었다. 48시간이 지났지만, 여전히 비현실적인 일 같았다. 그는 같은 악몽을 두 번이나 꾸었고, 증오에 가득 찬 얼굴의 사내가 그를 깔아뭉개고 두들겨 패는 끔찍한 모습을 쳐다보았다. 한 대씩 맞을 때마다 느껴지던 딱딱한 아스팔트를 여전히 느낄 수 있었다.

그는 다시 조시를 떠올렸고 계속되는 신체적 위협이라는 현실을 어떤 사람이 견뎌낼 수 있을지 궁금했다. 제이크는 키가 180센티미터에 몸무게가 80킬로그램이 넘었고 기회가 있었다면 쓰러지기 전에 주먹을 몇 번 뻗을 수 있었다. 조시는 몸무게가 겨우 54킬로그램에 불과했고, 코퍼처럼 짐승 같은 자에겐 전혀 승산이라고는 없었다. 게다가 엄마가 또 얻어맞아 쓰러지는 소리를 들은 아이들이 견뎠을 공포는 상상조차 하기 어려웠다.

## 34

회진을 시작한 맥키 박사가 일찌감치 들렀고, 제이크는 양손을 머리 위쪽으로 절반쯤 든 채 방 한가운데 서 있었다. 환자복은 침대 위에 놓여 있고 그는 티셔츠와 칼라가 찾아낸 가장 넉넉한 운동복 하의 차림이었다. 그리고 마치 아침 조깅이라도 나갈 것처럼 운동화를 신고 있었다.

"뭐 하는 겁니까?" 맥키가 물었다.

"스트레칭이요. 난 갈 겁니다. 퇴원 서류에 서명하세요."

"앉아요, 제이크."

그는 침대 쪽으로 걸어가 끄트머리에 걸터앉았다. 의사는 머리를 싸맨 붕대를 조심스럽게 풀더니 꿰맨 상처를 살피고 말했다. "일주일 뒤면 실을 뽑을 겁니다. 코는 별로 할 것 없이 그냥 아물게 두세요. 멋지게 다시 자리를 잡을 것이고 별로 휘거나 하지는 않을 겁니다."

"정말이지 코가 휘는 건 질색입니다, 선생님."

"좀 더 거친 얼굴이 될 겁니다." 맥키가 마지막으로 남은 거즈를 떼어내며 재수 없게 말했다. "갈비뼈는 좀 어때요?"

"붙어 있어요."

"일어나서 바지 내려보세요." 제이크는 바지를 내리고 의사가 꼼꼼하게 그의 고환을 검사하는 사이 이를 꽉 깨물었다. "여전히 커지고 있네요." 의사는 중얼거렸다.

"섹스는 언제 가능한가요?"

"집에 갈 때까지는 참아야 해요."

"진지하게 말해주세요."

"몇 년 걸리겠죠. 퇴원시켜 드리죠, 제이크. 하지만 반드시 안정을 취해야 해요. 금세 낫지 않을 겁니다."

"안정을 취해요? 내가 달리 뭘 할 수 있겠어요? 이런 불알로는 간신히 걷는 것밖에 못 해요."

제이크가 운동복 바지를 올리는데 칼라가 조용히 들어섰다. "나 퇴원하래." 제이크는 자랑스러운 듯 말했다.

"집에 데려가세요." 맥키가 칼라에게 말했다. "하지만 앞으로 사흘은 침대에 누워 있어야 하고, 이건 꼭 지키세요. 신체적 활동은 절대 안 됩니다. 그리고 바이코딘은 줄였어요. 중독성이 있어서요. 월요일에 다시 봅시다."

의사는 떠났고 칼라는 제이크에게 전날 〈타임스〉 신문을 건넸다. 굵은 헤드라인이 이렇게 쓰여 있었다. '**브리건스 습격당해 입원.**'

"또 1면에 났네." 그녀가 말했다. "당신이 그렇게도 원하던 곳이잖아."

제이크는 침대 끄트머리에 앉아서 듀머스 리가 구체적으로 작성한 폭행 기사를 읽었다. 용의자는 확인되지 않았다. 피해자나 가족 또는 변호사 사무실 누구도 발언하지 않았다. 오지는 아직 수사 중이라는 말만 하고 있다. 기사에는 헤일리 소송 당시 법원에 들어서는 제이크의 자료사진이 실려 있었다.

간호사가 서류 몇 가지와 바이코딘 한 병을 가져왔다. "앞으로 닷새 동안 하루에 두 알씩만 드세요. 그러면 끝이에요." 그녀는 약병을 칼라에게 주며 말했다. 방에서 나갔던 간호사는 제이크가 아침으로 먹던 과일 셰이크를 들고 돌아왔다. 한 시간 뒤 병원 직원이 휠체어를 밀고 들어와 제이크에게 앉으라고 했다. 그는 걸어서 나가고 싶다며 거절했다. 직원은 그렇게는 안 되고 병원 규정상 모든 환자는 휠체어에 앉아 떠나야 한다고 했다. 혹시라도 넘어져서 환자가 또 다치면 어쩐단 말인가? 환자가 고소한다고 하지 않겠는가? 특히 변호사라면.

"그냥 앉아, 제이크." 칼라가 쏘아붙였다. 그녀는 모자와 선글라스를 건네며 말했다. "내가 차를 가져올게." 직원이 휠체어에 앉은 그를 밀고 병실을 나서 복도를 지날 때 제이크는 간호사들에게 작별 인사를 건네면서 도와주어 고맙다고 말했다. 엘리베이터를 타고 내려가 현관 출입구에 다다른 그는 문 근처에서 카메라를 들고 숨어 있던 듀머스 리를 발견했다. 듀머스가 그에게 웃으며 다가오더니 말했다. "안녕하세요, 제이크. 한마디 해주실 시간 있나요?"

제이크는 냉정을 잃지 않고 말했다. "듀머스, 지금 내 모습을 사진으로 찍었다가는 내가 맹세하지만, 다시는 당신과 말을 섞지 않을 거요."

듀머스는 카메라에는 손을 대지 않은 채 물었다. "혹시 누가 이런 짓을 했는지 압니까?"

"무슨 짓이요?"

"당신을 공격했잖아요."

"아, 그거. 아뇨, 전혀 모르고 말하지도 않겠어요. 꺼져요, 듀머스."

"코퍼 사건과 관련이 있다고 생각합니까?"

"노코멘트. 꺼지라니까. 그리고 카메라에는 손도 대지 말아요."

경비원이 어디선가 나타나더니 제이크와 기자 사이에 끼어들었다. 휠체어가 활짝 열린 문을 통해 나갔고, 칼라가 도로에 차를 대놓고 기다리고 있었다. 그녀와 병원 직원이 제이크를 조수석에 앉히고 문을 닫았다. 차가 출발하자 제이크는 듀머스를 향해 가운뎃손가락을 들어 보였다.

"꼭 그런 짓을 해야 해?" 칼라가 물었다.

제이크는 대답하지 않았다. 그녀가 말했다. "저기, 매우 고통스러운 건 알겠는데, 당신이 사람들에게 무례하게 대하면 그건 마음에 들지 않아. 이제 우린 집에 함께 콕 박혀 있어야 하는데, 나한테는 친절하게 대해주었으면 해. 해나한테도 그렇고."

"그런 건 누가 정하는 거야?"

"나. 내가 대장이니까. 열 내지 말고 친절하게 굴면 돼."

"그러죠, 대장님." 제이크는 낄낄대며 말했다.

"뭐가 그리 재밌어?"

"아무것도 아냐. 내 생각에 당신은 간호사에 어울리지 않은 것 같아."

"전혀 아니지."

"그냥 환자용 소변기만 따뜻하게 데워주고 진통제만 잘 들으면 난 완전히 친절한 사람이 될 거라고." 두 사람은 광장에 가까워지자 아무 말 없이 달렸다. "집엔 누가 있어?" 그가 물었다.

"아버님 어머님이 해나와 있지. 다른 사람은 없어."

"해나는 마음의 준비가 됐을까?"

"아마 아닐 거야."

"오늘 아침에 실수로 거울 속 내 모습을 봤어. 우리 어린 딸이 아빠 모습을 보면 겁을 먹을 거야. 보라색으로 부어오른 눈. 찢어지고 멍든 모습. 코는 감자처럼 커졌고."

"바지나 내리지 마."

제이크는 웃음을 터뜨렸지만, 갈비뼈들이 비명을 지르면서 동시에 우는 소리를 냈다. 가까스로 웃음을 멈춘 그가 말했다. "간호사들은 대부분 공감을 잘해주던데. 여기서는 그런 분위기가 안 느껴지네."

"난 간호사가 아니야. 난 대장이고 당신은 내가 하라는 대로 해야 해."

"네, 대장님."

칼라는 진입로에 차를 세우고 그를 도와 차에서 내리게 했다. 비틀거리며 테라스를 가로질러 걸어가는데 뒷문이 열리더니 해나가 뛰어나왔다. 딸을 붙잡고 꼭 안아주고 들어 올리고 싶었지만,

그는 허리를 숙여 뺨에 입을 살짝 맞췄다. 미리 주의를 받은 해나는 아빠를 안으려고 하지 않았다.

"우리 딸 잘 있었니?" 그가 물었다.

"그럼, 아빠. 아빤 어때?"

"훨씬 좋아. 일주일만 있으면 새로 태어난 것처럼 좋아질 거야."

해나는 아빠 손을 잡고 안으로 들어갔다. 집 안에는 그의 부모님이 주방에서 기다리고 있었다. 벌써 지쳐버린 그는 아침 먹는 구석 자리 의자에 털썩 앉았다. 테이블은 케이크와 파이, 쿠키가 잔뜩 담긴 접시, 온갖 종류의 꽃으로 덮여 있었다. 해나가 의자를 가까이 끌고 와 앉더니 아빠의 손을 잡았다. 그는 부모님과 잠시 얘기를 나누었고, 칼라가 커피를 따라주었다.

해나가 말했다. "선글라스는 벗을 거지?"

"아니, 오늘은 아니야. 내일쯤 벗을지도 몰라."

"하지만 집 안인데 뭐가 보여?"

"우리 딸 예쁜 얼굴은 아주 잘 보이고, 아빤 그러면 돼."

"꿰맨 자국은 징그러워. 얼마나 많이 꿰맸어? 팀 보스틱이 작년에 팔이 찢어졌는데 열한 바늘 꿰맸대. 걔는 엄청나게 잘난 체해."

"글쎄, 아빤 마흔한 바늘이니까 아빠가 이겼네."

"엄마가 그러는데 아빠 이도 두 개 빠졌대. 보여줘."

칼라가 혼냈다. "해나, 그만해. 엄마가 말했지만 우린 그런 얘기는 안 하기로 했잖아."

누스 판사는 타일러 카운티의 그레트나 법원에서 또 다른 민사 소송 목록을 들여다보고 있었다. 그가 보는 소송 진행 목록은 어느 곳의 판사라도 주재하고 싶어 하지 않을 내용이었다. 원고 측 변호사들은 마음에도 없는 소송을 밀어붙이고 있었고 피고 측 변호사들은 뻔한 지연 전술을 구사했다. 그는 휴정을 선포하고 판사실로 들어갔다. 그곳에는 로웰 다이어가 〈포드 카운티 타임스〉를 한 부 들고 기다리고 있었다.

누스는 가운을 벗고 내린 지 오래된 커피를 한 잔 따랐다. 그는 기사를 읽더니 물었다. "제이크하고 얘기해 봤소?"

"아뇨. 판사님은요?"

"마찬가지요. 오후에 전화해 봐야겠군. 전에 부인과는 통화했고, 제이크 사무실을 방문해 조수로 일하는 포샤 랭과도 한참 얘기했지. 누구 짓인지 혹시 알고 있소?"

"오지와 얘기를 했습니다. 절대 비밀이라고 하면서 코퍼 가족이 벌인 짓이라더군요. 하지만 제이크는 고소를 거부했다고 합니다."

"제이크답군."

"저라면 사형 선고를 받아내려 했을 겁니다."

"하지만 당신은 검사니까. 이 사건이 재판 장소에 영향이 있을 것 같소?"

"저한테 물으시는 겁니까? 판사는 제가 아닌데요."

"알지, 그리고 나도 결정을 내리려는 중이오. 제이크 말에도 일리가 있는 건 알아요. 클렌턴의 지인에게 들었는데, 워낙 유명한 사건이라 배심원 뽑기가 아주 복잡할 거라더군. 항소심에서 위험을 감수할 필요가 있겠소? 재판 장소가 어딘지가 검찰 쪽에 진짜 문제가 됩니까?"

"모르겠습니다. 옮긴다면 어디로 하시게요?"

"글쎄, 당연히 22구역 재판구로 해야겠지. 다른 네 카운티에서라면 같은 배심원을 뽑아낼 수 있을 거요. 하지만 포드 카운티는 좀 걱정스럽군요."

"이리로 가져오세요."

누스가 웃더니 말했다. "놀라운 일이군. 당신 뒷마당에서 재판하고 싶다는 거요?"

다이어는 잠시 생각하더니 커피를 한 모금 마셨다. "코퍼 가족은요? 만일 재판 장소가 바뀌면 그들이 화를 낼 겁니다."

"그들이 결정할 일은 아니잖소? 그리고 그 사람들은 무슨 일이든 화를 내겠지. 솔직히 말하자면, 로웰. 난 제이크가 당한 일에 정말이지 신경이 쓰입니다. 내가 억지로 사건을 그 친구에게 맡겼는데, 이제 그 친구가 거의 죽기 직전까지 얻어맞았으니. 만일 이런 일을 그냥 두고 넘기면 전체 시스템이 무너져 내릴 거요."

포드 카운티와 타일러 카운티를 후보에서 제외하고 나면 포크와 밀번 그리고 밴뷰런 카운티가 남았다. 다이어는 큰 사건을 누스의 집이 있는 체스터의 오래된 법원에서는 절대로 진행하고 싶지 않았다. 하지만 왠지 변경될 재판 장소는 그리로 정해질 거라는 예감이 들었다.

그가 말했다. "제이크는 당분간 아무 주장도 하지 않을 것 같습니다, 판사님. 이번에는 시간을 많이 두었다가 재판이 이어지길 원할 것 같지 않나요? 이제 재판이 7주 앞으로 다가왔는데요."

"오늘 오후에 물어볼 참이오. 만일 그쪽에서 시간을 좀 더 요구하면 반대할 겁니까?"

"아뇨, 상황이 이런데 어떻게 그러겠습니까. 하지만 재판은 그렇게 복잡하지 않을 겁니다. 그러니까 누가 방아쇠를 당겼느냐는 의문의 여지가 없다는 겁니다. 딱 한 가지 애매한 건 심신미약 문제입니다. 만일 제이크가 그쪽으로 방향을 잡는다면 제가 빨리 알아야겠죠. 그러면 피고인을 다시 휫필드로 보내 검사받게 해야 하니까요. 제이크가 결정을 내려야 합니다."

"동감이오. 그것도 내가 말하지."

"판사님, 그냥 궁금한 점이 있습니다. 제이크는 어떻게 헤일리가 미쳤다고 생각하도록 배심원들을 설득한 겁니까?"

"설득했다고 생각 안 합니다. 헤일리는 미치지 않았소. 우리 정의로는 그렇지. 그는 신중하게 살인을 계획했고 자신이 무슨 짓을 하는지 정확히 알았소. 누가 봐도 명백한 보복이었지. 제이크는 만일 기회가 주어진다면 누구라도 헤일리처럼 행동했을 것이라고 배심원들에게 설득해서 재판에 이겼던 거요. 정말이지 대단한 솜씨였소."

"이번에도 그렇게 하기는 좀 어렵겠군요."

"그렇지. 사건은 모두 서로 다르니까."

집에 도착하고 두 시간이 지나자 제이크는 지루해졌다. 칼라는 거실 커튼을 내리고 전화기 플러그를 뽑고 문을 닫고 그에게 쉬라고 명령했다. 흔히 핑크 시트라고 알려진 자료—주 대법원 판례를 미리 알리는 문서로 변호사라면 누구나 발간되는 즉시 의무적으로 읽는다고 주장했다—가 잔뜩 쌓여 있었지만, 눈이 초점이 맞지 않고 머리가 아파서 볼 수가 없었다. 몸 전체가 아팠고, 바이코딘은 점점 약효가 떨어졌다. 주기적으로 낮잠을 잤지만, 그에게 필요한 숙면은 되지 못했다. 대장인 간호사가 상황을 확인하려고 들여다볼 때마다 그는 얼른 거실로 가서 텔레비전 볼 권리를 주장했다. 그녀는 마지못해 요청을 받아들였고 그는 보금자리를 거실 소파로 바꿨다. 지나가던 해나가 선글라스를 쓰지 않은 그를 발견했고 허리를 굽히고 자세히 얼굴을 살펴보고는 울기 시작했다.

금세 배가 고파졌고 점심으로 아이스크림 한 접시를 먹겠다고 우겼다. 해나와 아이스크림 한 접시를 나누어 먹으면서 함께 서부 영화를 보는데 초인종이 울렸다. 칼라가 대신 나가더니 거의 본 적도 없고 알지도 못하는 이웃 사람인데 제이크에게 안부 인사를 전하고 싶어서 왔다고 했다.

아주 많은 사람이 찾아오고 싶어 했지만, 제이크의 다짐은 변하지 않았다. 부어오른 눈언저리는 며칠 동안 가라앉지 않았고 색깔은 보라색에서 검정과 파랑으로 바뀌었다. 그는 이런 모습을 미식축구 라커룸에서 본 적이 있었고, 술집에서 벌어진 싸움에 휘말려 고소당한 의뢰인들에게서도 여러 번 봤다. 그의 얼굴에는 시커멓고 불길한 색깔들이 우울한 넓이로 퍼져나가고 있었고, 이런 모습은 앞으로 몇 주간 계속될 터였다.

일단 충격에서 벗어난 해나는 아빠와 이불을 덮고 꼭 끌어안은 채 몇 시간 동안 함께 텔레비전을 보았다.

많은 논의 끝에 결국 오지가 결정을 내렸다. 면담은 백인 두 사람이 가서 진행하기로 했다. 그는 스튜어트와 가장 친한 경관인 모스 주니어와 마셜 프레이더를 보냈다. 그들은 미리 연락했고, 얼 코퍼는 목요일 오후 늦게 집 밖 철쭉나무 아래서 그들을 기다리고 있었다. 각자 담배를 하나씩 피워 물고 난 다음 얼이 말했다. "그래, 무슨 일이야?"

"세실이요." 모스 주니어가 말했다. "제이크가 세실을 알아봤어요. 너무 바보 같은 짓이었어요, 얼. 당신과 가족의 문제가 더 복잡해졌어요."

"무슨 얘기를 하는지 모르겠군. 브리건스는 이 동네에서 제일 똑똑한 놈이 아니니 분명히 뭔가 착각했겠지."

프레이더가 웃으며 고개를 돌렸다. 이야기를 하기로 한 모스 주니어가 계속 말을 이었다. "좋아요. 마음대로 얘기하세요. 특수 폭행은 징역 20년이에요. 진짜로 그렇게 형량이 나올지 모르겠지만, 젠장, 그냥 단순 폭행만으로도 카운티 구치소에서 1년은 살아야 한다고요. 누스 판사가 이번 일에 진짜 열받았고 어쩌면 큰 벌을 내릴 수도 있어요."

"누구한테?"

"알았어요. 제이크는 일단 당장은 고소하지 않겠다고 했지만, 나중이라도 언제든 할 수 있어요. 공소시효가 아마 5년쯤 될 겁니다. 게다가 민사 소송까지 걸 수 있고, 마찬가지로 누스 판사가 재판을 맡아서 병원비를 청구할 수도 있어요. 제가 보기엔 세실이 감당할 수 없는 금액일 겁니다."

"그래서 내가 겁이라도 내야 한다는 거야?"

"저라면 그러겠어요. 만일 제이크가 방아쇠를 당기겠다고 마음먹으면 세실은 바로 감방행에다 파산이에요. 변호사한테 그런 식으로 덤비는 게 아니에요, 얼."

"술 한잔 마실 텐가?"

"저희 근무 중이에요. 제발 우리가 한 얘길 아들에게 전해주세요. 두 명 모두와 사촌들 친척 모두에게요. 더는 나쁜 짓 하면 안돼요, 얼. 알겠죠?"

"내가 해줄 말은 없어."

그들은 돌아서서 순찰차로 되돌아왔다.

# 35

제이크는 금요일 점심으로 묽게 끓인 콩 수프를 한 그릇 간신히 넘겼다. 씹기가 여전히 불편했고, 단단한 음식은 말할 것도 없이 먹지 못했다. 나중에 칼라와 해나가 쇼핑과 여자들끼리의 오후 시간을 위해 외출했을 때, 두 사람이 사라지자마자 제이크는 포샤에게 연락해 집에 들러달라고 부탁했다. 즉시. 45분 후 집에 온 포샤는 엉망이 된 제이크의 얼굴을 본 충격이 가시고 난 뒤에 그를 따라 주방으로 왔고 가져온 서류들을 펼쳐놓았다. 두 사람은 현재 진행 중인 사건들을 살펴보고 앞으로 법원에 나갈 일을 검토하고 그가 없는 사이 어떻게 할 것인지 계획을 세웠다.

"새 사건은 없어?" 그가 물었다. 상대방 대답이 거의 두려울 정도였다.

"별로 없어요, 보스. 전화가 오긴 하는데 대부분 친구거나 예전 로스쿨 동창들이 어떠신지 확인하려고 한 전화예요. 좋은 친구들이 많더군요, 제이크. 많은 사람이 여기까지 차를 타고 와서 인사를 하고 싶어 해요."

"지금은 안 돼. 기다리라고 해. 그놈들 대부분은 내가 얼마나 심하게 얻어터졌는지 확인하고 싶은 거야."

"제가 보기에도 아주 심하게 얻어맞은 것 같긴 해요."

"그래, 싸움이라고 할 것도 없었지."

"그런데도 고소를 하지 않는다고요?"

"그래. 그건 이미 결정 난 사항이야."

"왜요? 그러니까, 제가 루시엔과 해리 렉스랑 아주 길게 얘기해 봤거든요. 우린 그놈들을 잡아내서 한 수 가르쳐줘야 한다는 데 동의했어요."

"이봐, 포샤. 난 이미 그 결정을 내렸다고. 지금 당장 난 세실 코퍼를 쫓을 정신적 육체적 에너지가 없어. 구치소에 가봤어?"

"아뇨, 이번 주에는 안 갔어요."

"이틀에 한 번씩 구치소에 가서 드루와 한 시간씩 면회해 줘. 걘 널 좋아하고 친구가 필요해. 사건 얘기는 하지 말고, 그냥 카드놀이나 게임을 같이 해주고 숙제를 하라고 격려해 줘. 칼라 말로는 요새 공부 많이 한대."

"그럴게요. 사무실에는 언제 다시 나오실 수 있어요?"

"바로 나갈 수 있으면 좋겠군. 담당 간호사는 나치에다 의사는 융통성이라곤 없어. 하지만 다음 주에 실밥 뽑을 때쯤 되면 의사도 괜찮다고 할 거야. 어제 누스 판사랑 오래 통화했는데 심신미약을 주장할 건지 얼른 결정하라고 압박하고 있어. 난 누스 판사와 다이어에게 우리가 맥노튼 규칙에 따라 우리 의뢰인이 자기 행동의 본질을 이해하지 못했다고 주장하려는 쪽이야. 자네 생각은 어때?"

"어차피 처음부터 그럴 계획이었잖아요, 그렇죠?"

"그렇다고 할 수 있지. 하지만 한 가지 문제는 전문가를 고용하는 데 돈이 필요하다는 거야. 오늘 아침에 뉴올리언스의 전문가라는 사람하고 통화했는데, 정말 마음에 들더라고. 증언 경험도 많고 아주 솜씨가 좋아. 비용은 만 5천 달러라는데, 그렇게는 안 된다고 했어. 국선 변호인 사건이고 카운티에서 변호인 측 전문가 비용을 그렇게 많이 내주지는 않을 거라고 말이지. 그래서 일단 내 돈으로 처리하겠지만 나중에 내가 그 돈을 전부 돌려받을 수 있을지 모르겠다고 했지. 그랬더니 만 달러에 해주겠대. 고맙다고 말하고 생각해 보겠다고 했어."

"리비 프로빈은요? 어린이 변호 재단에서 돈 좀 구해본다고 하지 않았어요?"

"맞아, 그리고 그녀는 의사도 많이 알아. 그녀에게 의지하고 있어. 누스 판사가 재판을 속개할 거냐고 물으면서 혹시 필요하면 시간을 더 줄 수도 있고, 다이어도 반대하지 않을 거라고 하더군. 난 괜찮다고 했고."

"키이라 때문에요?"

"키이라 때문이지. 8월 6일이면 임신 7개월 반이 될 텐데, 증언석에 앉았을 때 임신 상태였으면 하거든."

포샤는 법률용 노트를 테이블에 내려놓더니 고개를 흔들었다. "솔직히 말해서 이건 마음에 들지 않아요, 제이크. 키이라가 임신한 걸 속이는 건 공정하지 않은 것 같다고요. 키이라가 임신했고 애 아버지가 코퍼라는 걸 알게 되면 다른 사람들도 그렇겠지만 누스 판사가 졸도할 일 아니겠어요?"

"키이라는 내 의뢰인이 아니야. 드루가 의뢰인이지. 만일 검찰이 키이라를 불러내면 키이라는 검찰 측 증인이야."

"계속 그 얘기를 하시는데, 다이어는 울부짖을 테고 법정 전체가 터져버릴 거라고요. 알지도 못하는 사이에 아들이 아이를 남겼다는 사실에 코퍼 가족이 어떻게 반응할지 생각을 좀 해봐요."

"정말 이상하지만 난 지금 당장 코퍼 가족은 신경이 쓰이지 않아. 또 누스가 발작을 일으키든 다이어가 심장마비로 쓰러지든 신경 안 쓰여. 배심원들을 생각해 봐, 포샤. 문제가 되는 건 오직 배심원들이야. 진실이 밝혀질 때 그들 가운데 몇 명이 충격받고 화를 낼까?"

"열두 명 전부요."

"그럴 수도 있지. 난 열두 명 전부 그럴 건지 의심스럽지만, 서너 명만 되어도 충분해. 불일치 배심이라도 승리가 될 거야."

"이겨야 한다고 얘기하는 거예요, 제이크? 아니면 진실과 정의를 말하는 거예요?"

"이 경우에 정의가 뭐야, 포샤? 넌 이제 로스쿨에 진학할 테고 재판은 진실과 정의에 관한 것이란 소리를 들으며 앞으로 3년을 보내게 될 거야. 그리고 재판은 그래야 하지. 하지만 넌 이제 배심원에 뽑힐 정도로 나이를 먹었어. 너라면 이 아이에게 어떤 판결을 할 거야?"

포샤는 잠시 생각하더니 말했다. "모르겠어요. 늘 생각하지만, 정말이지 뭐가 정답인지 알 수가 없어요. 그 아이는 스스로 옳다고 생각하는 행동을 했어요. 자기 엄마가 죽은 줄 알았고 결국—"

"그리고 자신과 여동생이 여전히 위험한 상태라고 생각했어. 코퍼가 깨어나서 계속 날뛸 거라고 알았다고. 젠장, 그자는 전에도 아이들을 때리고 죽이겠다고 위협했어. 드루는 그가 술에 취한 걸 알았지만 코퍼가 너무 독한 술을 마셔서 정신을 못 차린다는 건 몰랐어. 그 순간 드루는 스스로 여동생과 자신을 지킨다고 생각했다고."

"그럼 괜찮다는 거예요?"

제이크는 웃으려고 애썼다. 그는 포샤를 손가락으로 가리키며 말했다. "바로 그거야. 심신미약은 잊어. 이건 정당화할 수 있는 살인이야."

"그럼 왜 맥노튼 규칙에 따른 심문 절차를 요구해요?"

"요구 안 해. 일단 요구해서 다이어가 일하게 할 거야. 검찰이 드루를 휫필드로 보내 주 정부 의사들이 검사하게 하면, 검찰은 드루가 스스로 무슨 행동을 하고 있었는지 정확히 알고 있었다고 증언할 증인을 확보하겠지. 그러고 나서 심문 전에 요청을 철회하는 거야. 그냥 조금 훼방을 놓는 거지."

"재판이 게임이에요?"

"아니, 이건 체스 경기야. 하지만 늘 규칙에 얽매이지는 않아."

"전 마음에 들어요. 어차피 배심원단이 열여섯 살짜리 아이가 미쳤다는 생각을 받아들일 것 같지도 않고요. 물론 심신미약이 의학적 진단이나 그런 걸로만 이루어지지 않는 것도 알고, 드루에게 온갖 정신적 문제가 있다는 것도 알아요. 하지만 그냥 10대 소년이 미쳤다는 주장은 왠지 먹히지 않는 것 같다고요."

"글쎄, 그거 듣기 좋은 얘기네. 내일이면 내 생각이 바뀔 수도 있어. 난 진통제를 복용 중이고 늘 깔끔하게 머리가 돌아가지 않으니까. 이 서류들을 다 살펴보고 내 간호사가 돌아오기 전에 빨리 여기서 달아나라고. 난 일하면 안 되고, 만일 우리가 일하다 들키면 간호사가 아이스크림 배급을 끊을 거거든. 은행 잔고는 얼마나 남았어?"

"별로 없어요. 2천 달러 조금 안 돼요."

제이크는 자세를 바꾸고 얼굴을 찡그리더니 갈비뼈와 사타구니에 밀려오는 통증과 싸웠다.

"괜찮아요, 보스?"

"그럼. 어제 얘기할 때 누스 판사가 내게 다섯 카운티 전체에서 새로운 국선 변호인 건을 좀 주겠다고 했어. 돈이야 얼마 안 되겠지만, 그래도 몇 푼은 들어오겠지."

"봐요, 제이크. 일단 내게 월급 줄 생각은 잊어도 돼요. 난 부모님 집에 사니까 잠깐 무급으로 일해도 어느 정도 견딜 수 있다고요."

그는 다시 얼굴을 찡그리며 자세를 바꿨다. "고마워, 포샤. 하지만 그래도 월급은 반드시 줘야지. 로스쿨에 가려면 돈을 벌어야 하잖아."

"집에서 로스쿨은 보내줄 수 있어요, 제이크. 모두 당신과 허버드 노인 덕택이죠. 어머니도 안정된 생활을 하고 있고, 어머닌 영원히 당신에게 감사할 거예요."

"말도 안 돼, 포샤. 넌 아주 일을 잘하니까 돈을 받아야 하는 거야."

"루시엔도 몇 달은 사무실 임대료를 잊어도 된다고 했어요."

제이크는 미소를 지으려, 웃음을 터뜨리려 애썼다. 그는 천장을 보며 고개를 저으려 노력했다. "헤일리 재판에서 9백 달러라는 거금을 받은 뒤 난 지금처럼 파산했었어. 그리고 루시엔이 몇 달은 임대료를 잊으라고 했었지."

"루시엔은 당신을 걱정하고 있어요, 제이크. 잘나갈 때 그는 미시시피에서 가장 미움받는 변호사였고, 살해 협박도 받았고 친구도 없었고 판사들도 그를 경멸하고 변호사들은 그를 피했대요. 하지만 자기는 즐겼대요. 급진적인 변호사 노릇을 아주 좋아했지만, 그래도 얻어맞지는 않았다고 하더라고요."

"처음이자 마지막이었으면 좋겠어. 나도 루시엔과 통화했고, 날 위해 걱정하는 것도 알아. 우린 살아남을 거야, 포샤. 재판 끝날 때까지 열심히 하고, 넌 로스쿨로 가면 돼."


금요일 늦은 오후, 제이크가 테라스에 나가서 낡은 티셔츠에 헐렁한 반바지 운동복 차림에 맨발로 물리치료사가 지시한 대로 활동적으로 움직이면서 두 다리를 쭉 펴는 동작을 하고 있을 때, 집 앞 진입로에서 차 문을 탁 닫는 소리가 들렸다. 첫 번째 든 생각은 얼른 집 안으로 들어가 남의 눈에 띄지 말아야 한다는 거였다. 문에 거의 다가갔을 때 익숙한 목소리가 말했다. "여, 제이크."

칼 리 헤일리가 울타리 나무를 돌아 모습을 드러내더니 말했다.

"여, 제이크. 나야, 칼 리."

제이크는 웃음을 띠려 애쓰며 말했다. "웬일이에요?"

두 사람은 악수를 주고받았고, 칼 리가 말했다. "그냥 어떤가 해서."

제이크는 등나무 테이블로 손짓하며 말했다. "앉으세요." 그들은 의자에 앉았고 칼 리가 말했다. "끔찍한 꼴이군."

"네, 그렇죠. 하지만 그래도 보기보다 기분은 괜찮아요. 옛날식 폭행이었어요."

"그렇다고 들었어. 괜찮을 것 같나?"

"그럼요, 칼 리. 벌써 낫고 있어요. 무슨 일로 시내까지 왔어요?"

"소식을 듣고 걱정스러워서 왔지."

제이크는 감동했지만 뭐라고 해야 할지 알 수가 없었다. 많은 친구가 전화하고 꽃과 케이크를 보내고 찾아오고 싶어 했지만, 그는 칼 리에게 소식을 듣게 되리라고는 기대하지 못했다.

"괜찮을 거예요, 칼 리. 걱정해 줘 고마워요."

"칼라도 있나?"

"안에 해나와 함께요. 왜요?"

"그러니까 말이야, 제이크. 그냥 있는 그대로 말할게. 자네가 당한 얘기를 들었을 때 정말 열받았어. 지금도 마찬가지고. 이번 주에 잠을 제대로 이룰 수가 없었지."

"저도 마찬가지였어요."

"소문을 듣자니 누구 짓인지 알지만, 자네가 고소하지 않기로 했다면서? 맞나?"

"그러지 마세요, 칼 리. 그런 얘기는 하실 필요 없어요."

"이렇게 하자고, 제이크. 난 자네한테 목숨을 빚졌고, 고맙다는 인사를 위해서 별로 할 수 있는 일이 없었어. 하지만 이번 건은 정말 열불이 나. 내 친구들이 있으니 받은 만큼 갚아줄 수 있어."

제이크는 고개를 흔들었다. 그는 재판이 가까워지며 칼 리와 구치소에서 함께 많은 시간을 보낼 때 그런 식의 원초적 폭력을 구사할 수 있는 사내의 존재 앞에서 느꼈던 경외감과 위협감을 떠올렸다. 칼 리는 자기 딸을 성폭행한 두 명의 백인 양아치를 총으로 쏴 죽였고, 피투성이 현장을 벗어나 집에 돌아가 그를 잡으러 오는 오지를 기다렸다. 그보다 15년 전 그는 베트남에서 훈장을 받았다.

"그럴 일은 없어요, 칼 리. 추가 폭력 사태는 절대 있어서는 안 됩니다."

"제이크, 난 절대 잡히지 않을 테고, 절대 아무도 안 죽여. 다시는 이런 일이 없도록 녀석도 조금 손봐주는 것뿐이야."

"절대 그럴 일은 없어요, 칼 리. 당신은 절대 개입하면 안 돼요. 정말이에요, 그래 봐야 문제만 더 복잡해진다니까요."

"이름만 알려 줘. 놈은 누구한테 당하는지도 모를 테니까."

"아뇨, 칼 리. 절대로 안 돼요."

칼 리가 이를 꽉 물더니 마음에 들지 않는다는 듯 고개를 끄덕이다가 다시 제이크를 설득하려고 할 때 칼라가 문을 열고 인사를 건넸다.

일요일, 새 변속기를 장착한 낡은 마쓰다 자동차가 구치소 옆

주차장에 서더니 조시가 차에서 내렸다. 키이라도 오빠를 꼭 만나고 싶어 했지만, 그녀는 면회하러 들어갈 수 없다는 걸 알았다. 그녀는 창문을 내리고 골든 부인이 이틀 전에 가져다준 페이퍼백 책에 코를 박았다.

조시는 접수대로 갔고 잭 씨가 그녀의 방문을 환영했다. 그녀는 그를 따라 복도를 걸어갔고, 그는 드루의 감방문을 열어주었다. 그녀는 안으로 들어갔고 문은 밖에서 잠겼다. 피고인은 작은 테이블에 앉아 있었고, 테이블 한가운데에는 교과서가 깔끔하게 쌓여 있었다. 그는 벌떡 일어나 어머니를 껴안았다. 두 사람은 자리에 앉았고, 조시는 종이봉투를 열고 쿠키와 음료수가 든 봉지를 꺼냈다.

"키이라는 어디 있어요?" 드루가 물었다.

"밖에, 차에 있어. 이제 키이라는 못 와."

"임신 때문에요?"

"그래. 제이크는 아무도 몰랐으면 해."

드루가 봉지를 열고 쿠키를 입에 넣었다. "키이라가 아기 엄마가 된다니 믿을 수가 없어요, 엄마. 이제 겨우 열네 살인데."

"알아. 난 너를 열여섯에 낳았는데, 그것만 해도 정말 어린 나이였거든."

"아기는 어떻게 될까요?"

"입양을 보내려고 해. 누군가 좋은 부부가 아름답고 어린 사내아기를 만나게 될 테고, 아기는 좋은 집에서 자라게 될 거야."

"운이 좋네요."

"그래, 행운이지. 이제 우리 가족 중에 누구라도 복을 받을 때가 되었으니까."

"아기가 우리 가족이라고 할 수는 없잖아요, 엄마?"

"그렇겠구나. 우린 그냥 잊어주는 것이 최선일 거야. 키이라도 잘 회복하고 새로 태어난 사람처럼 몸이 좋아져서 옥스퍼드에서 새로 학교에 다니게 될 거야. 아기를 낳은 적이 있다는 건 그쪽 사람들은 전혀 모를 테니까."

"혹시 한 번이라도 아기를 볼 수 있을까요?"

"그럴 수 없을 거야. 제이크는 입양 경험도 많은데, 우리는 아기를 아예 보지 않은 편이 가장 좋다고 하더라. 그래 봐야 괜히 문제만 복잡해진다면서."

드루는 음료수를 한 모금 마시고 엄마의 말을 생각했다. "쿠키 먹을래요?"

"엄만 괜찮아."

"있잖아요, 엄마. 난 아기를 보고 싶은 건지 잘 모르겠어요. 혹시 스튜어트를 닮았으면 어떻게 해요?"

"그렇지 않을 거야. 아기는 키이라처럼 아름다울 거야."

음료수를 한 모금 더 마시더니 침묵이 길어졌다. "있잖아요, 엄마. 지금도 그 사람 쏜 거 후회하지 않아요."

"글쎄, 난 네가 그런 짓을 한 것이 정말 유감이야. 안 그랬으면 여기 오지 않았을 테니까."

"하지만 그러지 않았으면 우리 선부 죽었어요."

"네게 묻고 싶은 질문이 있어, 드루. 아주 오래전부터 물어보고 싶었던 질문이야. 제이크도 대답을 알고 싶지만 네게 묻지 않았다고 하더라. 아직은 말이지. 키이라 말로는 스튜어트가 성폭행하는 걸 넌 몰랐다던데. 정말이니?"

그는 고개를 흔들더니 말했다. "몰랐어요. 키이라가 아무한테도 말하지 않았어요. 돌이켜 생각해 보면 스튜어트는 집에 아무도 없을 때까지 기다렸던 것 같아요. 만일 내가 알았으면 더 빨리 쐈을 거예요."

"그런 말은 하지 마."

"진짜예요, 엄마. 누군가 우릴 보호해야죠. 스튜어트는 우릴 전부 죽였을 거예요. 젠장, 그날 밤 난 엄마가 죽은 줄 알았어요. 그래서 미치는 줄 알았죠. 다른 방법이 없었어요, 엄마." 드루는 입술이 떨리고 눈에 눈물이 차올랐다.

조시는 불쌍하고 조그만 아들을 보면서 눈가를 훔치기 시작했다. 도대체 얼마나 비극적이고 엉망진창 망해버린 삶 속에 아이들을 끌어들인 것인지. 그녀는 수많은 잘못된 선택의 무게를 짊어지고 있었고, 형편없는 엄마라는 죄책감에 고통스러워했다.

한참 만에 드루가 말했다. "울지 마요, 엄마. 언젠가 여기서 나가 함께 살 수 있어요. 우리 셋이서만요."

"그랬으면 좋겠구나, 드루. 엄만 매일 기적이 일어나기를 기도해."

# 36

폭행 사건 8일 후, 제이크는 치과 의자에 갇혀 긴 오후를 보내고 있었다. 의사는 치아를 고치기 위해 망치로 두드리고 드릴로 뚫고 콘크리트처럼 느껴지는 물질을 들이부었다. 그는 지치고 고통스러웠는데, 임시로 치아를 덮고 3주 뒤에 크라운으로 아예 덧씌우기 위해 다시 치과를 찾아야 했다. 다음 날 팬더그래스트 박사가 실밥을 뽑더니 자기 솜씨에 감탄했다. 흉터는 크지 않았고 제이크 얼굴에 '개성'을 더해줄 터였다. 코는 거의 정상 크기로 돌아왔지만, 부은 눈 주위는 흉측하게 짙은 노란색을 띠고 있었다. 간호사가 몸에 부은 곳 전부를 끊임없는 냉찜질로 고문했기 때문에 대부분의 신체 부위는 정상적인 크기로 돌아왔다. 비뇨기과 의사는 고환을 부드럽게 찔러보며 줄어든 모습에 감탄했다.

사무실에 출근할 때는 뒷골목에 차를 세우고 뒷문으로 들어가겠다는 계획을 세웠다. 모자를 눌러쓰고 커다란 선글라스를 쓰고 보도를 따라 어기적거리며 걸어가는 모습은 정말이지 눈에 띄고 싶지 않았다. 그는 무사히 사무실에 들어섰고 포샤를 잠깐 안아주고 주방 안쪽 작은 니코틴 소굴에 들어가 있는 골초 베벌리에게 인사를 건네고 조심스럽게 계단을 통해 자기 방으로 올라갔다. 의자에 앉을 때쯤에는 숨을 헐떡이고 있었다. 포샤가 새로 내린 커피를 한 잔 가져왔고 전화해야 할 변호사들과 판사들 그리고 의뢰인들 명단을 건넨 다음 그를 혼자 두고 나갔다.

드루 앨런 갬블의 1급 살인 혐의 재판을 5주 앞둔 6월 28일이었다. 보통 지금쯤이면 지방 검사와 형량 협상 가능성을 두고 논의하고 있어야 했다. 협상이 이루어지면 재판과 그에 따른 모든 준비는 필요 없게 될 것이다. 하지만 그런 대화는 없을 터였다. 로웰 다이어는 유죄 인정 말고는 아무런 제안도 하지 않을 텐데, 어떤 변호사도 의뢰인에게 사형 선고의 위험을 감수하도록 두지 않을 것이기 때문이다. 만일 드루가 유죄를 인정한다면 형량은 오마르 누스 판사의 재량에 맡겨질 텐데, 가스실로 가거나 가석방 없는 종신형 또는 그보다 조금 짧은 형을 선고받을 수 있었다. 제이크는 그 가능성에 관해서도 누스와 이야기해야 마땅했지만, 그래야 하는지 확신이 없었다. 판사는 직접 형량을 정하는 부담을 지고 싶지 않을 것이다. 선거 부담이 없는 착한 사람들인 열두 명의 배심원들에게 맡기라면서. 여기에 정치적 이유까지 보태지면 누스 판사는 경찰 살해범에게 그리 동정심을 보이지 않을 것 같았다. 사실 여부와 관계없이 관대한 처분은 기대할 수 없었다.

게다가 제이크가 뭘 제안할 수 있겠는가? 30년 징역형? 40년?

열여섯 살짜리 아이는 그런 식으로 생각할 수 없다. 드루와 조시는 그런 식의 유죄 인정 협상에 동의하지 않을 것 같았다. 의뢰인에게 어떤 조언을 해야 할까? 주사위를 굴리고 배심원단의 결정을 운에 맡기라고? 한 사람이라도 단호히 버틸 수 있으면 불일치 배심이 될 수도 있다. 그런 사람을 찾아낼 수 있을까? 불일치 배심이 되면 다시, 끝없이 재판을 반복해야 한다. 우울한 시나리오다. 그는 전화 걸 명단을 보며 얼굴을 찡그리곤 수화기를 들었다.

포샤가 퇴근한 뒤 루시엔이 노크도 없이 들어와 제이크 맞은편 가죽 의자에 털썩 앉았다. 거의 5시가 다 되었는데 놀랍게도 커피만 마신 상태였다. 늘 냉소적이고 빈정거리기 일쑤인 그는 기분이 좋다 못해 거의 동정적인 상태에 가까웠다. 두 사람은 제이크가 회복하는 동안 두 번 통화했다. 가벼운 대화를 주고받은 뒤에 그가 말했다. "이봐, 제이크. 내가 지난주 내내 사무실에 출근했어. 필요한 만큼 전화가 울리지 않는 건 분명해. 자네 이래서야 영업할 수 있겠어?"

제이크는 어깨를 으쓱하고 웃으려 애썼다. "다른 사람들도 걱정해요. 포샤가 6월 내내 새 사건을 고작 네 건 받았어요. 사무실에 일거리가 말라갑니다."

"이 지역 사람들이 자네를 적대시하는 것 같군."

"그것도 있고, 아시다시피 이쪽 일을 하려면 좀 부산떨고 다녀야 하잖아요. 최근에 제가 많이 그러질 못했죠."

"제이크, 나한테 돈 빌려달란 소리를 한 번도 안 하더군."

"한 번도 생각해 본 적 없어요."

"비밀 하나 알려주지. 조부께서 1880년에 퍼스트 내셔널 은행을 세워 카운티에서 가장 큰 은행으로 키웠어. 금융업을 좋아했고 법 따위는 신경 쓰지 않았지. 아버지가 1965년 세상 떠나신 뒤 주식 대부분을 내가 물려받았네. 난 은행이나 은행가를 증오했기에 최대한 빨리 주식을 처분했어. 투펄로에 있는 커머스 은행에 팔았지. 사업가는 아니지만 똑똑하게 선택했는데, 그건 아직도 나 스스로 놀라곤 해. 현금이 필요하지 않았기에 돈을 받고 팔지 않았어. 그때는 법률사무소가 왕성하게 돌아가고 바쁘던 때였거든. 바로 여기 이 책상에서 말이야. 평범한 은행인 커머스는 자기를 팔아넘기고 합병도 하고 했지만, 난 끝까지 주식을 놓지 않았어. 지금은 서드 페더럴 은행이라고 부르는데 내가 두 번째 대주주야. 분기마다 배당금이 들어와서 늘 쏠쏠하지. 나야 빚도 없고 돈도 많이 안 쓰니까. 듣자니 주택담보대출을 갱신해서 현금을 구하려고 한다면서. 아직 작업 중인가?"

"별로 그렇지도 않아요. 은행들이 전부 거절해서요. 아직 카운티 외부 은행은 가보지 않았지만요."

"얼마나 필요한데?"

"밥 스키너가 유리하게 내준 감정가로는 30만 달러가 나왔죠."

"지금 대출은 얼만데?"

"22만이요."

"클랜턴에서는 큰 금액이군."

"그렇죠. 제가 너무 비싼 집을 샀는데, 그땐 정말 그러고 싶었어요. 집을 내놓을 수도 있지만 팔릴지 모르겠어요. 칼라가 집 파는 걸 좋아할 것 같지도 않고요."

"좋아할 리가 없지. 팔지 마, 제이크. 내가 서드 페더럴 은행 사람들한테 연락해서 대출해 주라고 할게."

"그렇게 쉬워요?"

"쉽지. 젠장, 내가 두 번째 대주주라니까, 제이크. 내 부탁이면 들어준다고."

"뭐라고 감사드려야 할지 모르겠네요, 루시엔."

"감사하지 않아도 돼. 하지만 그래도 대출금이 너무 커, 제이크. 감당할 수 있겠나?"

"감당 못 할 수도 있지만, 달리 방법이 없어요."

"사무실 문을 닫는 건 안 돼, 제이크. 자넨 내게 없는 아들이나 마찬가지고, 가끔 난 자네 덕분에 대리만족하며 사는 기분이라고. 이 사무실은 절대 문 안 닫아."

제이크는 감동의 물결이 온몸을 휩쓸고 지나는 느낌이었고, 아무 말도 할 수 없었다. 두 사내가 서로 다른 곳을 바라보며 한참이 흘렀다. 마침내 루시엔이 말했다. "베란다에 나가 앉아서 한잔 마시자고. 할 얘기가 있어."

제이크가 날카로운 목소리로 말했다. "좋아요, 하지만 전 커피나 마실래요."

루시엔이 아래층으로 갔고 제이크는 비척거리며 문을 열고 베란다로 나가 광장과 법원이 보이는 멋진 경치를 바라보았다. 루시엔이 위스키 온더록스 한 잔을 들고 와 옆에 앉았다. 두 사람은 늦은 오후 오가는 차들과 정자 옆 오래된 떡갈나무 아래, 늘 보이는 노인들이 담배를 씹고 침을 뱉어가며 나무를 깎는 모습을 내려다보았다.

제이크가 말했다. "근데 그걸 '비밀'이라고 했잖아요. 왜죠?"

"내가 이 동네에서 은행 거래를 하지 말라고 얼마나 여러 번 얘기했나? 너무 많은 사람이 자네가 뭘 하는지 보고 재정 상태가 어떤지 알게 되잖아. 자네가 좋은 사건을 해서 수임료를 긁어모으면 누군가 은행에 잔고가 크게 쌓이는 걸 보게 돼. 사람들이, 특히 이 부근에서 떠들어대지. 몇 달 사정이 안 좋아서 은행 잔고가 줄면 너무 많은 사람이 그걸 알게 돼. 내가 그래서 이 지역 외부에서 은행 거래를 하라고 한 거야."

"정말이지 달리 방법이 없었어요. 시큐리티 은행에서 대출한 것도 그쪽 사람과 알기 때문이었거든요."

"논쟁을 하자는 건 아니야. 하지만 언젠가 자네가 다시 일어설 수 있게 되면 이쪽 동네 은행들하고는 거래를 끊어."

제이크 역시 이러쿵저러쿵할 기분이 아니었다. 루시엔은 걱정거리가 있었고, 뭔가 중요한 얘기를 하고 싶어 했다. 그들은 잠시 오가는 차들을 내려다보았고, 루시엔이 입을 열었다. "샐리랑 헤어졌네, 제이크. 떠나버렸어."

제이크는 놀랐지만, 이내 놀랄 것도 없다는 생각이 들었다. "안 됐어요, 루시엔."

"어찌 보면 합의 이별인 셈이지. 그녀는 서른 살이고, 내가 결혼할 수 있는 다른 남자를 찾아 가정을 가지라고 권했어. 나랑 사는 걸 삶이라고 할 순 없잖아? 열여덟 살에 우리 집에 들어와 가정부로 시작했다가 이렇게까지 된 거였지. 자네도 알다시피 내가 그녀를 무척 좋아하게 됐고."

"정말 안 됐어요, 루시엔. 저도 샐리를 좋아하고 늘 함께 지낼 수 있으리라 생각했는데."

"차를 사주고 돈도 넉넉히 주고 작별 인사를 했네. 빌어먹을 집이 요즘은 끔찍할 정도로 조용해. 하지만 어쩌면 다른 누군가를 찾을 수도 있겠지."

"당연히 그러셔야죠. 샐리는 어디로 갔어요?"

"말은 안 했지만, 의심스럽긴 했어. 이미 누군가 남자를 찾은 것 같은데, 난 잘된 일이라고 스스로 설득하려고 애쓰고 있네. 그녀는 가족과 진짜 남편, 아이들이 필요해. 내가 늙어 죽을 때까지 그녀가 날 돌보고 있으리라는 생각은 정말 참을 수가 없어. 병원에 데려가고 약을 먹이고 대소변을 받아내고 말이야."

"왜 이러세요, 루시엔. 금방 죽을 것도 아니면서. 아직 좋은 세월이 창창하잖아요."

"무슨 좋은 세월? 난 법률을 사랑하고 잘나가던 시절이 그리워. 하지만 너무 늙었고 재기하기엔 너무 내 방식대로만 살았지. 나처럼 늙은 괴짜가 변호사 시험에 합격하겠어? 시험을 말아먹으면 못 견디고 말 거야."

"그래도 시도해 볼 수는 있잖아요." 제이크는 그렇게 말했지만, 확신은 없었다. 루시엔이 다시 법률가가 되어 사무실에서 문제를 일으키는 건 절대 그가 바라는 일이 아니었다.

루시엔이 술잔을 들어 올리더니 말했다. "이걸 너무 많이 마셨어, 제이크. 게다가 머리도 옛날 같지 않아. 2년 전에는 책을 파면서 꼭 시험에 합격하겠다고 생각했는데, 기억력이 엉망이야. 일주일만 지나면 법조문을 기억할 수가 없더라고. 얼마나 힘든지 자네는 알잖아."

"알죠." 제이크는 변호사 시험의 압박감을 떠올리며 공포를 느꼈다. 로스쿨에서 가장 친했던 친구는 두 번이나 낙방하고는 플로리다로 이주해 콘도를 팔고 있다. 엄청난 경력의 전환이었다.

"내 삶은 목적이 없어, 제이크. 내가 하는 일이라고는 여기 나와 빈둥거리고 현관 앞에 나와 앉아 술 마시고 책 읽는 것이 전부야."

12년 동안 루시엔과 알고 지냈지만, 그가 한 번도 이렇게 자기 연민에 빠져 말하는 걸 들어보지 못했다. 사실 루시엔은 자기 문제에 관해 불평해 본 적이 단 한 번도 없었다. 그는 불의와 주 변호사협회, 이웃에 관해 또는 변호사들과 판사들이 엉터리라고 몇 시간 동안 분노하기도 했고 가끔은 향수에 젖어 다시 사람들을 고소할 수 있으면 좋겠다며 괴로워하기도 했지만, 결코 경계심을 늦추고 자신의 감정을 드러내는 일은 없었다. 제이크는 루시엔이 유산을 물려받아 아무 걱정 없이 사는 줄 알았고, 자기 스스로 그 누구보다 운이 좋은 사람이라고 생각하는 줄만 알았다.

"사무실에 나오시면 언제든 환영입니다, 루시엔. 훌륭한 조언자시고 통찰력이 제게 도움이 되고 있어요." 그 말은 오직 일부분만 진실이었다. 2년 전 루시엔이 다시 복귀하겠다면서 떠들썩할 때만 해도, 제이크는 진짜 그런 일이 일어날까 봐 걱정스러웠다. 하지만 시간이 흐르면서 공부가 너무 힘들어지자 루시엔은 변호사 시험 얘기를 꺼내지 않았고, 거의 매일 몇 시간씩 사무실에 나와 있는 일상에 빠져들었다.

"자넨 내가 필요 없어, 제이크. 앞으로도 오래 변호사 생활을 할 거잖아."

"포샤가 당신을 존경하게 되었어요, 루시엔." 시작부터 험난했던 두 사람은 불편한 휴전 상태를 유지하고 있었지만, 지난 6개월 동안 그들은 진정으로 함께 일하는 걸 즐기고 있었다. 포샤는 로스쿨에서 공부하지도 않았음에도 이미 훌륭한 법률 연구원이었고, 루시엔은 그녀에게 변호사라면 어떻게 글을 써야 하는지 가르쳤다. 그는 이 지역 최초의 흑인 여성 변호사가 되겠다는 그녀의 꿈에 기뻐했고, 그녀가 자신의 옛 사무실에서 일하기를 원했다.

"존경이라는 말은 좀 지나친 것 같군. 게다가 이제 두 달이면 떠날 친구인데."

"돌아올 겁니다."

그는 얼음을 흔들더니 술을 마셨다. "뭐가 가장 그리운지 아나, 제이크? 법정이야. 난 배심원들이 앉아 있고 증언석에는 증인이 앉아 있고 상대편에 좋은 변호사가 있고 바라건대 노련한 판사가 공정한 싸움의 심판이 되는, 그런 법정을 정말 좋아했네. 법정에서 벌어지는 드라마가 좋았어. 사람들이 다른 곳에서라면 하지 않을 이야기를 공개된 법정에서 토론하는 거야. 해야만 하니까. 늘 원해서 하는 건 아니지만, 그들이 증인이기 때문에 어쩔 수 없이 해야만 하는 거지. 선량하고 회의적인 사람들을 그들이 법률의 옳은 편에 서 있고 내 의견에 동조해야 한다면서 설득하는 압박감이 좋았다고. 그들이 어떤 사람을 따르는지 아나, 제이크?"

그 순간 제이크는 이 짧은 강의를 몇 번이나 들었는지 기억해 낼 수가 없었다. 그는 고개를 끄덕이고 마치 처음 듣는 얘기처럼 귀를 기울였다.

"배심원들은 비싼 양복을 차려입은 멋쟁이 녀석을 따르지 않아. 언변 좋은 웅변가를 따르지 않는다고. 손끝에 모든 규칙을 암기하고 있는 똑똑한 녀석을 따르지도 않지. 전혀 그렇지 않다고. 그들은 진실을 말하는 변호사를 따를 거야."

단어 한 개도 다른 것 없이, 늘 같은 얘기였다.

"그럼, 드루 갬블 사건의 진실은 뭔가요?" 제이크가 물었다.

"칼 리 헤일리와 같아. 어떤 사람들은 죽여야만 해."

"제가 배심원들에게 한 얘기랑은 다르네요."

"다르지, 그렇게 말하진 않은 거지. 하지만 자넨 배심원들도 기회만 주어진다면 정확히 헤일리가 한 행동을 했을 거라고 그들을 설득했어. 정말 똑똑했지."

"요샌 별로 똑똑한 것 같지 않아요. 저는 이미 죽어 스스로 변호할 수도 없는 사람을 재판에 끌어오는 것 말고는 다른 방법이 없어요. 추한 재판이 될 겁니다, 루시엔. 하지만 그걸 피할 방법이 없어요."

"피할 방법은 없어. 여자애가 증언석에 앉는 순간에 그 법정에 있고 싶군. 임신 8개월이 다 되었는데, 아기 아빠가 코퍼라니. 드라마가 따로 없군, 제이크. 그런 광경은 한번도 본 적이 없어."

"다이어는 미결정 심리가 되어야 한다고 울부짖을 겁니다."
"분명히 그럴 테지."
"누스 판사는 어떻게 나올까요?"
"좋아하지야 않겠지만 검찰 측 요청으로 미결정 심리가 되는 경우는 거의 없어. 그런 결정이 내려질 것 같지는 않네. 여자애는 자네 의뢰인이 아니고 만일 다이어가 먼저 그 아이를 불러낸다면 실수는 검찰의 몫이야. 자네가 아니고."
제이크는 차가운 커피를 한 모금 마시고 오가는 차들을 바라보았다. "칼라가 그 아이를 입양하고 싶대요, 루시엔."
루시엔은 얼음을 흔들더니 생각했다. "자네도 같은 생각이고?"
"모르겠어요. 집사람은 그렇게 하는 것이 옳은 일이라고 생각하는데, 다른 사람들이 보기에는 뭐라고 하나요, 기회주의자처럼 보일까 봐 걱정해요."
"누군가는 아기를 데려갈 테지, 그렇잖아?"
"네. 키이라와 조시는 어차피 입양시킬 거니까요."
"그런데 자네들은 이번 일이 어떻게 보일지 걱정하는 거고."
"그렇죠."
"그게 자네 문제야, 제이크. 자넨 이 동네 그리고 소문에 열중하는 수다쟁이들을 너무 걱정해. 전부 엿 먹으라고 해. 지금 그들은 어디 있는데? 자네가 필요할 때 그 멋진 사람들은 모두 어디 있었던 거야? 자네 친구들은 전부 교회에 있어. 친하다는 사람들은 모두 그놈의 사교 모임에 가고 없잖아. 한때 자네를 최고라며 추켜세우던 커피숍의 중요한 사람들은 이제 자네한테 아무 신경도 안 써.

그들은 모두 변덕스럽고 정보가 부족하고 진정한 변호사가 되려면 무엇이 필요한지 깨닫지 못하고 있어, 제이크. 자넨 12년째 이 일을 하고 있고, 사람들이 뭐라고 할지 걱정하다가 빈털터리가 됐어. 그 사람들은 전혀 중요하지 않아."
"그럼 뭐가 중요해요?"
"두려워하지 않는 것. 인기 없는 사건도 겁 없이 받아들이고, 아무도 보호해 줄 수 없는 소시민을 위해 죽기 살기로 싸우는 것. 정부든 기업이든 권력 기구든 상관하지 않고 상대하면서 무슨 일이든 받아들이는 변호사로 명성을 얻고 나면, 자넬 찾는 사람이 많아질 거야. 어떤 판사든 검사든 거대 로펌 변호사든 기죽지 않고 법정에 걸어 들어갈 수 있고, 사람들이 자네를 두고 뭐라고 할지 신경 쓰지 않을 정도로 자신감을 가져야 해, 제이크."
백 번도 넘게 들은 또 다른 미니 강연이었다.
"저는 고객을 거절한 적이 별로 없어요, 루시엔."
"아, 그렇군. 자넨 갬블 사건을 원하지 않았고, 어떻게든 맡지 않으려 애썼어. 누스가 자네를 억지로 끌어들였을 때 징징대던 기억이 나는군. 동네에서 다른 사람들이 모두 달아나 숨었을 때, 자넨 혼자 사건에 엮였다고 화를 냈어. 바로 이 사건이 내가 말하던 종류의 사건이야, 제이크. 이런 사건이야말로 진짜 변호사가 나서서 사람들이 뭐라고 수군거리거나 말거나 신경 쓰지 않고 자랑스럽게 법정에 걸어 들어가 아무도 원하지 않는 의뢰인을 변호할 기회라고. 그리고 이런 식의 사건들은 주 전역에 널렸다고."
"글쎄요, 제가 그런 사건을 여럿 자원해서 맡을 형편이 안 되네요." 제이크는 루시엔이 급진적인 변호사가 될 수 있는 수단을 갖고 있다는 사실에 다시 한번 충격을 받았다. 은행 절반을 소유한 사람은 그 말고는 아무도 없었다.

루시엔은 술잔을 비우더니 말했다. "난 가야 해. 수요일인데, 샐리는 수요일이면 늘 암탉을 구웠지. 그 맛이 그립군. 아마도 여러 가지로 그리울 것 같아."

"안 됐어요, 루시엔."

루시엔은 일어서서 다리를 쭉 뻗었다. "서드 페더럴 은행에 연락하지. 서류 준비를 좀 해두라고."

"고마워요, 루시엔. 이게 무슨 의미인지 절대로 모르실 거예요."

"빚이 잔뜩 는다는 의미지, 제이크. 하지만 자넨 다시 일어설 거야."

"그럴 겁니다. 달릴 방법이 없어요."

# 37

 1843년 정신이 불안정했던 스코틀랜드 목재 선반공 대니얼 맥노튼은 영국 총리인 로버트 필과 그가 이끄는 토리당이 그를 미행하고 박해한다고 믿었다. 그는 런던 거리를 걷는 필 수상을 보고 뒤통수에 총을 쏴 죽였다. 엉뚱한 사람을 죽인 것이다. 희생자는 필의 개인 비서이자 오랫동안 공무원으로 일한 에드워드 드러먼드였다. 살인 혐의를 받고 진행된 재판에서 양측은 맥노튼이 망상을 비롯한 여러 정신적 문제가 있다는 데 동의했다. 배심원단은 심신미약을 이유로 그에게 무죄를 선고했다. 이 사건이 유명해져 영국과 캐나다, 오스트레일리아, 아일랜드 그리고 미시시피주를 포함한 미국 대부분 지역에서 심신미약을 원인으로 삼는 변호가 널리 받아들여졌다.
 맥노튼 규칙은 이렇게 명시하고 있다. 심신미약을 근거로 한 항변이 성립하려면 피고인이 행위를 할 당시 정신질환으로 인해 겪는 이성의 결함으로 자신이 하는 행동의 본질과 그 수준을 알지 못했거나, 만일 알았더라도 자신의 행위가 잘못되었다는 사실을 몰랐다는 것이 명백히 입증되어야만 한다.

맥노튼 규칙은 수십 년 동안 법학자들 사이에서 치열한 논쟁을 불러일으켰고, 일부 재판 관할 구역에서는 수정되거나 아예 거부되기도 했다. 하지만 1990년에도 그 규칙은 미시시피를 포함한 대부분 주에서 여전히 표준으로 적용되고 있었다.

제이크는 맥노튼 규칙 적용을 신청하고 해당 주장을 입증하기 위해 그와 포샤, 루시엔이 2주에 걸쳐 작업한 30페이지짜리 준비 서면을 첨부해 제출했다. 7월 3일, 드루는 휫필드에 있는 주립 정신병원으로 다시 이송돼 주 정부 의사들에게 진찰을 받았다. 그 의사들 가운데 한 명이 선택되어 재판에서 드루에게 불리한 증언을 할 터였다. 로웰 다이어가 드루는 정신이 멀쩡하고 정신질환을 앓지 않았으며 방아쇠를 당기던 순간 자신이 무슨 짓을 하는지 알고 있었다고 증언할 정신과 의사를 최소한 한 명 이상 찾아낼 수 있으리라 변호인 측은 믿어 의심치 않았다.

그리고 변호인 측은 그 증언에 이의를 제기하지 않을 생각이었다. 지금까지 드루를 검사한 어떤 결과에서도 그가 정신질환을 앓았다고 볼만한 내용은 없었다. 제이크와 포샤는 드루가 이전에 받았던 소년범 재판 기록과 입감 및 퇴소 관련 서류, 수감 기록, 학교 생활기록부와 투필로의 크리스티나 루커 박사 그리고 휫필드의 새디 위버 박사의 소견서 사본을 입수했다. 자료는 전체적으로 신체적, 정서적, 정신적으로 미성숙하고 열여섯 살이 될 때까지 놀라울 정도로 혼란스럽게 살아온 한 청소년을 보여주고 있었다. 그는 스튜어트 코퍼로 인해 트라우마를 겪었고 주기적으로 위협을 당했으며 문제의 그날 밤에는 어머니가 살해당했다고 확신한 상태였다. 하지만 그는 정신질환을 앓고 있지는 않았다.

제이크는 유리하게 말해줄 전문가를 찾아 고용할 수 있다는 사실을 알았지만, 법정에서 심신미약을 두고 이길 수 없는 싸움을 벌이고 싶지 않았다. 드루가 제정신이 아니고 책임을 질 수 없는 사람이라고 주장하는 건 배심원들에게 역효과를 낼 수 있었다. 그는 앞으로 몇 주 동안 맥노튼 규칙을 이용할 것처럼 굴다가 재판 전에 포기할 계획이었다. 어차피 재판은 체스 게임이었고, 로웰 다이어를 엉뚱한 방향으로 유도한다고 문제 될 것은 없었다.

스탠 앳캐비지가 책상에 앉아 있는데 제이크가 "여, 시간 좀 있나?"라며 들어왔다.

스탠은 진정으로 그를 만나 기뻤다. 그는 일주일 전 칼라가 허락하자마자 제이크의 집에 들러 테라스에서 레모네이드를 함께 나누었다.

"밖에 나와 돌아다니는 모습을 보니 좋군." 그가 말했다.

폭행 사건 17일 후, 제이크는 거의 정상으로 돌아왔다. 흉터는 보였지만 작았고, 두 눈은 깔끔해져 아래쪽으로 멍든 자국만 남아 있었다.

"밖에 나오니 좋군." 제이크는 서류를 건넸다. "자네와 잭슨에 있는 사람들을 위한 작은 선물이야."

"뭔데?"

"주택담보대출 해지 서류. 대출 잔금은 전부 입금했네."

스탠은 가장 위에 놓인 서류를 훑어보았다. 해지 완료 도장이 찍혀 있었다.

"축하하네." 스탠은 충격을 받은 채로 말했다. "행운의 은행은 어디야?"

"투펄로에 있는 서드 페더럴이야."

"잘 됐군. 그쪽에서는 얼마나 대출했나?"

"그건 자네랑은 전혀 상관없는 일이지, 이젠 말이야. 그리고 내 계좌도 전부 그쪽으로 옮길 거야. 별것 없는 계좌지만."

"왜 이러나, 제이크."

"아니, 정말이야. 그쪽 사람들은 아주 친절해서 내가 매달릴 필요도 없었어. 아름다운 우리 집의 가치를 전부 인정해 줬고, 내가 대출금을 갚을 능력이 있다고 믿더군. 아주 마음이 후련해."

"이러지 말자고, 제이크. 내가 결정할 수 있었다면 어땠을지 알잖아?"

"하지만 그러지 못했지. 앞으로도 그럴 테고. 자네가 이제 걱정할 일은 소송 비용 대출뿐이야. 본사 그 친구들에게 느긋하게 있으라고 해. 금세 갚을 테니까."

"물론 그럴 테지. 나야 전혀 의심하지 않아. 하지만 그렇다고 사무실 계좌까지 옮길 건 뭔가. 젠장, 제이크. 처음 사무실 시작할 때부터 우리가 자네 계좌와 대출은 전담했잖아."

"미안하네, 스탠. 하지만 자네 은행은 진짜 필요할 때 날 돕지 못했어."

스탠은 서류를 책상 위에 툭 내려놓고 손가락 관절을 꺾었다.
"좋아, 좋다고. 우린 그래도 여전히 친구지?"
"언제나 친구지."


7월 6일 금요일, 제이크는 악몽을 꾸다가 어둠 속에서 잠을 깨 몸이 땀에 흠뻑 젖은 걸 깨달았다. 똑같은 꿈이었다. 덩치 크고 얼굴 없는 깡패에게 얻어맞으면서 뜨거운 아스팔트 위에 머리가 처박힌 꿈. 두근거리는 가슴으로 숨을 몰아쉬고 있었지만 움직이거나 칼라를 깨우지 않고 간신히 마음을 진정시켰다. 시계를 보았다. 4시 14분. 천천히 진정되면서 호흡이 정상으로 돌아왔다. 움직이면 근육이 아플까 봐 한참 동안 꼼짝도 하지 않은 채 멍하니 검은 천장만 바라보며 악몽의 기억을 떨쳐내려 애썼다.

재판은 한 달 앞으로 다가왔고, 재판을 생각하기 시작한 뒤부터 잠을 잘 수가 없었다. 새벽 5시, 그는 간신히 조심스럽게 시트를 걷어내고 뻣뻣한 두 다리를 침대 옆으로 돌려 바닥을 디뎠다. 그가 일어서자마자 칼라가 말했다. "어딜 가려는 거야?"
"커피 좀 마시려고. 그냥 계속 자."
"당신 괜찮아?"
"내가 안 괜찮을 이유가 뭐가 있어? 괜찮아, 칼라. 얼른 다시 자."
그는 조용히 주방으로 들어가 커피를 내리고 전날 뜨거웠던 공기의 온기가 여전히 남은 채 시간이 지나면서 점점 더 뜨거워지기만 하는 테라스로 나갔다. 몸은 여전히 땀에 젖은 채였고 커피는 몸을 식히는 데 전혀 보탬이 되지 않았지만, 오랜 친구인 커피 없이 하루를 시작한다는 건 생각조차 할 수 없었다. 생각하는 일은 요즘은 저주였다. 생각해야 할 것들이 너무 많았다. 세실 코퍼와 폭행 사건에 관해 곰곰이 생각했고, 그를 고소하고 손해배상 소송을 제기해 병원비에 몇 푼이라도 보태는 건 말할 것도 없고 최소한의 정의라도 실현하고 싶은 마음이 간절했다. 재닛과 얼 코퍼 그리고 그들이 겪은 비극적인 자식의 죽음을 생각했고, 같은 부모로서 어떻게든 동정심을 느끼려고 애썼다. 하지만 두 사람의 아들이 저지른 죄는 도저히 헤아릴 수 없는 비통함을 불렀고, 그 아픔은 수십 년간 사라지지 않을 터였다. 도저히 동정심을 느낄 수 없었다. 법정에 나와 제이크가 아들에게 연속해 가하는 공격을 받아들일 두 사람을 상상하려 애썼지만, 그렇다고 사실이 바뀔 수는 없었다. 드루를 생각하면서 천 번도 넘게 정의의 의미를 세우려 했지만, 손에 잡히지 않았다. 살인은 처벌받아야 하지만 살인은 정당화될 수도 있었다. 드루를 증언석에 불러내는 일을 두고 매일 머릿속에서 논쟁을 벌였다. 범죄가 정당했다는 걸 증명하려면 피고인의 증언을 듣고, 그 순간의 공포를 재현하고, 어머니가 바닥에 쓰러져 의식이 없는 상태에서 코퍼가 아이들을 찾아 집 안을 돌아다닐 때의 절대적 두려움을 배심원들이 떠올리도록 하는 것이 필요했다. 제이크는 증언석에 앉기 전에 드루에게 시간을 두고 충분히 연습시킬 수 있다고 거의 확신했다.

그는 말라붙은 땀을 씻어내고 통증을 진정시키기 위해 뜨거운 물을 오래 맞고 서 있어야 했다. 시끄러운 소리를 내지 않기 위해

지하 욕실에 가서 씻었다. 샤워 가운 차림으로 주방에 돌아오니 칼라가 파자마 차림으로 조식용 테이블에 앉아 커피를 마시며 기다리고 있었다. 아내의 뺨에 키스하고 사랑한다고 말한 다음 테이블 맞은편에 앉았다.

"밤에 힘들었어?" 그녀가 물었다.

"괜찮아. 나쁜 꿈을 좀 꿨어."

"기분은 어때?"

"어제보단 나아. 당신은 잘 잤어?"

"평소 같았어. 제이크, 내일 옥스퍼드에 가면 어떨까 해. 우리 둘만 주말여행을 가는 거야. 조시, 키이라와 소풍을 나가도 좋고. 두 사람한테 아기 얘기 물어보고 싶어."

이상하게 들렸다. 마치 부탁을 하거나 조언을 구하는 것처럼. 조리법을 물어보거나 그보다는 뭔가 책처럼 손으로 만질 수 있는 물건을 빌려달라는 느낌이었다. 그녀의 눈은 촉촉해졌고, 제이크는 아내의 눈을 한참 바라보았다. "당신 결심한 거야?"

"그래. 당신은?"

"확실한지 모르겠어."

"제이크, 난 이런 식으로는 살 수 없어. 이제 결정을 내려야 할 때야. 우리 둘 다 찬성하든지 포기하든지 해야 해. 난 매일 매시간 그 생각을 해. 그리고 그렇게 하는 것이 옳다고 봐. 나중을 생각해 봐. 1년, 2년, 5년, 이 모든 일이 지나가고 드루는 어디든 있을 곳에 있을 테고, 소문이 가라앉고 나면 사람들도 모두 상황을 받아들일 거야. 이 엉망진창이 지나가면 우리에겐 아름답고 어린 아들이 영원히 생기는 거야. 누군가 그 아이를 데려갈 거라고, 제이크. 난 그 아이가 이 집에서 자랐으면 좋겠어."

"우리가 이 집을 여전히 갖고 있다면 말이지."

"그러지 말고. 오늘 밤에 결론을 내자."

결론은 이미 내려졌고, 제이크는 그걸 알았다.

새벽 6시 정각, 제이크는 몇 주 만에 처음으로 커피숍에 들어섰다. 델이 입구 쪽에 있다가 생기 넘치게 인사를 건넸다. "이런, 좋은 아침이에요, 미남 아저씨. 지금까지 뭐 하느라 안 보였대?"

제이크는 그녀를 가볍게 안아주고 단골손님들에게 고개를 숙여 보였다. 그는 늘 가던 자리, 빌 웨스트가 투펄로 신문을 읽으며 커피를 마시는 맞은편에 앉았다. "이런, 이런. 이게 누구신가. 만나게 되어 반갑군."

"좋은 아침이야." 제이크가 말했다.

"듣기로는 자네가 죽었다던데." 빌이 말했다.

"이 동네에선 아무 말도 믿으면 안 돼. 헛소문이 끔찍하거든."

빌은 멍하니 그를 바라보다 말했다. "자네 코가 조금 휜 것 같군."

"지난주에 날 봤어야 했는데."

델이 그에게 커피를 따라주며 물었다. "드시던 대로?"

"10년이 지났어도 그렇지 왜 메뉴를 바꾸겠어요?"

"그냥 상냥하게 굴어봤어요."

"포기하세요. 어울리지도 않으면서. 그리고 주방장에게 서둘러 달라고 해요. 배고파 죽겠으니까."

"그러다 또 얻어맞으려고?"

"아뇨, 절대로 그것만은 안 되죠."

한 테이블 건너에 앉은 던랩이라는 이름의 농부가 물었다. "이봐, 제이크. 자네가 때리고 달아난 놈들을 확실히 봤다던데. 혹시 누군지 아나?"

"프로들이었어요. 내 입을 막으려고 CIA가 보낸 거죠."

"농담하지 말고, 제이크. 누군지 알려만 주면 여기 월리스를 보내 조금이라도 갚아줘야지."

월리스는 나이가 여든 살에 폐와 다리가 한쪽밖에 없었다. "당연히 그래야지." 그는 지팡이로 바닥을 두드리며 말했다. "내가 그 빌어먹을 놈들을 혼내주지."

"입조심들 하세요." 델이 카페 저쪽에서 커피를 새로 내리며 소리쳤다.

"고마워요, 모두. 하지만 전 누군지 모릅니다." 제이크가 말했다.

"내가 들은 거랑은 다르군." 던랩이 말했다.

"글쎄요, 여기서 들은 얘기면 맞을 리가 없죠."

전날 제이크는 오후 늦게 카페에 몰래 들러 델과 미리 만나두었다. 집에서 간호사에게 붙잡혀 있는 동안 그녀와 두 번 통화했기에 아침을 함께 먹는 단골들이 그에 관해 어떤 얘기를 하는지는 미리 파악하고 있었다. 처음에 그들은 충격을 받고 화를 냈고 그 뒤에는 걱정했다. 전체적으로 폭행 사건이 코퍼 사건과 관련이 있다고 믿는 분위기였고, 사건이 벌어진 지 나흘 뒤에 범인이 얼의 자식 가운데 한 명이라는 소문이 드러나면서 그 믿음이 확인되었다. 그다음 날, 제이크가 고소를 거부했다는 소문이 돌았다. 얼추 절반 정도의 사람들은 그가 존경스럽다고 생각했고 다른 사람들은 정의 실현을 원했다.

시킨 옥수수죽과 통밀 토스트가 나왔고 이야기 주제는 미식축구로 옮겨갔다. 프리시즌을 다룬 잡지 기사가 나왔는데, 올 미스는 기대보다 높은 순위를 차지했다. 이 소식에 일부는 기뻤고 일부는 화를 냈는데, 제이크는 모든 것이 정상으로 돌아가는 걸 보고 안심이 되었다. 옥수수죽은 쉽게 넘길 수 있었으나 토스트는 씹어야 했다. 천천히 씹었다. 여전히 턱이 아프다는 기색을 드러내지 않아야 했고, 임시로 씌워둔 치아 쪽으로 씹지 않도록 해야 했다. 일주일 전만 해도 그는 저녁으로 과일 셰이크를 빨대로 먹고 있었다.

오후 늦게 그가 어떤지 확인하러 해리 렉스가 전화했다. 그는 물었다. "〈타임스〉에 난 공고 봤어?"

이 지역의 모든 변호사는 신문에 실리는 주간 법률 공고를 보고 누가 체포되었고 누가 이혼 또는 파산 신청을 냈는지, 어떤 사망자의 재산에 대한 유언 검인이 시작되었는지, 누구 땅이 압류되었는지 확인하곤 했다. 공고는 신문 뒤쪽에 분야별 광고와 함께 작은 활자로 게시되었다.

제이크는 아직 읽지 못한 터여서 물었다. "아뇨. 무슨 일인데요?"

"한번 봐. 코퍼의 재산 검인이 시작됐대. 유언장 없이 죽었기 때문에 법원에서 땅을 상속인들에게 넘길 건가 봐."

"고마워요. 확인해 볼게요."

해리 렉스는 뉴스와 소문에서 뒤지지 않기 위해서 확대경을 들고 법률 공고를 꼼꼼히 살폈다. 제이크는 대개 대충 훑어보곤 했지만, 스튜어트 코퍼의 재산은 그냥 무시할 수 없었다. 카운티 당국은 집과 4만 제곱미터의 땅을 11만 5천 달러로 평가했는데, 담보 대출도 저당 잡힌 사실도 없었다. 소유권은 자유롭고 확실했으며 모든 잠재적 채권자는 7월 2일부터 90일 안에 이 부동산에 대해 청구권을 제기할 수 있었다. 코퍼가 죽은 지 세 달이나 지난 뒤여서 제이크는 왜 이렇게 오래 걸렸는지 궁금했지만, 이런 식으로 늦어지는 일은 자주 있었다. 주 법률은 유산 공개 검인에 마감 시한을 정해두고 있지 않았다.

적어도 소송 두 개가 가능하다고 생각했다. 하나는 조시를 대신해 그녀의 의료비를 청구하는 것으로 현재 2만 달러가 넘은 금액이었지만 채권 추심자들은 그녀를 찾아내지 못하고 있었다. 두 번째는 키이라와 아기를 위한 양육비 청구 소송이었다. 또한 자신이 세실 코퍼를 상대로 폭행과 그로 인한 의료비를 청구해야 할 소송을 잊지 않았다. 제이크의 기본 건강보험으로는 폭행으로 인한 의료비 가운데 절반밖에 처리되지 않았다.

하지만 이 시점에 코퍼 가족을 고소하는 건 비생산적일 수도 있었다. 코퍼 가족을 향한 그의 동정심은 크로거의 주차장에서 날아가 버렸지만, 그들 역시 충분히 고통받았다. 지금으로서는. 드루의 재판이 끝날 때까지 기다렸다가 상황을 다시 봐야 할 터였다. 안 좋은 기사가 나는 일은 절대 원치 않았다. 루시엔이라면 난리 치겠지만.

# 38

제이크의 체력이 회복된 7월 초부터 누스 판사는 22구역 재판구 전체의 국선 변호인 형사 사건을 모두 제이크에게 배정하기 시작했다. 변호사가 인접 카운티 사건을 다루는 것이 드문 일은 아니었고, 제이크도 변호사로 일하면서 그렇게 해왔다. 해당 지역 변호사들도 불평하지 않았는데, 애초에 그들 대부분이 맡고 싶지 않은 일이었기 때문이다. 수임료는 한 시간에 50달러로 크지 않지만 적어도 못 받을 염려는 없었다. 그리고 주 전역에서 국선 변호인 사건을 진행하면서 이쪽저쪽 법원을 오갈 때 필요한 시간도 추가로 계산해 보수를 받는 일은 관행적으로 허용되고 있었다. 누스 판사는 심지어 밀번 카운티 템플 타운까지 90분이나 이동하는 일도 돈이 될 수 있도록 세이크의 사건들을 하나로 묶어 네 명의 피고인이 한꺼번에 법원에 최초 출석하도록 해주었다. 제이크는 곧 포크 카운티의 스미스필드에 갔다가 누스의 고향인 밴뷰런 카운티 체스터 외곽의 무너져가는 법원으로 달려가야 했다. 포드 카운티 국선 변호인 사건은 모두 그가 맡았다.

루번 애틀리 판사가 판사들끼리만 통하는 대화로 누스에게 뭔가 "당신이 갬블 사건으로 발목을 잡았으니 이제 좀 도와줘야지"와 비슷한 얘기를 한 것으로 의심했지만 물론 그걸 증명할 수는 없었다.

갬블 사건 재판 2주 전, 제이크는 타일러 카운티의 주 도시인 그레트나에서 차량 절도로 로웰 다이어 지방 검사에 의해 막 기소된 세 명의 최초 출석을 처리하고 있었다. 정의의 수레바퀴를 돌리며 보낸 긴 오전이 지나고 누스 판사가 두 사람을 판사석으로 부르더니 말했다. "신사분들, 판사실에서 같이 점심을 듭시다. 논의해야 할 일이 있어요."

다이어의 사무실이 복도 끝에 있었기 때문에, 그가 비서를 시켜 샌드위치를 주문했다. 제이크는 가장 씹기 쉬운 달걀 샐러드를 부탁했다. 음식이 도착하자 그들은 재킷을 벗고 넥타이를 느슨하게 풀고 먹기 시작했다.

"여러분, 갬블 사건 말인데, 지금 미정인 내용이 뭐가 있죠?" 누스는 재판 전에 결정해야 할 내용을 정확히 알았지만, 비공식적인 회의였고 오프더레코드 상황이었기에 변호사들끼리 즉흥적으로 회의 내용을 정하도록 했다.

제이크가 말했다. "에, 일단 재판 장소가 있습니다."

누스가 말했다. "맞소, 나도 당신 의견과 같은 생각이오, 제이크. 클랜턴에서 편견 없는 배심원을 선택하기란 어려울 것 같으니까.

재판 장소를 바꿀 생각이오, 로웰?"

"판사님, 저희는 반대 의견서를 냈고 관련 진술서들도 제출했습니다. 달리 드릴 말씀은 없습니다."

"좋아요. 이제 충분히 의견들을 들었고 오래 두고 생각해 봤소."

그리고 애틀리 판사에게 잔소리도 꽤 들었겠지, 제이크는 생각했다.

"우리 체스터에서 재판을 하도록 합시다." 누스가 선언했다.

변호인 측에서는 재판 장소가 클랜턴만 아니라면 승리였다. 하지만 다 무너져가는 밴뷰런 카운티 법원에서 재판한다는 게 더 나을 것도 없었다. 제이크는 고개를 끄덕이고 기뻐하는 것처럼 보이려 애썼다. 8월, 먼지투성이 낡은 법정에서 방청석에 사람이 가득 찬 채 재판을 진행한다는 건 사우나 안에서 결판날 때까지 싸우는 꼴이었다. 재판 장소를 바꾸자고 매달리지 말 걸 그랬다는 생각이 들 뻔했다. 포크 카운티 법원은 현대식 건물에 수세식 변기에 물도 잘 내려간다. 왜 그곳이면 안 되지? 그리고 밀번 카운티 법원도 최근에 수리가 막 끝났는데.

"여러분이 선호하는 법정이 아닐 수는 있어요." 누스는 당연한 말을 했다. "하지만 내가 말끔하게 단장할 겁니다. 이미 내부를 시원하게 해줄 새 창문형 에어컨도 주문해 뒀소."

누스가 가장 좋아하는 법정을 개선할 유일한 방법은 태워버리는 거였나. 시끄러운 에어컨 소음 속에서 증인을 심문하는 일이 얼마나 어렵겠는가?

누스는 계속 말을 이어가며 소송 관계자들의 편의보다 판사의 편리함에 근거를 둔 결정을 정당화하느라 애썼다. "재판이 2주 앞으로 다가왔으니, 만반의 준비를 해두도록 하겠소." 제이크는 판사님께서 자기 고향 사람들 앞에서 멋지게 보이고 싶은 건 아닌지 의심스러웠다. 아무렴 어때. 제이크에게 조금 유리해졌지만, 검찰 측은 어디서든 재판해도 상관이 없었고 여전히 우위를 점하고 있었다.

"저희는 준비가 될 겁니다." 다이어가 말했다. "변호인 측 정신과 전문가가 걱정됩니다, 판사님. 저희가 두 번이나 이름과 이력서를 달라고 했는데 회신을 받지 못했습니다."

제이크가 말했다. "심신미약을 주장하지 않을 겁니다. 그리고 맥노튼 규칙 적용 요청을 철회합니다."

다이어는 깜짝 놀라 불쑥 말했다. "전문가를 못 찾았나?"

"아, 전문가야 많아요, 로웰." 제이크는 아무렇지도 않은 듯 말했다. "그냥 전략이 바뀐 겁니다."

누스도 마찬가지로 놀랐다. "이 결정은 언제 내린 거요?"

"이틀도 되지 않았습니다." 세 사람은 잠시 식사하며 생각했다.

"글쎄, 그렇다면 재판은 더 짧아지겠군." 누스는 눈에 띄게 기뻐하며 말했다. 제대로 이해하는 배심원들도 없는 상황 속에서 전문가들이 벌이는 증언 전쟁을 원하는 사람은 아무도 없었다. 범죄 소송에서 심신미약을 주장하는 경우는 1퍼센트도 되지 않는데, 변호인 측에 유리하게 작용하는 경우는 거의 없었지만 배심원들의 감정을 잔뜩 흔들어놓고 그들에게 혼란을 주는 데는 실패하는 법이 없었다.

"또 다른 깜짝쇼는 없소, 제이크?" 로웰이 물었다.

"오늘은 없어요."

"놀라는 일은 마음에 들지 않소, 신사분들." 누스가 말했다.

다이어가 말했다. "저, 판사님. 아직 결정하지 못한 중요한 문제가 하나 있습니다. 그건 모두가 알고 있는 일입니다. 재판이 성실한 법 집행관이었고, 스스로 변호하러 법정에 나올 수 없는 희생자를 향한 비난 대회장이 되는 걸 허락하는 건 명백히 주 검찰에 불공평한 일 같습니다. 심지어 성적 학대를 포함한 신체적 학대에 관한 주장이 나올 것이고, 우리는 이런 주장에 관한 진실을 알 방법이 없습니다. 목격자는 조시 갬블과 그의 두 자녀까지 세 명뿐입니다. 드루가 증인으로 나올 것 같지는 않습니다만, 어쨌든 이 세 사람은 스튜어트 코퍼에 관해 사실상 아무 말이나 할 수 있는 기회를 얻게 될 것입니다. 제가 어떻게 진실을 파악할 수 있겠습니까?"

"증인들은 선서하고 증언합니다." 누스가 말했다.

"당연히 그러겠지요. 하지만 그들에게는 당연히 과장해 말할 동기가 있습니다. 심지어 거짓말을 하거나 없는 말을 만들어낼 겁니다. 드루는 자기 목숨을 걸고 재판받게 될 텐데, 그와 어머니, 여동생은 희생자를 추악한 사람으로 그려낼 것임을 저는 한순간도 의심하지 않습니다. 이건 명백히 불공정합니다."

제이크는 능숙하게 파일을 열고 부어오른 얼굴에 붕대를 감고 병원 침대에 누워 있는 조시의 확대된 컬러 사진을 두 장을 꺼냈다. 그는 그 가운데 한 장을 테이블 맞은편 다이어에게 들이밀었고, 다른 한 장은 판사에게 건넸다. "왜 거짓말을 합니까?" 그는 물었다. "이 사진으로 보여주면 되는데."

다이어는 이미 본 사진이었다. "이걸 증거로 제출할 거요?"

"당연히 그래야죠. 조시가 증언에 나선다면요."

"저는 이걸 포함해 사진들을 배심원들이 보는 데 반대합니다."

"원하는 대로 전부 반대해 보세요. 하지만 그런 요청은 기각되리라는 걸 알 겁니다."

"그런 결정은 재판에서 내가 하는 겁니다." 누스는 누가 책임자인지 두 사람에게 상기시키며 말했다.

"그렇다면 여자아이는 어떻습니까?" 다이어가 물었다. "내 생각에 그 아이는 코퍼에게 성폭행을 당했다고 증언할 것 같은데요."

"맞습니다. 그 아이는 반복해 성폭행당했습니다."

"하지만 우리가 어떻게 알 수 있습니까? 어머니에게 말했답니까? 다른 누구에게든 말한 적이 있어요? 경찰에 신고한 적이 없다는 건 알고 있습니다."

"신고하면 죽이겠다고 코퍼가 위협했기 때문입니다."

다이어는 양손을 펼치며 말했다. "이거 보십시오, 판사님. 여자아이가 성폭행당했다는 걸 우리가 어떻게 알 수 있겠습니까?"

조금만 기다려, 제이크는 생각했다. 금방 알게 될 테니까.

다이어가 말을 이었다. "이건 너무 불공평합니다, 판사님. 저쪽은 스튜어트 코퍼에 관해 원하는 대로 말해도 되는데 저흰 반격할 방법이 없잖습니까."

"사실은 사실입니다, 로웰." 제이크가 말했다. "그들은 악몽 속에서 살았고 두려워 누구에게도 그걸 말할 수 없었습니다. 그것이 진실이고 우린 그걸 숨기거나 바꿀 수 없어요."

"내가 여자아이와 얘기해 봐야겠어요." 다이어가 말했다. "내가 그 아이를 증인으로 불러낼 수밖에 없다고 가정할 때, 그 아이가 증언석에서 무슨 얘기를 할지 나는 알아야 할 권리가 있습니다."

"당신이 불러내지 않으면 내가 부를 겁니다."

"그 아이는 지금 어디 있죠?"

"난 그걸 말할 자유가 없습니다."

"이러지 말아요, 제이크. 유일한 목격자를 숨겨두고 있는 겁니까?"

제이크는 깊게 숨을 들이마시고 입을 꽉 다물었다. 누스는 두 사람에게 손바닥을 펴 보이고 말했다. "말다툼으로 가지 맙시다, 신사분들. 제이크, 그들이 어디 있는지 알고 있나?"

제이크는 다이어를 노려보다가 말했다. "비열한 짓이군." 그는 누스를 보고 말했다. "압니다. 그리고 비밀을 지키기로 맹세했습니다, 판사님. 그들은 멀지 않은 곳에 있으며 재판이 시작되면 법정에 나올 겁니다."

"숨어 있는 건가요?"

"그렇게 말할 수 있습니다. 제가 공격당한 뒤 그들은 겁에 질려 이 지역을 떠났습니다. 그들을 누가 비난할 수 있습니까? 게다가 조시는 빚쟁이들에게 쫓기는 신세입니다. 그래서 그녀는 잠적해 버렸습니다. 사실 평생 도망치며 살았던 그녀로서는 새로운 일도 아닙니다. 그녀는 우리 세 사람을 합친 것보다 더 여러 번 사는 곳을 옮긴 경험이 있으니까요. 재판이 시작되면 그들은 법정에 있을 겁니다. 제가 보장합니다. 그들은 증언석에 나올 것이고, 드루를 위해 그곳에 있어야만 합니다."

"그래도 미리 얘기해 보고 싶네요." 다이어가 말했다.

"얘기는 벌써 두 번이나 했잖아요. 두 번 모두 내 사무실에서였죠. 당신이 내게 두 사람과 얘기할 수 있도록 해달라고 했고, 내가 주선했어요."

"피고인을 증언석에 앉힐 겁니까?" 다이어가 물었다.

"아직 몰라요." 제이크는 바보 같은 웃음을 지으며 말했다. 그 질문에는 대답할 필요가 없기 때문이다. "일단 기다리면서 재판이 어떻게 흘러가는지 볼 겁니다."

누스가 샌드위치를 한 입 깨물더니 한참 씹었다. "사망한 사람을 재판정에 끌고 오는 건 마음에 들지 않아요. 하지만 그가 죽기 직전에 아이들 어머니와 폭력적 접촉이 있었다는 사실은 명백합니다. 아이들을 학대하고 입을 막으려 협박했다는 증언이 있습니다. 전체적으로 보면 이런 상황을 배심원들에게 숨길 도리는 없다고 봅니다. 양측이 이 문제에 관해 준비 서면을 제출해 주시면 좋겠습니다. 재판 전에 다시 한번 얘기해 봅시다."

그들은 이미 준비 서면을 제출한 상태였고 덧붙일 것은 없었다. 누스는 지연 전술을 쓰면서 힘든 결정을 회피할 방법을 찾고 있었다. "뭐, 다른 건 없습니까?" 그가 물었다.

"예비 배심원 명단은 어떻게 됐습니까?" 제이크가 물었다.

"다음 주 월요일 오전 9시에 양쪽 사무실에 팩스로 보낼 겁니다. 지금 작업 중이에요. 작년에 내 지시로 유권자 명부를 싹 정리해서 이쪽 카운티는 상태가 좋습니다. 배심원 선정을 위해 100명

정도를 소환할 예정입니다. 경고하건대 예비 배심원들에게 접근하지 마세요. 제이크, 내가 기억하기로는 헤일리 재판 때 예비 배심원들과 접촉했다는 소문이 많았어요."

"제가 그런 것이 아닙니다, 판사님. 루퍼스 버클리가 통제할 수 없게 되면서 검찰 측에서 사람들을 스토킹한 겁니다."

"어쨌든. 이곳은 작은 카운티고 난 거의 모두를 알고 지냅니다. 만일 누구든 접촉하게 되면 내가 알게 될 겁니다."

"하지만 기본적인 조사는 할 수 있는 거죠, 판사님?" 다이어가 물었다. "저희는 가능한 한 많은 배경 정보를 수집할 권리가 있습니다."

"네, 그렇지만 직접 접촉은 안 돼요."

제이크는 이미 자신이 밴뷰런 카운티에 사는 누구를 알고 있는지 궁금해하는 해리 렉스를 머리에 떠올리고 있었다. 칼 리의 부인인 그웬 헤일리가 체스터 출신으로 법원에서 멀지 않은 곳에서 자랐다. 그리고 오래전이지만 제이크는 이쪽 카운티에서 멋진 가족의 토지 분쟁을 맡아 소송에서 이긴 적이 있었다. 그리고 체스터에 남아 일하는 몇 안 되는 변호사 가운데 한 명인 모리스 핀리가 오랜 친구였다.

테이블 맞은편에 앉은 로웰 다이어도 비슷한 생각을 하고 있었다. 예비 배심원들의 뒤를 캐는 데는 그가 우위를 점하고 있었다. 오지가 모든 사람과 잘 아는 이곳의 선배 보안관에게 의지할 수 있기 때문이다. 경주는 시작되었다.

그레트나의 법원을 떠나면서 제이크는 해리 렉스에게 전화를 걸어 재판이 체스터에서 열린다고 말해주었다. 해리 렉스는 욕설을 퍼부으며 말했다. "왜 그런 쓰레기장에서?"

"그렇지 않아도 궁금했어요. 아마 누스가 자기 앞마당에서 재판을 열어야 집에 가서 점심을 먹을 수 있어서 그런 거 같아요. 서둘러야겠어요."

막 포드 카운티에 들어섰는데 자동차 주행거리계 옆에 빨간 경고등이 반짝거리기 시작했다. 엔진이 동력을 잃었고, 그는 한 시골 교회 옆에 멈춰 섰는데 다른 차는 보이지 않았다. 마침내 터지고만 것이다. 사랑하는 1983년식 사브 승용차는 70만 킬로미터를 그와 함께 달렸고, 마침내 그들의 여정은 끝났다. 사무실에 전화해 포샤에게 견인차를 보내달라고 부탁했다. 그는 교회의 그늘진 계단에 앉아 한 시간 동안 멍하니 자신의 가장 소중한 재산을 바라보았다.

멤피스에서 산재 보상 사건을 해결한 뒤 새 차로 샀을 때는 동네에서 가장 멋진 차였다. 계약금은 당시 받았던 수임료로 냈지만, 매달 할부금을 5년이나 내야 했다. 2년 전 허버드 유서 소송에서 현금을 챙겼을 때 차를 바꿨어야 했지만, 그는 돈을 쓰고 싶지 않았다. 그리고 카운티의 유일한 빨간색 사브와 헤어지고 싶지도 않았다. 하지만 클랜턴의 어떤 정비공도 이 빌어먹을 차에 손대고 싶어 하지 않았기 때문에 수리비 청구액은 터무니없이 커져만 갔다. 정비를 받으려면 멤피스까지 오가면서 하루를 꼬박 소비해야 했는데, 그는 꼭 직접 가야 직성이 풀렸다. 그의 차는 너무 많은 관심을 끌었다. 그날 밤도 스탠의 집에서 차를 몰고 떠나는 모습이 너무 쉽게 눈에 띄었고, 마이크 네즈빗이 그를 길에서 세워 음주 운전으로 거의 기소할 뻔하기도 했다. 크로거에서 폭행당하던 날도 빨간색 사브가 쉽게 뒤쫓아갈 수 있어서 그런 일이 벌어졌다는 건 의심의 여지가 없었다.

견인 트럭 기사의 이름은 B. C.였고, 제이크는 차를 견인하고 난 뒤 그와 함께 트럭에 앉아 출발했다. 제이크는 견인 트럭 조수석에 앉아본 것이 처음이었다.

"B. C.가 무슨 약자인지 물어봐도 되나요?" 그는 넥타이를 느슨하게 풀며 물었다.

B. C.는 입에 씹는담배를 가득 물고 있었다. 그는 오래된 펩시콜라 병에 침을 뱉었다. "배터리 충전기(Battery Charger)요."

"마음에 드네요. 어쩌다 그런 이름을 갖게 됐어요?"

"에, 어릴 때 자동차 배터리 훔치길 좋아했어요. 오빌 그레이 씨 정비소에 밤에 몰래 들어가서 그걸 빵빵하게 충전한 다음 10달러 받고 팔았어요. 짭짤했죠, 비용도 안 들고."

"체포된 적 없어요?"

"전혀 없어요. 솜씨가 아주 좋았거든요. 하지만 그걸 아는 친구들 덕분에 이름이 생긴 거죠. 이런 말은 좀 그렇지만, 보기 힘든 차네요."

"정말 그렇죠."

"어디서 고치실 건가요?"

"이 근처에선 못 고쳐요. 쉐보레 대리점으로 갑시다."

고프 모터스에 도착한 제이크는 현금으로 100달러를 주면서 자기 명함 여러 장을 건네주었다. 제이크는 씩 웃으며 말했다. "다음에 퍼진 차를 만나면 나눠주세요."

돌아가는 방식을 잘 아는 B. C.가 물었다. "제 몫은 얼마죠?"

"합의금의 10퍼센트."

"좋네요." 그는 현금과 명함을 주머니에 쑤셔 넣고 사라졌다. 제이크는 줄지어 선 채 반짝이는 새 임팔라 승용차들을 둘러보다가 문짝이 네 개 달린 회색 차에 눈길이 갔다. 가격표를 보고 있는데 웃음을 띤 영업사원이 갑자기 나타나 친절하게 악수를 청했다. 뻔한 얘기를 주고받은 다음 제이크가 말했다. "오래된 차를 좀 바꾸고 싶은데요." 그는 사브를 향해 고갯짓했다.

"어떤 차종이죠?" 영업사원이 물었다.

"1983년식 사브인데 많이 달렸습니다."

"근처에서 많이 본 차 같군요. 중고 가격을 얼마나 보십니까?"

"5천 달러 좀 넘을 겁니다."

사내는 얼굴을 찌푸리고 말했다. "그건 좀 높은 것 같네요."

"제너럴모터스 자체 할부로 사고 싶은데요?"

"저희가 방법을 찾아드릴 수 있습니다."

"이 주변 은행들과는 거래를 피하고 싶어서요."

"문제없습니다."

빚을 더 떠안게 된 제이크는 한 시간 뒤 리스한 회색 임팔라를 타고 차량 행렬 사이로 멋지게 끼어들었다. 남의 눈에 띄지 않아야 좋을 시기였다.

# 39

 월요일 아침 9시, 제이크와 포샤는 팩스 앞에서 커피를 마시며 누스 판사가 예비 배심원 명단을 보내오기를 초조하게 기다렸다. 10분 뒤 명단이 도착했다. 알파벳 순서대로 이름 아흔일곱 개가 적힌 세 페이지의 서류였다. 이름, 주소, 나이, 인종, 성별 말고는 아무 정보도 없었다. 예비 배심원 명단을 발표하는 표준 양식은 없고 주 내에서도 서로 달랐다.

 당연하게도 제이크는 단 한 사람의 이름도 알지 못했다. 밴뷰런 카운티는 만 7천 명이 사는 곳으로 22구역 재판구의 다섯 카운티에서 가장 인구가 적었고, 12년 변호사로 일하는 동안 제이크는 그곳에서 일해 본 적이 거의 한 번도 없었다. 그럴 이유가 없었다. 그는 스스로 새판 장소 변경을 주장한 것이 잘못이었나 재차 생각했다. 적어도 포드 카운티였으면 몇 명의 이름은 알았을 터였다. 해리 렉스는 더 많이 알았을 테고.

포샤는 명단을 열 부 복사해 하나를 챙겨 작별 인사를 하더니 체스터 법원으로 출발했다. 그녀는 그곳에서 앞으로 사흘 동안 부동산 거래, 이혼, 유언장, 차량 대출 그리고 범죄 기록 등 공개된 정보를 샅샅이 조사하며 지낼 것이다. 제이크는 한 부를 해리 렉스에게, 또 다른 한 부는 몇 년 전 체스터에서 영업이 되지 않아 클랜턴으로 사무실을 옮겨 광장 건너편에서 일하는 친구 변호사 헬 프리몬트에게 보냈다. 또 다른 한 부는 밴뷰런 카운티에서 유일하게 알고 지내는 변호사인 모리스 핀리에게 보냈다.

10시, 그는 클랜턴시 소속 경찰관으로 일하면서 부업으로 사설 수사관 노릇도 하는 대럴과 러스티 형제를 만났다. 관할구역이 좁은 곳에서 일반적으로 그렇듯, 시 소속 경찰은 카운티 보안관 사무실의 보조 역할에 그쳤고, 두 기관의 관계는 그리 우호적이지 않았다. 대럴은 스튜어트 코퍼와 오가며 만나는 사이였지만 러스티는 아예 그를 몰랐다. 그건 중요하지 않았다. 시급 50달러를 받는 그들은 일거리가 생겨 행복했다. 제이크는 명단을 주면서 밴뷰런 카운티에서 뒤를 캐고 다닐 때 절대 눈에 띄지 말라고 지시했다. 그들은 배심원 후보들을 찾아내 가능하다면 집과 차량, 사는 동네의 사진을 찍어야 했다. 그들이 떠나자 제이크는 혼자 중얼거렸다.
"이번 사건으로 나보다 저 친구들이 돈을 더 벌겠군."

아래층 스몰우드 상황실은 갬블 배심원단 선정을 위한 임시 본부로 바뀌었다. 한쪽 벽에는 카운티의 커다란 지도가 걸렸고, 그 위에 제이크와 포샤가 모든 교회와 학교, 고속도로, 지방 도로, 지역 상점을 표시했다. 또 다른 큰 지도에는 체스터의 시내 거리가 표시되었다. 명단 속 사람들을 조사해 제이크는 최대한 많은 사람의 주소를 표시하고 이름을 외우기 시작했다.

그는 배심원단을 거의 상상할 수 있었다. 두세 명의 흑인이 섞인 백인들. 희망 사항이긴 하지만 남자보다 여자가 많을 것 같았다. 평균 나이는 쉰다섯. 시골에 살고 보수적이고 종교를 믿는 사람들.

음주 여부는 재판에서 큰 영향을 미칠 수 있었다. 밴뷰런은 여전히 주류 판매를 금지하는 카운티로 규제가 매우 철저했다. 마지막 주류 판매 관련 투표는 1947년이었는데 술을 반대하는 측이 압도적으로 승리했다. 그때 이후 침례교도들은 다시 투표하려는 시도 자체를 철저히 봉쇄하고 있었다. 모든 카운티는 주류 판매 법률을 직접 통제했고, 미시시피주 절반이 여전히 판매를 금지하고 있었다. 늘 그렇듯이 주류 밀매 업자들은 그런 지역에서 활발하게 장사를 벌였지만, 밴뷰런은 철저한 금주주의자의 도시로 유명했다.

이렇게 술에 취하는 법 없는 사람들은 죽던 날 밤에 코퍼가 인사불성으로 취했었다는 증언에 어떤 반응을 보일까? 거의 술 때문에 죽었을 정도로 혈중알코올농도가 높았다는 말에는? 그가 오후 내내 맥주를 마셨고 그 후에 불법 밀주를 마시다 친구들과 함께 정신을 잃었을 정도였다는 말에는?

배심원들은 분명히 충격을 받고 못마땅해하겠지만, 동시에 그들은 제복 입은 남자들을 사랑하지 않고는 못 배길 정도로 보수적이기도 했다. 경찰을 죽이면 사형시켜야 했고, 그런 동네에서 사형은 존중받는 처벌이다.

정오가 되자 제이크는 시내를 떠나 20분 동안 차를 몰고 달려 카운티 깊숙한 곳에 있는 한 목재소로 향했다. 그는 작은 정자 그늘에서 칼 리 헤일리가 직원들과 함께 샌드위치를 먹는 모습을 발견했고, 자신의 새로 산 차 안에서 기다렸다. 새 차는 눈에 잘 띄지 않았다. 그들이 점심 식사를 마치자 제이크는 그리로 걸어가 인사를 건넸다. 칼 리는 그를 보고 깜짝 놀랐고, 처음에는 뭔가 문제가 생기지 않았나 생각했다. 제이크는 그가 왜 왔는지 설명했다. 그는 칼 리에게 배심원 명단을 건네주면서 그웬과 함께 이름들을 살펴보고 은밀히 주변에 알아봐 달라고 부탁했다. 대가족인 그웬의 친정 사람들은 여전히 밴뷰런 카운티 체스터에서 그리 멀지 않은 곳에 살았다.

"이거 불법은 아니지?" 그는 페이지를 넘기며 물었다.

"제가 불법인 일을 부탁하겠어요, 칼 리?"

"아니겠지."

"배심원 재판에서는 흔히들 하는 일이에요. 당신 재판 때도 우리가 이런 일을 했다고 보면 됩니다."

"그땐 통했지." 칼 리는 웃으며 말했다. 그는 또 한 페이지를 넘기더니 웃음을 멈췄다. "제이크, 이 사람은 그웬의 친정 사촌과 결혼한 사람이야."

"이름이 뭐죠?"

"로드니 코티. 나도 아주 잘 알아. 내 재판 때도 법정에 왔었어."

제이크는 흥분했지만 그렇지 않은 척하려 애썼다. "합리적인 사람인가요?"

"그게 무슨 뜻인데?"

"그러니까, 그 사람하고 얘기할 수 있어요? 은밀하게요, 있잖아요. 맥주 한잔하면서 오프더레코드로."

칼 리는 웃더니 말했다. "알았어."

그들은 제이크의 차까지 함께 걸었다. "이건 뭐야?" 칼 리가 물었다.

"새 자동차죠."

"그 멋지고 작고 빨갛던 건 어떻게 하고?"

"뺏었어요."

"그럴 때도 됐지."

제이크는 시내로 돌아오면서 마냥 행복했다. 운이 좋다면, 그리고 혹시 칼 리로부터 약간의 가르침을 받는다면 로드니 코티는 배심원 선발 과정에서 쏟아지는 질문에도 살아남을 수 있을 것이다. 혹시 드루 갬블과 친척 관계인가? 그럴 리가 없다. 혹시 피고인의 가족 가운데 누구라도 아는 사람이 있나? 아니다. 갬블 가족을 아는 사람은 없다. 사망한 피해자를 알고 지냈나? 아니다. 피고인 측이나 검찰 측 변호사들 가운데 아는 사람이 있나? 이 질문에서 로드니는 조심해야 할 것이다. 그는 제이크를 만난 적이 없지만, 그가 누군지 분명히 알고 있으며 그렇다고 해서 배심원 자격이 없는 것은 아니다. 작은 도시에서 배심원 후보가 변호사를 몇 명 알고 지낸다는 건 어쩔 수 없다. 로드니는 이 질문에는 침묵을 지켜야 한다. 저기 있는 브리건스 씨는 개인 법률사무소를 운영하고 있습니다. 그가 당신이나 가족 가운데 누군가의 법률 사무를 대신해 준 적이 있습니까? 이번에도 로드니는 절대 손을 들어서는 안 된다. 제이크는 그웬이 아니라 칼 리의 소송을 맡아 진행했다. 사돈 관계인 친척이라면 반드시 추가 조사가 필요할 정도로 가까운 관계는 아니었다. 적어도 제이크의 의견으로는 그랬다.

제이크는 갑자기 로드니 코티를 배심원단에 집어넣어야만 한다는 생각에 빠졌지만, 그러려면 운이 좀 필요했다. 다음 주 월요일 처음으로 법원에 출석하는 예비 배심원들은 알파벳 순서가 아니라 무작위로 자리를 정해 앉게 된다. 각자 모자 속에서 번호표를 뽑아 가슴에 붙인다. 만일 로드니가 첫 번째 마흔 명 안에 들게 된다면 마지막 열두 명이 남는 배심원단에 뽑힐 가능성이 커진다. 제이크가 교묘하게 도움을 주어야 하겠지만. 뒷번호를 뽑는다면 그럴 수 없을 것이다.

문제는 윌리 헤이스팅스였다. 그웬의 외가 쪽 사촌인 그는 월스 보안관이 고용한 첫 번째 흑인 보안관보였다. 오지는 당연히 검찰을 도와 보안관보들을 통해 배심원 후보를 조사하고 있을 텐데, 만일 윌리가 로드니 코티에 관해 말한다면 그는 후보에서 제외될 것이다.

어쩌면 오지가 헤이스팅스에게 묻지 않을 가능성도 있다. 혹시 헤이스팅스가 코티를 모를 수도 있지만, 그럴 가능성은 작아 보인다.

제이크는 칼 리와 다시 얘기하기 위해 차를 돌릴 뻔했지만, 나중으로 미루기로 했다. 하지만 곧 다시 만나야 했다.

수요일이 되자 배심원 상황실 벽에는 더 많은 지도가 붙었고, 컬러 압정으로 지도에 붙인 이름들이 늘어났다. 확대한 컬러 사진 수십 장이 지도에 붙었다. 승용차와 낡은 픽업트럭, 깔끔한 시내의 주택과 시골에 있는 트레일러, 농가, 교회, 집이 보이지 않는 자갈 깔린 진입로, 사람들이 일하는 작은 상점들, 신발과 전등을 만드는 저임금 공장들의 사진들. 카운티의 평균 가구 소득은 연 3만 천 달러로 생계를 간신히 유지하는 정도였는데, 사진들이 그런 실상을 보여주고 있었다. 호황은 밴뷰런 카운티를 피해 지나갔고 인구는 감소하고 있었다. 미시시피의 시골에서 이런 슬픈 추세는 그리 낯설지 않았다.

해리 렉스는 일곱 명의 이름을 추적했다. 모리스 핀리가 열 명을 추가했다. 핼 프리몬트는 명단에서 아는 이름이 몇 명밖에 없었다. 카운티가 작긴 했지만 1만 7천 명 가운데 아흔일곱 명의 이름을 콕 찍어 파악하는 일은 여전히 쉽지 않았다. 대럴과 러스티는 교회 열한 군데의 신자 명부를 손에 넣었고, 그 명단 속에서 예비 배심원 스물한 명의 이름이 확인되었다. 적어도 교회가 백 개는 있었는데, 대부분 너무 작은 규모여서 신자 명단을 인쇄할 수조차 없었다. 포샤는 여전히 공개된 정보를 뒤지고 있었지만, 별다른 내용을 알아내지 못했다. 지난 10년 사이 후보 네 명이 이혼했다. 한 사람은 전해에 80만 제곱미터의 땅을 샀다. 두 명은 음주 운전으로 체포되었다. 이런 뻔한 얘기들이 어떻게 도움이 될지 알 수가 없었다.

목요일이 되자 제이크와 포샤는 일하면서 이름 맞히기를 하기 시작했다. 제이크가 명단에서 이름을 하나 골라 부르면 포샤는 그들이 아는 별것 아닌 정보를 외워 말하거나 모르는 이름이라고 답했다. 그런 다음 그녀가 이름을 하나 고르면 그는 그 사람의 나이와 인종, 성별, 그밖에 뭐든 아는 것이 있으면 대답했다. 그들은 정보를 검토하고 배심원들에게 별명을 붙이고 무엇이든 외우면서 매일 밤이 깊을 때까지 일했다. 배심원 선정 과정은 느리고 지루할 수 있지만, 제이크는 재빨리 반응해 잠깐 생각한 후에 예 아니오로 대답하고 바로 다음 후보로 넘어가야 하는 상황에 처할 수도 있었다. 중대한 사건의 재판이었기에 누스 판사는 서두르지 않을 터였다. 어쩌면 양측 변호사들이 개인적으로 명단 속 후보와 만나 깊이 있게 알아볼 기회를 줄 수도 있다. 양측은 각각 열두 번의 무조건 기피권, 즉 이유를 밝히지 않고 후보를 거부할 권리를 행사할 수 있다. 만일 제이크가 어떤 사람의 비웃는 표정이 마음에 들지 않으면 이유 없이 그 사람을 후보에서 제외할 수 있다. 하지만 이런 권한은 매우 귀중해서 아주 신중하게 사용해야만 했다.

정당한 이유가 있으면 어떤 배심원 후보든 제외할 수 있다. 혹시 남편이 경찰관이라면 바로 안녕이다. 만일 희생자와 인척 관계라면 꺼지라고 할 수 있다. 만일 사형 판결을 고려할 수 없는 사람이라면 끝이다. 가정폭력 희생자였던 사람이라면 배심원으로 봉사하지 않는 것이 최선이다. 가장 치열한 싸움은 늘 정당한 이유를 들어 후보를 제외할 때 발생한다. 만일 해당 후보가 어떤 이유로 공정한 판단을 하지 못할 수도 있다는 데 서로 동의한다면, 양측의 무조건 기피권을 소모하지 않은 상태에서 후보자를 제외할 수도 있다.

제이크의 경험상 일단 소환장을 받고 굳이 배심원 선정 단계에 모습을 드러낸 사람들은 대부분 실제로 배심원으로 봉사하길 원한다. 특히 재판이 흔하지 않고 극적 상황이 별로 연출되지 않는 시골 지역에서는 더욱 그렇다. 하지만 만일 사형 선고까지 내려질 수 있는 상황이라면 배심원석 근처라도 가고 싶어 하는 사람은 사실상 없었다.

명단을 오래 들여다보면 볼수록 다트를 던져서 아무나 열두 명을 뽑아 배심원을 시켜도 문제가 없으리라는 생각이 강하게 들었다. 로드니 코티만 있으면 되었다.

해리 렉스는 금요일 오후가 되자 모두 휴식을 취해야 한다고 소리 질렀다. 제이크는 기진맥진한 포샤를 퇴근시켰다. 그는 사무실 문을 닫고 드라이브를 해야 한다고 고집했다. 그와 해리 렉스는 반짝이는 새 임팔라에 올라타 중간에 멈춰 맥주도 사지 않고 약간의 정찰을 위해 체스터로 달려갔다. 달리는 동안 그들은 재판 전략과 시나리오를 두고 논쟁을 벌였다. 해리 렉스는 누가 임신시켰는지 키이라가 배심원들에게 털어놓으면 다이어는 허를 찔릴 것이고, 누스는 아마도 미결정 심리를 선언할 것이라 믿고 있었다. 제이크도 동의했지만, 그는 매복 공격을 완벽하게 해낼 수 있을 것인지 자신이 없었다. 월요일 오전 중에, 어쩌면 배심원 선정을 시작하기 전에 다이어는 키이라를 만나 증언을 미리 들어보고 싶다고 말할 수도 있다. 키이라는 임신 7개월이 넘은 상태였고, 이제는 감출 수가 없었다.

두 사람은 드루를 증언석에 앉히는 문제를 논의했다. 제이크는 드루와 오랜 시간을 함께 보냈지만, 그 아이가 잔인한 반대 신문을 견뎌낼 수 있을지 장담할 수 없었다. 해리 렉스는 피고인은 절대 증언해서는 안 된다는 확고한 신념을 갖고 있었다.

금요일이었고 법원에서 사람들이 빠져나가고 있었다. 그들은 상의를 벗고 넥타이를 풀고 사람들 눈에 띄지 않도록 위층 법정으로 올라갔다. 법정에 들어간 두 사람은 서늘한 공기에 깜짝 놀랐다. 누스의 새 창문형 에어컨이 최고 속도로 돌아가면서도 크게 소음을 내지 않고 있었다. 아마도 주말 내내 초과 근무로 해냈을 터였다. 법정은 먼지 한 톨 오물 하나 없이 전부 깨끗하게 청소되어 있었다. 페인트공 두 사람이 하얀색 에나멜을 열심히 새로 칠하고 있고 다른 사람은 무릎을 꿇고 벤치 주변의 나무 장식에 새 마감재를 칠하고 있었다.

"이런 빌어먹을." 해리 렉스가 중얼거렸다. "여기가 이렇게 깨끗했던 적이 있었나."

죽은 판사들과 정치인들의 빛바랜 유화 초상화는 사라지고 없었다. 원래 자리인 지하실로 보낸 것이 틀림없었다. 그렇게 빈 벽은 새로 칠한 페인트로 반짝거렸다. 오래된 방청석 의자들도 새로 칠했다. 배심원석에는 편안한 쿠션이 달린 열두 개의 새 의자가 놓여 있었다. 튀어나온 커다란 발코니에는 방치된 채 놓여 있던 서류 캐비닛과 보관함들이 사라지고 접이식 의자가 두 줄로 놓여 있었다.

"누스 판사가 법정에 돈을 좀 썼군." 제이크가 속삭였다.

"그럴 때도 됐지. 아마 자기한테도 중요한 순간일 거야. 방청객이 많이 몰릴 거라고 예상했겠지." 그들은 판사와 만나고 싶지 않았고 잠시 후 출입문으로 향했다. 다시 한번 둘러보려고 멈춰 선 제이크는 뱃속이 뒤집히는 느낌이 들었다.

그가 첫 배심원 재판에 나가기 전, 루시엔이 그에게 말했다. "법정에 들어설 때 너무 긴장된다면, 자넨 준비가 되지 않은 거야." 헤일리 재판 직전에 제이크는 배심원석 옆에 있는 화장실에 들어가서 토했다.

복도를 따라 나오던 해리 렉스는 화장실로 들어갔다. 잠시 후 나온 그가 말했다. "이런, 난리가 났군. 변기도 물이 잘 나와. 이카보드 늙은이가 아주 작정하고 준비했나 봐."

그들은 시내를 벗어나 동쪽으로 달렸다. 목적지도 서두를 필요도 없었다. 다시 포드 카운티에 들어섰을 때 제이크는 처음 보이는 시골 상점에 멈춰 섰고 해리 렉스는 여섯 개들이 맥주를 사러 들어갔다. 그들은 채툴라 호수로 갔고, 절벽 위에 선 나무 그늘에서 피크닉 테이블을 찾아냈다. 과거에 둘이 혹은 혼자서 방문했던 적 있는 은신처였다.

# 40

8월 6일 월요일. 제이크는 잠깐 낮잠을 청했지만, 잘못될 수 있는 온갖 일들에 관한 걱정으로 자꾸 눈이 떠졌다. 위대한 법정 변호사가 되기를 꿈꿔온 그였지만, 재판 첫날이면 늘 누가 왜 이런 스트레스를 자처하겠느냐는 생각만 들었다. 꼼꼼한 재판 준비는 지루하고 긴장되는 일이었지만, 실제 전투와 비교하면 아무것도 아니었다. 법정에서, 배심원들 앞에서 변호사는 적어도 열 가지 넘는 생각을, 그것도 모두 중대한 문제를 생각해야 했다. 자기 증인과 상대방이 신청한 증인에 집중해야만 하고, 증언을 한마디도 빠짐없이 들어야 한다. 이의를 제기해야 하나? 이유는? 모든 사실을 빠짐없이 언급했나? 배심원들이 귀 기울여 듣고 있나? 만일 그렇다면 그들은 증인을 믿고 있나? 그들이 증인을 좋아하나? 만일 그들이 관심을 기울이지 않는다면, 우리에게 유리한가? 그렇지 않은가? 그는 상대방의 모든 움직임을 자세히 살펴야 하며 어떻게 나올지 예측해야만 한다. 상대의 전략은 무엇일까? 도중에 전략을 바꾼 것인가? 아니면 함정을 판 것일까? 다음 증인은 누구인가? 그 증인은 어디 있나? 만일 다음에 나올 사람이 불리한 증인이라면 얼마나 효과가 있을까? 만일 변호인 측 증인이라면 준비가 되었나? 실제로 법원에 출석했나? 준비를 마쳤나? 형사 재판에서 정보 공개가 되지 않은 상황이라면 스트레스가 가중될 수밖에 없다. 양측 변호사는 증인이 무슨 말을 할지 확실히 알지 못하기 때문이다. 그리고 판사는 제대로 재판을 진행하고 있나? 경청하고 있나? 졸고 있나? 적대적인가, 우호적인가, 중립적인가? 증거품들은 제대로 준비되어 대기 중인가? 증거 채택을 두고 싸워야 할까? 만일 그렇다면 변호사는 증거 관련 규칙을 세세히 알고 있나?

루시엔은 재판이 어떻게 굴러가든 상관없이 느긋하고, 냉정하며, 차분하고 흔들리지 않는 것의 중요성을 그에게 가르쳤다. 배심원들은 아무것도 놓치지 않고 변호사의 일거수일투족을 알아차렸다. 연기가 중요했다. 손해가 되는 증언에 믿을 수 없다는 척하고, 필요한 때 동정심을 보이고 가끔 적당한 순간에는 분노를 드러내는 것. 하지만 과장된 행동이 가식으로 넘어가는 것처럼 보인다면 치명적일 수도 있다. 긴장된 상황에서는 누구나 웃음이 필요하기에 유머 역시 필수적이지만 자주 사용해서는 안 된다. 사람 목숨이 걸린 상황에서 너무 가벼운 발언은 역효과를 낼 수도 있다. 배심원들을 주시하되 지나치지 않아야 한다. 그들을 읽으려는 모습을 들키면 안 된다.

필요한 요청은 모두 제출했나? 배심원들에게 제공할 지침은 준비되었나? 최후 변론은 종종 가장 극적 순간이지만, 아직 증언을 듣지 않았기에 미리 준비해 두긴 어렵다. 그는 놀라운 최후 변론으로 헤일리 건에서 승리했다. 다시 해낼 수 있을까? 의뢰인을 구하기 위해 어떤 마법의 단어나 문구를 생각해 낼 수 있을까?

그의 가장 위대한 순간은 키아라의 임신 사실을 검찰 측에 밝히는 때였고, 그 생각만 하면 도무지 잠이 오지 않았다. 다른 모든 관계자가 모인 북적거리는 법정에서 증언 당일 바로 몇 시간 전까지 그 사실을 어떻게 비밀로 지킬 수 있을까?

그는 다시 깊은 잠에 빠져들었고 멀리서 풍기는 베이컨 굽는 냄새에 순간 빠졌던 깊은 잠에서 깼다. 4시 45분이었고 칼라가 스토브 앞에 있었다. 그는 아침 인사를 건네고 키스한 뒤 커피를 따르고 간단히 씻겠다고 말했다.

두 사람은 아침 식사 테이블에서 조용히 베이컨과 스크램블드에그, 토스트를 먹었다. 제이크는 주말 내내 잘 먹지 않았고 입맛이 없었다.

칼라가 말했다. "당신만 괜찮다면 오늘 내 계획을 다시 점검했으면 좋겠어."

"좋지. 당신은 기본적으로 애 보는 역할이야."

"그렇게 중요한 역할이라니 기쁘네."

"당신 역할이 정말 중요하다니까. 한번 말해봐."

"조시와 키아라를 법원 밖에서 10시에 만나 함께 1층 복도에서 대기하는 거야. 우린 배심원 선정 과정이 시작할 때까지 복도에 있을 거야. 만일 다이어가 그들과 얘기하길 원하면 내가 어떻게 해야 하지?"

 "글쎄. 다이어는 오늘 아침 중요하게 생각하는 일이 한둘이 아닐 거야. 나와 마찬가지로 예비 배심원들 생각으로 걱정이 많을 텐데, 만일 키이라와 조시에 관해 물어보면 난 그들이 오는 중이라고 대답할 거야. 배심원 선정이 오전 내내 진행될 테고, 아마도 온종일 걸릴 거야. 그럼 내가 당신한테 어떻게 하라고 연락할게. 만일 휴정이 된다면 복도로 당신을 만나러 나갈게. 소환장을 받았으니 가까이 있어야만 해."

 "만일 다이어가 우릴 찾아내면?"

 "그는 키이라와 얘기할 권리가 있어. 조시는 그렇지 않지만. 혹시 키이라가 임신한 걸 눈치챌 수도 있지만, 감히 아버지가 누구냐고 물어보지는 못할 거야. 다이어가 키이라에게 원하는 건 드루가 코퍼를 쐈다는 증언뿐이라는 걸 명심해. 그는 그 증언을 받아내야 하니까, 그것 말고는 무리하지 않을 거야."

 "난 해낼 수 있어." 그녀는 긴장한 듯 말했다.

 "그럼, 당연하지. 법원 주변에 사람들이 많을 테니까 눈에 띄지 않게 섞여서 있으면 돼. 예비 배심원단이 줄어들면서 마지막 열두 명을 뽑을 때쯤 내가 신호를 보내면 법정으로 들어오면 돼."

 "그럼, 법정 안으로 들어가면 내가 정확히 뭘 해야 하지?"

 "배심원들을 살펴봐. 특히 첫 네 줄에 앉은 사람들. 특히 여자들."

 몇 입 먹은 뒤 그가 말했다. "가야 해. 거기서 보자고."

 "당신, 좀 먹어야 해, 제이크."

 "알아, 하지만 어쨌거나 안 들어갈 것 같아."

그는 아내의 뺨에 입을 맞추고 집을 나섰다. 차에 탄 그는 가방에서 권총을 꺼내 시트 아래에 숨겼다. 사무실 앞에 차를 세우고 문을 열고 들어가 불을 켰다. 30분 뒤에 포샤가 출근했고, 7시에 리비 프로빈이 몸에 꼭 맞는 디자이너 드레스와 요란한 페이즐리 무늬 스카프 차림에 하이힐을 신고 들어섰다. 그녀는 일요일 오후 늦게 클랜턴에 왔고, 그들은 전날 밤 11시까지 함께 일했다.

"아주 멋지게 보이시네요." 제이크가 머뭇거리는 것처럼 말했다.

"마음에 안 들어요?" 그녀가 맞받았다.

"모르겠어요. 너무 튀어 보이네요. 오늘 법정에 당신 말고 분홍색 드레스를 입은 사람이 또 있을지 모르겠어요."

"난 눈에 띄는 사람이 되길 좋아해요, 제이크." 그녀는 일부러 스코틀랜드 억양을 강조하며 노래하듯 말했다. "전통에서 벗어나 보인다는 건 알지만 배심원들, 특히 남자들이 온통 어두운 정장 속에서 조금 멋지게 차려입는 걸 좋아한다는 걸 발견했어요. 당신은 제법 멋지게 보여요."

"감사해야겠군요. 새로 산 법정용 정장입니다."

포샤는 분홍색 드레스에서 눈을 떼지 못했다.

리비가 말했다. "사람들이 내가 하는 말을 들으면 생각이 달라져요."

"그들은 아마 한마디도 알아듣지 못할 겁니다."

그녀는 발언을 많이 하지 않을 예정이었다. 우선은 그랬다. 그녀가 맡은 역할은 형량을 받게 되는 재판의 두 번째 단계에서 제이크를 보조하는 것이었고, 그때까지는 별로 말을 하지 않을 것이다. 만일 드루가 1급 살인으로 유죄 판결을 받는다면, 형량을 받아내는 전쟁에서 더 큰 역할을 맡게 될 터였다. 세인 세즈윅박사는 아이의 목숨을 구해내려고 전력 질주로 달려올 상황에 대비한 채 베일러에서 대기 중이었다. 제이크는 그럴 필요가 없기를 기도했지만, 그럴 수도 있다고 생각했다. 그날 아침 그는 그런 걱정을 할 여유가 없었다.

제이크는 그녀를 보고 말했다. "루서 레드포드에 관해 말해주세요."

리비가 바로 말했다. "백인 남성, 62세, 플레즌트 밸리 로드라는 시골에 살고, 유기농법으로 닭을 키워 멤피스의 고급 식당에 판매해요. 40년째 같은 아내와 결혼 생활 중이고 성인 자녀가 세 명인데 모두 분가했고 손자들이 많아요. 그리스도 교회 신자고요."

"'그리스도 교회'는 뭐죠?"

"독실하고 씨족을 중요시하고 보수적인 근본주의자로, 법률과 질서를 강조하고 폭력 범죄를 안 좋게 보죠. 술이나 술에 취하는 걸 싫어하는 금욕주의자일 가능성이 아주 커요."

"그 사람 선택할 겁니까?"

"아마 아니겠죠. 하지만 그 사람이 오히려 중간일 수도 있어요. 2년 전에 오클라호마에서 열일곱 살짜리 아이를 변호했는데, 변호사는 그리스도 교회 신자 전부와 침례교를 전부 잘라냈고 오순절 교회 교인들도 많이 뽑지 않았어요."

"결과는?"

"유죄였죠. 끔찍한 범죄였지만 형량 선고 단계에서 불일치 배심으로 가석방 없는 종신형을 받았어요. 그 정도면 승리라고 봐야 할 거예요."

"이 사람 선택할 건가, 포샤?"

"아뇨."

"이런 연습은 운전하면서도 할 수 있어. 전혀 알 수 없는 배심원 후보가 몇 명이지?"

"열일곱이요." 포샤가 말했다.

"많네. 자, 내가 차에 짐을 실을 테니 두 사람은 타당한 이유로 기피 요청할 모든 배심원 명단을 검토하세요."

"벌써 했잖아요. 최소 두 번은 했을 텐데." 포샤가 말했다. "명단을 다 외웠을 정도예요."

"다시 암기해."

제이크는 사무실을 나와 아래층으로 가서 세 개의 커다란 서류 상자를 임팔라 승용차 트렁크에 실었다. 전에 타던 사브보다 공간이 훨씬 넓었다. 오전 7시 30분, 변호 팀은 차를 몰고 클랜턴을 떠났다. 운전은 포샤가 맡았고 제이크는 뒷좌석에서 지금까지 한 번도 본 적 없지만 이제 만나게 될 사람들 이름을 하나씩 불렀다.

조시는 구치소에 차를 세우고 키이라에게 차에 있으라고 했다. 뒷좌석에는 네이비 블레이저, 흰 셔츠, 클립온 넥타이, 회색 바지가 조심스럽게 옷걸이에 걸린 채 깔끔하게 놓여 있었다. 조시는 지난주 내내 옥스퍼드와 그 주변 모든 할인 상점을 샅샅이 뒤져 옷을 준비했다. 제이크가 어떤 옷들을 사야 하는지 엄격하게 정해 주었고, 그녀는 전날 종일 옷을 빨고 다려 드루의 재판 복장을 완성했다. 제이크는 신발은 별로 문제 될 일이 없다고 했다. 그는 자기 의뢰인이 멋지고 예의 바른 사람으로 보이길 원했지, 부잣집 아들로 보이길 원하는 건 아니었다. 드루가 신은 중고 운동화면 충분할 터였다.

잭 씨가 구치소 접수대 책상에 앉아 있다가 복도를 지난 곳에 있는 청소년 감방으로 그녀를 안내했다. "샤워실이 따로 있지만 하고 싶지 않다고 했습니다." 잭 씨는 감방문을 열어주며 조용히 말했다. 조시가 안으로 들어서자 그는 뒤에서 문을 잠갔다.

피고인은 자기 테이블에 앉아 혼자 카드놀이를 하고 있었다. 일어서서 그녀를 껴안은 드루는 어머니의 눈이 빨개진 걸 알아차렸다. "또 우는 거예요, 엄마?" 그가 물었다.

그녀는 대답하지 않고 가져온 옷을 아래층 침대에 늘어놓았다. 그녀가 위층 침대에 놓인, 손도 대지 않은 달걀과 베이컨을 보더니 물었다. "왜 안 먹었어?"

"배가 안 고파요, 엄마. 오늘이 아마 중요한 날이겠죠?"

"그래. 옷을 갈아입자."

"저걸 전부 입어야 해요?"

"그래. 제이크가 말한 것처럼 넌 재판에 나갈 거고, 멋지게 보여야 해. 죄수복은 벗어서 이리 줘." 상황이 어떻든 어머니 앞에서 벌거벗은 모습을 보이고 싶어 하는 열여섯 살짜리 사내아이는 없다. 하지만 드루는 불평할 수 없다는 사실을 알았다. 그가 오렌지색 죄수복을 벗자 그녀가 바지부터 내밀었다.

"이런 옷은 어디서 났어요?" 그는 바지를 받아 얼른 발을 꿰며 물었다.

"여기저기서. 넌 이 옷을 매일 입어야 해. 제이크 명령이야."

"며칠 동안이나요, 엄마? 재판은 얼마나 오래 걸리나요?"

"거의 일주일 내내일 거야." 그녀는 아들이 셔츠를 입고 단추를 채우는 걸 도왔다. 그는 셔츠 자락을 바지 속에 넣더니 말했다. "살짝 큰 거 같은데요."

"미안해, 많이 찾았지만 이게 최선이야." 그녀는 넥타이를 집어서 맨 윗단추에 걸고 흔들어 보더니 말했다. "마지막으로 넥타이를 맸던 때가 언제지?"

고개를 흔들던 그는 입에서 볼멘소리가 나오려 했지만, 소용없다는 걸 깨달았다. "한 번도 매본 적 없어요."

"내가 잘못 알았구나. 넌 변호사들 그리고 중요한 사람들과 함께 법정에 있어야 하고 멋지게 보여야 해, 알겠지? 제이크 말로는 배심원들이 널 볼 텐데, 외모가 중요하다고 했어."

"제이크는 내가 변호사처럼 보이길 원해요?"

"아니, 네가 깔끔한 젊은이처럼 보였으면 하더라. 그리고 배심원들을 노려보지 말라고 했어."

"알아요, 알죠. 나도 제이크가 준 설명서를 100번은 읽었어요. 똑바로 앉아라, 정신을 차리고 있어라, 감정을 드러내지 말아라. 만일 지루해지면 종이에 뭐든 끄적여라."

가족 모두가 그들 변호사에게 종이에 적힌 지시 사항을 받았다. 조시는 드루가 마찬가지로 생전 처음 입어보는 네이비 블레이

저를 입는 걸 돕더니 한 걸음 물러나 그를 감탄스러워하는 눈으로 바라보았다. "아주 멋지구나, 드루."

"키이라는 어디 있어요?"

"밖에, 차에 있어. 키이라는 괜찮아."

그렇지 않았다. 키이라는 어머니처럼 엉망이었다. 세 명의 길 잃은 영혼은 그들에게 무슨 일이 생길지 전혀 알 수 없는 상황에서 사자 굴로 들어서기 직전이었다. 조시는 아들의 금발 머리를 헝클어뜨리며 가위가 있었으면 좋겠다고 생각했다. 그녀는 아들을 붙잡고 힘을 주면서 말했다. "정말 미안하구나, 아들. 너무 미안해. 내가 우릴 이런 난장판으로 끌어들였어. 전부 내 잘못이야. 전부 내 잘못."

드루는 판자처럼 몸이 굳은 채 그 순간이 지나길 기다렸다. 한참 만에 그녀가 손을 놓자, 그는 어머니의 촉촉하게 젖은 눈을 보며 말했다. "이 얘기는 벌써 했잖아요, 엄마. 내가 한 일은 어쩔 수 없고, 난 후회하지 않아요."

"그런 말 말아, 드루. 지금도 그렇고 재판에서도 그 말은 하면 안 돼. 누구에게도 그런 말은 하면 안 돼, 알겠어?"

"난 바보가 아니에요."

"그거야 잘 알지."

"신발은요?"

"제이크가 운동화를 그대로 신으랬어."

"글쎄, 운동화가 나머지 차려입은 복장하고 안 어울리지 않아요?"

"그냥 제이크가 하란 대로 해. 드루, 늘 제이크가 시키는 대로 해야 해. 넌 멋져 보여."

"그리고 엄마도 재판에 갈 거죠?"

"물론 나도 갈 거야. 맨 앞줄, 네 바로 뒤에 있을 거야."

# 41

배심원 후보들이 8시 30분에 낡은 법원 건물에 도착하기 시작했다. 밝은색 방송사 중계차 세 대가 그들을 환영했다. 한 대는 투펄로, 한 대는 잭슨에 있는 지상파 지국, 한 대는 멤피스에서 온 중계차들이었다. 방송사 직원들이 조명시설을 설치했고, 카메라는 보안관보가 허락하는 한 현관에서 가장 가까운 곳에 자리를 잡았다. 체스터라는 시골 마을이 이렇게 중요하게 느껴진 적은 한 번도 없었다.

배심원들은 각자 출입증을 대신해 소환장을 들고 현관에서 친절한 서기를 만났다. 서기는 각자의 서류를 확인하고 출석자 명단으로 보이는 것에 이름을 적은 뒤 계단을 올라가 2층 법정으로 가면 그곳에서 추가 지시를 받을 수 있다고 안내했다. 법정은 잠겨 있고 경비를 서던 제복 차림의 사람들이 잠시 기다리라고 했다. 긴장하고 호기심에 찬 배심원들이 서로 만나 속삭이며 대화를 나누는 사이 복도는 금세 사람들로 가득 찼다. 소환장에는 어떤 사안인지 적혀 있지 않았고, 사람들의 온갖 추측이 난무했다. 포드 카운티에서 벌어진 경찰관 살해 사건과 관련 있다는 소문이 금세 퍼졌다.

해리 렉스는 촌스러운 모자를 쓰고 시골에서 온 착한 백인 농부처럼 차려입은 채 소환장처럼 생긴 종이를 한 장 들고 이 지역 사람들과 섞여 소문에 귀를 기울였다. 그는 사실상 이 지역에 아는 사람이 전혀 없고 배심원 후보들 가운데 그 누구도 그에게 눈길을 주지 않았음에도 혹시 로웰 다이어나 그 밑에서 일하는 사람이 복도에 잠입해 있을 경우를 대비해 경계를 늦추지 않았다. 그는 배심원으로 일할 시간이 없고 집에서 늙은 어머니를 돌봐야 한다고 말하는 여자와 이야기를 나누었다. 한 늙은 남자가 자신은 사형을 선고하는데 아무런 거리낌이 없다는 취지로 하는 얘기를 듣기도 했다. 그는 한 젊은 여자에게 지난 3월 클랜턴에서 경찰관이 살해된 사건 관련이라는 얘기가 정말인지 물었다. 여자는 잘 모르겠지만 혹시라도 그런 끔찍한 문제를 판단하는 자리에 앉게 될 수도 있다는 생각만 해도 무시무시하다고 했다. 사람들이 점점 많아졌고, 해리 렉스는 입을 다물고 여기저기서 혹시 뭔가 중요한 정보를 드러낼 수 있는 말, 공개된 법정 안에서 벌어질 배심원 선정 과정에서는 허용되지 않을 수도 있는 말이 들리는지 귀를 기울였다.

구경꾼들이 배심원들과 뒤섞이기 시작하며 코퍼 가족이 나타나는 걸 본 해리 렉스는 슬그머니 화장실로 들어가 모자를 벗었다.

8시 45분, 문이 열렸고 법원 서기가 소환장을 받고 온 사람들에게 법정 안으로 들어와 왼편 좌석에 앉으라고 안내했다. 줄지어 통로를 통과하던 사람들은 새롭게 페인트를 칠한 넓은 공간을 입을 벌리며 바라보았다. 그들 대부분은 처음 와보는 곳이었다. 다른 서기가 왼쪽에 있는 긴 의자들을 가리켰다. 오른쪽의 의자들은 좀 더 빈 채로 둘 예정이었다.

법정 내 공기가 금세 알아차릴 수 있을 정도로 시원한 걸 보니 누스 판사가 주말 내내 에어컨을 최대로 틀어두라고 한 것이 틀림없었다. 8월 6일의 최고 기온은 35도로 예상되었지만, 이상하게도 새롭게 단장한 법정은 쾌적했다.

제이크와 포샤, 리비는 변호인석 테이블 주위에 서서 배심원 후보들을 보며 중요한 얘기를 속삭이고 있었다. 몇 걸음 떨어진 곳에서 로웰 다이어와 D. R. 머스그로브가 검찰 수사관인 제리 스누크와 이야기를 나누는 사이 서기들과 법정 경위들이 판사석 앞에서 서성거렸다.

다이어가 다가오더니 제이크에게 말했다. "갬블 부인과 따님이 여기 와 계시겠군요."

"올 겁니다, 로웰. 내가 약속하죠."

"소환장을 전달했습니까?"

"했어요."

"오늘 오전 중에 키이라와 이야기를 좀 하고 싶은데요."

"문제없습니다."

다이어는 긴장해서 안절부절못했는데, 처음 큰 재판에 나서는 중압감을 느끼는 게 분명해 보였다. 제이크는 노련한 베테랑처럼 보이기 위해 애쓰고 있었지만, 상대보다 법정 경험이 더 많음에도 마찬가지로 뱃속이 울렁거리고 있었다. 다이어는 큰 재판에서 이겨본 경험은 없지만 주 정부를 대신하는 검찰에게 주어진 온갖 이점을 누리고 있었다. 악에 맞서는 선, 범죄자를 단죄하는 법 집행관, 가난한 변호인 측을 압도하는 많은 자원까지.

피고인은 오지가 운전하는 보안관의 깨끗하고 빛나는 순찰차 뒷좌석에 앉아 도착했다. 언론 편의를 위해 순찰차는 법원 정문 앞에 멈춰 섰고, 오지와 모스 주니어는 어둡고 사무적인 표정으로 뒷문을 활짝 열고 수갑을 차고 발목은 쇠사슬로 묶였지만 제법 잘 차려입은 살인 용의자가 내리도록 했다. 두 사람이 피고인의 앙상한 두 팔을 붙잡고 옛날 방식으로 천천히 법원 건물 현관을 향해 걷도록 하는 동안 카메라들이 찰칵거리며 사진을 찍었다. 안으로 들어선 그들은 서둘러 건물의 많은 부속 건물들 가운데 하나로 통하는 문으로 들어갔고, 밴뷰런 카운티 감독위원회 회의실을 찾아냈다. 이쪽 지역 보안관보 한 명이 문을 열어주면서 오지에게 말했다. "이 방은 안전하게 확보해 두었습니다, 보안관님."

방에는 창문이 없었고 에어컨 바람도 잘 들어오지 않았다. 드루는 정해진 의자에 앉으라는 지시를 받았고, 오지와 모스 주니어가 밖으로 나가 문을 닫은 뒤에도 그 자리를 지키고 있었다.

문이 다시 열릴 때까지 세 시간이 걸렸다.

9시 15분, 배심원 후보들은 한쪽에 모여 앉았다. 다른 쪽 방청석은 여전히 비어 있고 방청객들은 복도에서 기다리고 있었다. 경위가 재판이 시작되었음을 알리면서 모두 일어서라고 했다. 사람들이 모두 일어서자 재판장인 오마르 누스 판사가 판사석 뒤쪽 문에서 모습을 드러냈다. 양측 변호사들은 각자의 테이블 주위에 모여 섰고 서기들이 자리를 잡고 앉았다.

누스는 아래로 내려서더니 길고 검은 가운을 펄럭이며 방청석이 시작하는 칸막이 앞까지 다가갔다. 겨우 몇 걸음 떨어진 곳에 앉은 제이크가 리비에게 속삭였다. "이런, 세상에. 가운 펄럭이기 예식이네요." 그녀는 제이크를 보고 멍한 표정을 지었다.

가끔, 특히 선거가 머지않았을 때 주 법원 소속 판사들은 대중과 유권자들에게 더 가까이 다가가 판사석의 높은 자리가 아니라 바닥에 내려서서 칸막이 바로 안쪽에서 그들과 눈높이를 맞춰 인사하길 좋아했다.

누스는 자기 지역 주민들에게 자신을 소개하면서 참석해 주어 감사하다고 친근하게 환영 인사를 건넸다. 마치 그들에게 참석 여부를 정할 선택권이라도 있는 것처럼. 그는 정의의 질서 있는 흐름에 배심원 봉사가 얼마나 중요한지 장황하게 설명하며 잠시 시간을 보냈다. 부담스럽게 느끼지 않았으면 좋겠다고도 했다. 자세한 내용은 생략한 채, 그는 사건의 개요를 말해주고 오늘은 대부분 배심원을 선정하는 과정에 집중한다고 설명했다. 그는 서류를 들여다보며 말했다. "서기 말로는 오늘 오실 예비 배심원들 가운데 세 분이 참석하지 못했다고 합니다. 로버트 자일스 씨, 헨리 그랜트 씨 그리고 이네즈 보웬 부인입니다. 세 분 모두 소환장을 제대로 받았지만, 오늘 아침에 굳이 참석하지는 않은 모양입니다. 보안관에게 말해 모셔 오도록 하겠습니다." 그는 배심원석 근처에 앉은 보안관을 심각한 표정으로 보며 고개를 끄덕였다. 마치 감옥에라도 넣을 수 있다는 듯한 행동이었다.

"자, 예비 배심원단은 모두 아흔네 명이고 가장 먼저 해야 하는 일은 누가 면제 대상자가 될 수 있는지 보는 것입니다. 혹시 65세 이상이시면 주 법률에서는 배심원 봉사를 포기할 수 있습니다. 포기하실 분 있습니까?"

누스와 서기가 이미 선거인 명부에서 뽑아낸 명단에서 노인들을 추려냈지만, 예비 배심원 중에 65세에서 70세까지인 사람이 여덟 명 섞여 있었다. 판사는 그들 모두가 면제를 요청하지 않으리라는 사실을 경험으로 알았다.

첫 번째 줄에 앉은 남자가 손을 흔들며 얼른 일어섰다.

"누구시죠?"

"할린 윈슬로입니다. 68세인데 이러고 있을 시간이 없는 사람입니다."

"가셔도 좋습니다."

윈슬로는 전력 질주하듯 통로를 내달렸다. 그는 깊은 시골에 살았고 픽업트럭 범퍼에 NRA(전미총기협회-옮긴이) 스티커를 붙이고 다녔다. 제이크는 기분 좋게 그의 이름을 명단에서 지웠다. 속이 시원했다.

세 명이 더 포기를 선언한 뒤 법정을 떠났다. 이제 대상자는 아흔 명으로 줄었다.

누스가 말했다. "다음으로, 혹시 건강 문제가 있는 분들을 고려

해야 합니다. 혹시 의사 소견서가 있으신 분들은 앞으로 나와주십시오." 의자 삐걱거리는 소리가 나더니 배심원 후보 여러 명이 일어서서 앞으로 나와 판사 앞 통로에 길게 줄을 섰다. 전부 열한 명이었다. 첫 번째 사람은 게을러 보이는 젊은 남자로 소름이 끼칠 정도로 살이 쪘고 금방이라도 쓰러질 것처럼 보였다. 그가 내민 서류를 누스가 주의 깊게 읽더니 웃으며 말했다. "가셔도 됩니다. 래리 심스 씨." 사내는 웃더니 출입문을 향해 비틀거리며 걸어갔다.

누스 판사가 체계적으로 어려운 과정을 헤쳐 나가는 사이 양측 변호사들은 자신들의 명단을 보며 이름을 지우면서 남은 예비 배심원들을 바라보았다.

의사 소견서를 가져온 열한 명 가운데 두 명은 제이크의 명단에서 전혀 파악되지 않는 인물들이었고, 그들이 떠나자 그는 기분이 좋았다. 지루하게 40분이 흐른 뒤에 열한 명 모두가 돌아갔다. 이제 일흔아홉 명으로 줄었다.

누스가 말했다. "자, 이제 여기 남은 분들은 배심원 선정 심사를 받을 자격이 있습니다. 심사는 무작위로 이름을 부르는 방식으로 진행합니다. 이름이 불리면 이쪽으로 와서 첫째 줄부터 자리를 채워 앉으시면 됩니다." 그는 왼손으로 통로 반대편 방청석을 가리켰다. 서기 한 명이 앞으로 나서더니 판사에게 작은 종이 상자를 내밀었고, 판사는 상자를 변호인석 테이블에 내려놓았다.

이 작은 복권 상자가 배심원 선정 과정에서 가장 중요한 부분을 차지했다. 마지막으로 남게 되는 열두 명의 배심원들은 상자에서 먼저 이름이 뽑히는 마흔 명, 즉 첫 네 줄에 앉는 사람들 안에서 뽑힐 가능성이 컸다.

변호사들은 재빨리 의자를 테이블 반대쪽으로 옮겨 판사석을 등지고 배심원 후보들을 볼 수 있도록 앉았다. 누스가 접힌 종이쪽지 하나를 상자에서 꺼내 이름을 불렀다. "마크 메일러 씨." 한 남자가 매우 불안한 표정으로 일어서더니 발을 끌며 통로로 걸어 나왔다.

메일러. 백인 남성, 48세, 카운티에 하나밖에 없는 고등학교에서 오랫동안 수학 교사로 일했다. 전문대학에서 2년 공부했고, 서던 미시시피 대학에서 수학으로 학위를 받았다. 여전히 첫 번째 아내와 살고 있고, 자녀는 세 명으로 막내는 여전히 함께 살고 있다. 멋진 블레이저를 입었고 넥타이를 매고 온 몇 안 되는 후보자 가운데 한 명이었다. 체스터에 있는 제일침례교회 신자였다. 제이크는 그를 원했다.

메일러가 첫 번째 줄 가장 끝에 자리를 잡고 앉자 누스는 레바 둘레이니의 이름을 불렀다. 백인 여성으로 나이는 55세, 시내에 사는 주부였고 감리교회에서 오르간을 쳤다. 그녀는 마크 메일러 옆에 앉았다.

세 번째는 돈 코벤으로 60세 농부였고, 그의 아들은 투펄로에서 경찰관으로 일했다. 제이크는 그를 정당한 이유를 붙여 제외하고 싶었고, 만일 생각대로 되지 않는다면 무조건 기피권을 사용해 날려버려야 할 대상으로 생각했다.

네 번째는 메이 태거트로 처음 흑인이 뽑혔다. 44세인 그녀는 포드 자동차 판매대리점에서 일했다. 해리 렉스와 루시엔을 포함한 변호팀의 집단 지성은 백인 경관에게 동정심이 덜할 가능성이 큰 흑인들을 선호했다. 하지만 이번 사건의 희생자와 피고인이 모두 백인이었기에 다이어가 흑인들을 무조건 제외해도 인종 문제가 발생할 염려는 없었다.

한 시간 넘게 서 있던 재판장은 허리 쪽에 약간의 압박감이 느껴졌다. 첫 번째 줄이 채워지자 그는 판사석으로 물러나 두꺼운 쿠션이 놓인 편안한 의자에 앉았다.

제이크는 첫 열 명을 주의 깊게 살폈다. 두 명은 무조건 뽑아야 했고 세 명은 제외해야 했다. 다른 사람들은 나중에 따로 논의해야 했다. 누스가 종이 상자에 손을 넣어 두 번째 줄에 앉을 첫 번째 인물의 이름을 뽑았다.

10시에 법원에 들어선 칼라는 로비가 제복 입은 남자들로 가득한 걸 발견했다. 그녀는 모스 주니어와 마이크 네즈빗에게 인사를 건넸고, 다른 몇 명도 알아볼 수 있었다. 제이크가 오지의 부하들 전부를 소환했기 때문이었다.

그녀는 그들에게 떨어져 나와 세무 관련 부서가 있는 1층 별관으로 향했다. 그곳에는 조시와 키이라가 잔뜩 주눅 든 모습으로 플라스틱 의자에 앉아 있었다. 그들은 친한 사람의 얼굴이 보이자 기뻐하며 얼른 다가와 그녀를 껴안았다. 두 사람은 칼라를 따라 건물에서 나와 그녀의 차로 향했다. 차에 탄 뒤에 칼라가 물었다. "오늘 아침에 제이크와 얘기했어요?"

그들은 그러지 못했다. "아무하고도 얘기하지 않았어요." 조시가 말했다. "어떻게 되어가고 있어요?"

"그냥 배심원 선정이에요. 어쩌면 종일 걸릴 수도 있어요. 커피라도 좀 마실까요?"

"여기 있지 않아도 되나요?"

"그럼요. 제이크가 괜찮다고 했어요. 다이어 씨나 그를 위해 일하는 누구든 봤어요?"

조시는 고개를 흔들었다. 그들은 차를 타고 몇 분 이동해 체스터 중심가에 멈췄다. "아침은 먹었어요?" 칼라가 물었다.

"전 너무 배고파요." 키이라가 불쑥 말했다. "죄송해요."

"제이크가 이곳이 시내에 있는 유일한 카페라고 했어요. 들어가요."

인도에 올라선 칼라는 처음으로 키이라를 제대로 볼 수 있었다. 평범한 여름 면 드레스 차림이었지만, 배 부근이 몸에 꼭 끼어 누가 봐도 임신한 몸이라는 걸 알아볼 수 있었다. 하지만 가볍고 푹신해 보이는 큰 조끼를 위에 걸쳐 입으면 상황을 감출 수 있을 것 같았다. 칼라는 제이크가 옷을 직접 골랐으리라고는 생각하지 않았지만, 조시와 옷차림을 두고 논의하지 않았을 리는 없다고 생각했다.

정오 종소리는 다른 어떤 곳보다 법정에서 더 크게 들리는 것 같았다. 긴장 속에서 세 시간이 지났고, 모두 휴식 시간이 필요해 시계만 보고 있었다. 허기의 고통은 엄청났고 오후까지 재판을 감히 이어갈 판사는 거의 없었다. 누스는 일흔아홉 명을 맨 앞부터 여덟 줄의 의자에 다시 앉혔는데, 그 가운데 세 명이 선정에서 제외해달라고 간청했다. 한 명은 외손주들을 매일 돌봐야 하는 할머니였다. 한 명은 62세 여성이었지만 겉보기에 스무 살은 더 늙어 보였고, 죽어가는 남편을 내내 보살펴야 했다. 한 명은 정장에 넥타이를 맨 신사로 직장에서 잘릴 수도 있다고 주장했다. 누스는 깊이 생각하는 것처럼 귀를 기울였지만, 마음을 바꾸지는 않을 것 같았다. 그는 점심시간에 그들의 요청을 고려하겠다고 말했다. 그는 그런 식의 제외 요청을 모든 관계자가 보는 공개된 법정에서 허용해서는 안 된다는 걸 오래전에 배웠다. 동정심을 너무 많이 보여주면 너무 많은 예비 배심원들이 손을 들고 나서서 온갖 어려움을 호소할 수 있기 때문이다.

그는 점심시간이 지난 뒤에 조용히 세 사람을 돌려보낼 생각이었다.

해리 렉스를 포함한 변호팀은 메인 스트리트에 있는 모리스 핀리 사무실로 향했다. 재판 중에는 그곳을 본부로 사용하기로 했다. 핀리가 샌드위치와 탄산음료를 준비해 두었고 그들은 재빨리 식사를 마쳤다.

그웬 헤일리의 친척인 로드니 코티가 27번 예비 배심원이었고 확실하게 선정될 수 있을 것 같았다. 제이크는 칼 리가 그를 만나 사건을 두고 논의했다는 사실을 확신하고 있었다. 제이크는 코티가 헤일리 재판 때 법정에 온 적이 있다는 사실에 여전히 집착하고 있었다. 제이크는 윌리 헤이스팅스가 오지에게 그들의 관계를 말했는지 알지 못했다. 제이크는 오전 내내 여러 번 코티와 분명히 눈을 마주쳤다. 그는 흥미로워하는 것 같았지만, 모호한 태도를 보였다. 하긴 애초에 그가 정확히 어떻게 해야 했을까? 제이크에게 윙크라도 해야 했을까? 그에게 엄지손가락을 들어 보였어야 했나?

제이크의 올 미스 로스쿨 2년 선배인 핀리는 종이 냅킨으로 입을 닦더니 자랑스레 말했다. "신사 숙녀 여러분, 우리 편이 생겼습니다."

"그거 좋군." 해리 렉스가 말했다.

"들어봅시다." 제이크가 말했다.

"제이크, 자네가 요청한 대로 주변 카운티에서 일하는 약 열 명의 변호사 친구들에게 배심원 명단을 보냈어. 그냥 낚시하듯 보내는 거지. 한 번도 통한 적은 없지만, 상관없이 모두 그렇게들 하니까. 이름 한두 개 정도는 운으로 걸릴 수도 있잖아. 그런데, 여러분 우리가 운이 좋네요. 40세 백인인 15번 배심원 델라 팬처는 포크 카운티 접경 지역 농장에서 두 번째인지 세 번째 남편과 함께 살고 있어요. 그들 부부는 아이가 둘에 안정된 가정인 것처럼 보이지만 실제로는 어떤지 모릅니다. 내 친구가 한 명 있는데, 제이크, 자네 풀턴에 사는 스킵 설터라고 알아?"

"아뇨."

"어쨌거나 설터가 목록을 훑어보다가 왠지 델라 팬처라는 이름에서 멈춘 겁니다. 델라는 흔한 이름이 아니잖아요. 어쨌든 이 근처에서는 그렇죠. 그는 궁금증이 생겨 과거 자료를 뒤져보고 몇 군데 전화를 걸었습니다. 그가 15년 전에 만났을 때 그녀는 델라 맥브라이드라는 이름으로 데이비드 맥브라이드와 결혼해 살고 있었습니다만, 어떻게든 헤어지고 싶어 하는 상태였습니다. 스킵은 델라를 대신해 이혼 소송을 제기했고 보안관보가 맥브라이드에게 서류를 전달하자 그는 아내를 흠씬 두들겨 팼습니다. 그런 일이 처음이 아니었고, 그녀는 병원에 입원했습니다. 결국 정말이지 지저분한 이혼 소송이 벌어졌는데 재산을 두고 싸울 일은 없었지만, 그는 폭력적으로 변해 욕설과 협박을 일삼았습니다. 온갖 종류의 접근 금지 명령이 떨어졌습니다. 남자가 여자를 스토킹했고 직장까지 쫓아가 괴롭혔습니다. 스킵은 마침내 이혼 소송에서 이겼고 여자는 그 지역에서 달아났습니다. 그녀는 여기로 이주해 새로운 삶을 시작했습니다."

"그런 사람이 유권자 등록을 했다는 사실이 놀랍네요." 제이크가 말했다.

"이거 대박일 수도 있겠는데." 해리 렉스가 말했다. "진짜 가정 폭력 희생자가 배심원으로 앉아 있다니."

"그럴 수도 있겠네요." 제이크가 말했다. 이야기에 충격을 받은 것이 분명했다. "하지만 아직 배심원이 된 건 아닙니다. 이걸 생각해 보죠. 배심원단은 저와 다이어 어쩌면 누스 판사까지 나서서 검증할 겁니다. 계속 이어지다가 오후까지 다 잡아먹겠죠. 어느 시점에서 가정폭력에 관한 질문이 나올 겁니다. 만일 다른 사람들이 꺼내지 않는다면 내가 그 얘기를 할 계획입니다. 만일 델라가 손을 들고 자기 얘기를 한다면 상대방이 이의를 제기하고 그녀는 집으로 돌아가게 됩니다. 내가 반대하고 나서 보겠지만, 그녀는 틀림없이 배심원단에서 쫓겨날 거예요. 하지만 만일 그녀가 말하지 않는다면요? 그냥 앉아서 이 지역 누구도 그녀 과거를 모르리라 생각한다면?"

모리스가 말했다. "그건 그녀가 도끼를 갈았다거나 풀어야 할 원한이 있다거나 뭐 그런 식으로 표현해야겠지."

리비가 말했다. "죄송한데요, 배심원 후보들은 언제 사건의 자세한 내용을 알게 되나요?"

"점심 식사 후 다시 모이면 바로요." 제이크가 말했다.

"그렇다면 델라는 가정폭력에 관한 진술이 있으리라는 걸 질문이 시작되기 전에 미리 알 수 있겠군요."

"그렇죠."

변호사 넷은 여러 시나리오를 생각했지만 모두 생각만 할 뿐 말은 하지 않고 있었다. 그러자 포샤가 말했다. "죄송합니다. 저는 그저 급 낮은 법률 서기로 이제 곧 로스쿨 신입생이 될 사람에 불과하지만, 그 여자는 자진해 말해야 하는 것 아닌가요?"

네 명은 모두 고개를 끄덕였다. "그렇지." 제이크가 말했다. "그녀는 그래야 할 의무가 있지만, 아무 말을 하지 않는다고 해서 범죄는 아니야. 늘 일어나는 일이지. 배심원 선정 과정 중에 사람들을 앞으로 불러내 자신의 비밀을 털어놓고 편견을 드러내도록 강제할 수는 없는 노릇이니까."

"하지만 그건 옳지 않은 일 같은데요."

"그렇지. 하지만 재판 후에 배심원이 노출되는 일은 드물어. 그녀에게 다른 의도가 있을 수도 있다는 걸 명심하라고, 포샤. 그녀가 과거에서 달아나면서 이 지역 사람들이 그걸 몰랐으면 하고 바랄 수도 있잖아. 학대 피해자였다는 사실을 인정하는 데도 용기가 필요해. 배짱 말이야. 하지만 만일 그녀가 얘기하고 싶지는 않고 배심원으로 참여하고 싶어 한다면 그때부터 일이 흥미로워지겠지. 그게 우리에게 나쁜 일일까?"

"그럴 리가 없죠." 리비가 말했다. "만일 그녀가 배심원단에 들어오고 싶어 한다면, 그건 그녀가 스튜어트 코퍼를 동정하지 않기 때문일 거예요."

어떤 일이 벌어질지 생각하는 사이 다시 긴 침묵이 흘렀다. 마침내 제이크가 말했다. "자, 일이 벌어질 때까지 어떻게 될지 알 수는 없어요. 그녀는 기회가 보이기만 하면 앉은 자리에서 펄쩍 뛰어올라 법정에서 탈출해 버릴 수도 있어요."

"그럴 것 같지는 않아요." 리비가 말했다. "나랑 두 번 눈길이 마주쳤어요. 그녀는 분명히 우리 편이 될 겁니다."

# 42

 오후 1시 30분이 되자 배심원들은 돌아와 자리에 앉았다. 마지막으로 어려움을 호소했던 세 명에게 경위가 조용히 집에 가도 좋다고 전달했기 때문에 이제 전부 일흔여섯 명이 남았다. 후보자들이 모두 자리에 앉자 방청객들이 기다리는 복도 출입문이 열리고 사람들이 쏟아져 들어왔다. 기자 몇 명이 뛰어 들어와 왼쪽 앞줄, 변호인석 뒤에 자리를 잡았다. 습기 가득한 복도에서 몇 시간을 서성거리던 코퍼 가족과 친구들도 줄지어 들어왔다. 수십 명의 다른 방청객들이 자리를 놓고 다투었다. 해리 렉스는 코퍼 가족과 최대한 멀리 떨어진 뒤쪽 자리에 앉았다. 루시엔은 중간쯤에 앉아 배심원들을 살펴보았다. 위층 발코니 출입문이 열리고 방청객들이 그곳에 놓인 접이식 의자에 앉느라 부스럭거리는 소리가 들렸다.
 칼라는 앞쪽, 제이크랑 멀지 않은 곳에서 자리를 찾았다. 그녀는 조시와 키아라를 펀리의 사무실에 데려다 놓았고, 그들은 그곳에서 기다리며 오후를 보낼 예정이었다. 만일 다이어가 키이라와 이야기하고 싶다면 전화 한 통이면 바로 올 수 있었다.

변호사들이 자리를 잡자 누스 판사가 다시 법정에 들어와 판사석에 앉았다. 그는 찡그린 얼굴로 법정을 둘러보며 모든 것이 제대로 정리되어 있는지 살핀 다음 마이크를 가까이 당겼다. "많은 방청객이 함께 자리를 해주셨습니다. 환영합니다. 법정은 절차를 진행하는 내내 질서와 예의를 지킬 것이며, 누구든 소란을 일으키면 법정에서 떠나야 할 것입니다."

경고 전에도 방해가 되는 삐걱 소리 한 번 들리지 않았다.

재판장은 경위에게 말했다. "피고인을 데려오세요."

배심원석 옆에 있는 출입문이 열리고 보안관보 한 명이 수갑과 족쇄를 푼 드루보다 앞장서 입장했다. 드루는 처음에는 법정의 크기에, 그다음에는 많은 사람이 그를 쳐다보고 있다는 사실에 압도당한 것처럼 보였다. 그러더니 고개를 숙이고 바닥을 보며 이끄는 대로 변호인 측 테이블로 향했다. 그는 제이크와 리비 사이에 앉았고 그들 뒤에는 칸막이를 등지고 포샤가 앉았다.

누스가 헛기침을 하고 입을 열었다. "자, 앞으로 몇 시간에 걸쳐 우리는 배심원을 선정할 것입니다. 배심원 열두 명과 대체 배심원 두 명입니다. 이 과정은 그리 흥미롭지도 않을 것이고, 생생한 증언은 내일에나 시작될 겁니다. 그것도 내일까지 배심원을 뽑을 수 있다면 그렇겠죠. 이번 재판은 포드 카운티에서 벌어진 형사 사건에 관한 것입니다. 미시시피주 정부 대 드루 앨런 갬블 사건이라고 부르겠습니다. 갬블 씨, 일어서서 배심원 후보들을 봐주십시오."

제이크가 미리 알려준 대로였다. 드루는 일어선 다음 돌아서서 심각한 표정으로, 웃음기를 전혀 띠지 않고 법정을 바라본 다음 고개를 숙이고 다시 앉았다. 제이크는 그에게 고개를 숙이고 속삭였다. "양복이랑 넥타이가 멋지구나."

드루는 고개를 끄덕였지만, 너무 무서워 웃을 수는 없었다.

누스가 말을 이었다. "지금 당장 자세한 사실을 설명하지는 않겠지만, 이번 기소의 내용을 간단히 요약해 들려드리겠습니다. 피고인에 대한 공식 기소 내용입니다. '1990년 3월 25일, 미시시피주 포드 카운티에서 16세인 피고인 드루 앨런 갬블은 고의적이고 의도적이고 완전한 범죄 의도를 가지고 경찰관이었던 고인 스튜어트 리 코퍼를 총으로 쏴 살해했다. 미시시피 주법 제97-3-19항에 따라 근무 중이든 아니든 상관없이 법 집행관 살해는 1급 살인죄로 사형에 처할 수 있다.' 그러므로 신사 숙녀 여러분, 이 재판은 1급 살인죄 재판이며 주 정부는 사형을 구형했습니다."

누스는 카운티 감독위원회를 쥐어짜 더 많은 예산을 얻어내 마이크와 스피커 장치를 새로 준비한 것이 분명했다. 그가 하는 말은 크고 깔끔하게 들렸고, "사형"이라는 말이 천장에서 몇 초간 울리며 머물다가 배심원들에게 무겁게 떨어져 내렸다.

누스는 양측 변호사를 소개했고 두 사람에 관해 사뭇 길고 장황하게 떠들었다. 타고 나기를 유머 감각이 없고 무뚝뚝한 그는 개성을 드러내면서 법정에 있는 모두가 편안하게 느낄 수 있도록 힘껏 노력했다. 고귀한 노력이었지만, 긴장감이 높았고 해야 할 일이 있었기에 모두는 얼른 배심원 선정을 시작하고 싶었다.

그는 선정 과정이 몇 가지 단계를 거칠 거라고 설명했다. 가장 먼저 그가 직접 후보들을 검증할 텐데, 그가 하는 많은 질문은 법률에 따른 것이라고 했다. 그는 후보들에게 솔직하게, 두려워하지 말고 말할 것이며 머릿속으로 무슨 생각을 하는지 모두에게 알리는 걸 무서워하지 말라고 했다. 정직하고 공개적으로 의견을 교환해야만 공정하고 편견 없는 배심원을 찾아낼 희망이 생긴다고 했다. 그런 다음 그는 토론을 유발하기보다는 사람들이 듣고 잠들 수 있을 정도로 지루한 일련의 질문을 시작했다. 질문 가운데 많은 것들이 배심원 활동 그리고 자격에 관한 것으로 누스는 지루함으로 이미 얻어둔 점수를 많이 뺏기고 있었다. 나이, 신체적 한계, 약 복용, 의사의 지시, 식이 제한, 중독 여부 등. 누스가 이런 식의 질문을 30분이나 계속했지만, 후보자들은 한 명도 손을 들지 않았고 거의 죽을 것처럼 지루해했다.

배심원들이 판사 말에 귀를 기울인 채 그를 보고 있을 때 변호사들은 배심원들을 자세히 살폈다. 첫 번째 줄에는 백인 아홉 명과 유일한 흑인 여성 메이 태거트가 앉아 있었다. 두 번째 줄에는 열다섯 번째로 앉은 델라 팬처를 포함한 일곱 명의 백인 여성과 흑인 남성 세 명이 앉아 있었다. 첫 스무 명 가운데 네 명이 흑인이라면 그리 나쁜 확률이 아니었다. 제이크는 흑인이 더 동정심이 많으리라는 자신의 가정이 맞을지 속으로 100번째 물어보고 있었다. 루시엔은 백인 경찰이 연루된 사건이기에 그러리라 생각했다. 해리 렉스는 백인 대 백인의 사건이기 때문에 인종은 중요한 요소가 아니라고 생각했다. 제이크는 미시시피주에서는 인종이 늘 중요한 요소라고 주장했다. 배심원들의 얼굴을 보면서도 그는 여전히 어떤 인종이든 젊은 여성이 유리하다고 생각했다. 그리고 로웰 다이어는 나이 든 백인 남성을 원하리라고 추측했다.

세 번째 줄에 유일한 흑인으로 로드니 코티가 스물일곱 번째 자리에 앉아 있었다.

누스가 계속 질문하는 사이 제이크는 가끔 방청객들을 바라보았다. 그의 사랑스러운 아내는 여전히 법정 안에서 가장 매력적이었다. 체크무늬 셔츠를 입은 해리 렉스는 뒤쪽에 몸을 낮춘 채 앉아 있었다. 아주 잠깐, 그와 세실 코퍼의 눈길이 마주쳤는데, 그는 참을 수 없었는지 덥수룩한 빨간 수염 속에서 미소를 지었다. 마치 이렇게 말하는 것 같았다. "네 놈의 엉덩이를 한번 걷어차 줬고, 꼭 또 그렇게 해주고 싶다." 제이크는 그런 생각을 떨쳐내고 다시 노트로 눈길을 돌렸다.

필요한 질문을 모두 마친 재판장이 서류를 뒤적거린 다음 자세를 고쳐 앉았다. "자, 이 사건의 피해자인 고인은 카운티 경찰 보안관보로 이름은 스튜어트 코퍼, 나이는 사망 당시 33세였습니다. 포드 카운티에서 태어났고 그곳에 가족이 살고 있습니다. 고인을 아는 사람이 있습니까?"

아무도 손을 들지 않았다.

"그의 가족 가운데 아는 사람이 있는 분 있습니까?"

네 번째 줄에서 손이 하나 올라왔다. 한 시간이 지나고 나서야 마침내 배심원 후보들 가운데 첫 반응이 나왔다. 서른여덟 번째 후보 케니 배너핸드 씨였다.

"네, 일어나서 이름을 말씀하신 다음 고인의 가족과 어떤 관계인지 설명하세요."

배너핸드는 약간 부끄러운 듯 천천히 일어나서 말했다. "저, 판사님. 그 가족과 잘 알지는 못하지만, 제 아들이 한때 캐러웨이 근처 물류센터에서 배리 코퍼와 함께 일한 적이 있습니다." 제이크는 어머니 옆에 자리를 잡고 앉은 배리를 바라보았다.

"감사합니다, 배너핸드 씨. 배리 코퍼를 만난 적이 있습니까?"

"없습니다."

"감사합니다. 앉으세요. 다른 분은 없습니까?"

"좋습니다. 자, 여러분에게 피고인인 드루 앨런 갬블 씨를 이미 소개했습니다. 전에 그를 만났던 분이 있습니까?"

물론 없었다. 구치소에서 법원으로 온 것이 드루의 첫 밴뷰런 카운티 방문이었다.

"피고인의 어머니는 조시 갬블이고 여동생은 키이라입니다. 그들은 만났던 분이 있나요?"

아무도 없었다.

누스는 잠시 기다리다 말을 이었다. "이번 재판에 참여한 변호사는 네 명이고 여러분은 이미 그들을 만났습니다. 제이크 브리건스 씨부터 시작하죠. 이 분을 전에 만났던 분이 있나요?"

아무도 손을 들지 않았다. 제이크는 명단을 외웠고, 열심히 변호사 생활을 했지만, 빈약한 그의 명성이 포드 카운티 밖까지 뻗어나가지 못했다는 슬픈 사실을 이미 알고 있었다. 배심원 후보 가운데 헤일리 재판을 통해 그의 이름을 알아보는 사람이 소수 있을 가능성은 있었다. 하지만 판사의 질문은 달랐다. 제이크를 만났던 적이 있는가? 그들은 만난 적이 없었다. 헤일리 재판이 벌써 5년 전 일이었다.

"본인이나 직계 가족 중에서 브리건스 씨가 변호사로 참여했던 재판에 관여한 일이 있습니까?"

손이 올라가지 않았다. 로드니 코티는 꼼짝하지 않고 앉은 채 아무 표정도 짓지 않고 있었다. 만일 나중에 질문을 받는다면 '직계'라는 단어 때문에 혼란스러웠다고 주장할 수 있을 터였다. 칼리의 아내인 그웬 헤일리는 먼 사촌뻘 친척 관계로 로드니가 '직계'라고 생각하지 않는 많은 친척 중 한 명에 불과했다. 그는 똑바로 제이크를 보았고 두 사람 시선이 만났다.

누스는 리비 프로빈에 관한 질문으로 넘어갔다. 그녀는 워싱턴 D. C.에서 온 스코틀랜드 출신의 여자로 그날 아침 이곳 카운티를 난생처음 방문했다. 놀랄 것도 없이 배심원들 가운데 아무도 그녀를 알지 못했다.

로웰 다이어는 타일러 카운티의 그레트나에 사는 선출직 공무원이었다. 누스가 말했다. "자, 여러분 가운데 많은 분이 3년 전 선거 때 다이어 씨를 만난 적이 있으리라 생각합니다. 유세장일 수도 있고 바비큐 파티일 수도 있어요. 그는 이곳 카운티에서 60퍼센트를 득표했지만, 그냥 지금은 여기 와 있는 여러분 가운데 대부분의 표를 받았다고 생각합시다."

"100퍼센트일 겁니다, 판사님." 로웰이 정확한 타이밍에 말했고 모두 웃음을 터뜨렸다. 유머가 절실한 순간이었다.

"그럼 100퍼센트라고 합시다. 자, 제 질문은 여러분이 다이어 씨를 만난 적이 있느냐는 것이 아닙니다. 그를 어떤 식이든 개인적으로 아는 사람이 있습니까?"

마흔여섯 번째 자리에 앉은 게일 오스왈트 부인이 일어나 자랑스레 말했다. "제 딸이 다이어 씨 부인과 미시시피 주립대에서 함께 클럽활동을 했습니다. 우리 가족은 로웰과 오랫동안 알고 지냈습니다."

"좋아요. 그와 잘 알고 지냈다는 사실이 공정하고 편견 없이 판단할 능력에 영향을 미친다고 생각하시나요?"

"모르겠습니다, 판사님. 모르겠어요."

"브리건스 씨보다 다이어 씨를 더 믿을 것 같습니까?"

"글쎄요, 그건 모르겠지만 로웰이 말하는 건 뭐든 믿을 것 같습니다."

"감사합니다, 오스왈트 부인."

제이크는 그녀의 이름에 줄을 긋고 표시했다. "기피." 무조건 기피권 사용 대상이었다.

다이어의 조수인 D. R. 머스그로브는 포크 카운티 출신으로 오랜 경험을 가진 검사보였지만 고향과 먼 곳에서는 알려지지 않은 것으로 밝혀졌다.

"다이어 씨, 이제 검찰 측에서 배심원단을 검증해 주세요." 누스는 다이어에게 공을 넘기고 의자에서 푹 쉬기 시작했다. 로웰이 일어서서 칸막이 쪽으로 걸어가더니 배심원 후보자들을 보며 웃었다. 그가 말했다. "자, 무엇보다 먼저 여러분 모두가 제게 투표해 주신 일에 감사드립니다." 다시 웃음이 터졌고 긴장감을 한 번 해소해 주었다. 모든 사람의 눈이 검사에게 쏠린 순간 제이크는 첫 네 줄에 앉은 사람들의 표정과 몸짓을 유심히 살펴볼 수 있었다.

긴장감을 조금 낮춘 다이어는 예전에 배심원 활동을 해본 적이 있느냐는 질문을 던졌고 몇 명이 손을 들었다. 그는 손을 든 사람들에게 경험이 어땠느냐고 물었다. 형사였는지 민사였는지, 만일 형사 재판이었다면 유죄 판결이 이루어졌는지, 어느 쪽에 표를 던졌는지. 손을 든 모두가 피고인이 유죄라고 판단했다. 배심원 제도를 신뢰하나요? 배심원제의 중요성을 이해합니까? 로스쿨 교과서 같은 질문이었다. 창의적이진 않았지만, 그렇다고 배심원 선정 과정에서 드라마가 펼쳐질 일은 거의 없었다.

범죄 피해자가 된 적이 있습니까? 몇 명이 손을 들었다. 빈집털이 몇 건, 차량 도난 한번. 밴뷰런 카운티에서는 대단한 범죄랄 것도 없었다. 가족 중에 폭력적인 범죄의 희생자가 되었던 적이 있습니까? 예순두 번째 앉은 랜스 볼리바가 천천히 일어서서 말했다. "네, 검사님. 8년 전 조카가 델타(미시시피주 북서부 삼각주 지역-옮긴이)에서 살해당했습니다."

다이어는 그를 향해 지나칠 정도로 동정심을 보여주더니 솜씨 좋게 말을 이어나갔다. 그는 범죄의 상세한 내용은 건드리지 않으면서 수사 과정과 사건의 여파에 관해 물었다. 살인범은 유죄 판결을 받고 종신형을 살고 있었다. 그의 경험은 끔찍하고 파괴적이었으며, 가족 전체가 영원한 상처를 입었다. 볼리바 씨는 자신이 편견 없는 배심원이 될 수 있다고 믿지 못했다.

제이크는 그에 관해서는 걱정한 적이 없었다. 그에 관해 아는 정보가 거의 없었기 때문이다.

다이어는 그가 "평화를 지키는 공무원"이라고 부르는 직업군에 관한 질문들로 넘어갔고, 혹시 누구든 제복을 입었던 적이 있거나 경찰과 관련이 있는지 알고 싶어 했다. 한 여성이 오빠가 주 경찰이라고 했다. 그녀는 51번이었고, 실제로 무조건 기피권을 사용할 일이 있을지 의심스럽긴 했지만, 제이크는 그녀 이름을 "기피" 대상에 추가했다. 3번 돈 코벤이 마지못해 아들이 투펄로에서 경찰로 일한다고 인정했다. 그의 머뭇거리는 행동은 배심원단으로 일하고 싶다는 확실한 증거였다. 적어도 제이크에게는 그렇게 보였다. 그는 이미 자신만의 판결을 정해둔 상태였다.

다이어는 배심원들에게 전과가 있는지 묻지 않았다. 당혹스러울 수도 있는 질문이었고 위험을 감수할 가치가 없었다. 중범죄를 저지른 경력이 있는 사람은 대개 투표할 수 없었고, 기록이 말소된 사람들도 굳이 유권자 등록을 하지 않았다. 하지만 44번인 조이 케프너는 20년 전 마약 사범으로 처벌을 받은 적이 있었다. 그는 교도소에서 2년 복역했고, 지금은 전과가 말소된 상태였다. 포샤가 오래전 기소장을 찾아냈고 그에 관한 파일을 갖고 있었다. 문제는 다이어가 그 사실을 알고 있었느냐는 점이었다. 아마도 말소된 기록 때문에 모르고 있을 터였다. 제이크는 어떻게든 그를 배심원으로 뽑고 싶었다. 그는 소량의 마리화나를 소지했다는 이유로 힘든 시절을 겪었고, 어쩌면 강력한 법 집행을 비판적으로 볼 수도 있었다.

배심원 선정 과정에서 스튜어트 코퍼의 나쁜 버릇에 관해서는 논의가 이루어지지 않았다. 제이크는 다이어가 그런 얘기를 꺼내지 않으리라 믿었다. 이렇게 초반부터 자기주장을 약하게 만들고 싶지는 않을 것이기 때문이다. 제이크 역시 지저분한 얘기를 꺼내지 않을 것이다. 너무 이르기도 했고, 그 역시 희생자를 비난하기에 급급한 열정 넘치는 변호사로 보이고 싶지 않았다.

다이어는 질서정연하면서도 발 빠르게 움직였다. 그는 많이 웃었고 맡은 일에 열중하면서도 배심원들과 교감하는 것 같았다. 대본에 충실했고 중요한 점을 놓치지 않았으며 명확한 이야기는 장황하게 늘어놓지 않았다. 모든 질문을 마친 그는 모두에게 다시 감사하고 자리에 앉았다.

제이크는 칸막이 앞에 자리를 잡고 서서 긴장을 풀려고 애썼다. 자신을 소개하고 옆 동네인 포드 카운티에서 12년 동안 변호사 생활을 하고 있다고 말했다. 그는 리비를 소개하면서 워싱턴의 비영리단체에서 일하고 있다고 설명했다. 포샤는 법률 서기이며 그녀가 왜 변호인 측 테이블에 앉아 있는지 배심원들에게 설명했다.

그는 자신이 범죄 혐의를 받아본 적이 한 번도 없지만 그런 사람들을 많이 변호했다고 말했다. 피고인이 되는 일은 무섭고 불안한 일이었다. 특히 스스로 죄가 없다고 믿거나 합리적인 방식으로 행동했을 때는 더욱 그렇다고 했다. 그러면서 그는 혹시 배심원들 가운데 심각한 범죄 혐의를 받아본 사람이 있느냐고 물었다.

조이 케프너는 손을 들지 않았다. 제이크는 안심했고, 케프너가 자신의 전과 기록이 철저히 말소되었다고 믿는다고 짐작했다. 게

다가 그는 어쩌면 마리화나 300그램을 소지하는 정도는 '심각'하지 않다고 여기는지도 몰랐다.

제이크는 재판 과정에는 스튜어트 코퍼가 저지른 가정폭력 혐의가 포함될 수 있다고 설명했다. 그는 가정폭력의 자세한 내용을 밝히지 않으려 신중하게 말했다. 그건 증인들이 해야 할 일이었다. 하지만 혹시 배심원이 될 수도 있는 사람들 가운데 가정폭력 희생자였던 사람이 있는지는 중요했다. 그는 델라 팬처를 보지 않았지만, 리비와 포샤는 그녀의 모든 움직임을 주시했다. 전혀 움직임이 없었다. 그녀는 슬쩍 오른쪽을 쳐다보는 것 말고는 아무런 반응도 보이지 않았다. 그녀는 배심원단에 합류한 것이다. 아니, 적어도 그들은 그렇게 생각했다.

제이크는 훨씬 무거운 얘기로 주제를 옮겼다. 그는 살인과 살인의 다양한 형태에 관해 말했다. 고살, 과실치사, 정당방어로 인한 살인 그리고 그의 의뢰인에게 적용된 노골적 계획에 의한 살인까지. 하지만 배심원 후보자 여러분 가운데 살인이 어떤 식으로든 정당화될 수 있다고 믿는 사람이 있을까요라고 질문했다. 다이어는 의자에서 자세를 고쳐 앉았고 이의를 제기할 준비를 마친 것 같았다.

질문이 너무 모호해 대답을 끌어낼 수 없었다. 사건의 자세한 내용을 알지 못하는 가운데 어떤 배심원도 발언하거나 대화를 시작하기가 어려웠다. 몇 명이 꿈틀거리며 주위를 둘러봤고, 누군가 대답하기도 전에 제이크는 그것이 어려운 질문임을 알고 있다고 말했다. 그는 대답을 원하지 않았다. 씨앗은 심어졌다.

그는 드루의 어머니인 조시 갬블이 다채로운 과거를 가진 여성이라고 말했다. 자세히 설명하지 않은 채 그는 그녀가 증언대에 설 것이며 그 과정에서 배심원들은 그녀에게 전과가 있다는 걸 알게 될 것이라고 설명했다. 전과 기록은 어떤 증인이든 밝혀졌다. 그렇다고 해서 그녀의 신뢰성이 떨어질까? 그녀의 과거가 스튜어트 코퍼의 죽음을 둘러싼 상황과는 아무런 관계도 없지만, 완벽하게 정보를 공개해야 한다는 정신에 따라 배심원들이 그녀가 교도소에 간 적이 있다는 사실을 알기 원한다고 그는 말했다.

배심원 후보들은 아무 반응이 없었다.

완벽한 정보 공개? 언제부터 배심원 선정 과정이 완벽히 투명해야 했나?

제이크는 질문을 짧게 줄이고 30분 만에 자리에 앉았다. 그와 다이어는 곧 배심원 후보들에게 개별적으로 질문할 기회를 가질 것이다.

다음으로 누스 판사는 맨 앞에 앉은 열두 명을 배심원석에 옮겨 앉도록 했다. 서기가 그들을 정해진 자리로 안내했고, 모두가 마치 증언을 듣기 위해 선택받은 사람들이라도 되는 것처럼 자리를 잡고 앉았다. 그렇게 빨리 결정될 수는 없었다. 어림도 없었다. 누스는 앞선 번호를 받은 마흔 명 정도의 배심원들과 개별적으로 대화를 나누는 과정을 시작한다고 설명했다. 50번 이후의 번호를 부여받은 배심원들은 한 시간 동안 법정을 떠나 있어도 좋다고 했다.

배심원실은 판사실보다 훨씬 넓고 덜 어수선했기 때문에 누스 판사는 양측 변호사들에게 그리로 자리를 옮기자고 했다. 속기사가 그들을 따라왔고, 모두가 나중에 배심원단이 사건을 두고 논의할 때 사용할 긴 테이블에 모여 앉았다. 누스가 한쪽 끝에 앉더니 변호인 측이 한쪽에, 반대편에는 검찰 측이 자리를 잡고 앉자 경위에게 말했다. "첫 번째 후보를 데려오세요."

제이크가 말했다. "판사님, 제가 제안 하나 드려도 괜찮을까요?"

"뭡니까?" 누스는 불도 붙이지 않은 파이프 물부리를 씹으며 허리 통증으로 얼굴을 찌푸렸다.

"거의 3시가 다 되었고 오늘 증인을 부를 수 없다는 건 명확해졌습니다. 소환장을 받고 온 증인들을 돌려보내고 내일 다시 부르면 안 될까요?"

"좋은 생각이군. 다이어 씨는?"

"저도 좋습니다, 판사님."

변호인 측으로서는 작은 승리였다. 키이라를 일단 시내에서 보이지 않게 할 수 있다.

낡은 나무 의자에 자리를 잡고 앉은 마크 메일러는 마치 뭔가 죄라도 지은 사람 같았다. 판사가 진행을 맡았다. "자, 메일러 씨. 귀하는 선서했다는 점을 상기시켜 드리겠습니다." 그의 말투는 비난조에 가까웠다.

"알고 있습니다, 재판장님."

"오래 걸리지 않을 겁니다. 나와 양측 변호사가 질문을 몇 개 할 겁니다. 괜찮죠?"

"네."

"말씀드린 것처럼 이번 사건은 1급 살인을 다루고 있고, 만일 검찰 측이 주장을 증명하면 귀하는 사형을 선고하는 투표에 참여

할 수도 있습니다. 그럴 수 있습니까?"

"모르겠습니다. 이런 생각을 전에 해본 적이 전혀 없어서요."

"개인적으로 사형제도에 관해 어떻게 생각합니까?"

메일러는 제이크를 보고 다이어를 보더니 한참 만에 말했다. "저는 찬성하는 것 같습니다. 하지만 그래야 한다고 믿는 것과 실제는 다릅니다. 사람을 가스실로 보내라는 요구를 받는 건 전혀 다르니까요. 게다가 걔는 아직 어린애잖아요."

제이크의 심장이 두근거렸다.

"다이어 씨?"

로웰이 웃더니 말했다. "감사합니다, 메일러 씨. 사형제도는 선생님이나 저 또는 우리가 좋아하든 그렇지 않든 우리 주의 법률입니다. 선생님께서는 미시시피주 법률을 따를 수 있다고 믿으십니까?"

"그럼요, 그래야죠."

"약간 회피하시는 것 같군요."

"조금 준비가 덜 된 것 같습니다, 다이어 씨. 이쪽이든 저쪽이든 제가 어떻게 행동할지 말할 준비가 되지 않았습니다. 하지만, 네, 저는 법률을 따르려고 최선을 다할 겁니다."

"감사합니다. 그리고 이번 사건에 관해서는 전혀 알지 못하시죠?"

"오늘 아침에 들은 얘기가 전부입니다. 그러니까, 사건이 벌어졌을 때 신문을 읽은 건 기억납니다. 저희는 투펄로 신문을 보는데, 그 당시 1면에 기사가 났던 것 같습니다. 하지만 금세 사라졌어요. 계속 기사를 접하지 못했습니다."

누스가 제이크를 보더니 말했다. "브리건스 씨."

"메일러 씨, 지난 3월에 뉴스를 보셨을 때 혹시 '이런, 이 아이가 혹시 죄를 지은 거 아냐?'라는 식으로 혼잣말하셨나요?"

"그럼요. 누군가 체포되면 모두 그런 식으로 생각하지 않나요?"

"유감스럽게도 그렇죠. 하지만 무죄추정의 원칙이라는 말은 알고 계시죠?"

"물론입니다."

"그리고 당장 지금부터 드루 갬블은 유죄로 밝혀질 때까지는 결백하다고 믿을 수 있습니까?"

"그런 것 같습니다."

제이크는 질문을 더 할 수 있었지만, 메일러가 사형제도에 대해 속을 드러내지 않았기 때문에 배심원단에 들어올 수 없다는 걸 알았다. 다이어는 열두 명의 사형제도 지지자를 원했고, 법정에는 그런 사람들이 가득했다.

누스가 말했다. "감사합니다, 메일러 씨. 한 시간 동안 나가서 쉬셔도 됩니다."

메일러는 재빨리 일어서더니 사라졌다. 문밖에서 서기와 함께 기다리던 사람은 감리교회 오르간 연주자인 레바 둘레이니 부인이었다. 그녀는 활짝 미소를 띠고 있었고 이 순간의 중요성을 인식하고 있는 것 같았다. 누스는 이번 사건의 악명을 들어봤는지 질문을 몇 개 했고 그녀는 아무것도 알지 못한다고 주장했다. 다음으로 누스는 사형 선고를 내릴 수 있는지 물었다.

그녀는 질문에 당황해 불쑥 이렇게 말했다. "저기 있는 애를요? 그럴 수 없을 것 같아요."

제이크는 그런 말을 들을 수 있어 기분 좋았지만, 그녀가 배심원단에 접근할 기회는 지금이 끝이라고 생각했다. 그는 질문을 몇 개 했지만 깊게 파지는 않았다.

누스는 고맙다고 말하고 세 번째 후보인 돈 코벤을 불렀다. 강인하고 늙은 농부인 그는 사건에 관해 아무것도 알지 못하고 사형제도는 매우 찬성한다고 했다.

네 번째 후보는 메이 태거트로 첫 흑인이었다. 그녀는 사형제도에 의구심을 품고 있지만, 법률을 따를 수 있다고 믿고 있음을 설득력 넘치게 보여주었다.

누스가 자신과 양측 변호사가 질문을 제한하면서 면담 과정은 꾸준히 효율적으로 진행되었다. 그가 우려하는 두 가지는 명확했다. 사건에 관한 지식 그리고 사형제도에 관한 의구심이었다. 배심원 후보 한 명이 면담을 마치고 배심원실을 떠나면 다른 사람이 법정의 배심원석에서 면담을 위해 대기했다. 첫 마흔 명의 면담이 끝나자 누스는 다섯 번째 줄에 앉았던 사람들도 면담하기로 했다. 제이크는 몇 명이 사형제도에 우려를 표시했고, 그들이 정당한 이유로 기피 대상이 될 가능성이 있기 때문이라고 추측했다.

법정에서는 방청객들이 들락날락하면서 시간을 보내고 있었다. 움직이지 않는 유일한 사람은 드루 갬블로, 그는 변호인 측 테이블에 앉아 있었고 주변에는 혹시라도 그가 달아날까 봐 보안관보 두 명이 지키고 있었다.

4시 45분, 누스는 약 먹을 시간이 되었다. 그는 변호사들에게 저녁 식사 전에 배심원단을 확정할 것이고 다음 날 아침 바로 증언을 시작하기로 했다고 말했다. "정확히 5시 15분에 판사실에서 만나 명단을 살펴봅시다."

모리스 핀리가 1층에 있는 부동산 등기국 사무실 하나를 확보했고, 변호팀은 그곳에서 만났다. 칼라, 해리 렉스 그리고 루시엔이 포샤, 제이크, 리비와 합류했고, 그들은 서둘러 이름들을 검토했다. 루시엔은 전부 마음에 들지 않는다고 했다. 해리 렉스가 말했다. "다이어가 흑인을 전부 잘라낼 것 같지 않아?"

제이크가 말했다. "그렇게 생각해야죠. 첫 다섯 줄에서 흑인이 열한 명밖에 없으니, 백인들만으로 배심원단이 구성될 수도 있어요."

"그럴 수 있어?" 칼라가 물었다. "그냥 인종으로 걸러내는 거야?"

"그럼, 분명히 그럴 수 있어. 그리고 그렇게 할 거야. 희생자와 피고인이 모두 백인이니까 뱃슨 규칙은 적용되지 않아."

형사 법정 변호사와 결혼한 칼라는 뱃슨 규칙이 배심원 후보의 인종만을 이유로 제외 요청하는 걸 금지하는 내용임을 알고 있었다. "그래도 그래서는 안 될 것 같은데." 그녀가 말했다.

"델라 팬처는 어떻게 생각해요?" 제이크는 리비에게 물었다.

"여전히 뽑아야 한다고 생각해요."

"그녀는 손을 들었어야 해요." 포샤가 말했다. "제 생각에 그녀는 배심원이 되길 원해요."

"그렇다면 걱정스럽군." 루시엔이 말했다. "사형을 내릴 수도 있는 배심원단에 들어가고 싶어 하는 사람은 누구나 의심스러워."

"모리스?" 제이크가 물었다.

"그 여자는 우리 편이잖아? 나도 약간은 루시엔과 같은 의견인데, 젠장. 얻어맞고 살았던 아내가 그걸 숨기고 있어. 그녀는 조시와 아이들에게 분명히 동정심을 품고 있을 거라고."

"그 여자 마음에 안 들어요." 칼라가 말했다. "냉정한 표정에 몸짓도 불량하고, 여기 있고 싶어 하지 않아요. 게다가 뭔가를 숨기고 있어요."

제이크는 칼라를 향해 얼굴을 찌푸렸지만, 대꾸는 하지 않았다. 그는 지금까지 아내가 대개 모든 일에서 옳았고, 특히 다른 여자를 판단할 때 그랬다는 걸 스스로 상기시켰다.

"포샤?"

"모르겠어요. 처음 든 생각은 그녀를 뽑아야 한다는 것이었지만, 뭔가 뽑지 말라는 촉이 느껴져요."

"좋았어. 우리 편 세 사람 가운데 로드니 코터와 델라 팬처를 잃겠군. 그럼 마약 전과자인 조이 케프너만 남게 돼."

"다이어가 그걸 모르고 있으리라 생각하는 거야?" 루시엔이 물었다.

"네, 그리고 우리 가정이 모두 틀릴 수 있다는 걸 기꺼이 인정해요."

"행운을 비네, 친구." 루시엔이 말했다. "늘 도박이잖아."

가운을 벗고 넥타이는 느슨하게 풀고 약병을 옆으로 치운 판사는 파이프 대통에 불을 붙이고 물부리를 힘껏 빨아들여 치명적인 연기구름을 내뿜더니 말했다. "혹시 적법한 이유로 제외할 후보가 있나요, 다이어 씨?"

로웰은 세 명을 제외하고 싶었다. 20분 동안 이야기를 주고받아 보니 검사는 그들 세 사람이 사형제도에 의구심을 품고 있어서 배심원으로 어울리지 않는다고 생각하는 것이 분명했다. 제이크는 그들을 지키고 무조건 기피권을 쓰지 않고 남기기 위해 강하게 주장했다. 무조건 기피권으로 어떤 후보든 제외할 수는 있지만 그걸로 배심원단에 사람을 남길 수는 없었다. 누스가 결국 말했다. "오르간 연주자인 레바 둘레이니 부인을 뺍시다. 그녀는 사형 선고를 견뎌내지 못할 것이 분명합니다. 브리건스 씨?"

제이크는 다이어의 친구라는 이유로 게일 오스왈트 부인을 빼고 싶어 했고, 누스도 동의했다. 그는 3번인 돈 코벤을 아들이 경찰이라는 이유로 빼자고 했고, 누스도 동의했다. 63번인 랜스 볼리바 씨는 조카가 살해당한 경험이 있으므로 빼자고 했고, 누스는 동의했다. 그는 배너핸드는 아들이 배리 코퍼와 함께 일한 적이 있으니 빼자고 했지만, 누스는 안 된다고 했다.

정당한 이유를 들어 제외할 사람이 남지 않게 되자 다이어는 그의 무조건 기피권 일곱 개를 사용해 열두 명의 배심원 명단을 제출했다. 열 명은 나이 든 남성이었고 두 명은 더 나이 든 여성으로 모두 백인이었다. 제이크의 추측은 옳았다. 테이블 한쪽에서 리비, 포샤와 의논해 열두 명 가운데 델라 팬처를 포함해 여섯 명을 거부하기로 했다. 외운 이름을 검토하고 그들의 얼굴과 몸짓을 기억해 내고 다이어의 다음 움직임을 예측하고 얼마나 많은 후보자를 더 검토해야 할지 고민하는, 긴장된 작업이었다. 게다가 판사가 기다리는 가운데 시간은 흘러갔고 다이어도 닳고 닳은 명단을 들여다보며 계획을 세우고 있었다. 제이크는 소중한 여섯 개의 무조건 기피권을 사용한 뒤 테이블 너머로 공을 차 넘겼다.

검사는 열두 명으로 이루어진 두 번째 명단을 건네며 흑인은 제외하고 나이 든 백인 남성 위주의 작전을 고수했다. 그는 열 개의 무조건 기피권을 써버렸지만, 그 가운데 하나를 로드니 코티를 제거하는 데 사용했다. 제이크는 그들 가운데 세 명을 빼냈다. 다이어는 마지막으로 남겨두었던 두 개의 이의 제기권을 두 명의 젊은 여자들을 빼내는 데 사용했다. 한 명은 백인, 다른 한 명은 흑인이었다. 그렇게 하면서 조이 케프너의 마약 전과를 알지 못한다는 사실을 드러냈다. 제이크는 케프너를 잡기 위해 어쩔 수 없이 진짜로 원했던 젊은 두 여성을 빼내야 했다. 케프너가 마지막으로 선택된 배심원이었다.

백인 열두 명. 남자가 일곱, 여자가 다섯으로 나이는 스물넷에서 예순한 살 사이였다.

그들은 백인 여성 두 명을 대체 배심원으로 고르면서 옥신각신했지만, 그들이 실제로 필요할지는 의심스러웠다. 재판은 일단 시작하면 사흘을 넘기지 않을 터였다.

# 43

폭풍우로 하늘이 어두워진 화요일 아침, 결국 밴뷰런과 주변 카운티 모두에 토네이도 경보가 발령되었다. 재판이 재개되기 한 시간 전부터 거친 비와 바람이 낡은 법원 건물을 두드려대기 시작했고, 누스 판사는 파이프를 들고 창가에 서서 재판을 연기해야 할지 고민했다.

법정이 가득 차자 배심원들은 배심원석으로 안내를 받았고 동그란 주석 배지를 받았는데, 배지에는 빨간 글씨로 배심원이라고 적혀 있었다. 다른 말로 하면 접근 금지, 대화 금지라는 뜻이었다. 제이크와 리비, 포샤는 일부러 8시 55분까지 기다렸다가 법정에 입장해 가방 속 짐을 풀기 시작했다. 제이크는 로웰에게 아침 인사를 건네면서 멋진 백인 배심원단을 잘 꾸렸다며 칭찬했다. 검사는 머릿속으로 생각할 것이 너무 많았고, 미끼를 물지 않았다. 보안관 오지 월스와 제복 차림의 부하 전원이 검사 측 바로 뒤 두 줄에 나누어 앉아 경찰의 위력을 인상적으로 드러내고 있었다. 그들 모두를 소환한 제이크는 예전 친구들과 법정 안에 모인 사람들을 무시하려 애쓰고 있었다. 코퍼 가족은 보안관보들 뒤쪽에 모여 앉아 전투를 벌일 준비를 마친 상태였다. 편한 옷차림의 해리 렉스는 변호인 측 방청석 세 번째 줄에 앉아 모든 걸 지켜보고 있었다. 눈을 또렷하게 뜬 루시엔은 신문을 읽는 척하면서 검찰 측 방청석 뒤쪽에 앉아 있었다. 청바지 차림의 칼라가 도착해 변호인 측 방청석 세 번째 줄에 앉았다. 제이크는 배심원들을 관찰하기 위해 믿을 수 있는 모든 사람의 눈이 필요했다. 9시가 되자 드루가 옆문을 통해 법정으로 들어왔는데, 주지사를 경호할 수 있을 정도로 많은 수의 경찰이 그를 보호하고 있었다. 드루는 앞줄, 열 걸음도 떨어지지 않은 곳에 앉은 어머니와 여동생을 향해 웃어 보였다.

로웰 다이어는 방청석을 보다가 키이라를 알아보고 제이크에게 다가와 말했다. "저 여자애 임신했어요?"

"네, 맞아요."

"이제 겨우 열네 살인데." 그는 당황해하며 말했다.

"생물학적으로 보면 이상하진 않죠."

"애 아버지가 누군지 알아요?"

"사적인 것들도 있는 법입니다, 로웰."

"첫 번째 휴식 시간이 되면 저 아이와 얘기를 해봐야겠어요."

제이크는 앞줄을 향해 손을 뻗어 보였다. 마치 "누구든 원하는 사람과 얘기하세요. 당신은 검사니까요."라고 말하는 것 같았다.

법원 근처에서 번개가 치더니 조명이 깜박거렸다. 천둥소리가 낡은 건물을 흔들었고 모두 잠시 재판을 잊었다. 다이어가 제이크에게 물었다. "누스한테 일정을 좀 연기하자고 해야 할까요?"

"누스는 자기 원하는 대로 할 겁니다."

빗물이 창문을 두드리기 시작했고 다시 전등이 깜박거렸다. 경위가 일어서서 정숙해 달라며 재판 시작을 알렸다. 모두가 정중하게 일어섰고 재판장이 판사석으로 서둘러 다가가 앉았다. 그는 마이크를 가까이 당기고 말했다. "모두 앉으세요." 모두가 다시 자리를 잡고 앉는 사이 의자와 벤치들이 삐걱거리며 바닥에 끌리는 소리가 울렸다. 판사가 말을 시작했다. "안녕하십니까. 날씨가 협조할 것으로 믿고 재판을 시작하도록 하겠습니다. 저는 배심원들에게 휴정 시간에도 이 재판에 관한 이야기를 절대 하지 말기를 재차 경고하고 싶습니다. 만일 누구든 접근하거나 배심원에게 말을 걸려고 하면 즉시 제게 알리셔야 합니다. 브리건스 씨, 다이어 씨, 증인들이 '원칙'대로 하시길 원하겠죠?"

두 사람은 고개를 끄덕였다. 증언할 예정인 사람들은 증언석에 앉을 때까지 법정 밖으로 나가 있어야만 하는 것이 원칙이었다. 판사가 말했다. "좋습니다. 이번 재판에 증인으로 소환장을 받은 사람들은 모두 법정을 나가 복도나 건물 내 다른 데서 대기하도록 하십시오. 경위가 필요할 때 부를 겁니다." 제이크와 다이어가 각자 자기가 부른 증인들에게 밖으로 나가라고 지시하면서 혼란이 벌어졌다. 얼 코퍼는 나가기 싫었기에 화를 내며 법정을 박차고 나갔다. 제이크는 오지와 그의 부하 열세 명 모두를 증인으로 소환했고, 그들이 모두 나가야 한다고 주장했다. 그는 조시와 키이라에게 속삭였고, 두 사람은 1층 부동산 등기국 사무실에 숨었다. 경위들과 서기들이 법정에 남아 있던 증인들을 여기저기로 안내했다.

상황이 정리되자 판사는 배심원단을 보며 말했다. "자, 양측 변호사가 간단히 시작하는 말을 하면서 재판을 시작하도록 하겠습니다. 미시시피주를 대신하는 검찰 측이 사건을 증명해야 하는 부담이 있으므로 늘 먼저 발언을 합니다. 다이어 씨."

비가 멈췄고 로웰이 걸어서 연설대로 가며 배심원들을 바라보는 것과 맞춰 천둥이 울렸다. 배심원석 맞은편 텅 빈 벽에는 커다란 흰색 스크린이 걸려 있었다. 다이어가 버튼을 누르자 스크린에는 죽은 스튜어트 코퍼의 잘생긴 얼굴이 환히 웃는 모습으로 나타났다. 보안관보 제복을 잘 갖춰 입은 모습이었다. 다이어는 코퍼의 얼굴을 잠시 쳐다보다가 배심원들에게 다가갔다.

"신사 숙녀 여러분, 이 사람은 스튜어트 코퍼입니다. 피고인 드루 갬블에게 살해당했을 때 그는 서른세 살이었습니다. 스튜어트는 포드 카운티에서 나고 자란 토박이로 클랜턴 고등학교를 졸업했고 아시아 지역에 두 차례 파병 경력이 있는 참전 용사입니다. 경찰관으로서 눈에 띄는 경력을 쌓았고 대중을 보호했습니다. 3월 25일 새벽, 그는 자기 집 자기 침대에서 자고 있었는데 바로 저기 앉아 있는 피고인인 드루 갬블에게 총을 맞고 사망했습니다."

그는 마치 배심원들이 누가 재판을 받고 있는지 잘 알지 못하기라도 한 것처럼, 제이크와 리비 사이에 몸을 숙이고 앉은 피고인을 최대한 극적인 동작으로 가리켰다.

"피고인은 스튜어트가 업무 중일 때 사용하는 9밀리미터 글록 권총을 손에 넣었습니다." 다이어는 모든 발언을 받아 적는 법원 서기가 앉은 테이블로 다가가 검찰 측 증거 1호를 들어 배심원들에게 보여주었다. 그는 무기를 다시 테이블에 내려놓고 말을 이어 갔다. "그는 권총을 들고 의도적이고 미리 계획된 의도로 스튜어트의 왼쪽 관자놀이를 겨누었고, 손가락 한 마디 정도 떨어진 곳에서 방아쇠를 당겼습니다." 다이어는 더 극적인 효과를 위해 자신의 왼쪽 관자놀이를 가리켰다. "희생자는 즉사했습니다."

다이어는 노트를 넘기더니 뭔가를 유심히 바라보는 척했다. 그러더니 노트를 연설대에 툭 내려놓고 배심원석으로 한 걸음 더 가까이 다가섰다. "자, 스튜어트는 약간의 문제가 있었습니다. 변호인은 아마도 그걸 증명하려—"

제이크는 끼어들고 싶어 안달하고 있었다. 그는 벌떡 일어나 말했다. "이의 있습니다, 재판장님. 지금은 검찰 측 주장을 하는 시간이지 제 주장을 알려주는 시간이 아닙니다. 지방 검사는 우리가 무엇을 증명하려고 시도할 것인지 언급할 수 없습니다."

"인정합니다. 다이어 씨, 검찰 측 얘기를 하세요. 지금은 모두 변론입니다, 신사 숙녀 여러분. 지금 양쪽 변호사가 하는 얘기는 증거가 되지 못한다는 걸 경고합니다."

다이어는 웃더니 마치 판사가 자신의 주장을 입증해 주기라도 한 것처럼 고개를 끄덕였다. 그는 말을 이었다. "스튜어트는 술을 너무 많이 그리고 너무 자주 마셨습니다. 또 그가 살해되기 전 밤에도 술을 마셨습니다. 그는 술에 취하면 폭력을 행사하고 나쁜 짓을 했습니다. 친구들은 그를 걱정했고 그를 도울 방법이 있는지 논의하며 개입하려 했습니다. 스튜어트는 착한 성가대원이 아니었고 자신만의 악마와 싸우고 있었습니다. 하지만 그는 아침 알람이 울리면 매일 아침 일하러 갔고 하루도 결근하지 않았습니다. 일할 때는 포드 카운티에서 가장 뛰어난 보안관보 가운데 한 명이었습니다. 오지 월스 보안관이 그런 사실을 증언할 것입니다.

자, 그런데 피고인은 그의 어머니, 여동생과 함께 스튜어트의 집에 살았습니다. 그의 어머니인 조시 갬블과 스튜어트는 1년 정도 함께 살던 사이였고, 조금도 과장하지 않고 말해 그들의 관계는 혼란 그 자체였습니다. 조시 갬블의 인생 전체가 혼란스러웠습니다. 하지만 스튜어트는 그녀와 아이들에게 좋은 가정과 집, 충분히 먹을 음식, 따뜻한 침대, 보호를 제공했습니다. 그는 그들에게 안전을 선사했습니다. 그들이 그동안 누리지 못했던 것이었습니다. 그는 그들을 받아들였고 그들을 돌봤습니다. 사실 아이들을 원하지 않았지만, 그들을 기꺼이 받아들였고 재정적 부담이 추가된 것도 마다하지 않았습니다. 스튜어트 코퍼는 선량하고 정직한 사람으로 그의 가족은 여러 대에 걸쳐 포드 카운티에서 살았습니다. 그런 그를 살해한 일은 무의미했습니다. 살해당했습니다, 신사 숙녀 여러분. 스튜어트 코퍼는 자기 침대에서 잠든 사이 자기 총으로 살해당한 것입니다."

다이어는 잠시 말을 멈췄고, 배심원들은 그가 한 모든 말을 받아들였다. "증언들이 이어지면서 여러분은 뭔가 끔찍한 이야기를 듣게 될 겁니다. 저는 여러분이 그 증언을 귀 기울여 듣고 생각하시길 요청합니다. 하지만 그 증언을 누가 하는지도 고려하시길 부탁드립니다. 스튜어트는 스스로 변호하기 위해 이곳에 오지 못합니다. 그의 명예를 해치려 시도하는 사람들이 그를 괴물로 묘사하는 이유가 있습니다. 때때로 그들의 동기를 의심하기 어렵게 느껴질 수도 있을 겁니다. 어쩌면 그들에게 동정심을 느끼게 될 수도 있습니다. 하지만 저는 여러분이 그들의 증언을 듣고 생각할 때 딱 한 가지만 해주시길 부탁드립니다. 스스로 반복해서 같은 질문을 하기 바랍니다. 아주 간단한 질문입니다. 바로 그 결정적 순간에 피고인은 방아쇠를 당겨야만 했을까?"

다이어는 배심원석에서 뒤로 물러나 변호인 측 테이블로 다가왔다. 그는 드루를 가리키며 물었다. "피고인은 방아쇠를 당겨야 했을까요?"

그는 검찰 측 테이블로 걸어가 앉았다. 간결하고 핵심이 있었고 매우 효과적이었다.

재판장이 말했다. "브리건스 씨."

제이크가 일어나 연단으로 걸어가 리모컨을 들고 버튼을 눌렀다. 스튜어트 코퍼의 웃는 얼굴이 벽에서 사라졌다. 제이크가 말했다. "재판장님, 저는 검찰 측 주장이 끝날 때까지 변론을 미루겠습니다."

누스도 놀랐고 다이어도 마찬가지였다. 변호인은 첫 변론을 지금 하거나 뒤로 미룰 수 있었는데, 변호인이 시작하자마자 의심의 씨앗을 심을 기회를 그대로 넘기는 경우는 거의 없었다. 제이크가 자리에 앉자 혼란에 빠진 다이어는 그를 멍하니 보며 무슨 수작을 부리는 건지 궁금해했다.

"잘 알겠습니다." 누스가 말했다. "그거야 변호인 마음이니까요. 다이어 씨, 첫 번째 증인을 부르세요."

"재판장님, 검찰 측 증인으로 얼 코퍼 씨를 요청합니다."

문가에 서 있던 경위가 복도로 나가 증인을 찾았고, 얼이 곧 나타났다. 증인석으로 안내받은 그는 오른손을 들고 진실을 말할 것을 맹세했다. 그는 이름과 주소를 확인하고 평생 포드 카운티에서 살았다고 말했다. 나이는 예순셋이며 재닛과 결혼한 지 거의 40년이 되었고 세 아들과 딸 하나를 두었다고 했다.

다이어가 버튼을 누르자 10대 소년의 커다란 사진이 등장했다. "증인의 아들입니까?"

얼이 사진을 보더니 말했다. "열네 살 때의 스튜어트입니다." 그는 잠시 말을 멈추었다가 덧붙였다. "제 아들, 우리 장남입니다." 목소리가 갈라진 그는 발밑을 내려다보았다.

다이어는 한참 시간을 보내다가 다시 버튼을 눌렀다. 다음 사진은 스튜어트가 고등학교 미식축구 유니폼을 입고 있는 사진이었다. "이 사진 속 스튜어트는 몇 살입니까, 코퍼 씨?"

"열일곱입니다. 무릎을 다치기 전까지 2년 동안 선수였습니다." 그는 신음하듯 마이크에 대고 말하고는 눈가를 훔쳤다. 배심원들은 동정심을 드러내며 그를 지켜보았다. 다이어가 버튼을 눌렀고 스튜어트의 세 번째 사진이 등장했다. 이번에는 스무 살에 빳빳한 군복을 입은 모습이었다. 다이어가 말했다. "스튜어트는 얼마나 오래 국가를 위해 복무했습니까?"

얼은 이를 부드득 갈고는 다시 눈가를 닦더니 자신을 가다듬으려 애썼다. 그는 어렵사리 말했다. "6년입니다. 군대를 좋아했고 그곳에서 경력을 쌓겠다고 했습니다."

"전역 후에는 뭘 했나요?"

얼은 불편한 듯 자세를 바꾸더니 침착하게 말했다. "집으로 돌아와 동네에서 몇 가지 일을 하다가 경찰에 들어가기로 했습니다."

군복 입은 사진은 보안관보 제복을 입고 웃는, 익숙한 사진으로 바뀌었다.

"아들을 마지막으로 보신 게 언제죠, 코퍼 씨?"

그는 몸을 앞으로 숙이며 쓰러졌고 눈물이 양쪽 뺨을 타고 흘러내렸다. 한참 동안 거북한 침묵이 흐른 뒤에 그는 이를 꽉 물고 크고 분명하고 쓸쓸하게 말했다. "장례식장, 관 속에서 봤습니다."

다이어는 드라마를 길게 연장하기 위해 그를 한참 응시하다가 말했다. "반대 신문해도 좋습니다."

제이크는 재판 전 사전 절차를 진행하면서 스튜어트 코퍼가 실제로 사망했다는 사실을 인정하겠다고 제의했지만, 다이어가 거절했다. 누스는 제대로 된 살인 재판이라면 피해자 가족의 눈물로 시작해야 한다고 믿었고, 많은 판사가 그렇게 생각했다. 사실상 미시시피의 모든 판사가 그런 필요 없는 증언을 허용했고, 대법원도 수십 년 전부터 이를 인정해 왔다.

제이크는 죽은 사람의 명예를 더럽히는 추한 작업을 시작하기 위해 일어서서 연단으로 걸어갔다. 달리 방법이 없었다.

"코퍼 씨, 아드님은 사망 당시에 결혼한 상태였습니까?"

얼은 억누를 수 없는 증오를 드러내며 그를 노려보더니 간단히 말했다. "아뇨."

"이혼한 상태였나요?"

"네."

"몇 번 이혼했습니까?"

"두 번입니다."

"처음 결혼한 것은 언제였습니까?"

"모릅니다."

제이크는 변호인 측 테이블로 걸어가 서류를 집었다. 그는 연단으로 돌아와 물었다. "아드님이 1982년 5월 신디 러더퍼드라는 사람과 결혼한 것이 사실입니까?"

"그렇겠죠. 맞는 것 같습니다."

"두 사람은 13개월 뒤인 1983년 6월에 이혼했죠?"

"그럴 겁니다."

"그리고 1985년 9월 서맨사 페이스라는 사람과 결혼했고요?"

"그렇겠죠."

"8개월 뒤 그들은 이혼했죠?"

"그렇겠죠." 그는 독기를 내뿜으며 으르렁거렸다. 브리건스가 역겨워 견딜 수 없는 모양이었다. 조금 전만 해도 젖어 있던 뺨이 불처럼 달아올랐고, 분노로 동정심이 사라지고 있었다.

"자, 아드님이 군대에서 경력을 쌓으려고 했다고 하셨습니다. 아드님이 왜 마음을 바꾸었습니까?"

"모릅니다, 사실 기억이 나지 않습니다."

"혹시 군대에서 불명예 전역을 당했기 때문이 아닙니까?"

"그건 사실이 아닙니다."

"저에게 불명예 전역 관련 서류 사본이 있습니다. 서류를 보시 겠습니까?"

"아뇨."

"이상입니다, 재판장님."

"내려가셔도 됩니다, 코퍼 씨." 판사가 말했다. "저쪽에 있는 의자에 앉으셔도 됩니다. 다이어 씨, 다음 증인을 부르세요."

"검찰 측 증인으로 모스 주니어 테이텀 보안관보를 신청합니다."

호출을 받은 증인은 복도에서 사람들로 가득하지만 조용한 법정으로 들어섰다. 그는 제이크 앞을 지나면서 그에게 고개를 숙여 보였고 법원 속기사 옆에서 멈춰 섰다. 그는 권총을 휴대했고 제복을 갖춰 입고 있었다. 누스 판사가 말했다. "테이텀 보안관보, 주법은 증인이 총기를 휴대한 채 증언하는 걸 금지하고 있습니다. 권총을 저기 보이는 테이블에 두세요." 테이텀은 마치 그렇게 하라고 지시받은 것처럼 자신의 글록 권총을 살인에 사용된 권총 옆에 나란히 내려놓았다. 배심원들이 뻔히 볼 수 있는 곳이었다. 그는 증인 선서를 하고 자리에 앉았고 다이어의 예비 질문에 대답했다.

문제의 밤에 관한 내용이었다. 911 신고 전화는 새벽 2시 29분에 접수되었고 테이텀은 현장에 출동했다. 그는 신고 장소가 함께 경찰로 일하는 스튜어트 코퍼의 집이라는 사실을 알았다. 현관문은 잠겨 있지 않았고 살짝 열려 있었다. 그는 조심스레 안으로 들어갔고 드루 갬블이 거실 의자에 앉아 창문 밖을 바라보는 모습을 발견했다. 그가 말을 걸자 드루가 말했다. "엄마가 죽었어요. 스튜어트가 엄마를 죽였어요." 테이텀이 물었다. "엄마는 어디 있니?" 그가 말했다. "주방에요." 테이텀이 물었다. "스튜어트는 어디 있니?" 그는 말했다. "스튜어트도 죽었어요. 안쪽 자기 침실에 있어요." 테이텀은 집 안을 조심조심 살피다가 주방에 불이 켜진 걸 발견했다. 여자가 바닥에 쓰러져 있고 여자아이가 여자의 머리를 끌어안고 있었다. 복도 안쪽 끝에 침대에 늘어져 있는 두 다리가 보였다. 침실로 걸어가 보니 스튜어트가 침대 위에 쓰러져 있었고 그의 권총이 머리에서 한 뼘 정도 떨어진 곳에 놓여 있었다. 주위는 온통 피범벅이었다.

그는 주방으로 돌아와 여자아이에게 무슨 일이 있었는지 물었다. 아이는 말했다. "스튜어트가 엄마를 죽였어요." 테이텀이 물었다. "누가 스튜어트를 쐈니?"

다이어는 잠시 말을 멈추고 제이크를 보았다. 그는 막 일어서고 있었다. 마치 연습이라도 한 것처럼 제이크가 말했다. "재판장님, 이 증언에 이의 있습니다. 남에게서 전해 들은 얘기는 증언할 수 없습니다."

판사도 기다리던 이의 제기였다. "이의 제기에 관해 말씀드립니다, 브리건스 씨. 하지만 기록을 위해 말씀드리자면, 변호인은 이 부분의 증언을 제한하기 위해 미리 요청한 바 있습니다. 검찰도 대응했고, 제가 7월 16일에 해당 요청을 심리했습니다. 양측의 충분하고 활발한 논쟁과 주장을 고려하여 법원은 이 증언이 허용 가능하다고 결론지었습니다."

"감사합니다, 재판장님." 제이크는 말하고 앉았다.

"계속하셔도 좋습니다, 다이어 씨."

"자, 테이텀 보안관보, 여자아이 즉 키이라 갬블 양에게 누가 스튜어트를 쐈냐고 물었을 때 그녀가 뭐라고 했습니까?"

"'드루가 그를 쐈어요'라고 했습니다."

"다른 말은 없었습니까?"

"없었습니다. 아이는 엄마를 끌어안고 울고 있었습니다."

"그다음엔 어떻게 했습니까?"

"저는 거실로 가서 남자아이, 그러니까 피고인에게 스튜어트를 쐈냐고 물었습니다. 아이는 대답하지 않았습니다. 그냥 그 자리에 앉아 창밖만 봤습니다. 아무 말도 하지 않을 것이 확실해지자, 저는 집에서 나와 순찰차로 가서 지원을 요청했습니다."

제이크는 친구이자 변호사 시절 내내 알고 지낸 사람, 커피숍에서 늘 만나는 단골손님, 그의 부탁이라면 무엇이든 들어줄 오래된 친구의 증언을 지켜보며 귀를 기울였다. 앞으로 자기 삶이 예전과 같을 수 있을지 잠깐 의심스러웠다. 물론 몇 달 몇 년이 지나면 삶은 정상으로 돌아오고, 경찰들은 더는 그를 죄지은 사람을 변호하고 범죄자를 싸고도는 사람으로 보지 않을 것이다.

제이크는 생각을 떨쳐내고 당장 다음 달의 미래를 걱정하자고 속으로 말했다.

다이어가 말했다. "감사합니다, 테이텀 보안관보. 이상으로 질문 마칩니다."

"브리건스 씨?"

제이크는 일어서서 연단으로 걸어갔다. 그는 법률용 노트에 쓴 메모를 살펴본 뒤 증인을 보았다. "자, 테이텀 보안관보, 집에 처음 들어갔을 때 드루에게 무슨 일이냐고 물었죠?"

"그렇게 말했습니다."

"피고인은 정확히 어디에 있었습니까?"

"말씀드린 대로 아이는 거실 의자에 앉아 창밖을 내다보고 있었습니다."

"마치 경찰을 기다리는 것처럼요?"

"그런 것 같습니다. 무엇을 기다리는지 알 수 없었습니다. 그냥 그 자리에 앉아 있었습니다."

"증인이 어머니와 스튜어트가 죽었다고 말했을 때 피고인이 증인을 쳐다봤나요?"

"아뇨. 그냥 창밖만 보고 있었습니다."

"멍한 상태였습니까? 겁에 질려 있었나요?"

"모르겠습니다. 멈춰 서서 아이 상태를 살펴보지 않았습니다."

"감정이 동요한 상태로 울고 있었나요?"

"아뇨."

"충격을 받은 상태였습니까?"

다이어가 일어나서 말했다. "이의 있습니다, 재판장님. 증인이 피고인의 정신 상태에 관해 의견을 줄 수 있을지 의문입니다."

"인정합니다."

제이크가 말을 이었다. "그다음에 증인은 두 사람, 쓰러진 조시 갬블과 스튜어트 코퍼를 발견했고 여자아이와 이야기했습니다. 그다음에 다시 거실로 갔을 때 피고인은 어디 있었습니까?"

"말씀드린 것처럼 여전히 창가에 앉아 밖을 내다보고 있었습니다."

"그래서 질문했지만 대답하지 않았다. 맞습니까?"

"그렇게 말씀드렸습니다."

"아이가 증인을 보고, 질문을 알아듣고, 증인의 존재를 알아차렸나요?"

"아뇨. 말한 것처럼 그냥 그 자리에 앉아 있었습니다."

"이상입니다, 재판장님."

"다이어 씨?"

"질문 없습니다, 재판장님."

"테이텀 보안관보, 내려가도 좋습니다. 권총을 챙기고 법정 안에 앉으세요. 다음은 누구죠?"

다이어가 말했다. "보안관 오지 윌스입니다."

증인이 나오길 기다리며 잠시 시간이 흘렀다. 제이크는 리비에게 속삭이며 배심원들의 눈길을 무시했다. 오지가 전직 프로 미식축구 선수답게 으스대며 걷는 모습으로 통로를 지나 칸막이를 열고 증언석으로 향했다. 증언석에 다다른 그는 총을 내려놓고 증인 선서를 했다.

다이어는 오지가 보안관으로 뽑히고 재선에 성공한 일, 받은 훈련 등 뻔한 질문을 했다. 모든 훌륭한 검사처럼 그는 체계적이다 못해 거의 지루하기까지 했다. 아무도 재판이 길어지리라 예상하지 않았으니 서둘 것도 없었다.

다이어가 물었다. "자, 보안관님, 스튜어트 코퍼를 언제 고용했습니까?"

"1985년 5월입니다."

"군에서 불명예 전역한 경력이 신경 쓰이지 않았습니까?"

"전혀 그렇지 않습니다. 우리는 그 문제를 두고 논의했고 저는 그가 부당한 대우를 받았다는 사실에 만족했습니다. 그는 경찰이 되려는 열정이 있었고, 저는 보안관보가 필요했습니다."

"그가 받은 훈련은 뭡니까?"

"그를 잭슨에 있는 경찰학교에 보내 2개월 교육받도록 했습니다."

"훈련 성적은 어땠나요?"

"훌륭했습니다. 스튜어트는 반에서 차석으로 졸업했고, 모든 부문 특히 총기를 포함한 무기류에서 높은 점수를 받았습니다."

다이어는 메모한 내용을 무시한 채 배심원들을 보며 말했다.
"자, 그는 죽기 전까지 증인의 부하로 4년 동안 일했습니다. 맞죠?"

"그렇습니다."

"보안관보로 업무 성적은 어떻게 평가하겠습니까?"

"스튜어트는 뛰어났습니다. 그는 금세 가장 인기 좋은 경찰들 가운데 한 명이 되었습니다. 위험한 상황을 절대로 피하지 않는 강인한 경찰이었고, 최악의 임무를 부여받을 준비가 늘 되어 있었습니다. 3년 전쯤 우리는 멤피스에서 온 마약 밀매 조직이 호수에서 멀지 않은 외딴곳에서 거래한다는 정보를 입수했습니다. 근무 중이던 스튜어트가 자원해서 살펴보겠다고 나섰습니다. 제보자가 그리 신뢰할 수 없는 사람이었기 때문에 우리는 큰 성과를 기대하지 않았습니다. 하지만 현장에 갔던 스튜어트는 기습 공격을 받았고,

아주 끔찍한 자들이 그에게 충격을 가했습니다. 몇 분 만에 세 명이 죽었고 한 사람은 항복했습니다. 스튜어트는 가벼운 상처를 입었지만, 하루도 쉬지 않고 근무했습니다."

극적인 이야기가 나올 거라는 사실을 제이크는 알고 있었다. 사건과 관련성 없는 이야기라며 이의를 제기하고 싶었지만, 누스는 아마 증언을 막지 않을 터였다. 변호팀은 그 문제를 두고 오래 토의했고, 결국 영웅적인 이야기가 드루에게 도움이 될 수 있다는 데 동의했다. 다이어가 스튜어트를 아주 거친 사람, 총기를 들면 무시무시한 사람, 두려워할 대상인 위험한 사람으로 묘사하게 두어야 했다. 그가 술에 취해 주먹을 휘두를 때마다 어쩔 수 없이 당했던 애인이나 그 자식들에게는 특히.

오지는 테이텀 보안관보의 전화를 받고 20분 뒤 현장에 도착했다고 배심원들에게 말했다. 테이텀은 현관문 앞에서 기다리고 있었다. 구급차가 이미 도착한 뒤였고, 여자 즉 조시 갬블은 들것에 실린 채 병원으로 이송될 채비를 하고 있었다. 여자의 두 자녀는 거실 소파에 옆으로 나란히 앉아 있었다. 오지는 테이텀에게 보고받은 뒤 침실로 걸어 들어가 스튜어트를 확인했다.

다이어가 말을 멈추더니 제이크를 쳐다보고 말했다. "재판장님, 이제 검찰은 배심원단에게 범죄 현장 사진을 세 장 보여주고자 합니다."

제이크가 일어서서 말했다. "재판장님, 변호인은 현장 사진이 선동적이며 지나치게 편파적이고 불필요하다는 이유로 재차 이의를 제기합니다."

누스가 말했다. "이의 제기는 알겠습니다. 다만 기록을 위해 말씀드리면, 이 문제로 변호인은 이의를 제기한 적이 있고 7월 16일 법원은 이 문제를 두고 심리를 진행했습니다. 충분한 논의를 거친 뒤 법원은 세 장의 사진을 공개 가능하다고 결정했습니다. 브리건스 씨, 이의 제기는 기각합니다. 배심원들과 방청객들에게 경고하는데, 사진들이 지나치게 사실적일 수 있습니다. 배심원단의 신사 숙녀 여러분, 여러분은 어쩔 수 없이 사진을 보셔야 합니다. 다른 분들은 각자 판단에 따라 행동하시기를 바랍니다. 진행하시죠, 다이어 씨."

얼마나 충격적이고 끔찍한지에 상관없이 범죄 현장 사진이 살인 사건 재판에서 배제된 적은 없다. 다이어는 8×10 크기로 확대한 컬러 사진 하나를 오지에게 건네고 말했다. "월스 보안관, 이 사진은 검찰의 증거 제2호입니다. 무슨 사진인지 알아보겠습니까?"

오지는 사진을 보고 얼굴을 찡그리곤 말했다. "이건 스튜어트 코퍼 사진으로 그의 침실 입구에서 찍은 것입니다."

"증인이 본 장면을 정확하게 나타내고 있습니까?"

"그런 것 같습니다." 오지는 사진을 내려놓고 고개를 돌렸다.

다이어가 말했다. "재판장님, 같은 사진의 사본 세 장을 배심원들에게 보여주고자 합니다. 그리고 스크린에도 보일 수 있도록 해주십시오."

"그러세요."

제이크는 커다란 스크린에 피투성이 사진을 비추는 데 이의를 제기했다. 누스가 그의 이의를 기각했다. 갑자기 침대에 누워 다리를 매트리스 너머로 뻗은 스튜어트의 모습이 나타났다. 머리 옆에는 권총이 놓여 있고, 흘러내려 고인 검붉은 피가 시트와 매트리스를 적시고 있었다.

방청객들이 신음을 내고 숨을 몰아쉬었다. 제이크가 슬쩍 배심원들을 훔쳐봤는데, 몇 명은 사진과 스크린에서 고개를 돌렸다. 몇몇 다른 배심원들은 강한 경멸을 담아 드루를 바라보았.

두 번째 사진은 스튜어트 발치에서 찍은 것으로, 그의 머리와 부서진 머리뼈, 뇌, 쏟아진 피를 더 가까이에서 보여주었다.

제이크 뒤에 앉은 여자가 흐느껴 울기 시작했고, 그는 여자가 재닛 코퍼임을 알았다.

다이어는 천천히 진행했다. 그는 자신이 가진 가장 강한 수를 제대로 활용하고 있었다. 세 번째 사진은 멀리서 찍은 것으로, 베개와 헤드보드 그리고 벽에 흩뿌려진 피와 뇌수를 확실하게 보여주었다.

배심원 대부분은 사진을 충분히 보았고 발끝만 내려다보고 있었다. 법정 전체가 충격에 빠졌고 모든 사람이 마치 두들겨 맞은 느낌이었다. 모든 사람이 충분히 봤다고 판단한 누스가 말했다. "이제 됐습니다, 다이어 씨. 사진을 치우세요. 지금부터 15분간 휴정하겠습니다. 배심원들은 배심원실로 데려가서 휴식을 취하게 하세요." 그는 망치를 두드리고 퇴정했다.

포샤는 지난 50년 동안 소름 끼치고 끔찍한 범죄 현장 사진을 이유로 대법원이 살인 사건의 유죄 판결을 뒤집었던 적이 두 번 있다는 사실을 찾아냈다. 그녀는 제이크가 이의를 제기해야 한다고 주장했지만, 기록에 남기기 위함이었고 지나치게 열심일 필요는 없었다. 피와 끔찍한 장면이 난무했다는 이유로 항소심에서 그들의 의뢰인을 구해낼 수도 있었다. 하지만 제이크는 확신할 수 없었다. 피해는 발생했고, 지금 당장 입은 피해는 극복할 수 없을 것처럼 보였다.

제이크는 예전에 친구였던 증인을 반대 신문했다. "자, 월스 보안관. 증인의 보안관 사무실에 내부 감사 기능이 있습니까?"

"당연히 있습니다."

"만일 어떤 시민이 부하들 가운데 한 명에 대해 불만을 제기한다면 어떻게 하시겠습니까?"

"불만 제기는 문서로 해야 합니다. 저는 먼저 문서를 확인하고 해당 경관과 개별적으로 대화를 합니다. 그런 다음 우리는 세 명으로 이루어진 검토 위원회를 엽니다. 한 명은 현직 보안관보, 두 명은 전직 보안관보로 선정합니다. 우리는 불만 민원을 심각하게 처리합니다, 브리건스 씨."

"스튜어트 코퍼가 증인 밑에서 일하는 동안 불만 민원이 몇 건이나 접수되었습니까?"

"없습니다. 한 건도."

"그가 겪고 있던 문제를 알고 있었습니까?"

"제 부하 직원이 열네 명입니다, 브리건스 씨. 열네 명이었죠. 그들이 가진 모든 문제에 개입할 수는 없습니다."

"사건 이전에 드루의 어머니인 조시 갬블이 911에 두 번 신고

해 도움을 요청했던 걸 알고 있습니까?"

"글쎄요, 그 당시에는 알지 못했습니다."

"몰랐던 이유는 뭐죠?"

"신고자가 고소를 거부했기 때문입니다."

"좋습니다. 만일 911 신고를 받고 보안관보가 가정폭력 현장에 출동하는 경우, 나중에 사건 보고서를 작성합니까?"

"그래야 합니다, 네."

"올해 2월 24일 코퍼의 집에서 조시 갬블이 911에 전화해서 스튜어트 코퍼가 술에 취해 그녀와 아이들을 위협하고 있다고 신고했을 때 퍼틀 경관과 맥카버 경관이 출동했습니까?"

다이어가 벌떡 일어나 말했다. "이의 있습니다, 재판장님. 전해 들은 말에 불과합니다."

"기각합니다. 진행하세요."

"보안관님?"

"확실치 않습니다."

"자, 제가 911 신고 전화 녹음본을 갖고 있습니다. 들어보고 싶습니까?"

"변호사님 말을 믿겠습니다."

"감사합니다. 그리고 조시 갬블이 그 건에 관해 증언할 겁니다."

"저는 변호사님의 말을 믿는다고 했습니다."

"그럼, 보안관님. 그 사건의 보고서는 어디 있습니까?"

"글쎄요, 자료를 찾아봐야 할 것 같습니다."

제이크는 변호인 측 테이블 옆에 쌓아둔 세 개의 커다란 상자로 걸어갔다. 그는 상자들을 가리키며 말했다. "여기 있습니다, 보안관님. 지난 12개월 동안 보안관 사무실에서 작성한 모든 사건 보고서의 사본을 준비해 두었습니다. 그런데 퍼틀 경관과 맥카버 경관이 조시 갬블의 신고를 받고 대응한 2월 24일 보고서는 없습니다."

"글쎄요, 분실된 것 같습니다. 기억해 두실 것이 있습니다, 브리건스 씨. 만일 신고자가 고소하지 않으면, 사건은 별일이 아닌 게 됩니다. 저희가 별로 할 수 있는 일이 없습니다. 저희는 종종 가정폭력 사건 신고를 받는데, 공식 조치 없이도 문제는 해결될 수 있습니다. 서류 작성이 늘 그렇게 중요하진 않습니다."

"그럴 리는 없는 것 같습니다. 그래서 그 서류가 사라진 거죠."

"이의 있습니다." 다이어가 말했다.

"인정합니다. 브리건스 씨, 조심해서 신문해 주세요."

"네, 재판장님. 자, 작년 12월 3일 같은 집에서 조시 갬블이 911에 신고했을 때 스웨이지 보안관보가 출동했습니까? 이번에도 가정폭력 신고였죠?"

"갖고 계신 기록 그대롭니다, 변호사님."

"그렇지만 보안관님께도 기록이 있습니까? 스웨이지 경관이 작성한 사건 보고서는 어디 있습니까?"

"파일 속에 있을 겁니다."

"하지만 없습니다."

다이어가 일어서서 말했다. "이의 있습니다, 재판장님. 브리건스 씨는 모든 기록을 증거물로 제출할 의향이 있는 겁니까?" 그는 상자들을 향해 손짓했다.

제이크가 말했다. "그럼요, 필요하다면요."

누스는 돋보기안경을 벗고 눈을 문지르더니 물었다. "도대체 무슨 얘기를 하고 싶은 겁니까, 브리건스 씨?"

완벽한 시작이었다. 제이크가 말했다. "재판장님, 저희는 스튜어트 코퍼가 조시 갬블과 그 자녀들에게 가정폭력과 학대를 반복적으로 자행했으며, 그런 사실을 보안관 사무실에서 그들 조직에서 일하는 경찰관을 보호하기 위해 은폐했다는 점을 증명할 겁니다."

다이어가 맞받아쳤다. "재판장님, 코퍼 씨는 피고인이 아니며, 그는 스스로 변호하기 위해 이곳에 나올 수 없습니다."

"이번에는 여기까지 하도록 하세요." 누스가 말했다. "사건과 관련성이 있는지 잘 모르겠습니다."

"알겠습니다, 판사님." 제이크가 말했다. "보안관의 경우 저희가 필요한 때에 다시 증언석에 나오게 하겠습니다. 추가 질문 없습니다."

누스가 말했다. "월스 보안관, 내려가셔도 좋지만, 여전히 소환된 상태이니 법정에서 나가 있어야 합니다. 일단 무기부터 챙기길 바랍니다."

오지는 제이크를 노려보며 걸어갔다.

"다이어 씨, 다음 증인을 부르세요."

"검찰 측 증인으로 미시시피주 주 경찰 소속 홀리스 브래질 경감을 신청합니다."

브래질의 깔끔한 네이비 정장과 흰색 셔츠, 빨간 넥타이는 장소에 어울리지 않았다. 그는 자신의 자격과 오랜 세월에 걸친 경험을 빠르게 설명했고, 배심원단에게 100건이 넘는 살인 사건을 수사했다고 자랑스레 말했다. 그는 자신이 현장에 도착했을 때 상황과 사진 속 이야기를 하고 싶어 했지만, 누스와 다른 모두는 이미 피를 충분히 본 뒤였다. 브래질은 주 과학수사연구소의 감식반이 현장을 어떻게 면밀히 살피고 사진과 영상을 찍고 혈액과 뇌수 샘플을 채취했는지 설명했다. 글록 권총은 총알을 가득 채우면 열다섯 발이 들어간다. 단 한 발이 비어 있었고 그들은 헤드보드 근처 매트리스 깊숙한 곳에서 총알을 찾아냈다. 검사 결과 그 권총에서 나온 총알이었다.

다이어가 그에게 총알이 든 작은 비닐 지퍼백을 건네며 그것이 매트리스 속에서 발견되었고 그 권총에서 발사된 총알이라고 설명했다. 그리고 증인에게 확인을 요청했다. 의심할 여지는 없었다. 그다음에 다이어는 버튼을 눌렀고 권총과 총알의 확대 사진이 등장했다. 브래질은 총알이 발사되면 어떤 일이 발생하는지에 관한 미니 강의를 시작했다. 탄피 내부에서 화약이 폭발하면서 총알을 총구로 밀어낸다. 폭발이 일어나면 총기에서 밀려 나온 가스가 총을 쏜 사람의 손에, 때로는 옷가지에도 묻는다. 가스와 화약 입자는 총알을 따라가고 총구와 총알이 뚫고 들어간 상처 사이의 거리를 밝혀낼 수 있다.

이번 사건의 경우에 그들은 검사를 거쳐 총알이 아주 짧은 거리를 날아갔다는 사실을 알아냈다. 브래질의 의견에 따르면 "그 거리는 5센티미터보다 짧았다."

그는 자기 의견을 확신했고 배심원들은 주의 깊게 들었다. 하지만 제이크는 증언이 계속 이어질수록 지루하다고 생각했다. 배심원들을 훔쳐보니 한 사람이 주위를 둘러보고 있었다. 마치 이렇게 말하는 것 같았다. "좋아, 좋다고. 알았어. 무슨 일이 있었는지 확실하군."

하지만 다이어는 계속 나아가며 모든 것을 철저히 짚으려 했다. 브래질은 시신을 치운 뒤에 시트 한 장과 담요 두 장, 베개 두 개를 수거했다고 말했다. 일상적인 조사였고 복잡할 일은 없었다. 사망 원인은 분명했다. 살인 무기는 확보한 상태였다. 용의자는 살인 사실을 다른 믿을 만한 증인에게 말했다. 일요일이었던 그날 오전 늦게, 브래질과 다른 두 명의 감식 요원은 구치소에 가서 용의자의 지문을 채취했다. 그들은 또 면봉으로 용의자의 손과 팔, 옷가지에서 총기 발사 잔여물을 채취했다.

다음은 지문에 관한 학술 토론회였는데, 브래질은 슬라이드 여러 개를 보여주면서 일부만 남은 네 개의 지문을 글록 권총에서 찾아내 피고인의 지문과 일치한다는 사실을 알아냈다고 했다. 모든 사람의 지문은 고유하다면서 브래질은 '솟은 활모양 무늬'가 있는 엄지손가락 지문을 가리키더니 권총에 남은 네 개의 지문인 엄지손가락과 나머지 세 개의 손가락은 피고인의 것이 틀림없다고 말했다.

다음은 총기 잔여물을 찾아내고 측정하는 데 사용한 화학 검사에 관한 장황하고 기술적인 분석이었다. 드루가 권총을 발사했다고 마침내 브래질이 결론을 내렸을 때 아무도 놀라지 않았다.

다이어가 11시 50분에 질문을 마치자 제이크는 일어서서 어깨를 으쓱해 보이고 말했다. "저희는 질문 없습니다, 재판장님."

누스와 다른 모든 사람은 휴식이 필요했다. 판사는 경위를 보더니 말했다. "휴정합니다. 배심원들 점심은 준비가 됐나요?"

경위가 고개를 끄덕였다.

"좋습니다. 1시 30분까지 휴정합니다."

# 44

　법정이 텅 비었을 때 혼자 테이블에 앉은 드루는 나른한 표정으로 그를 바라보는 경위의 시선을 받으며 양손 엄지손가락을 서로 빙글빙글 돌리고 있었다. 모스 주니어와 잭 씨가 나타나 점심 먹을 시간이라고 말했다. 그들은 드루를 옆문으로 데려가 낡고 오래된 계단을 따라 3층의 한 방으로 안내했다. 과거 카운티의 법전 도서관으로 사용하던 곳이었다. 그곳 역시 낡은 모습이어서, 밴뷰런 카운티에서 법률 연구는 우선순위에서 밀려났다는 인상을 주었다. 먼지 쌓인 책들이 꽂힌 책장 선반이 묘한 각도를 이루고 있었고, 일부는 법원 건물과 비슷하게 불안하게 기울어져 있었다. 텅 빈 한가운데에 카드 테이블과 접이식 의자가 두 개 보였다. "저기야." 드루는 모스 주니어가 가리키며 말한 곳에 가서 앉았다. 잭 씨는 갈색 종이봉투와 물 한 병을 건넸다. 드루는 호일로 싼 샌드위치와 감자튀김 한 봉지를 꺼냈다.

모스 주니어가 잭 씨에게 말했다. "여기면 안전할 거야. 난 아래층에 있을게." 그는 방에서 나갔고, 두 사람은 쿵쿵거리며 계단 내려가는 소리를 들었다.

잭 씨가 테이블 맞은편에 앉더니 드루에게 말했다. "지금까지 재판이 어떤 것 같니?"

드루는 어깨를 으쓱했다. 제이크는 제복을 입은 사람과의 대화에 관해 그를 가르쳤다. "그렇게 좋아 보이지는 않네요."

잭 씨는 투덜거리며 웃었다. "정말 그렇구나."

"정말 이상한 건 사람들이 스튜어트를 그렇게 멋진 사람으로 만들고 있다는 거예요."

"그는 멋진 사람이었어."

"그죠, 당신한테는요. 그 사람과 사는 건 다른 얘기죠."

"먹을래?"

"배 안 고파요."

"그러지 마, 드루. 아침도 거의 손도 대지 않았잖아. 뭐라도 먹어야지."

"있잖아요, 처음 만났을 때부터 그 얘기만 하시네요."

잭 씨는 자신의 종이봉투를 열더니 칠면조 샌드위치를 꺼내 한 입 베어 물었다.

드루가 물었다. "혹시 카드 가져오셨어요?"

"가져왔지."

"잘됐네요. 블랙잭?"

"그래야지. 너 먹고 나면."

"아저씨 저한테 1달러 30센트 빚졌어요, 맞죠?"

변호팀은 3킬로미터 떨어진 체스터 시내 모리스 핀리의 회의실에 모여 샌드위치를 먹었다. 바쁜 변호사인 모리스는 연방법원에 업무가 있어 출장 중이었다. 그는 다른 변호사의 재판을 보려고 며칠을 통째로 쉬는 사치를 즐길 수 없었다. 해리 렉스 역시 마찬가지였다. 그의 스트레스 가득한 사무실은 그곳에 소속된 유일한 변호사에게 무시당하고 있었다. 그렇지만 그는 어떤 대가를 치르더라도 갬블 재판을 놓칠 수 없었다. 그와 루시엔, 포샤, 리비, 제이크 그리고 칼라는 재빨리 식사를 마치고 지금까지 검찰이 진행한 재판 내용을 점검했다. 유일하게 놀라운 건 누스 판사가 끔찍한 범죄 현장 사진을 다시 보자던 브래질의 요청을 허락하지 않은 일이었다.

오지는 그런대로 괜찮게 해냈지만, 사라진 서류 문제를 덮으려고 애쓰면서 나쁜 사람으로 보였다. 변호팀으로서는 작은 승리였지만, 그 정도는 금세 잊힐 터였다. 배심원단이 유죄냐 무죄냐를 두고 논쟁할 때 카운티 경찰이 일상적 보고서를 정확히 작성하지 않았다는 사실은 중요할 것 같지 않았다.

전체적으로 오전 재판은 검찰 측의 큰 승리였지만 놀라울 건 없었다. 사건은 단순하고 간단했으며 사라진 단서 따위도 없었다. 다이어의 모두 발언은 효과적이었고 모든 배심원의 관심을 끌었다. 한 번에 한 명씩 이름을 부르면서 그들은 배심원 열두 명 전원에 관해 이야기했다. 첫 여섯 명의 남자들은 확신에 찼고 유죄에 투표할 준비가 끝났다. 조이 케프너는 표정이나 몸짓으로 아무것도 드러내지 않았다. 그렇다고 여자들 다섯 명이 동정심을 더 드러내지도 않았다.

그들은 점심 식사 시간 대부분을 키이라에 관해 얘기하며 보냈다. 다이어는 드루가 살인을 저질렀음을 합리적으로 의심하기 어려운 수준으로 증명했다. 검찰은 증명을 강화하기 위해 키이라를 증언대에 세울 필요가 없었다. 드루가 스튜어트를 쐈다고 테이텀에게 말했다는 그녀의 발언은 이미 증거가 되었다.

"하지만 그 친구는 검사야." 루시엔이 주장했다. "검사라면 뭐든지 반복해 쌓는 법이지. 키이라는 총성을 들었고 오빠가 총을 쐈다고 인정하는 말을 증언할 수 있는 유일한 사람이야. 물론 드루도 스스로 인정할 수 있지만, 그건 증인으로 나왔을 때 얘기고. 조시도 현장에 있었지만, 의식이 없었어. 만일 다이어가 키이라를 증인으로 불러내지 않는다면 배심원들은 왜 그러는지 의심할 거라고. 게다가 항소심에선 어쩔 거야? 만일 대법원에서 테이텀의 증언이 전문증거(傳聞證據)라서 인정할 수 없다면 어떻게 해? 아슬아슬할 수도 있다고, 그렇지?"

"그럴 수도 있고, 아닐 수도 있어요." 제이크가 말했다.

"좋아, 전해 들은 말로 우겨서 우리가 이긴다고 해보자고. 다이어가 그렇게 될까 봐 걱정할 수도 있어. 어쩌면 더 강하게 밀어붙일 필요가 있어서 키이라를 증언대에 세울 수도 있겠지."

"진짜 그들이 그럴 필요가 있을까요?" 리비가 물었다. "기록에는 이미 물리적 증거가 많지 않나요?"

"정말 그렇게 느껴지죠." 제이크가 말했다.

해리 렉스가 말했다. "키이라를 불러낸다면 다이어는 멍청이야. 아주 간단한 일이라고. 그는 이미 주장을 모두 증명했어. 그냥 쉬면서 변호인이 어떻게 나오는지 보기만 하면 되는데?"

제이크가 말했다. "그는 키이라를 증인으로 불러내고 증언을 들은 뒤 우리가 학대 문제를 꺼내면 필사적으로 덤벼들 겁니다."

"하지만 학대 문제는 짚고 가야잖아요?" 리비가 물었다. "그걸 제외할 방법은 없어요."

"그건 누스에게 달렸어요." 제이크가 말했다. "우린 판사에게 관련 준비 서면을 제출했고, 적어도 내 의견으로는 학대가 관련성이 있다고 설득력 있게 주장을 했어요. 그걸 재판에서 제외한다면 항소심에서 뒤집힐 수도 있어요."

"우린 이번 재판에서 이기려는 거야? 항소심에 가서 이기려는 거야?" 칼라가 물었다.

"둘 다지."

그렇게 그들은 배고픔을 달래려고 맛도 없는 샌드위치를 먹으며 논쟁을 벌였다.

검찰 측이 신청한 다음 증인은 부검을 위해 고용된 병리학자 에드 마제스키 박사였다. 다이어는 증인에게 늘 묻는 무미건조한 질문 목록을 통해 그가 전문가이며 30년이 넘는 경력을 통해 약 300건의 총상 포함 2천 건의 부검을 했다는 사실을 확인했다. 그의 자격에 관한 질문 기회가 주어졌으나 제이크는 거절하며 말했다. "재판장님, 저희는 마제스키 박사의 자격을 인정합니다."

다이어는 그다음에 판사석으로 제이크와 함께 다가가 재판장에게 검찰은 부검 중에 찍은 네 장의 사진을 보여주고 싶다고 속삭였다. 다이어가 이미 사전 심리 때 그 사진들을 내밀었기 때문에 놀랄 일은 아니었다. 누스는 늘 그랬던 것처럼 그 순간까지 결정을 미루고 있었다. 다시 사진들을 본 그는 고개를 흔들며 마이크를 옆으로 치우고 말했다. "안 될 것 같습니다. 배심원들은 피와 끔찍한 장면을 충분히 봤어요. 변호인의 이의 제기를 인정합니다."

재판장은 범죄 현장 사진과 그 끔찍함에 괴로움을 겪은 것이 틀림없었다.

다이어는 만화처럼 그린 그림을 시체를 사진 대신 스크린에 띄웠다. 마제스키 박사는 한 시간 동안 뻔한 얘기를 장황하게 늘어놓았다. 의학 용어와 전문 용어를 너무 많이 사용한 그는 피해자가 머리를 뚫고 들어간 총알 한 방에 사망했으며 그 총알이 뇌의 오른편 대부분을 날렸다는 사실을 증명하는 증언을 통해 법정 모두를 지루하게 만들었다.

그가 증언을 이어가는 동안 제이크는 멀지 않은 곳에 앉은 얼과 재닛 코퍼에 관해, 아들에게 생긴 치명적 상처에 관해 이렇게 자세히 들으며 느껴야 하는 그들의 고통을 생각하지 않을 수 없었다. 또한 그들에 관해 생각할 때마다 늘 그렇듯, 자신이 한 아이를 가스실에 보내지 않기 위해 싸우고 있다는 사실을 스스로 상기시켰다. 지금은 누굴 동정할 때가 아니었다.

자비롭게도 다이어가 증인에게 질문을 마치자, 제이크는 벌떡 일어나 연설대로 다가갔다. "마제스키 박사님, 사망자의 혈액 샘플을 채취했습니까?"
"물론입니다. 기본적으로 그렇게 해야 합니다."
"혹시 그 샘플에서 밝혀진 중요한 사실이 있습니까?"
"예를 들면요?"
"이를테면 혈중알코올농도 같은 거요?"
"나왔습니다."
"자, 그럼 배심원들 그리고 저를 위해서 혈중알코올농도를 어떻게 측정하는지 설명해 주시겠습니까?"
"물론입니다. 혈중알코올농도는 BAC라고 부르는데요, 피나 소변 또는 입김에 들어 있는 알코올의 양을 말합니다. 에탄올 또는 알코올을 그램 단위의 무게로 표현하는데요, 100밀리리터에 든 양을 표시합니다."
"간단하게 설명하죠, 박사님. 미시시피주의 음주 운전 적발 기준은 0.10입니다. 그게 어떤 뜻이죠?"
"그야 혈액 100밀리리터에 0.10그램의 알코올이 들어 있다는 의미입니다."
"좋습니다. 감사합니다. 그렇다면 스튜어트 코퍼의 혈중알코올농도는 얼마였습니까?"
"상당히 높았습니다. 100밀리리터에 0.36그램이었으니까요."
"0.36이요?"
"맞습니다."
"자, 그렇다면 고인은 음주 운전 단속 기준보다 3.6배 더 높았다는 거군요?"

"그렇습니다."

55세의 백인 남성인 4번 배심원이 58세의 백인 남성인 5번 배심원을 흘깃 바라보았다. 백인 여성인 8번 배심원은 충격을 받은 것 같았다. 조이 케프너는 믿을 수 없다는 듯 살짝 고개를 저었다.

"자, 마제스키 박사님, 코퍼 씨가 사망하고 얼마나 시간이 흐른 뒤에 혈액을 채취했습니까?"

"대략 12시간 후였습니다."

"그렇다면, 12시간이 흐르는 사이에 알코올 농도가 실제로 낮아질 가능성이 있습니까?"

"가능성은 크지 않습니다."

"하지만 가능하죠?"

"그럴 것 같지 않지만, 실제로는 아무도 모릅니다. 측정하기 매우 힘들고, 그 이유는 명백합니다."

"좋습니다, 그럼 0.36으로 하죠. 시신의 무게를 쟀습니까?"

"늘 그렇듯 측정했습니다. 표준 절차입니다."

"몸무게가 얼마나 되었나요?"

"90킬로그램이었습니다."

"서른세 살에 몸무게는 90킬로그램이었군요, 그렇죠?"

"맞습니다, 하지만 나이와는 상관이 없습니다."

"좋습니다, 나이는 잊기로 하죠. 그 정도의 덩치에 그 정도의 알코올 농도라면 운전할 수 있는 능력에 관해서 어떻게 표현하시겠습니까?"

다이어가 일어나서 말했다. "이의 있습니다, 재판장님. 이건 증인의 증언 범위를 벗어나는 내용입니다. 저는 증인이 이런 내용의 의견을 얘기할 수 있을 정도로 전문가인지 알지 못합니다."

재판장은 증인을 내려다보더니 물었다. "마제스키 박사님, 이런 일에도 의견을 낼 자격이 있습니까?"

그는 거만하게 웃으며 말했다. "네, 그렇습니다."

"이의는 기각합니다. 질문에 대답하셔도 됩니다."

"자, 브리건스 씨, 저는 그런 사람이 운전하는 차에는 절대 타고 싶지 않습니다."

일부 배심원들이 잠깐 미소를 지었다.

"저 같아도 그렇겠군요, 박사님. 그가 완전히 제 기능을 못 하는 상태였다고 해도 되겠습니까?"

"그건 의학적 용어는 아니지만, 그렇다고 할 수 있습니다."

"그리고 술에 취하면 나타나는 다른 효과들이 있나요? 의료 용어 없이 말씀해 주시겠습니까?"

"대단히 파괴적으로 변합니다. 신체 조절 능력을 잃죠. 반사신경도 많이 감소합니다. 걷거나 심지어 서 있으려고만 해도 도움을 받아야 합니다. 말이 어눌해지고 이해할 수 없게 됩니다. 메스꺼움, 구토. 방향감각 상실. 심박수가 심하게 증가합니다. 호흡이 불규칙해집니다. 방광 조절이 안 됩니다. 기억 상실. 심지어 의식을 잃을 수도 있습니다."

제이크는 증인이 한 말의 무시무시함이 법정에 널리 번지도록 법률용 노트를 한 장 넘겼다. 그러고 나서 변호인 측 테이블로 가 뭔가 서류를 집었다. 그는 천천히 연설대를 향해 돌아서서 말했다.

"자, 마제스키 박사님. 증인은 출중한 경력을 이루시는 동안 2천 건 넘는 부검을 했다고 하셨습니다."

"그렇습니다."

"그 가운데 알코올 중독으로 인한 사망자는 몇 명이었습니까?"

다이어가 다시 일어나 말했다. "이의 있습니다, 재판장님. 관련 없는 내용입니다. 이 재판에서 우리는 다른 그 누구의 죽음에도 관심이 없습니다."

"브리건스 씨?"

"재판장님, 이건 반대 신문이고 제게는 넓은 재량권이 있습니다. 사망자가 술에 취한 정도는 사건과 분명히 관련이 있습니다."

"일단은 허락하겠지만 내용이 어디로 가는지 보겠습니다. 질문에 대답하셔도 됩니다, 마제스키 박사."

증인은 자세를 고쳐 앉았지만, 자기 경험과 지식에 관해 이야기할 기회가 생겨 즐거운 것이 틀림없어 보였다. "정확히는 모르겠지만 여러 번 있었습니다."

"작년에 걸프포트에서 한 사교 클럽 소속 소년을 부검하셨습니다. 성이 코니였죠. 기억하고 있습니까?"

"기억합니다. 아주 슬픈 일이었습니다."

제이크는 손에 든 서류를 내려다보았다. "증인께서는 사망 원인을 AAP, 즉 급성 알코올 중독(Acute Alcohol Poisoning)이라고 결론 내렸습니다, 맞죠?"

"맞습니다."

"그 소년의 혈중알코올농도를 기억하십니까?"

"아뇨, 죄송합니다."

"증인이 작성한 보고서가 여기 있습니다. 이걸 보여드릴까요?"

"아뇨, 그냥 기억을 되살려주시면 됩니다, 브리건스 씨."

제이크는 서류를 든 손을 내리고 배심원단을 보며 말했다. "0.33입니다."

"그게 맞는 것 같습니다." 마제스키 박사가 말했다.

제이크는 자기 테이블로 돌아가 서류를 뒤적이다가 몇 개를 꺼내더니 다시 연설대로 돌아왔다. "1987년 8월 머리디언의 펠라그리니라는 소방관을 부검하신 걸 기억합니까?"

다이어가 두 손을 들고 일어나 말했다. "재판장님, 제발요. 이런 연관성이 없는 질문이 계속 이어지는 데 이의를 제기합니다."

"기각합니다. 증인은 대답하세요."

다이어는 털썩 의자에 앉았고, 그의 과장된 행동에 재판장은 날카로운 눈빛을 보냈다.

마제스키 박사가 말했다. "네, 그 건도 기억합니다."

제이크는 첫 번째 페이지를 훑어보는 시늉을 했지만, 그는 서류의 상세한 내용까지 모두 외우고 있었다. "여길 보니까, 소방관은 44세에 몸무게가 87킬로그램이었군요. 자기 집 지하실에서 시체로 발견되었고요. 박사님은 사인이 AAP라고 결론지었습니다. 이것도 맞습니까, 박사님?"

"네, 그렇습니다."

"혹시 혈중알코올농도를 기억하십니까?"

"정확히 기억나지 않습니다."

이번에도 제이크는 서류를 내리고 배심원단을 보면서 선언했다. "0.32였습니다." 그는 조이 케프너가 희미하게 미소 짓는 모습을 살짝 볼 수 있었다.

"마제스키 박사님, 스튜어트 코퍼가 알코올 섭취로 거의 죽음에 다다랐었다고 말해도 괜찮을까요?"

다이어가 펄쩍 뛰듯 다시 일어나 화를 내며 말했다. "이의 있습니다, 재판장님. 이런 의견은 지나칠 정도로 추측에 기반한 것입니다."

"정말 그렇군요. 이의를 인정합니다."

완벽한 전개 과정을 거친 뒤 제이크는 급소를 찌를 한 방을 준비하고 있었다. 그는 자신의 테이블을 향해 가다가 멈춰 서서 증인을 향해 고개를 돌리더니 물었다. "마제스키 박사님, 총에 맞았을 때 스튜어트 코퍼가 이미 죽어 있었을 가능성도 있지 않습니까?"

다이어가 악을 썼다. "이의 있습니다, 재판장님."

"인정합니다. 증인은 대답하지 마세요."

"질문 없습니다." 제이크는 방청객들을 보며 말했다. 해리 렉스가 웃고 있었다. 뒷줄에 앉은 루시엔은 제자를 향해 더할 나위 없이 자랑스럽다는 표정으로 웃어 보였다. 대부분의 배심원은 충격을 받은 것 같았다.

거의 오후 3시가 다 되었고, 재판장은 약을 한 번 더 먹어야 했다. 그가 말했다. "오후 휴식 시간을 가지면서 커피를 한잔 마십시다. 양측 변호사는 내 방에서 좀 봅시다."

테이블 주위에 모였을 때, 다이어는 여전히 화난 상태였다. 누스는 가운을 벗고 책상에 앉아 스트레칭을 하며 작은 약병들을 줄 세우고 있었다. 그는 물 한 컵과 함께 약을 입에 털어 넣고 테이블에 와서 합류했다. 그는 웃더니 말했다. "자, 신사분들. 심신미약을 두고 싸우는 것도 아니니, 이 재판은 제대로 되어가고 있는 겁니다. 두 분 모두를 칭찬하고 싶습니다." 그는 검사를 보며 물었다. "다음 증인은 누굽니까?"

다이어는 어깨를 으쓱하면서 상대방처럼 냉정하게 보이려 애썼다. 그는 깊게 숨을 쉬더니 말했다. "모르겠습니다, 판사님. 키이라 갬블을 증인으로 부르려고 했는데, 지금 당장은 좀 내키지 않습니다. 왜냐고요? 그러면 학대 얘기를 시작해야 하니까요. 전에도 말씀드렸지만 제가 반대 신문에서 효과적으로 반박할 수 없는 문제의 증언을 허락하는 건 너무 불공정합니다. 스튜어트 코퍼를 중상모략하도록 허락하는 건 공정한 일이 아닙니다."

"중상모략?" 제이크가 물었다. "중상모략이란 말은 거짓 증언이라는 의미입니다, 로웰."

"하지만 우리는 무엇이 거짓이고 진실인지 알 수 없습니다."

"그들은 증인 선서를 할 겁니다." 누스가 말했다.

"물론이죠, 하지만 그들은 학대를 과장해 말할 이유가 충분히 있습니다. 그걸 반박할 수 있는 사람이 없잖습니까."

제이크가 말했다. "사실은 사실입니다, 로웰. 우린 사실을 바꿀 수 없어요. 진실은 이 세 사람이 학대와 위협을 받으며 악몽 속에서 살았다는 겁니다. 그 학대가 살인의 결정적인 원인이었습니다."

"그러니까 보복을 위해 죽였다는 겁니까?"

"그런 말은 한 적이 없습니다."

"신사분들. 우린 이 문제를 두고 오래전부터 논의했고, 나는 양쪽의 준비 서면을 모두 받았습니다. 나는 우리 주의 판례가 고인의 평판을 조사해 봐야 한다는 쪽으로 기울고 있다고 생각합니다. 특히 사실관계가 이런 내용인 경우엔 더욱 그렇습니다. 그러니 일단 어느 정도까지는 허락하도록 하겠습니다. 만일 다이어 씨가 말한 것처럼 증인들이 과장한다는 생각이 들면 언제든 이의를 제기하고, 그 시점에서 다시 우리가 논의할 수 있게 하겠습니다. 천천히 하도록 하죠. 시간은 많고 서두를 이유가 없습니다."

"그럼 검찰은 신문을 마무리하겠습니다, 재판장님. 우리는 합리적 의심의 여지 없이 사건을 증명했습니다. 사망자가 취해 있었다고 해서 드루 갬블이 그를 살해했다는 사실이 달라지지는 않습니다. 근무 중이든 아니든 말이죠."

제이크가 중얼거렸다. "말도 안 되는 법이죠."

"법전에 적혀 있는 겁니다, 제이크. 우린 그걸 바꿀 수 없어요."

"신사분들." 누스는 고통에 찡그리며 몸을 쭉 펴보려 애썼다. "곧 4시입니다. 난 5시 30분에 물리치료사와 약속이 있어요. 투덜대는 건 아니지만, 허리 아래쪽에 치료가 필요합니다. 한 번에 두세 시간 이상 앉아 있을 수가 없어요. 배심원단을 돌려보내고 일찌감치 휴정합시다. 그리고 아침 9시 정각에 다시 시작합시다."

제이크는 기뻤다. 배심원들은 코퍼가 술에 취해 기절한 모습을 머릿속에 새삼 떠올리며 집으로 돌아갈 것이다.

## 45

제이크 사무실에서의 저녁 식사 역시 샌드위치였지만 훨씬 더 맛있었다. 칼라는 재판이 끝난 뒤 집으로 달려가 해나를 만났고, 그들은 함께 닭고기를 굽고 고급 파니니를 만들었다. 두 사람은 만든 음식을 사무실로 가져와 리비, 조시 그리고 키이라와 함께 먹었다. 포샤는 집에 돌아가 어머니를 돌보다가 늦은 시간에 다시 팀에 합류하기로 했다. 해리 렉스는 자기 사무실에 돌아가 급한 불을 끄고 있었고, 루시엔은 지쳤는지 술이 필요하다며 사라졌다.

식사하는 동안 그들은 그날 벌어진 일들, 검사의 모두 진술부터 모든 증언을 돌이켜보았다. 앞으로 증언해야 할 조시와 키이라는 여전히 법정에 들어갈 수 없는 상태였기에 무슨 일들이 있었는지 무척 듣고 싶어 했다. 제이크는 두 사람에게 드루가 잘 견디고 있고 제대로 보살핌을 받고 있다며 안심시켰다. 그들은 드루의 안전을 걱정했지만, 제이크는 잘 보호받고 있다고 말했다. 법정 안에 코퍼 가족과 그 친구들이 가득했다. 그들로서는 틀림없이 견뎌내기 고통스러운 광경이었지만, 아직 돌출 행동을 보이는 사람은 없었다.

그들은 배심원들이 마치 오랜 친구나 되는 것처럼 말했다. 리비는 7번 배심원인 파이프 부인이 특히 코퍼의 음주 행태를 혐오했다고 생각했다. 제일침례교회의 집사로 엄격하게 금주하는 2번 풀 씨 역시 마음에 걸리는 것 같았다.

제이크가 말했다. "그들이 나머지 얘기를 다 들을 때까지 기다려야죠. 술 얘기는 애들 장난처럼 보일 겁니다."

그들은 열두 명 모두를 점검했다. 칼라는 24세로 가장 어리고 유일한 미혼자인 11번 트위첼 양이 마음에 들지 않았다. 그녀는 얼굴에서 냉소가 떠나지 않았고 재판 내내 드루를 노려보고 있었다.

8시가 되자 해나가 어른들이 큰 방에서 하는 일에 지루함을 느끼고 집에 돌아가고 싶어 했다. 칼라는 해나를 재우기 위해 집으로 돌아갔다. 지루하기는 했지만, 해나는 재판 내내 즐거웠다. 종일 할머니 할아버지와 함께 시간을 보낼 수 있었기 때문이다.

돌아온 포샤는 도서관에 가서 뭔가 조사했다. 제이크가 말했다. "좋아요, 조시. 내일 첫 증인으로 부를 겁니다. 이제부터 증언할 내용 전체를 단어 하나까지 점검합시다. 리비가 검사 역할을 맡아 언제든 원하면 난리를 피울 겁니다."

"또요?" 이미 지친 조시가 물었다.

"네, 또 하고 해야 해요. 그리고 키아라, 네가 다음이야. 잘 기억하세요, 조시. 증언을 마치고 나면 내려와서 법정 안에 머물 수 있어요. 키이라가 다음에 증언석에 앉을 겁니다. 그러니까 우리가 연습하는 동안 키이라가 하는 모든 얘기를 잘 듣고 관찰해 주었으면 합니다."

"알았어요. 시작하죠."

새벽에 다시 폭풍이 밀려와 전기가 끊겼다. 법원의 자동 비상 발전기가 작동하지 않았고, 7시 30분에서야 나이가 지긋한 관리 직원들이 허둥지둥 문제를 해결하기 시작했다. 8시 15분에 누스 판사가 도착했을 때는 그래도 불빛이 깜박거리기 시작해 희망적으로 보였다. 판사가 전력회사에 전화해 불호령을 내렸고, 30분 뒤에 전기 공급은 안정적으로 복구되었다. 창문형 에어컨이 털털거리며 되살아났고 법정의 눅진한 습기와 싸우느라 안간힘을 쓰기 시작했다. 누스가 9시에 판사석에 앉았을 때 그의 가운은 깃 부근이 이미 젖어 있었다.

"안녕하십니까." 그는 최대 볼륨으로 작동 중인 마이크에 대고 큰 소리로 말했다. "몇 시간 전에 폭풍 때문에 전기가 끊겼던 모양입니다. 전력은 복구되었지만 안타깝게도 몇 시간 동안은 더위를 견뎌야 할 것 같습니다."

제이크는 설계가 엉망이고 무너져가는 낡은 건물에서 8월에 재판을 열겠다고 결정한 자신을 저주했지만, 그런 생각도 이내 지나갔다. 그의 머릿속에는 더 중요한 문제가 있었다.

"배심원단 입장하세요." 누스가 말했다.

반소매 셔츠와 면 드레스로 차려입은 배심원들이 줄지어 들어왔다. 그들이 자리 잡고 앉는 동안 경위 한 명이 각자에게 막대기에 장식용 골판지를 붙인 모양의 장례식장용 부채를 나누어주었다. 그걸 얼굴 앞에서 흔들면 숨 막히는 더위에서 벗어날 수 있을 거로 생각하는 모양이었다. 많은 방청객도 이미 부채질을 하는 중이었다.

누스가 말했다. "배심원단의 신사 숙녀 여러분, 전력이 끊겼던 일과 더위에 사과드립니다. 그렇지만 하던 일을 멈출 순 없습니다. 양측 변호사들도 재킷을 벗을 수 있도록 허락했습니다만, 넥타이는 그대로 착용해 주기 부탁드립니다. 자, 브리건스 씨."

제이크가 일어서서 웃으며 연설대를 돌려서 배심원단을 보고 섰다. 여전히 재킷을 입은 채로 그는 이렇게 시작했다. "안녕하십니까, 신사 숙녀 여러분. 저는 지금 드루 갬블을 변호하면서 몇 가지 증명하고자 하는 바에 관해 몇 마디 말씀드릴 기회를 얻었습니다. 자, 저는 누가 스튜어트 코퍼에게 총을 쐈는지 의문이 있을 수 있다는 말씀을 드림으로써 여러분의 신뢰를 잃는 위험을 감수할 생각이 없습니다. 그건 꽤 명확한 일입니다. 우리의 훌륭한 지방 검사인 로웰 다이어 씨는 어제 검찰 측 주장을 아주 훌륭히 증명해 냈습니다. 자, 이제 변호인은 여러분께 이야기의 나머지를 들려드리도록 하겠습니다. 아직 들려드리지 못한 이야기는 아주 많습니다.

저희가 시도할 일은 조시 갬블과 그녀의 두 자녀가 살아내야 했던 악몽을 묘사하는 것입니다." 그는 꽉 쥔 주먹으로 말하는 리듬에 맞춰 연설대를 두드렸다. "살아 있는 지옥이었습니다." 그는 잠시 말을 멈추었다가 "그들은 운 좋게도 살아남았습니다"라고 마무리했다.

조금 지나치게 극적이로군, 해리 렉스는 생각했다.

루시엔 역시 혼잣말로 같은 생각을 했다.

"약 1년 전 조시와 스튜어트는 두 사람과 어울릴 법한 술집에서 만났습니다. 조시는 싸구려 술집에서 시간을 많이 보냈고, 스튜어트도 마찬가지였습니다. 그러니 두 사람이 그런 곳에서 만난 일은 그리 놀라울 일도 아니었습니다. 조시는 자신이 멤피스에 살고 친구를 만나러 왔는데, 친구가 술집에 나타나지 않았다고 말했습니다. 그녀는 혼자였습니다. 거짓말이었습니다. 조시와 그녀의 두 자녀는 먼 친척 집 마당에 설치된 캠핑카에서 살았고, 나가라는 얘기를 듣고 있었습니다. 그들은 갈 데가 없었습니다. 이내 로맨스 비슷한 분위기가 이루어졌고, 그녀는 스튜어트가 집을 소유하고 있다는 걸 알게 된 뒤로 그에게 매달리기 시작했습니다. 게다가 그는 포드 카운티의 보안관보였고 월급도 많이 받았습니다. 그녀는 외모가 괜찮았습니다. 스튜어트는 꼭 끼는 청바지나 야하게 보일 수도 있는 옷차림을 즐기는 그녀에게 반했습니다. 여러분은 잠시 후 그녀를 만나게 될 것입니다. 그녀가 저희의 첫 증인이며 바로 피고인의 어머니입니다.

조시가 밀어붙이자 스튜어트는 그녀에게 함께 살자고 제의했습니다. 아이들은 원하지 않았는데, 자기 스스로 생각해도 그는 아버지가 될 만한 사람이 아니었기 때문이었습니다. 하지만 조시는 혼자만 들어가 살 생각이 없었습니다. 2년 만에 처음으로 갬블 가족은 진짜 지붕을 머리 위에 두고 살게 되었습니다. 첫 한 달 동안은 괜찮았습니다. 긴장감이 있었지만 견딜 만한 수준이었습니다. 그런데 같이 살면서 돈이 많이 든다면서 스튜어트가 불평하기 시작했습니다. 그는 아이들이 너무 많이 먹는다고 말했습니다. 조시는 두 군데서 최저임금을 받으며 일했고, 그 돈만으로 가족을 부양하기 위해 최선을 다했습니다.

그러다가 구타가 시작되었고, 폭력은 삶의 방식이 되었습니다. 자, 여러분은 지금까지 스튜어트가 술에 취하지 않았을 때 어떤 사람이었는지 많이 들으셨습니다. 다행스럽게도 그는 대부분 시간 동안 술에 취하지 않은 상태였습니다. 그는 단 하루도 결근하지 않았고, 술에 취해 직장에 나간 적도 없습니다. 월스 보안관은 그가 훌륭한 경찰이었고 진정으로 업무를 좋아했다고 말했습니다. 술을 마시지 않을 때는 말이죠. 그러나 일단 술을 마시기 시작하면 그는 사악하고 흉악하고 폭력적인 남자가 되었습니다. 그는 싸구려 술집과 밤의 환락, 친구들과의 과음을 아주 좋아했고, 싸움꾼으로 주먹다짐을 즐기고 주사위 도박을 좋아했습니다. 금요일과 토요일 밤이면 거의 어김없이 업무를 마치고 술집을 돌아다녔고 술에 취해 집에 돌아왔습니다. 가끔은 공격적으로 변해 문젯거리를 찾았고, 어떨 때는 그냥 침대로 가서 뻗어버리기도 했습니다. 조시와 아이들은 그에게 상관하지 않는 법을 배웠고 방에 숨어서 아무 문제도 없기를 기도했습니다.

그렇지만 문제는 늘 많았습니다. 아이들은 어머니에게 집에서 나가자고 졸랐지만, 그들은 갈 곳도 도망칠 곳도 없었습니다. 폭력이 점점 심해지면서 그녀는 스튜어트에게 주위의 도움을 받자거나 술을 줄이라거나 그들을 때리지 말라고 빌었습니다. 하지만 스튜어트는 통제 불능이었습니다. 몇 번은 집에서 나가겠다고 위협하기도 했지만, 그럴 때마다 스튜어트는 더 불같이 화를 냈습니다. 그는 조시에게 욕을 하고 아이들 앞에서 못된 말을 퍼붓고 갈 곳도 없는 주제라면서 그녀를 놀리고 캠핑카 쓰레기라고 불렀습니다."

다이어가 일어나 말했다. "재판장님, 전해 들은 말에 불과합니다. 이의를 제기합니다."

"인정합니다."

3번과 9번 배심원은 캠핑카에서 살았다.

제이크는 다이어와 누스를 무시하고 3번과 9번의 표정에 집중했다. 그는 말을 이었다. "3월 24일 토요일 밤, 스튜어트는 놀러 나갔습니다. 사실 그는 오후부터 밖에 나가 있었고, 조시는 최악의 상황을 염려했습니다. 시간이 흐르는 동안 그들은 기다렸습니다. 자정이 지났습니다. 아이들은 위층 키이라의 방에서 불을 끈 채 숨어 어머니가 또 다치지 않기만을 바라고 있었습니다. 그들이 키이라의 방에 있던 이유는 그 방문이 더 튼튼하고 잠금장치가 잘 작동했기 때문이었습니다. 그들은 경험으로 그런 사실을 알았습니다. 예전의 문은 스튜어트가 화가 나서 걷어차 부서졌습니다. 조시는 아래층에서 진입로에 전조등 불빛이 비치길 기다렸습니다." 그는 한참 말을 멈추었다가 입을 열었다. "자, 이제 그들이 직접 이야기하도록 하겠습니다."

그는 연설대 뒤쪽으로 가서 메모를 흘깃 본 다음 이마의 땀을 닦았다. 그러나 장례식용 부채를 부치는 소리와 끊임없이 윙윙거리는 창문형 에어컨 소리에도 법정은 고요했다. "신사 숙녀 여러분, 이건 깔끔하게 미리 계획된 살인이 아닙니다. 그것과는 아주 거리가 멉니다. 저희는 밝혀낼 것입니다. 무시무시했던 순간에, 어머니가 의식을 잃고 주방 바닥에 쓰러져 있고, 스튜어트는 만취해 집 안을 쿵쿵거리며 돌아다니고, 여동생은 울며 어머니에게 정신 차리라고 매달리고, 두 아이는 위급한 상태에서 둘만 남아 있고, 형용할 수 없는 폭력의 역사가 겁에 질린 영혼에 깊은 흉터를 안긴 상태에서, 그들이 안전하지 않고 그 남자로부터 절대 안전해질 수 없으리라는 믿음을 품은 그 순간에, 어린 드루 갬블이 저지른 행동은 전적으로 정당했다는 것을 말입니다."

제이크는 배심원들에게 고개를 숙이고 돌아서서 판사를 보았다. "재판장님, 변호인 측 첫 증인인 조시 갬블을 불러주시기를 바랍니다."

"알겠습니다. 증인은 증언석으로 나와주세요."

조시가 법정에 들어서자 아무도 움직이지 않았다. 제이크는 칸막이 앞에서 그녀를 맞이하고 낮은 출입문을 열어준 다음 증인석을 가리켜 보였다. 최고의 지도를 받은 그녀는 법원 속기사 앞에 잠깐 멈춰 웃어 보인 다음 증인 선서를 했다. 재판에 참석하기 위해 그녀는 수수한 흰색 민소매 블라우스와 검은색 리넨 바지를 입고 갈색 낮은 샌들을 신었다. 몸에 끼거나 몸매를 드러내는 옷은 없었다. 짧은 금발 머리는 뒤로 묶었다. 립스틱을 포함해 어떤 화장도 하지 않았다. 칼라가 그녀 차림새를 책임졌는데, 다섯 명의 여자 배심원을 연구한 뒤 칼라는 조시에게 블라우스와 샌들을 빌려주고 바지는 새로 샀다. 목표는 일곱 명의 남성 배심원들을 즐겁게 해줄 정도로 매력적으로 보이되 여자들을 위협하지 않을 정도로 수수해 보이는 거였다. 험난하게 살아온 32년 세월로 그녀는 적어도 10년은 더 나이가 들어 보였다. 그런데도 그녀는 여자 배심원들 대부분보다 젊고 사실상 그들 모두보다 몸매가 좋았다.

제이크는 기본적인 질문 몇 개로 시작했고, 그러면서 지금까지 알려지지 않았던 그녀의 현재 주소를 대답에 포함하도록 했다. 채권 추심업자들이 아직 옥스퍼드에 사는 그녀를 찾아내지 못했기에, 그는 어떤 주소를 말하라고 할지 고민하기도 했다. 너무 자세하지 않게, 그들은 그녀의 과거를 살펴보았다. 열일곱 살도 되기 전에 두 번 임신했던 일. 고등학교도 졸업하지 못한 일. 두 번의 결혼 실패. 스물셋에 마약 소지로 처음 유죄 판결을 받고 카운티 구치소에서 1년 복역한 일. 두 번째 마약 관련 혐의로 텍사스주에서는 교도소에서 2년을 보냈다. 그녀는 자신의 과거를 인정했고, 그런 과거를 자랑스러워하지 않으며 혹시라도 과거로 돌아가 상황을 바꿀 수 있다면 어떤 대가라도 치르겠다고 말했다. 그녀는 냉정하면서도 연약했다. 그녀는 상황을 가볍게 만들지 않으면서도 배심원들을 향해 한두 번 힘겹게 미소를 지어 보였다. 그녀가 가장 후회하는 일은 아이들에게 한 일, 그들에게 엉망인 본보기가 된 일이었다. 아이들에 관해 말할 때는 목소리가 살짝 갈라졌고, 그녀는 휴지로 눈가를 닦았다.

모든 질문과 대답이 미리 각본으로 정해둔 것이었음에도 두 사람의 대화는 진실해 보였다. 그녀의 이야기는 때로는 편안하게, 때로는 고통스럽게 전개되었다. 제이크는 마치 프롬프터가 필요한 것처럼 법률용 노트를 손에 들고 있었지만, 그가 하는 모든 말은 연습을 통해 외워둔 내용이었다. 리비와 포샤도 오가는 말을 그대로 암송할 수 있었다.

기어를 바꾼 제이크가 말했다. "자, 조시. 작년 12월 3일, 911로 긴급전화를 하셨습니다. 무슨 일이 있었나요?"

다이어가 일어나서 말했다. "이의 있습니다, 재판장님. 이 일이 3월 25일 살인 사건과 무슨 관계가 있는지 모르겠습니다."

"브리건스 씨?"

"재판장님, 제가 묻는 911 신고 건은 이미 배심원들에게 알려진 일입니다. 월스 보안관이 어제 관련 증언을 했습니다. 이 사건이 학대와 폭력 그리고 두려움으로 연결되기에 3월 25일에 벌어진 사건과 관련이 있습니다."

"이의는 기각합니다. 브리건스 씨, 계속하세요."

제이크가 말했다. "조시, 12월 3일에 무슨 일이 있었는지 말해 주시겠습니까?"

그녀는 머뭇거리다 깊이 숨을 몰아쉬었다. 마치 또 다른 끔찍한 밤을 떠올리기가 두려운 것 같았다. "토요일 자정 무렵이었습니다. 스튜어트가 평소처럼 술에 잔뜩 취해 기분이 좋지 않은 상태로 귀가했습니다. 저는 청바지와 티셔츠 차림으로 브래지어를 입지 않고 있었습니다. 그랬더니 제가 바람을 피우고 다닌다며 비난하기 시작했습니다. 늘 있던 일이었습니다. 그는 저를 걸레나 창녀라고 자주 불렀고, 심지어 아이들 앞에서도 그랬습니다."

다이어가 다시 벌떡 일어나 말했다. "이의 있습니다. 전해 들은 말에 불과합니다, 재판장님."

누스 판사가 말했다. "인정합니다." 그는 증인을 내려다보았다. "갬블 부인, 고인이 했던 말을 반복해서 말하지 말기 바랍니다."

"네, 판사님." 제이크가 예견한 대로 돌아가고 있었다. 하지만 그녀가 이미 한 말을 배심원들은 잊지 않을 터였다.

"계속하셔도 좋습니다."

그녀가 말했다. "어쨌든 그는 엄청나게 화내면서 제 뺨과 입 주위를 주먹으로 때렸고 피가 났습니다. 그는 저를 붙잡았고 저도 맞서 싸우려 했지만, 그는 너무 힘이 세고 화가 나 있었습니다. 저는 또 때리면 집에서 나가겠다고 말했는데, 그 말이 상황을 더 나쁘게 했습니다. 간신히 몸을 피해 침실로 달아나 문을 잠갔습니다. 저는 그가 저를 죽일 거로 생각했습니다. 911에 전화해 도움을 요청했습니다. 얼굴을 씻고 침대에 잠시 앉아 있었습니다. 아이들은 위층 자기 침실에 숨어 있었습니다. 혹시 그가 아이들을 괴롭히는지 귀를 기울였습니다. 잠시 후 밖으로 나와 거실로 갔습니다. 그는 우리는 손도 못 대게 하는 리클라이너 의자에 앉아 맥주를 마시며 TV를 보고 있었습니다. 제가 경찰을 불렀다고 했더니 저를 비웃었습니다. 그는 경찰이 모두 아는 사람들이고 친구여서 그들도 어쩌지 못할 것임을 알고 있었습니다. 그는 제게 만일 고소하면 저와 아이들을 모두 죽이겠다고 했습니다."

"경찰이 왔나요?"

"네, 스웨이지 보안관보가 출동했어요. 그때는 스튜어트도 진정된 후였고, 그는 거짓으로 모든 일이 괜찮다고 훌륭하게 꾸며댔어요. 그냥 가볍게 말다툼한 거라고 했습니다. 보안관보가 제 얼굴을 봤어요. 뺨과 입술이 부었고 제 입가에 핏자국도 조금 있었습니다. 그는 진실을 알았어요. 제게 혹시 고소하겠느냐고 묻길래 아니라고 했습니다. 그들은 둘이 함께 밖으로 나갔고 담배를 피웠어요. 마치 오래된 친구들 같았습니다. 저는 위층으로 가서 아이들과 키이라 방에서 밤을 보냈습니다. 그는 저희에게 오지 않았어요."

그녀는 휴지로 눈가를 닦더니 제이크를 보며 증언을 이어갈 준비를 했다.

제이크가 말했다. "올해 2월 24일 증인은 또 911에 전화를 걸었습니다. 무슨 일이었죠?"

다이어가 일어나 이의를 제기했다. 누스가 그를 노려보더니 말했다. "기각합니다. 계속하세요."

"토요일이었는데, 그날 오후에 찰스 맥게리라는 목사님이 집에 들렀어요. 그냥 평범한 방문이었습니다. 저희는 근처에 있는 그분 교회에 다니곤 했는데, 스튜어트는 마음에 들어 하지 않았습니다. 목사님이 문을 두드렸을 때 스튜어트는 맥주를 들고 뒷마당 어딘가에 가 있었어요. 그날 밤에는 왠지 놀러 나가지 않았고, 그냥 집에서 어슬렁거리면서 농구 경기를 보고 있었습니다. 술도 마시고요. 저는 그와 함께 앉아 이야기를 좀 해보려고 했어요. 혹시 다음 날에 우리와 함께 교회에 가지 않겠느냐고 물었어요. 그는 싫다고 했어요. 그는 교회를 좋아하지 않았고 목사님들도 좋아하지 않았고 제게 맥게리를 다시는 내 집에 들이지 말라고 했어요. 그는 늘 '우리 집'이 아니라 '내 집'이라는 말을 썼습니다."

변호인 측 두 번째 줄 방청석에 앉은 찰스와 메그 맥게리는 조시가 그들 옆에 와서 앉기를 기다리고 있었다.

"911에 왜 전화했나요?" 제이크가 물었다.

그녀는 휴지로 이마를 두드렸다. "그러니까, 우린 교회 문제로 다투기 시작했고, 그는 제게 교회에 다시는 갈 수 없다고 했어요. 저는 원할 때 교회에 가고 싶다고 했죠. 그는 소리를 질렀고, 저는 물러서지 않았는데 갑자기 맥주 캔을 제게 던졌어요. 캔이 눈에 맞았고 눈썹 주위가 찢어졌습니다. 저는 맥주를 뒤집어쓰고 화장실로 달려갔는데 피가 났습니다. 그는 거칠게 화장실 문을 두드리면서 미친 사람처럼 날뛰었고, 평소 하던 대로 제게 욕설을 퍼부었습니다. 겁이 나서 나오지 못하던 저는 그가 문을 부수고 들어올 거로 생각했습니다. 한참 후에야 그는 문 두드리기를 멈추고 어디론가 갔습니다. 귀를 기울여 보니 주방에 있는 것 같기에 얼른 침실로 달아나 문을 잠그고 911에 전화했어요. 경찰이 그를 제지하지 않을 테니 제가 실수한 거였지만, 저는 무서워 죽을 것 같았고 아이들을 보호하고 싶었습니다. 제가 전화하는 소리를 듣더니 문을 두드리기 시작하면서 만일 경찰이 오면 절 죽이겠다고 했어요. 몇 분 뒤 그는 화를 가라앉히고 얘기하고 싶다고 했습니다. 저는 얘기하고 싶지 않았지만 만일 그가 또 폭발하면 저나 아이들을 해칠 걸 알았습니다. 그래서 침실에서 나왔고 그가 앉아 있는 거실로 갔습니다. 그는 처음이자 마지막으로 미안하다고 말했습니다. 제발 용서해 달라면서 술 마시는 문제 관련해서 도움을 받겠다고 했습니다. 진심인 듯 보였지만, 그는 그저 911 신고 전화를 걱정했던 거였어요."

"그때 증인도 술을 마시고 있었나요, 조시?"

"아뇨. 저는 가끔 맥주를 마시지만, 아이들 앞에선 절대 안 마셔요. 솔직히 술 마실 돈도 없어요."

"경찰이 언제 왔죠?"

"10시쯤이었어요. 순찰차 전조등 불빛이 보이자 저는 밖으로 나가 그들을 만났어요. 괜찮다고, 이제 문제가 해결됐고 그냥 오해였다고 했어요. 제가 피 묻은 행주를 손에 들고 있으니까 무슨 일이 있었느냐고 묻더군요. 주방에서 넘어졌다고 했는데, 그들은 제 말을 믿고 싶어 하는 것 같았어요."

"그들이 스튜어트와 얘기했나요?"

"네. 그가 밖으로 나왔고 저는 들어갔어요. 그들이 함께 담배를 피우면서 웃는 소리가 들렸어요."

"그리고 증인은 고소하지 않았죠."

"네."

제이크는 변호인 측 테이블로 걸어가 재킷을 벗었다. 겨드랑이가 땀에 젖었고 옅은 푸른색 옥스퍼드 천 셔츠가 몸에 달라붙어 있었다. 그는 연설대로 돌아와 말했다. "스튜어트가 술버릇을 고치려고 어떤 노력을 했습니까?"

"전혀 하지 않았어요. 점점 나빠졌습니다."

"3월 25일 밤, 아이들과 집에 있었습니까?"

"네."
"스튜어트는 어디 있었나요?"
"밖에 나갔어요. 어디 있었는지는 모르겠습니다. 오후부터 내내 집에 없었어요."
"집에는 몇 시에 돌아왔죠?"
"새벽 2시가 넘은 때였어요. 저는 기다리고 있었습니다. 아이들은 위층에 있었는데, 자야 할 시간이었지만 조용히 왔다 갔다 하는 소리가 들렸습니다. 제 생각에 우리 모두 그를 기다리고 있었던 것 같습니다."
"그가 집에 돌아왔을 때 무슨 일이 있었죠?"
"저, 저는 그가 좋아하는 야한 속옷을 입고 있었어요. 그게, 혹시라도 서로 즐길 수 있는 분위기를 만들면 폭력적인 상황을 조금이라도 막을 수 있지 않을까 생각했거든요."
"그랬더니 어떻게 됐나요?"
"소용없었습니다. 그는 술에 잔뜩 취해서 제대로 걷지도 서지도 못했어요. 눈은 흐릿했고 숨소리가 거칠었습니다. 술에 취한 모습을 여러 번 봤지만 그런 적은 처음이었어요."
"어떻게 됐나요?"
"제가 입은 옷을 보더니, 마음에 들어 하지 않더군요. 늘 하듯 비난을 시작했어요. 아이들 때문에 또 싸우고 싶지는 않았습니다. 맙소사, 아이들이 싸우는 소리를 너무 많이 들었거든요." 그녀는 목소리가 갈라지며 무너져 내렸다. 대본에 없던 흐느낌은 진짜였고 완벽한 타이밍에 터졌다. 그녀는 눈을 감고 휴지로 입을 막은 채 눈물을 참느라 애썼다.

리비는 7번 배심원인 파이프 부인이 고개를 숙이고 입을 꽉 다무는 모습을 포착했다. 동정심에 눈물 흘릴 준비를 하는 것 같았다.

고통스럽고 적막한 순간이 지나고 누스 판사가 몸을 앞으로 숙이고 부드럽게 말했다. "잠깐 쉬겠어요, 갬블 부인?"

그녀는 단호히 고개를 흔들며 이를 갈더니 제이크를 바라보았다.

그가 말했다. "조시, 쉽지 않은 증언이라는 걸 압니다만, 당신은 무슨 일이 있었는지 배심원들에게 말해야 합니다."

그녀는 얼른 고개를 끄덕이고 말했다. "그는 제 뺨을 세게 때렸고, 저는 거의 쓰러질 뻔했어요. 그러고는 절 뒤에서 붙잡고 두꺼운 팔뚝을 목에 대고 졸랐어요. 저는 죽는다고 생각했고, 오직 아이들 생각밖에 나지 않았어요. 아이들은 누가 키우지? 아이들은 어디로 가야 하나? 아이들도 해칠까? 너무 순식간에 벌어진 일이었어요. 그는 으르렁거리며 욕설을 퍼부었고 그에게서 끔찍한 입 냄새가 났어요. 간신히 팔꿈치로 그의 옆구리를 때리고 몸을 빼냈어요. 제가 도망치기도 전에 그는 주먹으로 저를 세게 때렸어요. 그게 제가 기억하는 마지막입니다. 그는 절 기절시켰습니다."

"다른 건 전혀 기억이 나지 않나요?"

"전혀 안 나요. 정신을 차렸더니 병원이었습니다."

제이크는 변호인 측 테이블로 걸어갔고, 리비는 그에게 확대한 컬러 사진 하나를 내밀었다. "재판장님, 증인에게 다가가도 될까요?"

"그러세요."

제이크는 조시에게 사진을 내밀며 물었다. "사진을 알아볼 수 있나요?"

"네. 다음 날 병원에서 절 찍은 사진입니다."

"재판장님, 저는 이 사진을 변호인 측 증거 1번으로 기록에 남기고자 합니다."

조시를 찍은 여덟 장의 사진 사본을 가진 로웰 다이어가 일어서더니 말했다. "검찰은 관련성이 없으므로 이의를 제기합니다."

"기각합니다. 증거로 인정합니다."

제이크가 말했다. "재판장님, 배심원들이 이 증거를 봤으면 합니다."

"그렇게 하세요."

제이크가 리모컨을 들고 버튼을 누르자 배심원단 맞은편 벽에 걸린 넓은 스크린에 폭행당한 여자의 끔찍한 모습을 찍은 사진이 나타났다. 법정에 있는 모든 사람이 볼 수 있었다. 조시는 병원 침대에 누워 있었다. 얼굴 왼쪽이 기괴할 정도로 부어올랐고, 왼쪽 눈은 감겨 있고, 두꺼운 붕대가 그녀의 턱과 머리에 감겨 있었다. 튜브 한 개가 입에 꽂혀 있었다. 다른 튜브들은 위쪽에 매달려 있었다. 그녀의 얼굴은 알아볼 수 없었다.

모든 배심원이 반응했다. 일부는 불편한 기색으로 몸을 움직였다. 몇몇은 몇 센티미터라도 가까이에서 보면 선명한 사진을 더 확실하게 볼 수 있기라도 한 것처럼 몸을 앞으로 기울였다. 5번 배심원인 카펜터 씨는 고개를 흔들었다. 8번 새터필드 부인은 믿을 수 없다는 듯 입을 벌린 채 멍하니 보고 있었다.

해리 렉스는 나중에 재닛 코퍼가 고개를 푹 숙이더라고 말할 터였다.

제이크가 물었다. "몇 시에 정신을 차렸는지 아시나요?"

"아침 8시 경이었다고 들었습니다. 저는 진통제와 다른 약들을 맞고 있어서 매우 몽롱한 상태였습니다."

"병원에는 얼마나 오래 있었나요?"

"첫날이 일요일이었어요. 수요일에 저는 투펄로에 있는 병원으로 가서 턱을 원래대로 돌리는 수술을 받았습니다. 턱이 부서졌거든요. 금요일에 퇴원했습니다."

"그럼, 이제 부상에서 완전히 회복하셨나요?"

그녀는 끄덕이고 말했다. "괜찮습니다."

제이크는 병원에서 찍은 조시의 다른 사진들을 화면에 띄웠지만, 이제 그런 것들은 필요하지 않았다. 그는 다른 질문도 있었지만, 루시엔은 오래전 그에게 앞서나갈 때 멈추는 법을 가르쳤다. 요점이 뭔지 알려준 다음이라면 배심원들 상상력에도 여지를 남겨야 했다.

그는 말했다. "이상으로 질문 마칩니다."

누스가 말했다. "잠시 쉽시다. 15분간 휴정합니다."

로웰 다이어와 그의 조수인 머스그로브는 1층 화장실에서 다음에 어떻게 해야 할지 고민하고 있었다. 보통 중범죄를 저질렀던 전과자는 반대 신문이 쉬웠다. 애초에 증인의 신뢰성이 의심스럽기 때문이다. 하지만 조시는 이미 자신의 전과 기록과 다른 문제를 자기 입으로 털어놓았다. 그녀는 솔직하고 믿을 수 있고 호감이 갔으며, 배심원들은 병원에 누워 있던 그녀의 모습을 절대로 잊지 못할 것이다.

그들은 공격하는 것 말고는 방법이 없다는 데 동의했다. 어떤 면에서 공격하느냐가 문제였다.

조시가 다시 증언석에 앉자 다이어가 이렇게 시작했다. "갬블 부인, 아이들의 양육권을 몇 번 잃었습니까?"

"두 번입니다."

"처음은 언제였나요?"

"10년 전쯤이었습니다. 드루가 다섯 살쯤 되었을 땝니다. 키이라는 세 살이었고요."

"어떻게 양육권을 빼앗겼나요?"

"루이지애나주 정부가 양육권을 빼앗았습니다."

"무슨 이유로 그런 일이 벌어졌습니까?"

"저, 다이어 씨, 저는 그때 아주 좋은 엄마가 아니었습니다. 저는 소규모 마약 밀매상과 결혼한 상태였는데, 그는 저희가 사는 집에서 약을 팔았습니다. 누군가 민원을 넣었고 복지 당국에서 나와 아이들을 데려가고 저를 재판에 부쳤습니다."

"증인도 마약을 팔았나요?"

"네, 그렇습니다. 그걸 자랑스럽게 여기지 않습니다. 많은 것들을 되돌릴 수 있으면 좋겠다고 생각합니다, 다이어 씨."

"아이들은 어떻게 됐습니까?"

"아이들은 좋은 가정에 위탁되어 지냈습니다. 저는 가끔 아이들을 볼 수 있었습니다. 저는 남편과 헤어지고 이혼한 뒤 아이들을 되찾을 수 있었습니다."

"두 번째는 어떻게 된 일이었습니까?"

"저는 페인트공과 살았는데, 그 사람도 마약을 팔았습니다. 그이가 체포되었는데, 경찰과 협상했고 마약이 제 물건이라고 진술하고는 풀려났습니다. 나쁜 변호사가 더 가벼운 형을 받도록 해주겠다며 절 설득했고, 저는 텍사스에 있는 여성 교도소로 가게 되었습니다. 그곳에서 2년을 복역했습니다. 드루와 키이라는 아칸소주에 있는 침례교회 보육원에 가서 좋은 대우를 받으며 지냈습니다."

필요 이상으로 말을 많이 하지 말라고 제이크는 여러 번 경고했다. 그 순간, 그녀는 다이어가 그녀에게 던질 수 있는 모든 질문을 알고 있는 것처럼 느꼈다.

"아직도 마약을 합니까?"

"아뇨, 그렇지 않습니다. 오래전에 아이들 때문에 끊었습니다."

"마약을 판매한 적이 있습니까?"

"네."

"그러니까 증인은 마약을 사용했고, 팔았고, 마약 밀매상과 함께 살았고, 체포되었다는 점을 인정하시는군요. 몇 번 체포됐죠?"

"네 번이요."

"네 번 체포되고 두 번 처벌 받고 교도소에도 갔군요."

"그런 사실이 전혀 자랑스럽지 않습니다, 다이어 씨."

"누가 그럴 수 있겠습니까? 그런데도 증인은 여기 계신 배심원들이 증인을 신뢰할 수 있으며 증인이 하는 말이 진실이라고 믿을 거라고 기대합니까?"

"제가 거짓말쟁이라는 건가요, 다이어 씨?"

"질문은 제가 하겠습니다, 갬블 부인. 증인이 해야 할 일은 대답하는 겁니다."

"네, 저는 배심원단이 제가 한 말 모두를 믿어주시길 기대합니다. 모두 진실이니까요. 예전에 거짓말을 한 적이 있지만, 분명히 말씀드리는데 그 거짓말들이 저의 가장 작은 죄였습니다."

출혈을 줄이는 편이 현명했다. 그녀는 검사보다 훨씬 점수를 더 따고 있었다. 브리건스는 최대한 준비시켰고, 그녀는 어떤 공격에도 준비가 되어 있었다.

다이어는 현명한 사람이었다. 그는 서류를 뒤적거리더니 결국 말했다. "더 질문 없습니다, 재판장님."

# 46

 키이라가 경위 한 명의 안내를 받아 법정으로 들어왔다. 그녀는 사람들의 눈길을 피한 채 아래를 보며 천천히 걸었다. 수수하고 다림질이 필요 없는 면 드레스는 허리 부근이 꽉 끼는 모습이었다. 그녀가 법원 서기 앞에서 멈춰 섰을 때는 법정 안 모든 사람이 그녀의 배를 쳐다보고 있었다. 방청객에서 수군거리는 소리가 들렸고 배심원 몇 명은 이 불쌍한 아이를 보기가 거북한 듯 눈길을 돌렸다. 그녀는 증언석에 등을 기대고 조심스레 앉았는데, 누가 봐도 불편해 보였다. 그녀는 부끄러운 듯 배심원들을 쳐다보았다. 엉망진창인 어른들 세상을 마주한 겁에 질린 아이의 모습이었다.
 제이크가 말했다. "피고인의 여동생인 키이라 갬블이 맞습니까?"
 "네."
 "키이라 양, 지금 몇 살이죠?"
 "열네 살이요."

"임신 중인 것 같네요."

"네."

제이크는 이 장면을 천 번도 넘게 머릿속에서 그려봤고, 이 장면 때문에 잠을 이루지 못했다. 아내 그리고 변호팀과 논쟁을 벌이고 토론하고 분석했다. 이 장면은 망칠 수 없었다. 그는 차분히 물었다. "출산 예정일이 언제죠, 키이라 양?"

"다음 달 말이요."

"그럼, 키이라 양. 아기의 아버지가 누구죠?"

지도받은 대로 그녀는 마이크에 조금 더 가까이 입을 대면서 대답했다. "스튜어트 코퍼입니다."

사람들의 숨 막힌 듯한 반응이 뒤따랐고, 거의 동시에 얼 코퍼가 소리 질렀다. "말 같지도 않은 거짓이야!" 그는 일어나서 키이라를 가리키며 말했다. "저건 빌어먹을 거짓말이요, 판사님!" 재닛 코퍼는 비명을 지르더니 양손에 얼굴을 묻었다. 배리 코퍼가 큰 소리로 말했다. "저런 거짓말을!"

"정숙! 정숙!" 누스도 맞받아서 화를 내며 소리쳤다. 그가 나무 망치를 두드리는 동안 얼이 또 소리쳤다. "이런 말 같지도 않은 짓을 얼마나 더 해야 합니까, 판사님! 저건 빌어먹을 거짓말이요."

"법정에서는 정숙하세요! 예의를 지켜야만 합니다!" 제복을 입은 경위 두 명이 검사 측 뒤쪽 세 번째 줄에 앉은 얼에게 달려갔다. 그는 손가락을 흔들며 소리쳤다. "이건 공평하지 않아요, 판사님! 내 아들이 죽었는데, 저것들이 거짓말을 하고 있어! 거짓이야! 거짓말이라고!"

"그 사람 법정에서 내보내세요." 누스가 마이크에 대고 큰 소리로 말했다. 세실 코퍼가 싸움이라도 벌이려는 듯 아버지 옆에 우뚝 섰다. 가장 먼저 그들에게 다가간 경위 두 사람은 나이가 일흔 살에 벌써 숨을 헐떡이고 있었지만, 세 번째 신입 경위는 키가 187센티미터에 달리기가 빠른 무술 유단자였다. 그는 세실의 젖은 겨드랑이에 팔을 넣어 들어 올리면서 얼의 팔꿈치를 붙잡았다. 그는 욕설을 퍼부으며 몸을 뒤트는 두 사람을 통로로 끌어냈다. 그곳에서 다른 경위들과 보안관보들과 맞닥뜨린 두 사람은 더 저항해 봐야 소용없다는 걸 알게 되었다. 그들은 출입문으로 밀려났고, 얼은 나가기 전에 멈춰 서더니 돌아서서 소리쳤다. "너, 그냥 넘어가지 못할 줄 알아, 브리건스!"

법정에 있는 다른 모든 사람과 함께 제이크는 깜짝 놀라 말을 잃은 채 상황을 지켜보았다. 재닛 코퍼의 흐느낌과 에어컨 소리를 제외하고는 아무 소리도 나지 않은 채 시간이 흘렀다. 키아라는 증언석 의자에 앉아 눈물을 닦았다. 로웰 다이어는 주먹이라도 날릴 것처럼 제이크를 노려보았다. 배심원들은 어찌할 바를 모르는 것처럼 보였다.

재판장은 재빨리 정신을 차리고 경위에게 소리쳤다. "배심원들을 내보내세요."

배심원들은 아예 풀려나 돌아가는 것처럼 서둘러 배심원석을 빠져나갔다. 그들이 나가고 문이 닫히자마자 다이어가 말했다. "재판장님, 요청을 드릴 말씀이 있습니다. 판사실에서 말씀드려야만 합니다."

누스는 그 자리에서 변호사 자격증을 박탈이라도 할 것처럼 제이크를 노려보더니 나무망치를 잡고 말했다. "휴정합시다. 15분입니다. 갬블 양, 잠시 어머니와 함께 앉아 있어도 됩니다."

누스의 판사실 에어컨은 훌륭하게 작동했고 사무실은 법정보다 훨씬 시원했다. 판사는 벗은 가운을 의자에 걸쳐두고 파이프에 불을 붙인 뒤 팔짱을 낀 채 책상 뒤에 섰다. 화난 것이 분명했다. 그는 제이크를 노려보며 말했다. "증인이 임신한 걸 알고 있었나?"

"네, 알았습니다. 지방 검사도 알았습니다."

"로웰?"

얼굴이 벌건 채 화가 잔뜩 난 다이어의 턱에서 땀이 떨어지고 있었다. "검찰은 미결정 심리를 요청합니다, 재판장님."

"어떤 이유로 말입니까?" 제이크는 차갑게 물었다.

"우리가 매복 공격을 당했으니까요."

"그건 통하지 않을 겁니다, 로웰." 제이크가 말했다. "당신이 어제 법원에서 그녀를 봤고 내게 그녀가 임신했다고 말했어요. 성적 학대 주장이 나올 걸 당신은 알았습니다. 이제 증거를 보여준 겁니다."

누스가 물었다. "제이크, 자네는 코퍼가 아버지라는 걸 알았나?"

"네."

"그런 사실을 언제 알았나?"

"4월에 키이라가 임신한 걸 알았는데, 그녀는 줄곧 아이 아버지가 코퍼라고 했습니다. 그녀는 코퍼가 반복적으로 성폭행했다는 걸 증언할 준비가 되었습니다."

"그런데 이걸 비밀에 부쳤다?"

"제가 누구에게 얘기해야 했습니까? 제 의뢰인의 여동생이 고인에게 성폭행당했다는 사실을 누구에게든 얘기해야만 한다는 법률이나 규칙이나 절차가 있다면 보여주세요. 찾을 수 없을 겁니다. 저는 누구에게도 말해야 할 의무가 없었습니다."

"하지만 당신은 증인을 숨겨두고 있었소." 다이어가 말했다. "모두에게서 멀리 떨어진 곳에."

"당신은 키이라와 얘기하고 싶다고 두 번이나 말했고 나는 내 사무실에서 만나도록 해줬소. 4월 2일 그리고 6월 8일에."

누스는 라이터로 파이프에 불을 당긴 뒤 푸른 연기를 안개처럼 뿜어냈다. 열린 창문은 없었다. 담배 연기에 편안해졌는지 그가 말했다. "난 매복 공격은 좋아하지 않네, 제이크. 자네도 알고 있잖아."

"그럼, 규칙을 바꾸시죠. 우린 민사 사건에서는 무제한 정보를 공개해야 하지만, 형사 재판에서는 전혀 그러지 않아도 됩니다. 검찰 측의 매복 공격은 일상이 되어버렸습니다."

"저는 미결정 심리를 원합니다." 다이어가 재차 말했다.

"이유가 있나요?" 제이크가 물었다. "3개월 뒤에 돌아와 이걸 다시 하자고요? 난 좋습니다. 우린 아기를 데려와 배심원들에게 보여줄 겁니다. 변호인 증거 1번으로요. 혈액 검사는 증거 2번일 테고."

다이어는 입을 딱 벌렸다. 또 충격을 받은 것이다. 그는 가까스로 말했다. "당신은 증인을 숨기는 일에 아주 소질이 있군, 안 그래, 제이크?"

"그런 싸구려 비난은 이미 써먹었잖아요. 다른 재료를 좀 찾아봐요."

"신사분들. 어떻게 진행할 것인지 얘기합시다. 우리 모두 좀 충격을 받은 것 같아 우려스럽군요. 첫 번째는 임신한 증인, 두 번째는 가족들이 폭발했어요. 우리 배심원단이 걱정스럽습니다."

다이어가 말했다. "전부 집으로 보내시죠, 판사님. 나중에 다시 재판을 열면 됩니다."

"미결정 심리는 안 돼요. 요청은 기각합니다. 브리건스 씨, 당신은 이 증인을 데리고 성적 학대를 받았다고 얘기하려는 거겠군요."

"키아라는 열네 살입니다, 재판장님. 성행위에 동의하기에 너무 어립니다. 그는 스무 살이나 많았습니다. 두 사람 사이의 성관계는 불법이고 합의도 없었으니 범죄입니다. 그녀는 반복적으로 성폭행당했고 만일 누구에게든 얘기하면 그녀와 오빠, 즉 피고인을 죽이겠다고 위협을 받았습니다. 그녀는 너무 겁이 나 얘기하지 못한 겁니다."

"일부 얘기를 제한할 수 있습니까, 판사님?" 다이어가 간청하듯 말했다.

"얼마나 노골적으로 묘사할 생각이오, 브리건스 씨?"

"신체 부위에 관해 얘기할 계획은 없습니다, 재판장님. 그녀의 몸이 말해주고 있습니다. 배심원들은 무슨 일이 있었는지 이해할 만큼 현명합니다."

누스는 또 한 번 푸른 연기를 내뿜더니 연기가 천장으로 소용돌이치며 올라가는 모습을 바라보았다. "재판이 추해질 수 있겠군."

"이미 추해졌습니다, 판사님. 짐승 같은 자가 열네 살짜리 여자

아이의 상황을 빌미 삼아 반복적으로 성폭행하고 임신까지 시켰습니다. 우리는 사실을 바꿀 수 없습니다. 벌어진 일이고 증언에 제한을 두려는 그 어떤 시도도 저희에게는 항소심에서 사용할 충분한 탄약을 제공할 것입니다. 법은 명확합니다, 재판장님."

"내게 설교할 생각은 하지 말아요, 브리건스 씨."

예, 그래도 설교를 좀 들으셔야겠어요.

누스가 파이프 물부리를 씹으며 테이블 위로 연기를 더 뿜어내는 사이 시간이 흘렀다. 마침내 그가 말했다. "유가족이 폭발한 걸 어떻게 평가해야 할지 알 수가 없군. 정말이지 이런 일은 한 번도 본 적이 없소. 배심원들에게 어떤 영향을 끼칠지 궁금합니다."

다이어가 말했다. "저희 쪽에는 도움이 될 리가 없습니다."

"어느 쪽에도 도움 되는 일이 아닙니다." 제이크가 말했다.

누스가 말했다. "재판에 나온 변호사가 이런 식으로 위협받는 걸 본 적이 한 번도 없소, 제이크. 재판 후에 코퍼 씨는 내가 따로 처리하겠소. 일단 진행합시다."

판사실에 있는 사람들 가운데 법정으로 돌아가 키이라의 증언을 듣고 싶은 사람은 아무도 없었다.

오마르 누스는 자기 고향에서 효과적이고 안전한 재판을 진행하려 했고, 보안관에게 장황하게 설명해 동원할 수 있는 정규직, 시간제 근무자, 예비역, 자원봉사자를 포함한 모든 보안관보를 법원 안팎에 배치하도록 설득했다. 얼이 폭발해 위협한 뒤 변호사들이 자리를 잡고 배심원들이 줄지어 다시 들어왔을 때 더 많은 인력이 법정에 배치되었다.

키이라가 휴지를 들고 증언석으로 돌아와 마음을 다잡았다.

연설대 앞에 선 제이크가 말했다. "자, 키이라 양, 스튜어트 코퍼가 임신한 아기의 아버지라고 증언했습니다. 그럼, 저는 증인과 그의 성적인 관계에 관해 질문을 이어갈 수밖에 없습니다. 괜찮겠죠?"

키이라는 입술을 깨물고 고개를 끄덕였다.

"스튜어트 코퍼가 몇 번이나 증인을 성폭행했습니까?"

다이어가 재빨리 일어나 이의를 제기했다. 그는 그냥 조용히 있는 편이 나았다. "이의 있습니다, 재판장님. '성폭행'이라는 단어에 이의를 제기합니다. 그 말이 주는 의미는—"

제이크는 미친 사람처럼 받아쳤다. 그는 다이어를 향해 돌아서서 한 걸음 나가면서 소리쳤다. "이런 세상에, 로웰! 그럼 그걸 뭐라고 부르란 말입니까? 증인은 열네 살이고 그는 서른셋이었어요."

"브리건스 씨." 누스가 말했다.

제이크는 판사를 무시하고 다이어에게 한 걸음 더 다가섰다. "그럼 '성폭행'보다 조금이라도 더 가벼운 '성적 공격'이나 '성희롱', '성적 학대'라고 쓰기를 바랍니까?"

"브리건스 씨."

"당신이 용어를 골라요, 로웰. 배심원단은 바보가 아닙니다. 무슨 일이 있었는지 뻔하잖아요."

"브리건스 씨."

제이크는 깊이 숨을 몰아쉬고 판사를 노려보았다. 마치 지방 검사와의 싸움이 끝나면 그에게 달려들기라도 할 것 같았다.

"이성을 잃고 있습니다, 브리건스 씨."

제이크는 아무 말도 하지 않고 노려보고만 있었다. 그사이 더 많이 젖은 셔츠 소매를 걷어 올린 모습이 마치 금방 주먹이라도 휘두를 것처럼 보였다.

"다이어 씨?"

다이어는 실제로 뒤로 한 걸음 물러서며 휘청거렸다. 그는 헛기침하더니 말했다. "재판장님, 저는 그저 '성폭행'이라는 단어에 이의를 제기합니다."

"이의는 기각합니다." 누스가 분명하고 큰 소리로 말했다. 다이어가 가능하면 자리에 앉아 있어야 한다는 데는 의심의 여지가 없었다. "진행하세요."

연설대로 물러서던 제이크는 12번 배심원 조이 케프너를 흘깃 보았다. 만족스러운 표정을 짓고 있었다.

"키아라 양, 스튜어트 코퍼가 몇 번이나 증인을 성폭행했나요?"

"다섯 번이요."

"자, 그럼 첫 번째 날로 돌아가 봅시다. 날짜를 기억하고 있나요?"

그녀는 주머니에서 작게 접은 종이쪽지를 꺼내 들여다보았다. 사실 그럴 필요는 없었다. 그녀와 제이크는 물론 조시, 포샤, 리비까지 워낙 많이 듣고 준비해서 상세한 내용을 속속들이 기억하고 있었기 때문이다.

"12월 23일 토요일이었어요."

제이크는 천천히 손을 들어 배심원단 쪽을 가리키며 말했다. "배심원들에게 그날 무슨 일이 있었는지 말해주세요."

"엄마는 일하러 갔고 오빠는 친구네 집에 갔어요. 저는 위층에 혼자 있었는데, 스튜어트가 집에 돌아왔어요. 저는 문을 잠갔어요. 전에 그 사람이 제 다리를 빤히 보는 걸 알았고 그 사람을 믿을 수 없었거든요. 그 사람이 싫었고, 그 사람도 저희를 싫어했어요. 그러니까 집 분위기가 아주 좋지 않았어요. 그 사람이 계단을 올라오는 소리가 나더니 문을 두드리고 손잡이를 흔들었어요. 왜 그러느냐고 물었더니 얘기를 좀 해야 한다고 했어요. 저는 얘기하기 싫다고 나중에 보자고 했어요. 그는 다시 방문 손잡이를 흔들면서 잠긴 문을 열라고 했어요. 자기 문이고 자기 집이니까 제가 시키는 대로 해야 한다면서요. 하지만 웬일인지 다른 때보다 상냥하게 굴었어요. 소리를 지르거나 욕도 하지 않았고, 엄마 얘기를 해야 한다고 엄마가 걱정스럽다고 했어요. 그래서 문을 열어주었고 그가 들어왔어요. 이미 옷을 벗은 상태였고 팬티만 입고 있었어요."

그녀의 목소리가 갈라졌고 눈에는 눈물이 차올랐다.

제이크는 참을성 있게 기다렸다. 이번 증언에서 서두를 사람은 아무도 없었다. 실컷 우는 모습은 늘 도움이 된다. 칼라, 리비 그리고 포샤는 여자 배심원들에게 집중했고, 그들의 모든 반응을 지켜보았다.

제이크가 말했다. "힘들다는 건 알아요. 하지만 이건 아주 중요합니다. 그다음에 어떻게 됐죠?"

"그는 제게 섹스를 해본 적 있느냐고 물었고, 저는 없다고 했어요."

다이어가 마지못해 일어서서 말했다. "이의 있습니다. 전해 들은 말입니다."

"기각합니다." 누스가 쏘아붙였다.

"그는 저와 섹스하고 싶다고 말했고, 제가 함께 즐거워했으면 좋겠다고 했어요. 저는 싫다고 했어요. 저는 겁에 질려 그에게서 달아나려고 했지만, 그는 아주 힘이 셌어요. 그는 저를 붙잡고 침대에 던졌고 티셔츠와 반바지를 찢은 다음 절 강간했어요." 키이라는 몸 전체가 흔들리더니 울음을 터뜨렸다. 그녀는 마이크를 밀어내고 양손으로 입을 막은 채 흐느껴 울었다.

잠시 후, 제이크가 그녀에게 물었다. "잠시 쉴까요?"

질문은 연습한 것이었고 대답도 준비되어 있었다. 재빨리 "아니오"라고 말하는 것. 그녀는 많은 일을 겪고도 살아남은 생존자였고 이 일도 견뎌낼 수 있었다.

"자, 키이라 양, 그가 끝낸 뒤에는 무슨 일이 일어났죠?"

"그는 일어나서 팬티를 입더니 제게 그만 울라고 했어요. 그리고 제가 그 사람 집에 사는 이상 늘 할 거니까 익숙해지는 것이 좋을 거라고 했어요."

다이어가 미처 완전히 일어서지도 않고 말했다. "이의 있습니다, 전해 들은 말입니다."

"기각합니다." 누스는 검사를 보지도 않고 말했다.

다시 앉으면서 다이어가 테이블에 던진 법률용 노트가 바닥으로 떨어졌다. 누스는 그런 모습도 무시했다.

제이크는 키이라에게 고개를 끄덕였고 그녀는 증언을 계속했다. "기분 좋았느냐고 물어서 아니라고 했어요. 저는 몸이 떨렸고 울면서 생각했어요. 바보 같으니, 내가 어떻게 기분이 좋았겠어?

하고 말이에요. 그가 나가려고 할 때 저는 여전히 시트를 덮은 채 침대에 있었는데, 그가 저에게 걸어오더니 뺨을 때렸어요. 아주 세게 때린 건 아니지만요. 그러더니 만일 누구한테든 얘기하면 저와 드루를 죽이겠다고 했어요."

"그다음엔 어떻게 됐죠?"

"그가 나가자마자 저는 욕실로 가서 목욕했어요. 더러워진 기분이었고 그의 냄새가 몸에 남아 있길 원하지 않았어요. 욕조에 오래 앉아 울음을 멈추려고 애썼어요. 죽고 싶었어요, 브리건스 씨. 태어나서 처음으로 자살을 생각했어요."

"어머니에게 말했나요?"

"아뇨."

"왜죠?"

"우리 모두 그랬듯이 그가 두려웠어요. 그리고 누구에게든 말하면 저를 해칠 걸 알고 있었어요. 그 짓이 계속되면서 저는 임신했을지도 모른다고 생각했어요. 아침이면 속이 안 좋고, 학교에서도 몸이 편치 않았어요. 그래서 엄마한테 말해야 한다는 걸 알았어요. 그런 생각을 하고 있을 때 스튜가 죽었어요."

"드루한테 얘기한 적 있나요?"

"아뇨."

"왜죠?"

그녀는 어깨를 으쓱한 뒤 말했다. "너무 두려웠어요. 그리고 오빠가 뭘 할 수 있겠어요? 저는 무서웠습니다, 브리건스 씨. 그리고 어떻게 해야 할지 알 수 없었어요."

"그래서 아무에게도 말하지 않았군요?"

"아무한테도요."

"두 번째 성폭행은 언제였나요?"

그녀는 적은 종이를 보더니 말했다. "일주일 뒤인 12월 30일이었어요. 처음처럼 집이었고 토요일에 다른 사람이 없을 때였어요. 그를 밀어내려 했지만, 그는 너무 힘이 셌어요. 절 때리진 않았지만 끝나고 나서 또 위협했어요."

크게 헐떡이는 소리가 비명처럼 들리더니 재닛 코퍼가 또 한 바탕 울음을 터뜨렸다. 누스가 그녀를 가리키며 경위에게 말했다. "저분 법정에서 내보내세요."

보안관보 두 명이 그녀를 문으로 데려갔다. 제이크는 소동을 지켜보다가 정리가 끝나자 다시 증인을 바라보았다. "키이라 양, 배심원들에게 세 번째 성폭행 얘기를 해주세요."

키이라는 벌어진 소동에 당황했고 뺨에 흐르는 눈물을 닦았다. 천천히 말해. 제이크는 그녀에게 수도 없이 말했다. 절대로 서둘 것 없어. 어차피 재판은 짧게 끝날 테고, 아무도 바쁜 사람은 없었다. 그녀는 마이크에 몸을 숙이고 말했다. "토요일마다 벌어지는 일을 막아야 한다고 생각했고, 드루에게 집에 함께 있어 달라고 부탁해서 그렇게 되었습니다. 스튜어트는 놀러 나갔어요. 2주가 그렇게 지났고 저는 그와 떨어져 있을 수 있었습니다. 그러다가 어느 날 오후 스튜어트가 학교에 절 데리러 왔어요." 그녀는 적은 노트를 내려다보았다. "1월 16일 화요일입니다. 저는 연극 준비에 참여하느라 늦게까지 학교에 남아 있어야 했습니다. 그가 나서서 절 데리러 오겠다고 했고 순찰차를 타고 왔어요. 집에 가다가 아이스크림 가게에 들렀습니다. 시간이 늦어지고 있었는데, 생각해 보면 그는 어두워질 때까지 시간을 끌고 있었던 것 같습니다. 그는 집으로 차를 몰다가 선한목자교회에서 멀지 않은 곳에서 옆길로 빠지더니 오래된 시골 상점 뒤쪽에 차를 세웠습니다. 상점은 오래전에 문을 닫은 곳이었어요. 밖은 아주 어두웠고 어디에도 불빛은 보이지 않았습니다. 그는 제게 뒷자리로 가라고 했어요. 어쩔 도리가 없었습니다. 저는 그러지 말라고 빌었고 소리를 지를까도 생각했지만 아무도 들을 사람이 없었습니다. 그는 한쪽 뒷문을 열어두었는데, 매우 추웠다는 기억이 납니다."

"그는 제복을 입고 있었나요?"

"네. 그는 권총을 빼내고 바지만 내렸습니다. 저는 치마를 입고 있었어요. 그는 치마를 제 목에 둘렀습니다. 집으로 돌아오는 길에 저는 울음을 멈출 수가 없었어요. 그랬더니 그는 총을 꺼내 제 옆구리를 찌르면서 울지 말라고, 한마디라도 하면 죽이겠다고 했습니다. 그러더니 웃으면서 제가 아무 일도 없던 것처럼 집에 걸어 들어가는 걸 보고 싶다고 했어요. 제가 얼마나 연기를 잘하는지 보고 싶다면서요. 저는 제 방으로 가서 문을 잠갔어요. 드루가 무슨 일인지 궁금해했습니다."

키이라의 증언이 아무리 주목받을 수 있고 끔찍하다고 해도 다섯 번이나 되는 성폭행을 자세히 말하게 해 증인과 배심원들을 괴롭히는 건 실수라는 사실을 제이크는 잘 알았다. 그들은 충분히 고통받았고, 그는 재판이 끝날 때까지 쏟아낼 탄약을 충분히 갖고 있었다. 그는 변호인 측 테이블로 가서 뭔가를 적은 종이와 그걸 받칠 법률용 노트를 가져온 다음 세 번째 줄에 앉은 칼라를 바라보았다. 완벽한 타이밍에 그녀가 집게손가락으로 목을 긋는 시늉을 했다. 빨간 매니큐어. 그만. 넘어가.

그는 연단으로 돌아와 계속했다. "키이라 양, 스튜어트가 죽던 날 밤, 증인은 드루 그리고 어머니와 함께 집에 있었죠?"

"네."

다이어가 일어나 말했다. "이의 있습니다, 재판장님. 대답을 유도하고 있습니다."

누스는 짜증스럽게 말했다. "그래요, 유도하고 있습니다, 다이어 씨. 어쨌든 기록에 남기도록 하겠습니다. 기각합니다. 계속 증언하세요, 갬블 양."

"저희는 집에서 평소처럼 기다리고 있었어요. 그가 놀러 나갔고, 늦게까지 돌아오지 않았고 상황은 훨씬 나빠졌습니다. 드루와 저는 엄마에게 누군가 다치기 전에 그 사람 집을 떠나자고 했어요. 그리고 저는 엄마에게 몸이 뭔가 이상한 것 같다고, 어쩌면 임신했을지도 모른다고 말하겠다고 마음먹었습니다. 하지만 저는 여전히 두려웠습니다. 그가 두려웠고 저희가 갈 곳이 없는 것도 두려웠습니다. 저희는 이러지도 저러지도 못했습니다. 만일 엄마가 강간 사실을 알았더라면, 엄마는, 글쎄요, 어떻게 했을지 저도 잘 모르겠습니다. 하지만 저는 여전히 그가 두려웠습니다. 그래서, 어쨌든 자정이 한참 지나고 자동차 불빛이 보였습니다. 드루와 저는 문을 막아둔 채 제 침대에서 웅크리고 있었습니다. 엄마는 주방에서 기다리고 있었는데, 그가 들어오는 소리가 나더니 두 사람이 싸우기 시작했습니다. 엄마가 맞는 소리가 났고 엄마가 소리치자 그는 욕설을 퍼부었습니다. 정말 끔찍했어요." 다시 눈물이 흘렀고, 증인이 마음을 가다듬느라 또 잠시 증언이 중단되었다.

그녀는 눈가를 닦고 마이크에 좀 더 가까이 다가앉았다.

"스튜어트가 위층으로 왔나요?" 제이크가 물었다.

"네. 갑자기 모든 소리가 사라졌고 그가 계단을 비틀거리고 넘어지며 올라오는 소리가 났어요. 술에 취한 것이 틀림없었습니다. 그는 계단에서 쿵쾅거리며 제 이름을 불렀는데, 마치 바보가 노래하는 것 같았어요. 그는 문고리를 잡고 흔들면서 문을 열라고 우리에게 소리 질렀어요. 우리는 무서웠습니다." 그녀의 목소리가 갈라졌고 또 울음이 나왔다.

그 순간 그녀와 드루가 느낀 공포를 법정에서도 뚜렷하게 알 수 있었다. 불쌍한 여자아이가 울고 얼굴을 닦으면서 그런 끔찍한 일들을 겪고도 강인해지려 애쓰는 모습을 보는 건 가슴 아픈 일이었다.

제이크가 물었다. "키이라 양, 잠시 쉬고 싶어요?"

그녀는 고개를 흔들었다. 아뇨. 얼른 끝내버리고 싶어요.

일단 스튜어트가 물러서서 아래층으로 내려가자 그녀와 드루는 어머니에게 뭔가 끔찍한 일이 벌어졌다는 걸 알았다. 그렇지 않았다면 그녀는 스튜어트가 계단으로 올라오지 못하도록 맞서 싸웠을 것이다. 그들이 어둠 속에서 웅크린 채 울며 기다리는 사이 시간이 흘렀다. 드루가 먼저 아래층으로 내려갔고 이어 키이라도 내려갔다. 그녀는 주방 바닥에 앉아 어머니가 정신을 차리게 하려고 애썼다. 드루는 911에 신고했다. 그는 집 안을 돌아다녔지만 키이라는 오빠가 뭘 하는지 알지 못했다. 그 순간 드루는 침실 문을 닫았고 그녀는 총소리를 들었다. 침실에서 나온 오빠에게 무슨 일이 있었느냐고 물었다. 드루는 말했다. "내가 그를 쐈어."

제이크는 주의 깊게 들으면서 가끔 노트를 내려다봤지만, 힐끔거리며 배심원들의 표정을 몰래 살폈다. 그들은 그를 보고 있지 않았다. 모든 눈은 증인에게 몰려 있었다. "자, 키이라 양, 계단을 내려왔을 때 어머니를 발견했다고 했는데, 그때도 여전히 스튜어트 때문에 두려웠나요?"

그녀는 입술을 깨물고 고개를 끄덕였다. "네. 우리는 그가 뭘 하는지 몰랐어요. 바닥에 쓰러진 엄마를 보고 우린 그가 우리도 죽일 거라고 생각했어요."

제이크는 깊게 숨을 들이마시고 그녀를 향해 웃으며 말했다. "감사합니다, 키이라 양. 재판장님, 변호인은 질문을 마칩니다." 그는 앉아서 칼라를 느슨하게 풀었다. 셔츠 나머지 부분과 마찬가지로 땀에 칼라도 젖어 있었다.

로웰 다이어가 불안해하며 연설대로 다가왔다. 그는 이렇게 약하고 상처받은 소녀를 공격할 수 없었다. 그녀는 배심원단의 전적인 동정심을 얻어냈고 검사가 어떤 말을 한다고 해도 그녀에게 유리하게 작용할 뿐이었다. 그는 재앙과도 같은 반대 신문을 시작했다. "갬블 양, 계속 뭔가 적은 걸 보면서 증언하시더군요. 메모에 관해 물어봐도 될까요?"

"물론입니다." 그녀는 다리 밑에 넣어두었던 접은 종이쪽지를 꺼냈다. "다섯 번의 강간에 관해 적은 쪽지입니다."

제이크는 새어 나오는 웃음을 참을 수가 없었다. 그는 덫을 놓았고 다이어는 아무 생각 없이 발을 넣었다.

"그러면 증인은 이 쪽지를 언제 작성했나요?"

"만든 지는 좀 되었습니다. 달력을 참고하고 날짜가 맞는지 확인했습니다."

"누가 그렇게 해달라고 했나요?"

"제이크요."

"제이크가 여기 증언석에 앉아 어떻게 말하라고 시켰습니까?"

그녀는 준비되어 있었다. "저희는 증언을 준비했습니다, 맞아요."

"변호사가 어떻게 증언하라고 가르쳐 주었나요?"

제이크는 일어나서 말했다. "이의 있습니다, 재판장님. 훌륭한 변호사라면 누구나 증인을 준비시킵니다. 대체 무슨 얘기를 하는 겁니까, 다이어 씨?"

"다이어 씨?"

"그냥 물어보는 겁니다, 재판장님. 반대 신문이고 저는 어느 정도의 재량권이 있습니다."

"관련성이 있어야 합니다, 재판장님." 제이크가 말했다.

"기각합니다. 계속하세요."

다이어가 물었다. "들고 계신 쪽지를 제가 좀 봐도 될까요, 갬블 양?"

증인이 적은 내용을 보면서 말하는 건 문제 될 것이 없었지만, 다이어는 키이라가 쪽지를 보며 대답하는 걸 봤을 때 무슨 내용인지 확인해야 한다고 생각했다. 하지만 잠시 후 그는 쪽지를 무시할 걸 그랬다며 후회하게 될 터였다.

그녀는 마치 검사에게 건넬 것처럼 쪽지를 들었고 검사가 말했다. "재판장님, 증인에게 다가가도 되겠습니까?"

"그러세요."

그는 접힌 종이를 건네받아 펼쳤다. 제이크는 잠시 종이에 적힌 내용이 뭘까 모두 궁금해하도록 기다렸다가 벌떡 일어섰다. "법원에 도움이 된다면 저희는 기꺼이 증인의 메모를 증거물로 제출하도록 하겠습니다. 배심원들이 볼 수 있도록 사본도 준비해 두었습니다." 그는 사본 여러 장을 흔들며 말했다.

키이라가 직접 정리해 손으로 쓴 메모는 리비의 아이디어였다. 그녀는 전에 미주리주에서의 성폭행 사건에서 같은 작전을 본 적이 있었다. 성폭행 피해자는 변호인의 지시에 따라 힘겨운 증언을 하는 동안 사용할 작은 메모를 준비했다. 공격적인 지방 검사가 메모를 보았고, 그건 그의 치명적 실수가 되었다.

키이라가 다섯 건의 성폭행에 관해 직접 쓴 글 내용은 증언보다 훨씬 더 노골적이었다. 그녀는 고통과 두려움, 그녀의 몸, 그의 몸, 공포, 피 그리고 점점 커지는 자살 욕구에 관해 썼다. 각 사건은 강간 1부터 5까지 번호가 매겨져 있었다.

다이어는 종이를 받아 들고 내용을 보는 순간 자기 실수를 깨달았다. 그는 재빨리 종이를 돌려주며 말했다. "감사합니다, 갬블 양."

여전히 일어서 있는 제이크가 말했다. "잠시만요, 판사님. 이 시점에 배심원들은 종이에 무엇이 적혀 있는지 볼 권리가 있습니다.

검찰 측은 종이 속 내용이 궁금하다고 했습니다."

다이어가 말했다. "검찰은 궁금해할 권리가 있습니다, 판사님. 이건 반대 신문입니다."

제이크가 말했다. "물론 그렇습니다. 재판장님, 다이어 씨가 종이에 적힌 내용을 보고 싶었던 이유는 뭔가를 찾아내 제가 이 증인이 어떻게 증언할지 지도했다는 사실을 증명하고자 함이었습니다. 그는 내용을 읽었을 때 우리를 잡았다고 생각했습니다. 자, 하지만 이제 검사는 물러서고 있습니다. 메모에 적힌 내용 때문입니다, 재판장님. 그리고 배심원들은 그 내용을 알아야 할 권리가 있습니다."

"나도 변호인 의견에 동의해야 할 것 같습니다, 다이어 씨. 검사께서 내용을 보고 싶다고 했어요. 그걸 배심원들에게 숨기는 건 공정하지 않은 것 같습니다."

"그렇지 않습니다, 재판장님." 다이어는 필사적으로 주장했지만, 이유를 댈 수가 없었다.

제이크는 자료 사본을 계속 흔들며 말했다. "저는 종이에 적힌 내용을 증거물로 제출합니다, 재판장님. 이 내용을 배심원들에게 숨기지 말아야 합니다."

"그만하세요, 브리건스 씨. 발언 순서를 기다려요."

네 번째 성폭행 뒤 키아라는 이렇게 썼다. "고통에는 익숙해지고 있다. 이틀이 지나면 괜찮아진다. 하지만 생리를 하지 않은 지 두 달이 지났고 아침에 가끔 어지럽다. 만일 임신한 걸 알면 그는 나를 죽일 것이다. 그리고 아마 엄마와 드루도 죽일 것이다. 내가 죽는 편이 났다. 면도칼로 손목을 그은 10대의 이야기를 읽었다. 그렇게 할 것이다. 면도칼은 어디서 구하지?"

크게 동요한 로웰 다이어는 머스그로브와 협의할 시간을 달라고 요청했다. 그들은 속삭이며 의논했지만 앞으로 어떻게 해야 할지 도무지 알 수 없다는 듯 두 사람 모두 고개를 옆으로 흔들었다. 그렇지만 다이어는 뭔가 해야만 했다. 그래서 동정심을 자아낸 증인의 신뢰성을 떨어뜨리고 엉망이 되어버린 반대 신문을 살려내고 어떻게든 재판에서 이겨야 했다. 그는 마치 두 사람 가운데 누군가 좋은 생각을 해내기라도 한 것처럼 머스그로브를 향해 간신히 고개를 끄덕여 보였다. 그는 연설대로 다가서서 증인에게 다시 한번 바보 같은 미소를 지었다.

"자, 갬블 양. 증인은 코퍼 씨에게 여러 번 성적인 폭행을 당했다고 말하고 있습니다."

"아뇨. 저는 제가 스튜어트 코퍼에게 강간당했다고 말했어요." 그녀는 차갑게 말했다. 이것 역시 리비와 포샤가 미리 준비해 둔 답변이었다.

"하지만 아무에게도 말한 적이 없죠?"

"없습니다. 털어놓을 사람이 없었어요."

"여러 번 끔찍한 공격을 견뎌내면서도 도움을 구한 적이 한 번도 없죠?"

"누구 도움이요?"

"사법 당국이죠. 경찰은 어떻습니까?"

제이크는 질문을 듣고 심장이 얼어붙었다. 그는 그 질문에 깜짝 놀랐지만, 증인과 마찬가지로 준비되어 있었다. 완벽한 타이밍과 발음으로 키이라가 다이어를 보면서 말했다. "검사님, 저는 경찰에게 강간당했습니다."

다이어는 입을 떡 벌리며 양쪽 어깨를 아래로 늘어뜨리더니 뭔가 재빨리 반박할 말을 찾았다. 아무 말도 생각나지 않았고, 말라붙은 혀 위로 아무 말도 실리지 않은 따뜻한 공기만 밀려 나왔다. 또 뻔한 볼을 던져 관중석 상단으로 날아갈 홈런을 맞게 되었다는 생각에 갑자기 굴욕감을 느꼈다. 그래서 그는 그냥 웃으며 마치 그녀가 진정으로 그에게 도움을 주기라도 한 것처럼 감사 인사를 했고, 세상의 어떤 검사보다도 더 빨리 안전한 자기 의자로 서둘러 물러났다.

누스가 말했다. "거의 정오가 되었군요. 점심을 좀 오래 먹으면서 에어컨이 따라잡을 시간을 좀 주도록 합시다. 제 생각에는 법정이 이미 조금 시원해진 것 같습니다. 배심원님들, 모두 집에 돌아가셔서 식사하시고 2시 정각에 재판을 이어가도록 하겠습니다. 늘 얘기하는 조치는 여전히 적용됩니다. 이 사건에 관해 그 누구하고도 의논하지 마세요. 재판은 휴정 중입니다."

# 47

조시는 월요일에 찾아둔, 작고 그늘진 법원 뒤 자갈밭 주차장에 차를 세워두었다. 그녀와 키이라가 거의 차에 도착했을 때 총을 가진 사내 한 명이 다가왔다. 가슴이 두꺼운 체형의 사내는 반소매 셔츠에 넥타이를 매고 카우보이 부츠를 신고 허리에는 검은 권총을 차고 있었다. "조시 갬블 맞죠?" 그가 물었다. 그녀는 전에도 그런 사람을 본 적이 있었다. 시골 마을 형사나 사립 탐정 같았다.

"네. 누구시죠?"

"제 이름은 쿠스먼입니다. 여기 받으실 서류가 있습니다." 그는 접힌 서류가 든 A4 용지보다 좀 큰 봉투를 내밀었다.

"뭐죠?" 그녀는 머뭇거리며 봉투를 받아 들고 물었다.

"소송 서류가 잔뜩 들었어요. 미안합니다." 그는 돌아서서 가버렸다. 사내는 소장을 전달하는 사람에 불과했다.

그들이 마침내 그녀를 찾아낸 것이다. 병원과 의사들, 그리고 그들이 고용한 수금원과 변호사들. 돈을 내지 않은 청구서 때문에 네 건의 소송이 제기되었다. 클랜턴의 병원에 6,340달러, 투펄로 병원에 9,120달러, 클랜턴의 여러 의사에게 1,315달러, 또 그녀의 턱을 수술한 투펄로 외과의사에게 2,100달러를 내지 못했다. 총 18,875달러에 추가로 이자와 미정인 변호사 수임료까지 해결해야 했다. 네 건 소송 모두를 홀리 스프링스의 한 채권 수금 전문 변호사가 맡고 있었다.

차 내부는 사우나 같았고 에어컨은 작동하지 않았다. 두 사람은 창문을 내리고 출발했다. 조시는 소장을 도랑에 집어 던지고 싶었다. 걱정해야 할 더 중요한 문제들이 있었고, 교활한 채무 수금 변호사가 그녀를 어떻게 추적했는지 생각해 낼 겨를도 없었다.

"나, 잘했어요, 엄마?" 키이라가 물었다.

"정말 훌륭했어, 우리 아기. 최고로 잘했어."

모리스 핀리의 꽤 시원한 회의실에 모인 변호팀도 증언이 훌륭했다는 판단이었다. 다행스럽게도 핀리의 비서는 에어컨 설정 온도를 최대한 낮게 해두었다. 그들은 재빨리 점심을 먹으며 키이라의 훌륭했던 증언 그리고 검찰의 몰락을 음미했다. 아직 승리는 멀었지만, 키이라는 배심원단의 어마어마한 동정심을 끌어냈다. 하지만 문제는 분명했다. 피고인은 키이라가 아니었다.

포샤는 열한 명의 증인들 이름과 그들이 할 증언이 간략하게 적힌 메모를 나누어주었다. 첫 번째는 서맨사 페이스로 스튜어트 코퍼 전처였다. 그녀는 현재 투펄로에 살았고, 마지못해 전남편에 대해 증언하겠다고 동의했다.

"이 여자는 뭐 하러 불러?" 해리 렉스가 감자튀김을 입에 가득 넣고 물었다.

"코퍼가 때렸다는 얘기를 들으려고요." 제이크가 말했다. "나도 꼭 부르겠다는 건 아니고, 그냥 우리가 모든 걸 다루고 있는지 확인하는 거예요. 이 증인 목록이 우리가 재판 시작 전에 제출한 증인 명단이에요. 솔직히 다음에 누굴 불러야 할지 모르겠어요."

"나라면 이 여자는 잊겠어."

"동의해요." 리비가 말했다. "이 여자 예측 불가능일 수도 있어요. 게다가 우린 벌써 학대를 증명했잖아요."

루시엔이 고개를 흔들었다.

"그다음엔 오지와 보안관보 세 명이야. 퍼틀, 맥카버 그리고 스웨이지는 911 신고를 받고 집에 출동했던 얘기를 증언할 거야. 그들은 맞은 여자를 봤는데, 여자는 고소를 거부했어. 그들이 보고서를 작성했는데, 오지는 서류를 못 찾겠다고 했지. 누군가, 아마도 코퍼일 텐데, 사건 보고서를 슬쩍 빼돌려서 자기 잘못을 감춘 걸 테지."

"포샤?"

"모르겠어요, 제이크. 이미 확실해진 건데 지금 상황에서 경찰을 믿을 수 없을 것 같아요. 그들은 뭔가 우리가 예측하지 못한 말을 꺼낼 수도 있어요."

"완벽한 직감이군." 루시엔이 말했다. "불러내지 마. 증언석에서 그들을 믿을 수 없으니까."

"칼라?"

"나? 난 그냥 학교 선생님이야."

"그럼 당신이 배심원이라고 생각해. 증언을 전부 들었잖아."

"당신은 이미 가정폭력이 있었다는 걸 증명했어, 제이크. 그걸 왜 다시 해야 해? 내 말은, 배심원들이 봐야 했던 건 조시의 얼굴 사진뿐이야. 사진은 수천 마디 말보다 더 가치가 있어. 그냥 둬."

제이크는 그녀에게 웃어 보인 뒤 해리 렉스를 보았다. "어때요?"

"바로 지금 이 친구들은 다이어와 만나고 있어. 다이어는 사건을 날리지 않을 방법을 찾느라 필사적이라고. 난 이 친구들 믿지 않아. 필요하지 않으면 불러내지 마."

"루시엔?"

"이봐, 제이크. 지금 자네는 재판에서 이길 가능성이 어느 때보다 커. 그 확률을 높일 수 있는 증인은 이 명단에 없어. 오히려 모두가 손해를 입힐 수 있지."

"그럼 이걸로 증언을 마무리할까요?"

루시엔은 천천히 고개를 끄덕였고 모두가 그 의미를 받아들였다. 증인 두 명을 불러낸 뒤 증언을 마무리한다는 전략은 논의된 적은 물론 생각해 본 일조차 없었다. 두려운 계획이었다. 변호인 측은 점수를 많이 냈지만, 점수를 더 많이 보태야 했다. 신청한 증인을 불러내지도 않고 마무리하는 건 후퇴처럼 보일 수도 있다.

제이크는 메모를 보고 말했다. "도그 히크먼부터 그다음 네 사람은 코퍼의 술친구로 코퍼가 마지막으로 벌인 술잔치의 지저분한 내용을 상세히 밝힐 겁니다. 그들은 모두 소환장을 받고 법원에

와 있고, 직장에 가지 못해 화가 나 있어요. 리비?"

"그들이 나오면 분명히 웃기면서 긴장이 풀릴 거예요. 하지만 우리가 진짜로 그들이 필요할까요? 마제스키 박사의 증언이 더 강력해요. 혈중알코올농도 0.36은 배심원들 머리에 각인되었고, 그들은 절대 그걸 잊지 못할 거예요."

"해리 렉스?"

"동감이야. 이런 광대 녀석들은 나와서 무슨 말을 할지 알 수 없어. 자네가 요약해 둔 내용 읽었어. 그 친구들은 상당히 멍청한 짓을 했고, 지금도 혹시 엮일 수 있다고 걱정해. 게다가 그들은 언제든 친구였던 사람을 위해 동정적인 말을 할 수 있어. 나라면 안 불러."

제이크는 심호흡하고 증인 명단을 보았다. "우리 탄약이 부족한데." 그는 속삭이듯 말했다.

"추가 탄약이 필요 없다니까." 루시엔이 말했다.

"크리스티나 루커 박사. 사건이 벌어지고 나흘 뒤에 드루를 검사했어. 보고서는 모두 읽으셨죠. 그녀는 드루의 트라우마와 그가 감정적, 정신적으로 어떻게 망가졌는지 증언할 준비가 되어 있어요. 내가 오래 같이 얘기해 봤는데 인상적인 증언을 해낼 수 있을 겁니다. 리비?"

"모르겠어요. 이 사람은 어떻게 해야 할지."

"루시엔?"

"아주 큰 문제가—"

제이크가 끼어들었다. "문제는 이거죠. 드루의 정신적 문제를 끌어들이면 다이어는 휫필드에서 정신과 의사들을 잔뜩 끌고 와서 무슨 내용이든 논박하고 드루가 완전히 멀쩡하다고 선언하겠죠. 현재와 3월 25일 모두 말입니다. 다이어는 그럴 사람을 증인 명단에 세 명 넣어 두었고, 우리가 그들을 조사해서 예전에 했던 증언을 찾아냈습니다. 그들은 늘 검찰 측 의견에 보조를 맞췄어요. 젠장, 어차피 주 정부에서 일하는 사람들이니."

루시엔이 웃으며 말했다. "바로 그거야. 그 싸움에선 이길 수 없어. 그러니 시작도 하지 마."

"다른 의견 없나요?" 제이크는 회의실을 둘러보며 변호팀에 속한 모든 사람과 눈길을 맞췄다. "칼라, 당신은 배심원이야."

"아, 내가 선입견이 좀 있는 배심원이라서 말이야."

"하지만 지금이라면 열두 명 가운데 몇 명이나 드루를 유죄라고 할까?"

"몇 명 있겠지. 하지만 전부는 아닐 거야."

"포샤?"

"동감이에요."

"리비?"

"제가 판결 예측에 별로 신통치는 않지만, 유죄가 될 것 같지는 않아요. 그렇다고 무죄도 아니지만."

"루시엔?"

그는 물을 한 모금 마시고 일어나서 등을 쭉 폈다. 그가 방 끝으로 걸어가는 동안 모두 그를 보며 기다렸다. 그는 돌아서서 말했다. "키이라의 증언은 내가 법정에서 지금까지 봤던 가장 극적인 장면이었어. 심지어 자네가 헤일리 재판에서 했던 최후 변론을 능가했네. 이제 만일 증인을 더 부르면 다이어도 그걸 반박하려고 추가로 증인을 부를 거야. 시간이 흐르고 기억은 흐려지기 시작하고 드라마도 어느 정도 퇴색되겠지. 자네는 배심원들이 오늘 밤 집에 가서 어리고 임신한 키이라를 떠올리길 원할 거야. 밀주나 마셔대는 멍청이들이나 화려한 언사를 자랑하는 멋쟁이 정신과 의사들이나 죽은 동료를 감싸려 애쓰는 경찰관들이 아니라. 자넨 다이어를 패배 직전까지 몰고 갔어, 제이크. 실수해서 그를 풀어주지 마."

사람들이 그의 말을 곱씹는 동안 실내는 조용했다. 잠시 후 제이크가 물었다. "다른 의견 있나요?"

서로 눈길을 주고받으며 살펴봤지만, 아무도 발언하지 않았다.

제이크가 마침내 말했다. "만일 우리가 증언을 종료하면 검찰은 끝이에요. 반박할 내용이 없으니까요. 다이어는 깜짝 놀랄 겁니다. 우린 즉시 배심원 평결 지침을 달라고 요청할 겁니다. 우린 준비가 되어 있지만, 그는 그렇지 않을 겁니다. 그리고 우린 최후 변론을 합니다. 마찬가지로 그는 최후 변론 준비가 그리 잘 되어 있지 않을 겁니다. 증언을 빨리 마치면 이것도 매복 공격이 될 수 있어요."

"아주 마음에 들어!" 해리 렉스가 말했다.

"하지만 그래도 공정한가?" 칼라가 물었다.

"이렇게 된 바에야 뭐든 공정하지." 해리 렉스가 웃으며 말했다.

"그래, 여보, 이건 공정해. 양측은 상대방에게 경고 없이 증언을 마무리할 수 있어."

루시엔이 자리에 앉았고, 제이크는 그를 한참 바라보았다. 다른 사람들은 남은 감자튀김을 먹고 차를 마시면서 다음엔 뭘 생각해야 할지 궁금해했다. 마침내 제이크가 물었다. "그럼 드루는? 드루를 증언대에 올려요?"

"절대 안 돼." 해리 렉스가 말했다.

"우린 함께 많이 얘기했어요, 해리 렉스. 드루는 해낼 수 있어요."

"다이어는 유죄인 피고인이니까 산 채로 잡아먹으려 할 거야, 제이크. 걔가 빌어먹을 방아쇠를 당겼잖아."

"그걸 부인하지는 않을 거예요. 하지만 여동생처럼 걔도 다이어를 놀라게 할 내용을 준비해 두고 있어요. 내 말은 '전 경찰에게 강간당했어요'라는 말조차 잊어버릴 수 있을지도 모른다고요. 루시엔?"

"나도 피고인을 증언대에는 거의 세우지 않지만, 이 아이는 아주 어리고 해를 끼칠 수 없는 사람처럼 보여. 자네가 결정해, 제이크. 난 걔랑 같이 얘기를 해보지 않았으니까."

칼라가 말했다. "글쎄, 나도 드루를 많이 봤는데, 준비됐다고 믿어. 드루는 강력한 이야기를 할 수 있어. 그냥 힘든 삶을 거쳐온 사내아이잖아. 내 생각엔 배심원 대부분이 조금이라도 자비를 보일 거로 생각해."

"동감이에요." 리비가 부드럽게 말했다.

그 말을 끝으로 제이크가 손목시계를 보더니 말했다. "시간은 많아요. 모두 좀 쉬세요. 칼라와 나는 드라이브를 하면서 따로 얘기 좀 해야겠어요. 회의는 마칩시다."

오지가 법원으로 돌아올 코퍼 가족을 기다리고 있는데 누스 판사가 경위를 보내 소식을 전했다. 모여서 얘기하자는 제안이었다. 1시 45분, 텅 비고 꽤 시원해진 법정에 들어섰을 때 얼, 재닛, 배리 그리고 세실은 판사가 가운도 입지 않은 채 판사석이 아니라 배심원석에 놓인 편안한 의자에 앉아 몸을 흔들고 있는 모습을 발견했다. 경위 한 명이 그 옆을 지키고 서 있었다. 오지는 칸막이를 지나 사람들을 앞쪽으로 안내했고 그들은 판사 앞에 멈춰 섰다.

얼은 화가 난 것 같았고, 거의 싸울 것처럼 굴었다. 재닛은 싸움을 포기한 사람처럼 완전히 패배한 얼굴이었다.

"당신은 내 법정에서 소란을 피웠어요." 누스가 단호히 말했다. "그건 용납할 수 없습니다."

"저, 판사님. 우린 그저 빌어먹을 거짓말에 지쳤을 뿐입니다." 얼이 싸울 준비라도 한 것처럼 말했다.

누스는 구부러진 손가락으로 그를 가리키며 말했다. "언행을 조심하세요, 선생. 지금 난 변호사들이나 증인은 신경 쓰지 않아요. 내가 신경 쓰는 건 당신 행동입니다. 당신은 소란을 일으켰고, 법정에서 쫓겨났고 내 법정에서 일하는 변호사를 위협했소. 지금 당장이라도 법정 모독으로 구금하고 교도소에 보낼 수도 있어요. 그걸 아시겠습니까?"

얼은 모르고 있었다. 그는 어깨가 축 처졌고 태도가 달라졌다. 그는 판사에게 말하고 싶은 것이 몇 가지 있어서 이 작은 모임 제안에 동의했다. 자신이 감옥에 간다는 건 생각조차 하지 못했다.

판사가 말을 이었다. "자, 이렇게 물어보겠습니다. 나머지 재판을 보길 원합니까?"

네 명 모두 고개를 끄덕였다. 재닛은 다시 뺨의 눈물을 닦았다.

"좋아요. 검사 측 방청석 앞에서 세 번째 줄을 당신들에게 주겠습니다. 코퍼 씨, 당신은 통로 쪽에 앉으세요. 만일 한 번이라도 소리가 나거나 어떤 식으로든 재판 진행을 방해하면 다시 바로 내보내겠습니다. 그리고 그냥 넘어갈 수 없을 겁니다. 알겠어요?"

"알겠습니다." 얼이 말했다.

"그러죠." 배리가 투덜대는 투로 말했다.

재닛은 눈가를 닦았다.

"좋습니다. 우리 서로 합의가 된 겁니다." 누스는 앞으로 몸을 숙이며 긴장을 풀었다. "제가 이런 말씀을 드리겠습니다. 아드님 일은 저도 매우 안타깝게 생각합니다. 뉴스를 들었을 때 여러분을 위해 기도했습니다. 자식들을 먼저 보내는 일은 없어야죠. 저도 클랜턴 법원에서 언젠가 아드님을 잠깐 만난 적이 있습니다. 친분이 있지는 않지만 내가 보기에 훌륭하고 젊은 경관이었습니다. 이번 재판을 진행하면서 여러분이 저기 앉아 아드님에 관한 끔찍한 이야기를 듣는 모습에 동정심이 느껴졌습니다. 참담하실 거 압니다. 하지만 우린 사실이나 증언을 바꿀 수 없습니다. 재판은 때로 엉망이 되고 추해지기도 합니다. 그 점은 유감스럽게 생각합니다."

그들은 대꾸할 준비가 되어 있지 않았다. 그렇다고 그냥 "감사합니다"라고 말할 수 있는 종류의 사람들도 아니었다.

제이크와 칼라가 법원 본청의 뒷문으로 들어가는데 듀머스 리가 어디선가 튀어나와 말했다. "안녕하십니까, 제이크. 질문 하나

해도 될까요?"

"안녕하세요, 듀머스." 제이크가 정중하게 말했다. 그들은 10년 동안 알고 지낸 사이였고, 듀머스는 그저 맡은 일을 하고 있을 뿐이었다. "미안해요, 듀머스. 하지만 말할 수 없어요. 누스 판사가 변호사들에게 입 다물고 있으라고 했거든요."

"보도 금지령인가요?"

"아뇨, 입 닥치라는 명령이었죠. 판사실에서 직접 내린."

"피고인이 증언할 건가요?"

"노코멘트. 자, 그럼."

그날 아침 주간 〈타임스〉는 재판 이야기를 제외한 카운티 소식은 전부 무시했다. 1면 전체는 사진으로 덮였다. 법원에 들어가는 제이크, 마찬가지 모습의 다이어, 정장 상의를 입고 넥타이를 매고 손과 발이 묶인 채 순찰차에서 내리는 피고인의 모습까지. 듀머스는 두 개의 긴 기사를 썼는데, 하나는 혐의를 받는 범죄 사실과 모든 관련자에 관해서였고, 다른 하나는 배심원 선정에 관한 기사였다. 이웃 카운티 사람들이 부끄럽게도 편집장은 낡은 법원의 보기 안 좋은 사진도 함께 실었다. 사진 아래에는 "지난 세기에 지어 개보수가 필요한 상황"이라는 설명이 붙었다.

"나중에요, 듀머스." 제이크는 칼라를 데리고 복도로 들어서며 말했다.

방송사 중계차들은 사라지고 없었다. 투펄로의 신문은 화요일 1면에 짧은 기사로 실었다. 잭슨의 신문은 같은 내용의 기사를 3면에 실었다. 멤피스에서는 관심이 없었다.

# 48

 2시 5분 재판이 다시 열렸을 때, 법정은 온도가 최소한 10도는 내려가고 습도도 많이 떨어져 있었다. 누스 판사는 다시 변호사들에게 재킷을 벗어도 좋다고 말했지만, 두 사람 모두 벗지 않았다. 판사는 제이크를 보며 말했다. "다음 증인을 부르세요."
 제이크가 일어나서 말했다. "재판장님, 변호인은 드루 갬블 씨를 증인으로 신청합니다." 예상하지 못했던 움직임에 방청객들이 웅성거렸다. 로웰 다이어는 제이크를 조심스럽게 바라보았다.
 드루는 일어서서 법원 속기사를 향해 걸어가 선서하고 증인석 의자에 앉았다. 그는 전혀 달리 보이는 주변 모습에 깜짝 놀랐다. 제이크는 이미 그에게 경고했다. 모든 어른이 그를 뚫어져라 보는 상황이 처음엔 충격일 거라고 했다. 제이크가 써준 교본에는 이렇게 쓰여 있었다. "날 봐, 드루. 언제나 내 눈을 보고 있어야 해. 배심원들을 보지 마. 어머니나 여동생도 보면 안 돼. 다른 변호사들도 보지 말고, 방청석에 있는 사람들도 보지 마. 모든 사람이 널 보고 있을 테지만, 무시해. 내 눈을 봐. 웃지 말고 찡그리지도 마. 너무 크게 얘기해도 안 되고 너무 작게 말해도 안 돼. 처음에는 쉬운 질문을 해서 널 편안하게 해줄 거야. 지금까지 '네, 그렇습니다' 또는 '아뇨, 그렇지 않습니다'라는 식으로 말하지 않았을 거야. 하지만 증언석에 있을 때는 '반드시 대답할 때마다 그렇게 해야 해.' 지금부터 나와 간수들에게 그런 식으로 대답하는 걸 연습해."

그의 감방에서 밤늦은 시간에 제이크는 그에게 어떻게 앉는지, 손을 어떻게 얌전히 두는지, 어떻게 마이크와 20센티미터 정도 거리를 유지하는지, 혼란스러운 질문에 어떻게 인상을 찌푸리는지, 판사가 말하면 어떻게 하는지, 변호사들끼리 언쟁이 벌어지면 어떻게 뒤로 물러나 앉는지, 어떻게 "죄송하지만, 잘 이해하지 못했습니다"라고 말하는지 보여주었다. 그들은 몇 시간씩 연습했다.

쉬운 질문들에 대답하면서 실제로 긴장이 풀리기도 했지만, 드루는 이상하게 처음부터 마음이 편안했다. 하루 반이 지나는 동안 변호사들 사이에 앉아 증인들이 차례로 등장하는 모습을 보았다. 제이크가 지시한 대로 그는 증인들을 주의 깊게 봐두었다. 일부는 훌륭했고 일부는 그렇지 않았다. 키아라는 보기에는 겁에 질린 것 같았지만, 그녀의 두려움은 배심원들에게도 전달되었다.

그는 그곳에 앉아 있는 것만으로도 증언에 관해 많은 것을 배웠다.

아뇨, 저는 친아버지가 누구인지 할아버지가 누구인지 알지 못합니다. 그는 삼촌이나 사촌도 아는 사람이 전혀 없었다.

제이크가 물었다. "자, 드루. 경찰에 몇 번 체포당했나요?"

이상한 질문이었다. 소년 재판 기록은 공개 불가였다. 검찰 측에서도 그런 내용은 언급할 수 없었다. 하지만 조시와 마찬가지로 제이크는 투명하게 공개하길 원했고, 특히 그렇게 해서 변호에 도움이 된다면 더욱 그랬다.

"두 번이요."

"처음 체포되었을 때 몇 살이었나요?"

"열두 살이었습니다."

"무슨 일이었죠?"

"그게, 저랑 대니 로스라는 친구가 자전거 두 대를 훔쳤다가 잡혔습니다."

"왜 자전거를 훔쳤죠?"

"자전거가 없어서요."

"좋습니다, 잡힌 뒤에 어떻게 됐나요?"

"저희는 법원에 갔고 판사님이 유죄라고 했어요. 그게 맞았죠. 그래서 4개월 동안 소년원에 들어갔습니다."

"소년원이 어디 있었나요?"

"아칸소주였습니다."

"그때 어디 살고 있었죠?"

"저, 그게, 그때 저희는 그러니까 차에서 살았습니다."

"어머니, 여동생과 함께요?"

"네, 그렇습니다." 제이크는 재빨리 고개를 끄덕이며 계속하라는 신호를 보냈다. 드루가 말했다. "엄마는 제가 소년원에 들어가는 걸 반대하지 않았어요. 거기 가면 그래도 뭔가 먹을 수 있으니까요."

다이어가 일어나서 말했다. "이의 있습니다, 재판장님. 연관성이 없습니다. 이 재판은 자전거 절도가 아니라 1급 살인에 관한 것입니다."

"인정합니다. 자, 얼른 넘어가세요, 브리건스 씨."

"네, 재판장님." 그러나 다이어는 기록에서 답변을 삭제해달라고 요청하지 않았다. 배심원들은 아이들이 집도 없이 배고프게 살았다는 걸 들었다.

제이크가 물었다. "그럼 두 번째 체포는 무슨 일이었나요?"

"열세 살 때 마리화나를 갖고 있다가 잡혔습니다."

"그걸 팔려고 했나요?"

"아닙니다, 많은 양이 아니었어요."

"그래서 어떻게 됐나요?"

"또 같은 곳에 가서 석 달 살았습니다."

"지금 마약을 복용합니까?"

"아닙니다."

"술을 마십니까?"

"아닙니다."

"지난 3년 사이에 법률을 어겨 문제를 일으킨 적이 있나요?"

"이번 일 말고는 없습니다."

"좋아요, 그럼 이번 일을 얘기해 봅시다." 제이크는 연설대 앞에서 걸어 나와 배심원들을 보았다. 제이크가 그렇게 할 때는 드루도 슬쩍 배심원단을 봐도 괜찮았다. 그 순간 배심원들은 제이크를 보고 있었다.

"스튜어트 코퍼를 언제 처음 만났나요?"

"이사 들어가던 날이었습니다. 언제였는지 기억나지 않습니다."

"처음에 스튜어트가 증인을 어떻게 대했나요?"

"저, 환영하지 않는 느낌은 분명했습니다. 그 사람 집이었고, 규칙이 아주 많았는데 어떤 규칙은 갑자기 생겼습니다. 집안일을 많이 시켰습니다. 우리에게 전혀 친절하지 않았고, 그 사람이 우리가 들어오길 원하지 않는다는 걸 바로 알 수 있었습니다. 그래서 저랑 키이라는 그를 피했습니다. 그 사람이 뭘 먹을 때 우리가 테이블에 있는 걸 싫어해서 먹을 걸 가지고 위층이나 밖으로 갔습니다."

"어머니는 어디서 식사했나요?"

"그 사람과 같이요. 그렇지만 두 사람은 시작부터 자주 다투었습니다. 엄마는 우리가 진짜 가족이 되고 뭐든 함께하길 원했습니다. 저녁을 먹고 교회에 가고 그런 거요. 하지만 스튜는 우릴 견디지 못했습니다. 우릴 원하지 않았습니다. 저희를 원했던 사람은 없었습니다."

흠잡을 데 없군, 제이크는 생각했고 다이어도 이의를 제기하지 않았다. 다이어는 달려들어 유도하는 질문을 막고 싶었지만, 지금은 배심원들이 넋을 빼앗긴 상태였고 방해하면 화를 낼 것 같았다.

"스튜어트 코퍼가 육체적으로 학대했나요?"

말을 멈춘 드루는 혼란스러워하는 것처럼 보였다. "'육체적으로 학대'라는 말이 무슨 뜻인가요?"

"증인을 때렸나요?"

"아, 네. 몇 번 뺨을 맞았습니다."

"처음 뺨 맞은 일을 기억합니까?"

"네, 그렇습니다."

"무슨 일이었나요?"

"스튜가 낚시를 가겠냐고 물어봤습니다. 사실은 가고 싶지 않았습니다. 저는 그를 싫어했고 그도 저를 싫어했으니까요. 하지만 엄마는 그를 졸라 진짜 아빠처럼 공 던지기나 낚시처럼 뭐든 재미있는 걸 같이 해주라고 잔소리했습니다. 그래서 그의 보트를 가지고 함께 호수에 갔습니다. 그는 맥주를 마시기 시작했는데, 그건 늘 좋지 않은 징조였습니다. 호수 한가운데 있었는데, 큰 물고기가 제 낚싯대의 미끼를 물더니 당겼습니다. 제가 너무 놀라 재빨리 낚싯대를 잡지 못했는데, 그래서 낚싯대와 릴이 물속으로 사라져 버렸습니다. 스튜가 미친 것처럼 화를 냈습니다. 개처럼 날뛰며 욕하고 제 얼굴을 세게 두 번 때렸습니다. 정신이 완전히 나가서 욕하고 소리 지르더니 낚싯대가 100달러도 넘는데 제가 갚아야 한다고 했습니다. 저를 보트에서 물에 던져버릴지도 모른다고 생각했습니다. 그는 너무 화가 나서 엔진에 시동을 걸고 선창으로 돌아와 배를 꺼내 집으로 돌아왔습니다. 그는 여전히 욕을 하고 있었습니다. 그는 성질이 끔찍했고, 술을 마실 때면 특히 더 그랬습니다."

다이어가 결국 일어서서 말했다. "재판장님, 이의 있습니다. 유도 질문이고 연관성이 없습니다. 지금 무슨 일이 벌어지는 건지 모르겠습니다, 재판장님. 증인은 직접 신문에서 아무 얘기나 장황하게 하고 있습니다."

누스는 돋보기안경을 벗더니 잠시 다리 끝을 입에 넣어 물고 있었다. "동감입니다, 다이어 씨. 하지만 결국 이 사건 얘기가 나올 테니 증인이 증언을 계속하도록 합시다."

제이크가 말했다. "감사합니다, 재판장님. 자, 드루, 호수에서 집으로 돌아오는 길에 차에서 무슨 일이 있었나요?"

"집에 가까워지자 그는 저를 자꾸 보다가 자기가 때린 왼쪽 눈이 부어오른 걸 알았습니다. 그는 엄마에게 말하지 말라고 했습니다. 배를 차에 싣다가 미끄러져 넘어졌다고 말하라고 했습니다."

다이어가 일어나 말했다. "이의 있습니다, 재판장님. 전문증거입니다."

"기각합니다, 계속하세요."

제이크는 드루에게 판사가 "계속하세요"라고 말하면 바로 말을 이어가라고 미리 일러두었다. 변호사 지시를 기다리지 마라. 이야기를 끝내라.

드루가 말했다. "그런 다음 저를 죽이겠다고 위협했습니다."

"위협을 받은 것은 처음이었나요?"

"네, 그렇습니다. 혹시라도 엄마에게 말하면 저와 키이라를 죽이겠다고 했습니다."

"그는 키이라를 육체적으로 학대했습니까?"

"이제 모두 아는 사실 같은데요."

"좋아요, 드루. 그가 죽기 전에 성적으로 여동생을 공격하고 있었다는 걸 알았나요?"

"아뇨, 몰랐습니다. 동생이 말하지 않았어요."

제이크는 말을 멈추고 법률용 노트에 쓴 뭔가를 확인했다. 법정은 에어컨 소리를 제외하고는 조용했다. 구름이 밀려와 해를 가리면서 온도는 낮아지고 있었다.

제이크는 연단 옆에 서서 물었다. "드루, 증인과 키이라는 스튜어트 코퍼가 두려웠습니까?"

"네, 그렇습니다."

"왜죠?"

"성질이 고약하고 거친 남자에다 주정뱅이고 총이 많은 데다 보안관보여서 살인을 포함해 무슨 짓을 저질러도 상관없다고 자랑하기를 좋아했습니다. 그러다가 엄마를 때리기 시작했고, 상황이 아주 나빠져서……." 드루는 목소리가 작아지더니 고개를 떨어뜨렸다. 그는 갑자기 흐느껴 울더니 평정심을 유지하려 애쓰면서 몸을 떨었다. 고통스러운 순간이 지나고 모두가 그를 바라보고 있었다.

제이크가 말했다. "스튜어트가 죽던 날 밤 얘기를 해봅시다."

드루는 크게 심호흡하고 변호사를 바라보더니 소매로 뺨을 닦았다. 그와 키이라가 철저히 준비했기 때문에 그들이 의식을 잃은 어머니를 발견하고 죽은 줄 알았던 최악의 순간에 이를 때까지는 두 사람 이야기는 완벽히 서로 들어맞았다. 그 순간 이후 그들은 명확하게 생각하지 못했고 정확히 무슨 말을 했고 어떻게 행동했는지 기억하지 못하는 것이 분명했다. 두 사람 다 울고 있었고 가끔은 히스테리 증세를 일으키기도 했다. 그는 집 안을 돌아다니다가 침대에 누운 스튜어트를 봤고, 키이라가 주방 바닥에 쓰러진 조시를 끌어안은 모습을 봤고, 정신 차리라고 엄마에게 애원하던 여동생의 말을 듣고, 창문 앞에서 도와줄 사람이 도착하기를 기다리던 일을 기억해 냈다.

그리고 그 순간 그는 뭔가를 들었다. 기침과 쿵쿵대는 소리, 그리고 침대 스프링과 매트리스가 삐걱거리는 소리였다. 스튜어트가 잠에서 깬 것처럼 움직이고 있었고, 그는 한 달 전에 그랬던 것처럼 분노에 휩싸여 어쩌면 그들 모두를 죽일 수도 있었다.

"그래서 침실로 갔는데, 그는 여전히 침대에 있었습니다."

"그가 움직였나요?" 제이크가 물었다.

"네. 오른팔이 가슴 위로 올라가 있었습니다. 코를 골지는 않았어요. 전 그가 곧 깨리라는 걸 알았습니다. 그래서 그가 총을 늘 두던 테이블에 있는 총을 집어 들고 침실에서 나왔습니다."

"왜 총을 가지고 나왔나요?"

"모르겠어요. 아마 그가 총을 사용할까 봐 두려웠던 것 같습니다."

"총을 가지고 뭘 했나요?"

"모르겠어요. 저는 다시 창문으로 걸어가 좀 더 기다렸습니다. 푸른 불빛이나 빨간 불빛 또는 누군가 우릴 도우러 오길 그냥 기다렸어요."

"총은 익숙했나요?"

"네, 그렇습니다. 언젠가 스튜어트가 저를 숲으로 데려가 과녁 맞히는 연습을 시켰습니다. 우린 그가 일할 때 쓰는 글록 권총을 사용했습니다."

"총을 몇 번이나 발사해 봤나요?"

"서너 번입니다. 그는 건초 더미 위에 목표물을 놓았습니다. 저는 맞히지 못했고 그는 저를 계집애라고 부르며 놀렸습니다."

제이크는 테이블 위에 놓인 증거물 1호를 가리켰다. "이것이 그 총인가요, 드루?"

"그런 것 같습니다. 똑같이 생겼으니까요."

"자, 드루. 증인은 창가에 서서 총을 들고 기다렸습니다. 그다음엔 무슨 일이 있었죠?"

그는 제이크를 쳐다보며 말했다. "키이라의 목소리가 들렸고 무척 겁났던 것이 기억납니다. 그가 일어나서 우릴 잡으러 올 걸 알았어요. 그래서 침실로 갔습니다. 두 손이 너무 떨려 총을 제대로 들 수도 없었습니다. 총으로 머리를 겨누었습니다."

드루의 목소리가 다시 갈라졌고 그는 눈물을 닦았다.

제이크가 물었다. "방아쇠를 당긴 기억이 납니까, 드루?"

그는 고개를 흔들었다. "아뇨, 나지 않습니다. 저는 하지 않았다고 말하는 게 아닙니다. 그냥 기억나지 않습니다. 눈을 감은 기억은 납니다. 그리고 총이 엄청나게 흔들린 기억, 총성이 기억납니다."

"총을 내려놓은 일은 기억합니까?"

"아뇨."

"키이라에게 스튜어트를 쐈다고 말한 기억이 납니까?"

"아뇨."

"드루, 기억나는 일이 뭡니까?"

"그다음에 기억나는 일은 순찰차에 앉아서 수갑을 차고 도로를 달리면서 내가 집에서 무슨 일을 저질렀는지, 어디로 가는지 궁금해한 기억이 납니다."

"경찰차에 키이라가 함께 탔나요?"

"기억나지 않습니다."

"질문 더 없습니다, 재판장님."


로웰 다이어는 피고인을 반대 신문할 기회가 있으리라고는 한 순간도 믿지 않았다. 재판이 시작되기 전 제이크는 만날 때마다 드루는 증언하지 않을 거라고 말했다. 그리고 교활한 변호인들 대부분은 의뢰인을 증언대에 세우는 법이 없었다.

다이어는 이 순간을 위해 거의 준비를 해두지 않았다. 게다가 조시와 키이라의 경우 두 명 모두 철저히 준비된 상태여서 실제로 반대 신문 과정에서 지방 검사보다 증인들이 더 점수를 많이 땄다는 사실 때문에 그의 두려움은 더 커졌다.

범죄 전과로 증인을 공격하는 일은 통하지 않을 것 같았다. 드루는 이미 고백했고, 자전거 절도나 약간의 마리화나 따위에 누가 신경 쓰겠는가?

아이의 과거를 두고 무엇이든 공격한다면 역효과가 날 터였다. 배심원단 누구든 그렇게 고된 어린 시절을 겪어보지 못했기 때문이었다.

다이어는 피고인을 노려보았다. "자, 갬블 씨. 스튜어트 코퍼의 집으로 들어갔을 때, 증인은 침실을 따로 제공받았죠?"

"네, 그렇습니다."

머리가 덥수룩한 아이에게 갬블 씨라는 호칭은 어울리지 않았다. 그래도 다이어는 거칠게 나올 수밖에 없었다. 너무 친근하게 굴면 나약해 보일 수 있었다. 어쩌면 정중한 호칭이 피고인을 나이 들어 보이게 할 수도 있었다.

"그리고 여동생은 복도 맞은편 방을 썼죠?"

"네, 그렇습니다."

"식사도 양껏 할 수 있었나요?"

"네, 그렇습니다."

"뜨거운 물로 샤워하거나 깨끗한 수건을 사용할 수 있었습니까?"

"네, 그렇습니다. 빨래는 각자 했습니다."

"매일 학교에 갔죠?"

"네, 그렇습니다. 거의 매일 갔습니다."

"그리고 가끔 교회에도 갔죠?"

"네, 그렇습니다."

"또 스튜어트 코퍼의 집으로 들어가기 전에, 가족 전체가 남의 캠핑카를 빌려서 살았다고 했는데, 맞나요?"

"네, 그렇습니다."

"증인의 어머니와 여동생이 한 증언에 따르면 캠핑카에서 살기 전에는 차에서도 살고 보육원에서도 살고 위탁 가정 그리고 소년 원에서도 살았습니다. 혹시 다른 곳이 있습니까?"

저런 바보 같은 실수를 저지르다니! 받아쳐, 드루. 제이크는 소리치고 싶었다.

"네, 그렇습니다. 저희는 다리 밑에서도 두 달 살았고, 노숙자 보호소도 몇 군데 거쳤습니다."

"좋습니다. 제 말은 스튜어트 코퍼가 제공한 집이 증인이 살아본 곳 가운데 가장 좋았다는 뜻입니다. 맞습니까?"

또 실수. 해치워, 드루! "아닙니다. 위탁 가정 두 곳이 더 좋았는데, 그곳에서는 얻어맞을 걱정도 하지 않았습니다."

다이어는 판사를 보더니 부탁했다. "재판장님, 증인에게 설명하지 말고 질문에만 대답하라고 주의를 주시겠습니까?"

제이크는 빠른 반응을 기대했지만, 누스는 한참 생각했다. 제이크가 일어나서 말했다. "재판장님, 끼어들어 죄송합니다. 검사는 코퍼의 집이 '좋았다'라고 말하면서 그 말이 무슨 뜻인지 설명하지 않고 있습니다. 저는 어느 집이든 아이가 학대와 위협 속에서 살아야 한다면 '좋다'라고 얘기할 수 없다고 봅니다."

누스가 동의하며 말했다. "계속 진행하세요."

다이어는 너무 화가 나서 계속할 수가 없었다. 그는 D. R. 머스그로브와 모여 다시 전략을 짜려 애썼다. 그는 뭔가 완벽한 질문을 찾아낸 것처럼 거들먹거리며 고개를 끄덕인 다음 다시 연설대 앞으로 돌아왔다.

"자, 갬블 씨, 증인은 스튜어트 코퍼를 좋아하지 않았고 그도 증인을 좋아하지 않았다고 말한 것으로 압니다. 맞습니까?"

"네, 그렇습니다."

"스튜어트 코퍼를 증오했다고 말해도 되겠죠?"

"그럴 것 같습니다."

"그가 죽기를 원했습니까?"

"아닙니다. 제가 원한 건 그저 그에게서 벗어나는 일이었습니다. 어머니를 때리고 우리를 때리는 일에 지쳤습니다. 저는 위협에 지쳤습니다."

"증인이 그를 쐈을 때 어머니와 여동생 그리고 자신을 보호하기 위해 그를 죽인 것 맞죠?"

"아닙니다. 그때 저는 엄마가 죽은 줄 알았습니다. 엄마를 보호하기엔 너무 늦어버렸습니다."

"그렇다면 복수심에 그를 쏜 것이군요. 어머니를 죽인 사람이니까요, 맞습니까?"

"아닙니다. 복수라고 생각해 본 기억은 없습니다. 저는 엄마가 바닥에 쓰러져 있는 모습을 보고 무척 흥분했습니다. 스튜어트가 일어나서 전에 그랬던 것처럼 우릴 해치러 올까 봐 두려웠습니다."

자, 다이어, 미끼를 물어. 제이크는 플라스틱 펜 끝을 깨물었다.

"전에도요?" 다이어가 묻더니 멈칫했다. 답이 뭔지 모르는 질문은 절대로 해서는 안 된다. "취소합니다."

"갬블 씨, 증인은 스튜어트 코퍼가 어머니를 때렸다는 이유로 증인도 익숙한 그의 총으로 고의적이고 의도적으로 그를 쏜 것이 사실이죠?"

"아닙니다."

"갬블 씨, 증인은 스튜어트 코퍼가 여동생을 성적으로 괴롭혔기 때문에 고의적이고 의도적으로 총을 쏴 그를 죽인 것이 맞죠?"

"아닙니다."

"갬블 씨, 증인은 스튜어트 코퍼를 증오했고 그가 죽고 증인의 어머니가 그의 집을 차지할 수 있다는 생각으로 그를 총으로 쏴 죽인 것이죠?"

"아닙니다."

"갬블 씨, 증인이 몸을 숙여 머리에 총구를 들이댔던 그 결정적 순간에 스튜어트 코퍼는 평온하게 자고 있었죠?"

"평온하게 자고 있었는지 모르겠습니다. 소리를 들었기 때문에 그가 몸을 움직이고 있었다는 건 압니다. 저는 그가 일어나서 다시 미친 짓을 할까 봐 두려웠습니다. 그래서 저는 그렇게 한 겁니다. 우릴 보호하기 위해서요."

"증인은 그가 자기 침대에서 자는 걸 보았고, 총을 그의 왼쪽 관자놀이에 들이댔고, 방아쇠를 당겼습니다. 그렇죠, 갬블 씨?"

"그런 것 같습니다. 저는 그러지 않았다고 말하는 게 아닙니다. 그 순간에 무슨 생각을 했는지 정확히 알 수가 없습니다. 너무 겁이 났고 저는 그저 그가 엄마를 죽였다는 걸 알았습니다."

"하지만 잘못 생각했죠, 안 그렇습니까? 그는 증인의 어머니를 죽이지 않았습니다. 그녀는 바로 저기에 앉아 있습니다." 다이어는 몸을 돌려 앞줄에 앉아 있는 조시를 분노의 손가락으로 가리켰다.

드루도 마찬가지로 분노를 드러내며 말했다. "그는 엄마를 죽이려고 최선을 다했습니다. 엄마는 바닥에 의식을 잃은 채 쓰러져 있었고, 우리가 보기엔 숨을 쉬지 않고 있었습니다. 우리가 보기에 엄마는 분명히 죽어 있었습니다, 다이어 씨."

"하지만 증인은 잘못 알았습니다."

"그리고 그는 엄마를 죽이겠다고 여러 번 위협했습니다. 저희도 죽이겠다고 했고요. 저는 그때 끝났다고 생각했습니다."

"스튜어트를 죽여야겠다고 전에도 생각한 적이 있습니까?"

"없습니다. 어떤 사람도 죽이고 싶다는 생각은 한 번도 하지 않았습니다. 저는 총이 없습니다. 저는 싸움 같은 것도 하지 않습니다. 저는 그냥 그가 우리를 해치기 전에 그 집을 떠나고 싶었습니다. 스튜어트와 사는 것보다는 다시 차에서 사는 편이 나았습니다."

이 대답 역시 제이크가 만들어낸 것으로, 완벽히 전달되었다.

"그렇다면 교도소에 있을 때도 싸운 적이 없습니까?"

"저는 교도소에 가지 않았습니다, 검사님. 저는 소년원 시설에 있었습니다. 교도소는 어른이 가는 곳입니다. 그걸 아셔야 합니다."

누스가 몸을 숙이더니 말했다. "갬블 증인, 발언을 자제하세요."

"네, 알겠습니다. 죄송합니다, 다이어 씨."

"그럼 한 번도 싸워본 적 없습니까?"

"누구나 싸움에 휘말립니다. 늘 벌어지는 일입니다."

다이어는 물 위를 걸으며 서서히 빠져들고 있었다. 열여섯 살짜리와의 논쟁은 생산적일 수 없었고, 지금은 드루가 유리한 상황이었다. 다이어는 조시와 키이라에게 혼쭐이 난 후였기에 피고인에게 추가 피해를 보지 않는 쪽을 선택했다. 그는 판사를 보며 말했다. "질문 마칩니다, 재판장님."

"브리건스 씨."

"저도 없습니다, 재판장님."

"갬블 증인, 내려가서 변호인 측 테이블로 가도 좋습니다. 브리건스 씨, 다음 증인을 부르세요."

제이크는 큰소리로 대답했다. "재판장님, 변호인은 증언을 끝내겠습니다."

누스가 움찔하며 놀란 표정을 지었다. 해리 렉스는 나중에 로웰 다이어가 놀란 표정으로 머스그로브를 쳐다봤다고 말할 터였다.

양측 변호사는 앞으로 나왔고 판사는 마이크를 옆으로 밀어내고 두 사람에게 속삭이듯 말했다. "어쩌자는 겁니까, 제이크?" 그는 물었다.

제이크는 어깨를 으쓱하더니 말했다. "저흰 끝났습니다. 증인은 더 없어요."

"증인 명단에는 열 명도 넘게 남았는데."

"증언할 필요가 없습니다, 판사님."

"조금 갑작스러운 것 같아 그러는 것뿐입니다. 다이어 씨? 혹시 부를 증인이 있나요?"

"없는 것 같습니다, 판사님. 변호인 측이 마무리했다면 저희도 끝났습니다."

누스는 시계를 흘깃 보더니 말했다. "이건 1급 살인 재판이고, 배심원들에게 지침을 주려면 시간이 좀 걸릴 텐데, 급하게 서둘 순 없어요. 일단 휴정하고 아침 9시에 다시 시작합시다. 15분 뒤에 판사실에서 봅시다. 배심원 지침을 정해야 하니까."

# 49

 루시엔이 변호팀 전부를 저녁 식사를 위해 집으로 초대하면서 거절은 사양한다고 말했다. 샐리는 떠나고 없고, 요리라고는 전혀 모르는 그는 클로드에게 의존해 메기 샌드위치와 콩 요리, 코울슬로 그리고 토마토 샐러드를 준비했다. 클로드는 클랜턴 시내에서 유일한 흑인 식당을 운영했고, 제이크는 거의 매주 금요일이면 그곳에서 이 지역의 몇 안 되는 다른 백인 진보주의자들과 함께 점심을 먹었다. 30년 전 카페가 문을 열었을 때, 루시엔 윌뱅크스는 그곳에 거의 매일 찾아가 지나는 백인들이 볼 수 있도록 창가 자리에 앉겠다고 고집을 피우곤 했다. 그와 클로드는 길고 다채로운 우정을 나눠 갖고 있었다.
 하루가 끝나갈 무렵, 요리는 못 하지만 술은 따를 수 있는 루시엔은 현관 앞 테라스에서 술을 권해가며 손님들에게 등나무 흔들의자에 앉으라고 권했다. 칼라가 아슬아슬하게 아기 볼 사람을 구했는데, 루시엔 집에서 저녁을 먹었던 적이 없던 그녀는 이 기회를 놓치고 싶지 않았다. 포샤도 마찬가지로 궁금해했지만, 사실은 집에 가서 조금이라도 자고 싶었다. 해리 렉스만이 전투로 다져진 비서들이 반란을 일으키겠다며 협박하고 있다는 핑계를 대고 초대를 사양했다.

베일러에서 온 세인 세즈윅 박사는 선고 과정에서 증언이 필요한 경우를 대비해 막 이곳에 도착했다. 리비는 전날 그에게 연락해 재판이 기대했던 것보다 훨씬 빠르게 진행되고 있다는 소식을 전했다. 위스키를 몇 모금 마시고 나더니 그는 금세 사람들과 잘 어울렸다. 그는 진한 텍사스 억양으로 말했다. "그래서 리비에게 내가 필요할 것 같냐고 물었어요. 그랬더니 아니라고 하더군요. 무죄가 날 것 같다는 거예요. 같은 생각인 분?"

"나도 유죄는 아닐 것 같소." 루시엔이 말했다. "석방될 것 같지도 않지만."

리비가 말했다. "적어도 네다섯 명의 여자는 우리 편이에요. 새터필드 양은 하루 내내 울었어요. 특히 키이라가 증언할 때는 더."

"키이라의 증언이 잘 통했나요?" 세즈윅이 물었다.

"믿지 못할 거예요." 리비가 대답했다. 그 대답과 함께 조시 그리고 그녀의 아이들이 팀을 이루어 슬프고 혼란스러운 갬블 가족의 역사를 장편 영화처럼 법정에서 풀어냈던 하루가 길게 되풀이되었다. 포샤는 키이라가 아이 아버지를 밝히던 극적 증언을 시작으로 무대를 마련했다. 루시엔은 얻어맞을 걱정을 하지 않아도 좋았던 위탁 가정이 더 좋았다는 드루의 증언을 따라 하면서 웃음을 터뜨렸다. 리비는 제이크가 세 사람이 살았던 비참한 곳들을 천천히 상세하게 늘어놓는 방식에 깜짝 놀랐다. 그는 모두 변론에서 배심원들에게 모든 걸 던지지 않았고, 조심스럽게 폭탄을 하나씩 터뜨려 엄청난 극적 효과를 얻어냈다.

제이크는 낡은 소파 위 칼라 옆자리에 앉아 아내의 어깨에 팔을 두르고 와인을 홀짝거리며 자신이 법정에서 보고 들은 것과 다른 각도에서 설명하는 얘기들을 들었다. 말수가 줄어든 그의 머릿속은 가끔 최후 변론에 대한 고민으로 어지러웠다. 그는 갑자기 증언을 마무리한 것을 두고 걱정했지만, 변호사인 리비와 루시엔, 해리 렉스는 옳은 결정이었다고 확신했다. 의뢰인을 증언석에 앉힐 것인지를 두고 잠을 못 이루며 고민했는데, 어린 드루는 실수를 저지르지 않았다. 전체적으로 지금까지는 재판이 잘 진행되었지만, 그는 자신의 의뢰인이 스튜어트 코퍼를 죽인 죄를 지었다는 사실을 스스로 계속 되새겼다.

날이 어두워졌고 그들은 실내로 자리를 옮겨 루시엔의 멋진 나무 식탁에 모여 앉았다. 집은 낡았지만, 실내를 꾸민 장식은 현대적이어서 유리와 금속 그리고 뜻밖의 액세서리를 많이 사용한 모습이었다. 성에 사는 왕이지만 오래되고 전통적인 것들은 모두 거부하는 것처럼, 벽에는 이해할 수 없는 현대 미술 작품들이 걸려 있었다.

왕은 위스키를 즐기고 있었고 세인도 마찬가지였는데, 전쟁 이야기가 시작되었다. 길고 믿기 어려운, 오랜 세월에 걸친 법정 드라마 같은 얘기들은 모두 이야기꾼 자신이 영웅이었다. 세인은 일단 목요일에 그가 필요하지 않을 수도 있다는 사실을 알아차리고는 술을 더 따르더니 늦게까지 밤을 즐길 준비를 마친 것 같았다.

이 지역의 다른 동네에서 자란 젊은 흑인 여성인 포샤도 뒤지지 않았다. 그녀는 독일에서 육군으로 근무할 때 겪었던 군대 내 놀라운 살인 사건 이야기를 들려주었다. 그 이야기를 들은 세인은 텍사스 어딘가에서 벌어진 두 명 살해 사건을 떠올렸는데 살인범으로 추정되는 사람은 겨우 열세 살이었다.

10시 30분이 되자 제이크는 잠자리에 들 준비가 되었다. 그와 칼라는 양해를 구하고 집으로 돌아갔다. 새벽 2시, 제이크는 여전히 잠들지 못했다.


법정의 모든 사람이 거의 동시에 일어나 입장하는 오마르 누스 판사에게 경의를 표했다. 판사는 얼른 손을 흔들며 앉으라는 시늉을 했다. 그는 방청객들에게 환영 인사를 하고 시원해진 기온에 관해 언급하고 배심원들에게 아침 인사를 건네고 진지하게 휴정 중에 그들에게 누구든 연락을 해온 적이 있느냐고 물었다. 열두 명의 배심원 모두가 고개를 흔들었다. 아니요.

오마르는 천 건도 넘는 재판을 진행했고, 단 한 번도 배심원이 손을 들고 누군가 법원 밖에서 접근했다고 말한 적이 없었다. 만일 접촉이 있었다면 아마도 돈을 주겠다는 제안이 포함되어 있었을 것이고, 그런 얘기라면 누구라도 애초에 말을 꺼내지 않을 터였다. 하지만 오마르는 자신이 지켜온 전통을 사랑했다.

그는 이제부터 한 시간이 어쩌면 재판 전체에서 가장 지루한 부분일 거라고 설명했다. 법률에 따라 그가 배심원들에게 지침을 전달해야 했기 때문이다. 그는 기록을 위해, 또 배심원들의 편의를 위해 그들이 심의해야 할 내용이 적힌 주 법률을 법전에 있는 그대로 읽어줄 터였다. 그들의 의무는 증거를 평가하고 법률에 적용하고, 법전에 적힌 법률 그대로를 사실관계에 적용하는 것이었다. 잘 들어야 했다. 그건 매우 중요했다. 또 그들의 편의를 위해 배심원 지침은 배심원실에도 비치되어 읽어볼 수 있었다.

배심원들은 복잡한 설명을 전혀 알아듣지 못했고 누스 판사는 마이크에 대고 읽기 시작했다. 페이지마다 의도적 살인, 1급 살인, 법 집행관 살해, 고의, 책임, 정당방위 살인을 정의하기 위한 건조하고 장황하고 복잡하고 형편없이 작성된 법률들이 이어졌다. 배심원들은 10분 정도 경청한 다음 법정 내부를 이리저리 둘러보면서 집중력을 잃기 시작했다. 어떤 사람들은 모든 단어를 이해하려고 힘겹게 싸웠다. 다른 사람들은 나중에 필요하면 읽어보면 되겠다는 걸 깨달았다.

40분이 지난 뒤 누스가 갑자기 읽기를 멈추자 모두 안심했다. 그는 문건을 서로 합쳐 깔끔하게 맞춰 정리하더니 마치 훌륭한 일을 해낸 것처럼 배심원들에게 웃어 보이고 말했다. "자, 신사 숙녀 여러분, 이제 양측 변호사들에게 최후 변론의 기회를 드리겠습니다. 늘 하던 대로 검찰 측이 먼저 하죠. 다이어 씨."

로웰은 결연한 모습으로 일어서서 연한 파란색 시어서커 재킷의 맨 윗단추를 잠그더니 배심원석 앞으로—이때는 연설대 앞에 서지 않아도 되었다—다가가 말하기 시작했다. "배심단 신사 숙녀 여러분, 이번 재판은 거의 끝났고 기대했던 것보다 효과적으로 빨리 진행되었습니다. 누스 판사께서는 양측에 의견을 요약할 시간을 30분씩 주셨습니다만, 이번 사건에서 30분은 지나치게 깁니다. 여러분이 이미 알고 있는 사실을 설득하기 위해 30분은 필요하지 않습니다. 여러분이 피고인인 드루 앨런 갬블이 법 집행관인 스튜어트 코퍼를 진짜로 살해했다고 결론짓는 데는 그렇게 많은 시간이 필요하지 않습니다."

멋진 시작이라고 제이크는 생각했다. 배심원석에 앉은 열두 명이든 큰 회의에 모인 2천 명의 변호사든 발언을 짧게 줄이겠다는 연사의 말을 관중은 고마워했다.

"살인에 관해 이야기해 보겠습니다. 화요일 아침, 우리가 재판을 시작할 때 저는 배심원분들에게 증인의 말을 들으면서 혹시 그 끔찍했던 순간 드루 갬블이 방아쇠를 당겨야만 했는지 스스로 물어봐 달라고 부탁드렸습니다. 그는 왜 방아쇠를 당겼을까요? 정당방위였을까요? 그는 자신과 여동생, 어머니를 보호했던 걸까요? 아닙니다, 신사 숙녀 여러분. 그건 정당방위가 아니었습니다. 정당화할 수 없었습니다. 그건 냉정하고 계산된 살인이었습니다.

자, 변호인은 스튜어트 코퍼를 중상모략하는 데 매우 열중했습니다."

제이크가 두 손을 들고 일어나 끼어들었다. "이의 있습니다, 재판장님. 이의 있습니다. 최후 변론을 방해하는 건 정말 원하지 않지만, 재판장님, 하지만 '중상모략'이라는 단어는 거짓을 퍼뜨린다는 의미입니다. 위증했다는 말입니다. 하지만 재판 기록에는 검찰 측이든 변호인 측이든 그 어떤 증인도 거짓말을 했다고 암시하는 말조차 없습니다."

누스는 방해받을 준비가 되어 있는 것 같았다. "다이어 씨, '중상모략'이라는 단어는 쓰지 말았으면 합니다. 그리고 배심원단은 그 단어의 사용을 무시할 것입니다."

다이어는 인상을 찌푸리더니 마치 어쩔 수 없이 규칙을 받아들이지만 동의하지는 않는다는 듯 고개를 끄덕였다. "잘 알겠습니다, 재판장님."

"자, 여러분은 스튜어트 코퍼가 얼마나 끔찍한 사람이었는지 세 명의 갬블 가족에게서 많이 들으셨으며, 저는 그 내용을 다시 되짚지 않겠습니다. 그들, 갬블 가족은 한쪽의 이야기만 들려주었고 어쩌면 여기저기서 윤색하거나 과장할 이유와 동기가 많다는 사실만을 기억해 주시기를 바랍니다. 안타깝게도 스튜어트는 자신을 변호하기 위해 이곳에 오지 못했습니다.

그러니 그가 어떻게 살았는지는 이야기하지 말도록 합시다. 여러분은 그를 또는 그의 삶의 방식, 습관, 문제, 그라는 악마를 단죄하려고 이곳에 오시지 않았습니다. 여러분이 해야 할 일은 그가 어떻게 죽었는지에 대한 사실을 따져보는 것입니다."

다이어는 증거물이 놓인 테이블로 다가가 권총을 들었다. 그는 총을 들고 배심원들을 보고 섰다. "그 끔찍했던 밤 어느 순간에 드루 갬블은 글록 22, 40구경, 탄창에 15발이 든, 오지 윌스 보안관이 그의 모든 보안관보에게 지급한 이 권총을 들고 집 안을 돌아다녔습니다. 그 순간, 스튜어트는 자기 침대에서 곤히 잠들어 있었습니다. 그는 우리가 아는 것처럼 취해 있었고, 알코올 때문에 무력했습니다. 정신을 잃을 정도로 술에 취해 코를 골고 있었지만, 아무에게도 위협이 되지 않았습니다. 드루 갬블은 총을 들고 있었고 사용법을 알고 있었습니다. 스튜어트가 그에게 장전하는 법, 쥐는 법, 겨누는 법, 쏘는 법을 가르쳐주었기 때문이었습니다. 살인자가 희생자 본인에게 살인 무기의 사용법을 배웠다는 사실은 아이러니하면서도 비극적이었습니다.

분명히 그건 끔찍한 장면이었을 겁니다. 겁에 질린 아이 두 명에다, 그들의 어머니는 의식을 잃은 채 바닥에 쓰러졌습니다. 시간이 흘렀고 드루 갬블은 총을 들고 있었습니다. 스튜어트는 잠든 채 다른 세상에 있었습니다. 전화로 신고했고 경찰과 구급차가 오고 있었습니다.

그러던 어느 시점에 드루 갬블은 스튜어트 코퍼를 죽이기로 결심했습니다. 그는 침실로 걸어가 무슨 이유에서인지 문을 닫고 총을 들어 총구를 스튜어트의 왼쪽 관자놀이 근처에 가져다 댔습니다. 그는 왜 방아쇠를 당겼을까요? 그는 위협받는다고 느꼈다, 스튜어트가 일어나 그들을 해칠 수도 있었다, 그래서 그와 여동생을 보호해야만 했다고 주장합니다. 그는 자신이 어쩔 수 없이 방아쇠를 당겼다고 여러분이 믿기를 원합니다."

다이어는 천천히 증거물 테이블로 돌아와 권총을 내려놓았다.

"그렇지만 왜 그때였을까요? 왜 조금만 더 기다리지 않았을까요? 왜 스튜어트가 일어나는지 보려고 기다리지 않았을까요? 드루는 총을 갖고 있었습니다. 그는 무장했고 스튜어트가 어떻게든 정신을 차려서 그들에게 달려들면 자신과 여동생을 보호할 준비가 되어 있었습니다. 왜 경찰이 도착할 때까지 기다리지 않았을까요? 왜 안 기다렸을까요?"

다이어는 배심원들 앞에 똑바로 서서 그들을 한 명씩 바라보았다. "바로 그 순간, 그는 방아쇠를 당길 필요가 없었습니다, 신사 숙녀 여러분. 하지만 그는 당겼습니다. 그가 그런 행동을 한 이유는 스튜어트 코퍼를 죽이길 원했기 때문입니다. 그는 자기 어머니에게 벌어진 일로 복수하고 싶었습니다. 그는 그들에게 스튜어트가 저질렀던 모든 끔찍한 일들 때문에 복수하고 싶었습니다. 그리고 복수는 사전 계획을 뜻하고, 그건 죽이려는 의도적 행위를 뜻합니다.

신사 숙녀 여러분, 사전 계획은 바로 1급 살인 행위입니다. 더는 말하지 않겠습니다. 저는 여러분께서 배심원실에 가셔서 숙의하신 뒤에 공정하고 진실한 판결을 정하고 돌아와 주시기를 촉구합니다. 이 범죄에 알맞은 유일한 판결입니다. 스튜어트 코퍼를 살해한 1급 살인 유죄 판결입니다. 감사합니다."

멋진 마무리였다. 잘 계획되었고, 요점을 잘 짚었고, 설득력 있고 간결한 내용. 큰 사건을 맡은 검사에게서 보기 드문 일이었다. 단 한 명의 배심원도 지루해하지 않았다. 배심원들은 정말 그의 한 마디 한마디를 모두 이해한 것 같았다.

"브리건스 씨."

제이크는 일어서서 법률용 노트를 연설대 위에 툭 내려놓았다. 그는 배심원들을 향해 웃어 보이며 한 사람씩 바라보았다. 절반 정도는 그를 보았고 나머지는 똑바로 앞만 보고 있었다. "저는 여러분이 들은 증언 중 많은 내용을 무시하라고 요구하는 검사의 말을 비난하지 않습니다. 학대나 성폭행, 가정폭력에 관해 이야기하는 건 분명히 유쾌한 일이 아닙니다. 그것들은 추한 주제이고 어디서든 논의하기 끔찍한 얘기입니다. 특히 많은 사람이 듣고 있는 법정에서는 더욱 그렇습니다. 하지만 그런 사실을 만들어낸 사람은 저도 아니고 여러분도 아니고, 다른 누구도 아닌 스튜어트 코퍼였습니다.

검찰은 갬블 가족 세 사람이 증언을 윤색하거나 과장할 경향이 있을 수 있다고 암시하려 했습니다. 정말 그럴까요?" 그는 갑자기 목소리를 높이며 화를 냈다. 그는 변호인 측 테이블 뒤쪽 앞줄에 앉은 키아라를 가리켰다. "저기 있는 어린 소녀가 보이십니까? 열네 살 나이에 스튜어트 코퍼 때문에 임신 7개월째인 키아라 갬블이? 저런 소녀가 과장하고 있다고 생각하십니까?"

그는 깊게 심호흡하고 분노를 가라앉혔다. "판결을 고민할 때 턱이 부서지고 얼굴이 멍들고 두 눈이 부어오른 조시 갬블이 병원에서 찍은 사진을 봐주십시오. 그리고 그녀가 이야기를 과장하고 있는지 스스로 물어봐 주십시오. 그들은 여러분께 거짓말을 하지 않았습니다. 오히려 반대였습니다. 그들은 스튜어트 코퍼와 살 때의 공포에 관해 훨씬 많은 얘기를 들려줄 수 있었습니다.

스튜어트 코퍼에게 무슨 일이 벌어진 걸까요? 군에 입대해 그곳에서 경력을 쌓고 싶었지만, 강제로 쫓겨난 이 지역 토박이 소년에게는 무슨 일이 있었던 걸까요? 용감하고 지역사회에 도움이 되던 멋지고 젊은 보안관보에게 무슨 일이 벌어진 걸까요? 그의 어두운 면은 어디서 왔을까요? 어쩌면 군대에서 뭔가 일이 있었던 건지도 모릅니다. 어쩌면 업무의 압박을 받았던 걸까요? 우리는 절대 알 수 없을 겁니다. 하지만 우리는 그의 죽음이 비극이라는 점에는 모두 동의할 수 있습니다.

그의 어두운 면을 보죠. 우리는 무엇이 사람을, 덩치가 크고 강인하고 거친 전직 군인이자 경찰이 55킬로그램도 나가지 않는 여자를 발로 차고 뺨을 때리고 주먹으로 쳐서 코와 이를 부러뜨리고 입술을 터뜨리고 의식을 잃게 만들고 만일 누구에게든 말하면 죽이겠다고 위협하도록 만들었는지 알지 못합니다. 우리는 왜 코퍼가 드루처럼 비쩍 마르고 작은 아이를 육체적으로 학대하고 위협했는지 이해할 수 없습니다. 우리는 어떻게 한 남성이 성욕의 포식자가 되어 오직 자기 집에 함께 살고 있고 그럴 수 있다는 이유 만으로 열네 살짜리 여자아이를 범할 수 있었는지 이해할 수 없습니다. 마찬가지로 우리는 어떻게 사람이 몇 번이고 반복해 맹렬하게 폭력을 행사하고 정신을 잃을 때까지 술을 마시게 되는지 이해할 수 없습니다. 우리는 음주 운전자들을 엄하게 다스리는 것으로 알려진 법 집행관이 온종일 술을 마시고 정신을 잃을 때까지 알코올에 젖었다가 어떻게 다시 깨어나 자동차를 운전하겠다고 운전대를 잡게 되었는지 이해할 수가 없습니다. 혈중알코올농도가 0.36인데 말입니다."

제이크는 잠시 말을 멈추고 자신이 한 말이 추하다 못해 혐오감이 느껴지는 것처럼 고개를 흔들었다. 열두 사람은 모두 그를 바라보았고, 모두 추한 내용에 불편했다.

"그의 집을 보겠습니다. 그 집은 조시와 아이들에게는 생지옥이 되었습니다. 그들은 그 집에서 어떻게든 떠나고 싶었지만, 갈 곳이 없었습니다. 주말이 한 번씩 지날 때마다 그 집은 점점 더 끔찍해졌습니다. 그 집은 마치 화약고처럼 스트레스와 압력이 하루하루 높아져 언젠가 누군가 다칠 수밖에 없는 곳이었습니다. 그 집은 너무 끔찍해 조시의 아이들은 그녀에게 제발 떠나자고 매달릴 정도였습니다.

자, 검찰은 여러분이 이런 모든 것들을 무시하고, 대신 스튜어트 인생의 마지막 10초에 집중하기를 원하고 있습니다. 다이어 씨는 드루가 기다렸어야만 한다고 주장했습니다. 드루는 기다렸습니다. 무엇을 기다렸던 걸까요? 아무도 그들을 도우러 오지 않았습니다. 그들은 전에도 경찰이 오기를 기다린 적이 있습니다. 물론 오기는 했습니다만, 도움이 되지 않았습니다. 그들은 여러 주 여러 달 동안 기다렸습니다. 코퍼가 자신의 술버릇 문제나 성격 문제에 도움을 받는 날이 오기를 기대하며 간절히 기다렸습니다. 그들은 스튜어트가 탄 차의 불빛이 진입로를 비추는 순간을, 그가 차에서 내려 집에 걸어서 들어올 수 있는지 보려고, 오늘도 어쩔 수 없이 싸움이 벌어지는지 확인하려고 길고 무시무시한 밤을 보내며 기다렸습니다. 그들은 잘 기다렸습니다. 그리고 그 기다림은 그들을 재앙으로 더 가까이 데려갔습니다.

좋습니다, 제가 미끼를 물죠. 마지막 10초에 관해 얘기해 보겠습니다. 어머니는 의식을 잃고 쓰러져 죽은 것처럼 보였고, 여동생은 어머니에게 매달려 정신을 차리라며 애원하고 있고, 코퍼가 침실에서 소리를 내는 동안 제 의뢰인은 도저히 견딜 수 없는 두려움과 위험을 느꼈습니다. 그는 자기 자신뿐 아니라 여동생에게 엄청난 신체적 피해 심지어 죽음까지 닥칠 수 있다는 두려움을 품었고 뭔가 해야만 했습니다. 범죄가 벌어지고 5개월이 지난 지금 현장에서 느꼈던 공포와 전혀 동떨어진 이곳 법정에서 그 마지막 10초를 분석해 피고인이 이래야 했다, 저래야 했다고 말하는 것은 잘못된 일입니다. 우리 가운데 누구라도 그런 상황에서 어떻게 해야 할지 알거나 예측할 수 없습니다. 불가능합니다.

하지만 우리는 자신과 사랑하는 사람들을 보호하기 위해서는 비상한 수단을 써야만 한다는 사실은 압니다. 그리고 제 의뢰인은 바로 그렇게 했습니다."

그는 말을 멈추고 법정의 고요함과 그를 지켜보고 귀 기울이는 모두의 관심을 받아들였다. 그는 목소리를 낮추며 배심원들에게 한 걸음 다가섰다. "조시와 그녀의 아이들은 혼란스러운 삶을 살았습니다. 그녀는 자신이 저지른 실수에 매우 솔직했고, 과거로 돌아가 모든 걸 바꿀 수 있다면 무슨 짓이든 할 것입니다. 그들은 행운이라고는 거의 누리지 못했습니다. 그리고 지금의 저들을 보십시오. 드루는 목숨을 건 재판을 받고 있습니다. 키이라는 반복적으로 성폭행당한 뒤 임신했습니다. 저들에게 어떤 미래가 있을 수 있습니까? 신사 숙녀 여러분께 조금이라도 자비를, 동정을 베풀어달라는 부탁을 드립니다. 여러분과 저는 집에 돌아가 각자의 삶을 살아갈 것이고 시간이 흐르면 이 재판은 희미한 기억이 될 것입니다.

저들은 운이 좋지 않았습니다. 저는 여러분이 이 슬프고 작은 가족인 드루, 키이라, 조이에게 동정과 이해, 자비를 베풀어 그들이 삶을 재건할 기회를 가질 수 있게 해주시길 간청합니다. 드루 앨런 갬블에게 무죄 판결을 내려주시길 간청합니다. 감사합니다."

배심원들이 법정에서 나가자 누스 판사가 말했다. "2시까지 휴정합니다. 2시에 다시 속개하고, 심의 결과를 확인하도록 하겠습니다." 그는 나무망치를 두드리고 사라졌다.

제이크는 검찰 측으로 다가가 로웰 다이어, D. R. 머스그로브와 악수를 하고 그들에게 훌륭하게 잘 해냈다며 축하를 건넸다. 방청객 대부분은 법정을 빠져나갔지만, 일부는 마치 빠른 판결을 기다리기라도 하듯 남아서 기다렸다. 코퍼 가족과 친구들은 꼼짝도 하지 않고 자기들끼리 수군거렸다. 드루는 세 명의 보안관보에게 이끌려 대기 장소인 밴뷰런 카운티 감독위원회 회의실로 향했다.

모리스 핀리의 어머니는 법원에서 16킬로미터 떨어진 깊은 시골의 가족 농장에서 살았다. 그는 변호팀을 그리로 데려가 그늘진 테라스에서 초원과 그가 수영을 배운 연못이 보이는 멋진 경치를 감상하며 먹을 수 있는 즐거운 점심 식사를 대접했다. 핀리 부인은 최근 남편을 먼저 떠나보내고 혼자 살았는데, 모리스와 친구들을 위한 푸짐한 점심을 차릴 기회를 얻어 기분이 좋았다.

구운 닭고기 샐러드와 아이스티를 즐기며 그들은 최종 변론을 다시 돌아보고 배심원들이 보여준 표정 반응과 몸짓을 적은 메모를 서로 비교했다. 해리 렉스는 빨리 식사를 마치고 클랜턴의 자기 사무실로 떠났지만, 루시엔은 느긋했다. 그는 달리 할 일이 없었고 판결을 직접 듣고 싶었다. "전부 어쩔 줄을 모르더군." 그는 여러 번 말했다.

제이크는 진이 빠져 제대로 먹을 수가 없었다. 재판은 스트레스 그 자체였지만, 그중에서도 최악은 판결을 기다리는 시간이었다.

# 50

처음에는 말다툼이었지만, 한두 마디만 더 격하게 오갔으면 쉽게 주먹다짐으로 번질 수도 있었다. 말싸움은 점심시간에 누가 봐도 변호인 측에서 가장 두려워할 사람으로 보이는 5번 배심원 존 카펜터가 자신이 배심원 대표로 뽑히기 위해 공격적으로 밀어붙이면서 벌어졌다. 그때는 배심원단의 논의가 시작한 지 한 시간도 안 된 때였고, 카펜터가 거의 혼자 떠들고 있었다. 다른 열한 명은 이미 그가 피곤하게 느꼈다. 열두 명은 긴 테이블에 둘러앉아 샌드위치를 빨리 삼키면서 뭘 해야 할지 모르던 상황이었다. 긴장감이 이미 뚜렷하게 느껴졌다.

카펜터가 말했다. "혹시 대표가 되고 싶은 다른 사람이 있어요? 그러니까 아무도 원하지 않으면 제가 맡을 수 있거든요."

조이 케프너가 말했다. "당신은 공정하지 않아서 대표가 되면 안 된다고 생각해요."

"말도 안 되는 소리!" 그는 테이블 너머로 쏘아붙였다.

"당신은 공정하지 않아요."

"그러는 당신은 뭔데?" 카펜터가 큰 소리로 말했다.

"당신은 이미 마음의 결정을 내린 것이 분명해요."

"그렇지 않아요."

"당신은 월요일에 이미 마음을 굳혔어요." 로이스 새터필드가 말했다.

"그렇지 않습니다!"

"우린 당신이 여자애를 두고 하는 말을 들었어요." 조이가 말했다.

"그래서요? 젠장, 대표를 맡고 싶으면 그렇게 해요. 하지만 난 당신 말에 투표하지 않을 겁니다."

"나도 당신 의견에 투표하지 않아요!" 조이가 소리쳤다. "당신은 배심원단에 들어올 자격이 없어요."

배심원들을 돌보는 두 명의 경위가 문밖에 서 있다가 서로를 쳐다보았다. 큰 목소리는 밖에서 쉽게 들렸고 점점 더 커지는 것 같았다. 그들은 문을 열고 얼른 안으로 들어갔고, 회의실은 금세 조용해졌다.

"뭐라도 좀 가져다드릴까요?" 경위 한 명이 물었다.

"아뇨, 괜찮아요." 카펜터가 말했다.

"그러니까 당신이 우리 모두를 대표해 그런 식으로 말할 수 있다는 겁니까?" 조이가 물었다. "그렇게 멋대로 말이에요. 당신 멋대로 대변인 노릇을 하는군요. 경위님, 전 커피를 좀 마셨으면 해요."

"그러죠." 경위가 말했다. "다른 분들은요?"

카펜터가 증오의 눈초리로 조이를 바라보았다. 그들은 커피가 제공되는 동안 침묵 속에서 식사를 마쳤다. 경위들이 나가자 6번 배심원으로 체스터에서 온 38세의 주부 레지나 엘모어가 말했다. "좋아요, 남자들은 만나기만 하면 싸움이 벌어지는군요. 만일 상황을 해결하는 데 도움이 될 수 있다면 제가 기꺼이 대표 자리를 맡겠어요."

조이가 말했다. "좋습니다. 전 당신에게 투표하겠어요. 만장일치로 하죠."

카펜터가 어깨를 으쓱하더니 말했다. "그러시던지."

경위 한 명은 문 앞에 남아 있고, 다른 한 명은 누스 판사에게 보고하러 갔다.

한 시간 뒤 그들은 다시 서로 소리 지르기 시작했다. 화난 남자의 목소리가 말했다. "이번 일 끝나면 널 손봐주겠어!" 다른 사람이 받아쳤다. "뭐 하러 기다려? 지금 덤벼봐!"

경위 두 사람이 문을 세게 두드리며 안으로 들어갔더니 테이블 한쪽에 카펜터가 서 있고, 다른 두 남자가 그를 뜯어말리고 있었다. 테이블 반대편에는 조이 케프너가 벌게진 얼굴로 주먹다짐을 준비하고 있었다. 그들은 긴장을 조금 풀고 물러섰다.

회의실의 긴장감이 너무 높아져 경위들은 얼른 밖으로 나가고 싶었다. 그들은 재차 누스 판사에게 보고했다.

오후 2시, 양측 변호사들과 방청객들이 다시 모였다. 피고인이 법정으로 끌려왔다. 경위가 제이크와 로웰에게 판사가 두 사람만 판사실로 호출했다고 알려주었다.

누스는 가운도 입지 않고 회의 테이블에 앉아 파이프 담배를 피우고 있었다. 그는 걱정스러운 표정으로 변호사들에게 들어오라고 손짓하더니 자리를 권했다. 그가 처음 꺼낸 애기는 제이크의 귀에 음악처럼 들렸다.

"신사분들, 배심원들 사이에 전쟁이 벌어진 것 같습니다. 첫 세 시간 동안에만도 경위들이 두 번의 싸움을 말려야 했어요. 재판에 좋은 징조는 아닌 것 같습니다."

다이어의 어깨가 축 늘어졌고 제이크는 웃음을 감추려 애썼다. 의견을 묻지 않았기에 둘 다 입을 다물고 있었다.

누스가 말을 이었다. "제가 판사로 오래 일하는 동안 오직 한 번만 했던 일을 하려고 합니다. 대법원에서는 눈살을 찌푸리겠지만 금지된 일은 아닙니다."

법원 속기사가 노크와 함께 들어왔고, 그 뒤를 경위 한 명과 레지나 엘모어가 따라 들어왔다. 누스가 말했다. "엘모어 부인, 배심원 대표로 뽑히셨다고 들었습니다."

"네, 판사님."

"좋습니다. 이건 비공식적인 심리 과정이지만 나는 속기사가 모두 기록해서 보관했으면 합니다. 양측 변호사인 다이어 씨와 브리건스 씨는 아주 고통스러우시겠지만, 아무 발언도 해서는 안 됩니다."

모두가 킬킬대며 웃었다. 하하. 영리하기도 하시지. 레지나는 당황해 어쩔 줄 몰라 했다.

"자, 배심원의 이름을 밝히거나 당신이 사건을 어떻게 보는지 말하는 걸 원하지 않습니다. 배심원단이 어느 쪽으로 기우는지도요. 하지만 뭔가 다툼이 있다고 들었고 내가 개입해야 할 필요를 느낍니다. 배심원단이 진전을 이루고 있나요?"

"아뇨, 판사님."

"왜죠?"

그녀는 깊게 심호흡하더니 누스를, 제이크를 그리고 다이어를 차례로 바라보았다. 그녀는 침을 꿀꺽 삼키고는 말을 시작했다. "좋아요, 자, 저는 이름을 말하면 안 되는 거죠?"

"그렇습니다."

"좋아요. 배심원 중에 한 남자는 배심원단에 들어오면 안 되었습니다. 어제 그 남자가 한 얘기를 들려드리죠. 그래도 되나요?"

"네, 계속하세요."

"어제 아침 키이라가 증언한 뒤 우리는 점심을 먹었는데, 그 남자가 배심원단의 다른 남자에게 무례한 말을 했어요. 그들은 좀 붙어 다니는 사이였어요. 그리고 분명히 말하는데, 저희는 판사님에게 절대로 사건에 관해 의논하면 안 된다는 말을 들었습니다. 어제까지는 그랬죠."

"무례한 말이 뭐였나요?"

"키이라에 관한 말이었는데, 그 사람은 여자애가 자기 엄마처럼 열두 살 때부터 몸을 내돌렸을 테고, 어쩌면 코퍼가 애 아버지가 아닐 수도 있다고 했습니다. 상스러운 말 죄송합니다. 다른 남자가 웃었어요. 다른 배심원들은 웃지 않았습니다. 그 얘기를 듣고 저는 소름이 끼쳤습니다. 거의 즉시 조이가, 이런 죄송합니다. 제가 이름을 밝히고 말았네요. 죄송합니다, 판사님."

"괜찮습니다. 계속하세요."

"조이는 그의 말이 마음에 들지 않았고, 그를 불러냈습니다. 그는 우리가 사건 얘기를 하면 안 된다고 말했고, 그들은 몇 분 동안 이야기를 주고받았습니다. 긴장감이 꽤 높았어요. 두 사람 모두 물러서려 하시 않았습니다. 그리고 오늘 저희가 배심원실에 들어가자마자, 그 사내가 대표가 되겠다며 나서더니 얼른 투표하자고 했습니다. 그는 유죄 판결과 사형 선고를 바라는 것이 분명했습니다. 그는 아이를 내일이라도 목매달고 싶어 합니다."

제이크와 로웰은 그녀의 이야기에 빠져들었다. 그들은 배심원이 판결하기 전에 논의하는 과정 이야기를 들어본 적이 없었다. 재판이 끝난 뒤 배심원들에게 접근해 어떻게 된 일이냐고 많이들 묻지만 대부분 대답을 거절했다. 그러나 배심원실에서 무슨 일이 벌어지는지 직접 듣는 일은 매혹적이었다.

얘기를 듣고 제이크가 로웰보다 훨씬 기쁜 것만은 틀림없었다.

그녀는 계속 말했다. "개인적으로 그 사람은 배심원단에 있으면 안 된다고 생각합니다. 그는 깡패에다 배심원들, 특히 여자들을 위협하려고 합니다. 그 문제로 그는 조이와 충돌하고 있습니다. 그는 자신이 동의하지 않는 주장에 대해서는 무엇이든 모욕하거나 상스럽게 굴거나 무시합니다. 저는 그 사람이 공정하고 열린 마음으로 배심원 업무에 접근하고 있다고 생각하지 않습니다."

누스는 잘못을 저지르기 전에는 배심원이 그만두도록 할 수 없었고, 배심원이 비밀스러운 선입견을 품은 채 편견이 없다고 맹세하는 일은 자주 있었다.

판사는 말했다. "감사합니다, 엘모어 부인. 당신 의견으로는 배심원단이 만장일치 의견에 도달할 수 있으리라 보십니까?"

그녀는 무례해서가 아니라 너무 터무니없는 질문에 놀란 듯 실제로 웃음을 터뜨렸다. "죄송합니다, 판사님. 전혀 아닙니다. 저희는 판사님이 말씀하신 대로 가장 먼저 모든 증거를 살폈고, 저희에게 하라고 하신 것처럼 지침서를 읽었습니다. 그러고 나서 그 남자가 바로 투표하자고 했습니다. 결국 점심을 다 먹고 나서, 그 사람과 조이 사이의 첫 싸움을 뜯어말리고 난 뒤 첫 투표를 했습니다."

"결과는요?"

"6대 6이었어요, 판사님. 꼼짝달싹할 수가 없습니다. 저희는 심지어 테이블을 가운데 두고 양쪽으로 나뉘어 앉았어요. 판사님은 저희를 영원히 회의실에 가두어두실 수도 있겠지만, 그래도 6대 6은 깨지지 않을 겁니다. 저는 코퍼가 그들에게 그런 짓을 했으니 저 아이에게 어떤 죄도 묻지 않을 겁니다."

판사가 양쪽 손을 들어 보이며 말했다. "그만하세요. 다시 한번 감사드립니다, 엘모어 부인. 이제 가셔도 좋습니다."

"배심원실로 돌아가면 되나요?"

"네, 부인."

"판사님, 제발요. 정말이지 그리로 돌아가고 싶지 않아요. 그 못된 남자를 참을 수 없고 정나미가 떨어졌어요. 저희 전부 그래요. 심지어 그와 같은 의견인 사람들도 그렇습니다. 아주 유독한 영향을 끼칩니다, 판사님.”

“저희는 계속 애써볼 수밖에 없습니다, 안 그래요?”

“싸움이 벌어질 겁니다. 경고해 드리는 거예요.”

“감사합니다.”

그녀가 떠난 뒤 누스가 속기사를 향해 고갯짓해 보이자 그는 서둘러 방에서 나갔다. 변호사들만 남자 파이프에 다시 불을 붙이고 연기를 조금 내뿜는 누스의 모습은 완전히 패배한 사람처럼 보였다.

그는 말했다. “훌륭한 조언이 있다면 좀 듣고 싶어요, 신사분들.”

어떻게든 재판에서 이기고 싶은 다이어가 말했다. “조이 케프너와 나쁜 남자를 빼내고 대체 배심원 두 명을 투입하면 어떻습니까?”

누스가 고개를 끄덕였다. 괜찮은 생각이었다. “제이크?”

“케프너는 우리 편이 분명해 보이는데, 그는 아무 잘못도 하지 않았습니다. 그렇게 하면 항소심에서 쉽게 넘어갈 수 없을 텐데요.”

“동감이요.” 누스가 말했다. “그들은 적법하게 선택되었습니다. 그들이 너무 격렬하게 주장을 펼친다고 배심원에서 내보낼 수는 없어요. 이제 겨우 세 시간 논의했을 뿐입니다, 신사분들. 5분 뒤에 법정에서 봅시다.”

제이크는 간신히 터져 나오는 웃음을 꾹 참고 법정으로 들어와 의뢰인 옆에 앉았다. 그는 뒤로 몸을 기울이고 포샤에게 말했다. “6대 6이래.” 그녀는 입을 떡 벌렸다가 얼른 정신을 차렸다.

줄지어 법정으로 들어와 자리에 앉는 배심원 가운데 웃는 사람은 아무도 없었다. 누스가 그들을 유심히 보고 있다가 모두 자리를 잡고 앉자 말했다. “신사 숙녀 여러분, 법원은 여러분의 논의가 교착 상태에 빠졌다는 소식을 들었습니다."

방청객들 사이에서 숨을 몰아쉬는 소리, 중얼거림, 몸을 움직이는 소리가 들렸다.

재판장은 흔히 '다이너마이트 차지'라고 알려진 지침을 내렸다. "여러분 모두는 각자 열린 마음으로 한쪽으로 치우치지 않고 개인적 편견이나 기호를 법정에 가져오지 않은 채 제가 드린 법률지침에 따라 증거를 평가하겠다고 맹세했습니다. 이제 저는 여러분에게 다시 논의 과정으로 돌아가 여러분의 의무를 다하라고 지시하겠습니다. 저는 여러분 각자가 이 사건에 대해 어떻게 느끼든, 반대 의견을 받아들이는 자세로 새롭게 시작하라고 말씀드리고 싶습니다. 잠시만이라도 상대측을 보고 그것이 옳은 의견일 수도 있다고 스스로 말해보십시오. 만일 지금 드루 갬블이 유죄라고 믿는다면 잠깐이라도 그렇지 않다고 스스로 말해보고 그 입장을 옹호해 보시기 바랍니다. 만일 그가 무죄라고 믿는다고 해도 마찬가지입니다. 다른 의견을 가진 사람들을 보십시오. 그들의 주장을 받아들이십시오. 여러분 모두가 원점으로 돌아가 이 사건에 대해 최종적으로 만장일치 판결을 구하겠다는 목적을 두고 새로운 논의를 시작하십시오. 우린 서둘 필요가 없으며 며칠이 걸린다고 해도 그렇게 할 것입니다. 하지만 불일치 배심은 참을 수가 없습니다. 여러분이 결론을 내리지 못하면 이 재판은 다시 시작될 것이고, 제가 장담하건대 다음에 소집될 배심원단이 여러분보다 더 똑똑하거나 더 잘 알고 있거나 더 편견이 없을 리가 없습니다. 지금 당장은 여러분이 최고의 배심원들이고, 여러분은 확실히 해낼 수 있습니다.

여러분의 전적인 협조와 만장일치의 판결만을 기대합니다. 이제 배심원실로 돌아가셔도 좋습니다."

훈계를 들었지만 별로 감동하지 않은 배심원들은 벌 받으러 가는 초등학교 1학년생처럼 물러갔다.

"4시까지 휴정합니다."

변호팀은 1층 좁은 복도 끝에 모였다. 기분이 좋았지만 축하하고 싶은 욕망을 눌렀다.

제이크가 말했다. "누스가 대표인 레지나 엘모어를 불렀어요. 그분 말이 두 번 싸움이 벌어졌고 또 그럴 수 있답니다. 아무도 양보하지 않으려 한대요. 그녀는 '깨지지 않을 6대 6'이라고 표현했고, 모두 집에 가고 싶어 한답니다."

칼라가 물었다. "4시엔 어떻게 될까?"

"누가 알겠어? 만일 그들이 서로 아무도 죽이지 않고 그때까지 버티면, 내 생각엔 누스가 다시 훈계할 테고, 아마 자고 오라고 집에 돌려보내겠지."

"그럼 자넨 미결정 심리로 밀어붙일 건가?" 루시엔이 물었다.

"네."

칼라가 말했다. "난 해나를 데리러 가야겠어. 집에서 봐." 그녀는 제이크의 뺨에 키스하고 떠났다. 제이크는 포샤와 리비, 세인 세즈윅을 보고 말했다. "시간을 좀 보내고 있어요. 난 드루를 만나야겠어요."

그는 다른 복도로 걸어갔고, 그곳에서 모스 주니어 테이텀과 이곳의 보안관보 한 명이 감독위원회 회의실 밖에 의자를 놓고 앉아 있는 걸 발견했다. 그는 그들에게 말했다. "제 의뢰인을 만나고 싶습니다." 모스 주니어가 어깨를 으쓱하더니 문을 열었다.

드루는 재킷을 벗은 채 긴 테이블 한쪽 끝에 혼자 앉아 하디 보이스의 미스터리 소설을 읽고 있었다. 제이크는 맞은편에 앉아서 말했다. "어떻게 지내고 있나, 친구?"

"좋아요. 이 허튼짓에 좀 지쳤어요."

"그렇지, 나도 그래."

"밖에서는 어떻게 돌아가고 있어요?"

"아마도 불일치 배심이 날 것 같구나."

"그게 무슨 뜻인데요?"

"무슨 말이냐면 네게 유죄 판결을 내리지 않을 것 같다는 거야. 그건 우리로서는 엄청난 승리야. 또 그들이 널 다시 클랜턴 구치소로 데려간다는 뜻이기도 한데, 넌 그곳에서 다시 재판을 기다려야 해."

"그럼 우린 이걸 다시 해야 해요?"

"아마도 그럴 가능성이 크지, 그래. 어쩌면 몇 달 뒤가 될 수도 있어. 널 빼내려고 최선을 다하겠지만, 아마 힘들 거야."

"끝내주네요. 그리고 전 이걸 기뻐해야 하는 거겠죠?"

"그래. 그것보다 훨씬 나쁠 수도 있었으니까."

제이크는 카드 한 벌을 꺼내더니 말했다. "블랙잭이나 조금 해볼까?"

드루가 웃더니 말했다. "좋죠."

"점수가 어떻게 되더라?"

"변호사님이 718번 이겼어요. 저는 980번 이겼고요. 변호사님이 제게 2달러 62센트 빚졌어요."

"네가 나오면 갚을게." 제이크는 대답하고 카드를 섞었다.

4시, 배심원들은 화가 나고 패배감에 빠진 모습으로 서로 옷깃이라도 부딪치지 않을까 조심하며 줄을 서서 입장해 자리를 잡고 앉았다. 남자 세 명은 즉시 앞으로 팔짱을 끼고 제이크와 그의 의뢰인을 노려보았다. 눈이 빨갛게 된 여자 두 명은 그저 집에 가고만 싶었다. 조이 케프너는 자신감 넘치는 미소를 띠고 리비를 바라보았다.

재판장이 말했다. "대표인 엘모어 부인에게 배심원단이 2시 이후 조금이라도 진전이 있었는지 묻겠습니다. 그냥 앉아서 말씀하세요."

"아뇨, 판사님. 전혀 그렇지 않습니다. 상황은 더 나빠지기만 했습니다."

"투표 결과는 어떻게 됐습니까?"

"여섯 명은 1급 살인죄로 유죄이고 여섯 명은 모든 혐의에 무죄입니다."

누스는 그들이 자기 말을 듣지 않기라도 한 것처럼 그들을 노려보더니 말했다. "좋습니다. 제가 배심원 각자에게 한 가지 질문을 하겠습니다. 그냥 예, 아니오로 대답하면 충분합니다. 더 이상의 말은 필요하지 않아요. 1번 배심원 빌 스크리브너, 귀하의 의견에는 이 배심원단이 만장일치 판결을 할 수 있겠습니까?"

"아뇨, 그렇지 않습니다." 빠른 대답이 돌아왔다.

"2번, 래니 풀 씨는요?"

"아닙니다."

"3번, 슬레이드 킹먼 씨?"

"아뇨."

"4번, 해리엇 라이델 부인?"

"아닙니다, 판사님."

열두 명 모두가 단호히 부정적으로 대답했다. 그들의 몸짓은 그들의 말로 한 대답보다 더 단호했다.

누스는 한참 동안 말없이 아무 의미 없는 뭔가를 끄적거리며 적었다. 그는 검사를 보더니 말했다. "다이어 씨."

로웰이 일어서서 말했다. "판사님, 긴 하루였습니다. 저는 지금 휴정하고 배심원들이 집에 가서 이 문제에서 몇 시간 벗어나 휴식을 취한 다음 아침에 다시 모여 새롭게 시도하기를 제안합니다."

전부는 아니지만 배심원 대부분은 동의하지 않는다는 듯 고개를 가로저었다.

"브리건스 씨."

제이크가 말했다. "재판장님, 변호인은 미결정 심리를 선언하고 피고인에 대한 모든 혐의를 기각해 주시길 요청합니다."

누스가 말했다. "배심원들이 더 논의해 봐야 시간 낭비일 것으로 보입니다. 요청을 받아들입니다. 불일치 배심을 선언합니다. 피고인은 포드 카운티 보안관이 계속 구금할 것입니다." 그는 나무망치를 힘껏 두드리고 판사석을 벗어났다.

한 시간 뒤, 리비 프로빈과 셰인 세즈윅은 법원을 떠나 멤피스 공항으로 향했다. 루시엔은 이미 사라지고 없었다. 제이크와 포샤는 파일과 상자들을 새 임팔라 승용차 트렁크에 싣고 45분 거리인 옥스퍼드로 출발했다. 그들은 광장에 주차하고 제이크가 대학 시절부터 좋아하는 햄버거 가게 들렀다. 8월 9일이었고 학생들이 조금씩 이곳 도시로 돌아오고 있었다. 2주 뒤면 포샤는 로스쿨 신입생이 될 것이고 그녀는 그날을 손꼽아 기다리고 있었다. 2년을 제이크의 비서와 법률보조원으로 보낸 그녀는 사무실을 떠날 예정이었고, 제이크는 그녀 없이 어떻게 해야 할지 알지 못했다.

그들은 맥주를 마시며 재판이 아닌 로스쿨 이야기를 했다. 재판 얘기만큼은 피하고 싶었다.

7시 정각에 조시와 키아라가 웃으며 걸어 들어왔다. 서로서로 껴안았다. 그들은 테이블에 둘러앉아 샌드위치와 감자튀김을 주문했다. 조시는 질문이 너무 많았고 제이크는 참을성 있게 가능한 한 많은 질문에 대답했다. 사실은 그도 드루에게 무슨 일이 벌어질지 알지 못했다. 드루는 같은 혐의로 다시 기소될 것이 분명했다. 그리고 다시 재판이 열릴 터였다. 언제? 어디서? 제이크는 알지 못했다.

그들은 그런 문제는 나중에 걱정하기로 했다.

# 51

금요일 오전 늦게 제이크는 끊임없이 울려대기만 하고 아무도 받지 않는 전화 소리에 지쳐 우울한 사무실을 떠나기로 했다. 포샤는 그가 우겨서 하루 쉬도록 했고, 사무실에는 아무도 없었다. 기자들, 수다를 떨고 싶어 하는 몇 안 되는 변호사 친구들 그리고 누군지 밝히지도 않고 폭언을 퍼부어대는 사람들에게 전화가 걸려왔다. 새로 의뢰인이 될 것 같은 사람들 전화는 없었다. 그는 걸려 온 전화 메시지를 듣다가 도저히 일할 수 없다는 생각이 들었다. 그는 형사 재판에서 미결정 심리는 승리라는 사실을 다시금 되새겼다. 주 검찰은 많은 자원을 확보하고 있음에도 짐을 떨어내지 못했다. 그의 의뢰인은 여전히 무죄였고, 제이크는 자신이 진행한 변호에 만족했다. 하지만 주 검찰은 돌아올 것이고 드루는 필요하다면 계속 재판을 받게 될 터였다. 피고인이 한 건의 범죄로 받게 되는 불일치 배심에는 횟수 제한이 없었고, 경찰관 살해라면 몇 년을 두고 같은 기소가 계속 이어질 터였다. 하지만 그런 상황 전체가 우울하게만 느껴지지는 않았다. 제이크는 낡은 법원이 집처럼 느껴졌다. 그는 압박에도 불구하고 잘 해냈다. 그의 증인들은 철저히 준비했고 아름다울 정도로 멋지게 해냈다. 그의 전략과 매복 공격은 완벽히 이루어졌다. 배심원단을 향한 그의 호소는 신중하게 연습했고 멋지게 전달되었다. 가장 중요한 것은 제이크가 다른 사람이 어떻게 생각하든 전혀 신경 쓰지 않는 경지에 이르렀다는 점이었다. 경찰, 상대측 변호사, 지켜보는 방청객들, 지역사회 전체까지. 그는 신경 쓰지 않았다. 그가 해야 할 일은 아무리 인기가 없는 소송을 맡더라도 의뢰인을 위해 싸우는 거였다.

그는 거리를 걷다가 커피숍으로 들어갔고, 카운터에서 잔의 물기를 닦는 델을 발견했다. 그녀와 살짝 포옹을 나누고 그들은 안쪽에 있는 좌석에 앉았다.

"배고파요?" 그녀가 물었다.

"아뇨, 그냥 커피만 주세요."

그녀는 카운터로 가더니 커피 주전자를 가져와 두 개의 컵에 채우고 앉아서 물었다. "어떻게 지내요?"

"좋아요. 이겼지만, 일시적이에요."

"듣기로는 재판을 다시 할 거라면서요."

"이번 주에 소문을 엄청나게 많이 들었겠네요."

그녀는 웃더니 말했다. "그럼요, 그랬죠. 프레이더랑 루니가 오늘 아침에 와서 얘기를 많이 해줬어요."

"내가 맞혀보죠. 브리건스가 또 교묘한 짓을 해서 애를 놔주었어요."

"뭐, 여러 가지 얘기가 있지만, 맞아요. 그 친구들은 소환장으로 일주일 내내 그들을 법원에 묶어놓고는 결국 증언대에 세우지도 않았다고 다들 열받았어요."

제이크는 어깨를 으쓱했다. "그것도 그 사람들 일인 걸요. 지나면 잊을 거예요."

"그럼요. 프레이더는 당신이 임신한 아이로 습격했대요. 걔를 계속 숨겨두었다면서."

"그건 공정한 싸움이었어요, 델. 로웰 다이어는 변호사들 싸움에서 진 거고 우리에게 유리한 사실이 드러난 거예요. 그리고 아이는 아직도 구치소에 있고요."

"걔는 나올 수 있어요?"

"아닐 거예요. 걔는 나와야 해요. 유죄가 확정되기 전까지는 무죄로 추정해야 한다고요. 그런 얘기는 나오지 않았어요?"

"아뇨, 당연히 안 나왔죠. 그들은 증언이 상당히 추했다고 했어요. 당신이 코퍼를 괴물처럼 보이게 만들었다면서요."

"저는 사실관계를 하나도 바꾸지 않았어요, 델. 그리고 맞아요, 스튜어트 코퍼는 그렇게 되어도 마땅한 사람이었어요."

"히치콕 노인이 당신 편을 들었어요. 만일 자기가 문제가 생기면 첫 번째로 연락할 변호사가 당신이래요."

"딱 저한테 필요한 거네요. 돈이라고는 한 푼도 없는 또 다른 의뢰인이라니."

"그렇게 나쁘지만은 않아요, 제이크. 그래도 여기에 친구들이 남아 있고, 법정에서 당신이 보여준 솜씨에 대해서 사람들이 어느 정도 인정하고 있으니까요."

"듣기 좋은 얘기네요, 델. 하지만 전 이제 더는 신경 쓰지 않아요. 지난 12년 동안 소문에 신경 쓰느라 굶주려 살았어요. 그런 시절은 끝났어요. 배고프게 사는 것도 지쳤어요."

그녀는 그의 손을 꼭 쥐더니 말했다. "당신이 자랑스러워요, 제이크."

문에 달린 종이 울리더니 남녀 한 쌍이 걸어 들어왔다. 델은 그에게 웃어 보이고 손님을 맞으러 갔다. 제이크는 카운터에 가서 투펄로 신문 한 부를 집었다. 그는 자리로 돌아와 문을 등지고 앉았다. 1면에 드루의 사진이 실렸고 그 아래에 이렇게 설명이 붙었다. "배심원단 의견 갈려 판사가 미결정 심리 선언." 몇 시간 전에 이미 읽은 기사라서 다시 읽을 필요는 없었다. 그래서 그는 스포츠 면으로 넘겨 미식축구 시즌을 앞두고 남동부 컨퍼런스의 성적을 예상한 기사를 읽었다.

포샤는 자기 자리에서 신문 기사를 잘라내고 있었다. 제이크가 걸어 들어오다 보고 물었다. "왜 나왔어?"

"집에 가만히 앉아 있으니까 지루해서요. 그리고 엄마가 오늘 기분이 안 좋으세요. 정말이지 빨리 집을 나가 로스쿨에 가고 싶다니까요."

제이크는 웃고 그녀 맞은편에 앉았다. "뭘 하고 있어?"

"변호사님 스크랩북 정리요. 이 기사들을 쓴 기자들과 얘기할 생각 있어요? 기사마다 이렇게 말하잖아요. '브리건스 씨는 노코 멘트라고 했다.'"

"브리건스 씨는 할 말이 없어. 사건은 아직 끝나지 않았으니까."

"그래도 헤일리 재판 때는 할 말이 많았잖아요. 그 재판에 관한 스크랩북이 잔뜩 있던데. 그때 브리건스 씨는 완전히 기분 좋아서 기자들하고 떠들어댔잖아요."

"그동안 배웠지. 변호사들은 '노코멘트'로 일관해야 해. 하지만 그러는 게 불가능하지. 유명 변호사와 텔레비전 카메라 사이에 절대로 끼어들지 마. 위험하니까."

그녀는 잘라낸 기사들을 옆으로 밀더니 말했다. "저기요, 전에도 이런 말을 한 것 같은데, 떠나기 전에 다시 말했으면 좋겠어요. 변호사님과 애틀리 판사가 허버드 씨 재산을 처리한 건 정말 훌륭했어요. 교육 기금 덕분에 저와 사촌들이 대학에 갈 수 있었죠. 제가 다닐 로스쿨 학비도 그렇고요. 제이크, 늘 고맙게 생각하고 있어요."

"고맙긴 뭘. 그건 내 돈이 아니야. 난 그저 수표를 관리하는 것뿐이지."

"그래도 변호사님은 훌륭한 재산 관리인이고, 그건 정말 고마운 일이에요."

"고마워. 가치 있는 학생들에게 장학금을 나누어주는 건 영광스러운 일이야."

"로스쿨에서 잘 해낼 생각이에요, 제이크. 약속할게요. 그리고 학교를 마치면 이리로 돌아와 일할 거예요."

"넌 벌써 채용된 것 같은데. 이 사무실에서 2년이나 일하는 동안 대부분 네가 주인이라도 되는 것처럼 행동했잖아."

"심지어 루시엔까지 좋아졌어요. 우리 모두 알지만 그건 정말 쉽지 않은 일이잖아요."

"루시엔은 널 좋아해, 포샤. 그는 네가 여기 있길 원해. 하지만 넌 큰 로펌에서 영입 제안을 받을 거야. 사회가 변하고 있고 그들은 다양성을 추구하고 있어. 로스쿨에서 좋은 성적을 받으면 그들이 네게 큰돈을 제안할 거야."

"그런 것에는 관심 없어요. 난 법정에서 변호사님처럼 일하고 싶어요, 제이크. 사람들, 내 사람들을 도우면서요. 변호사님은 제가 진짜 변호사라도 된 것처럼 그런 재판에 내내 참석할 수 있도록 해줬어요. 제게 영감을 주셨어요."

"고마워, 하지만 너무 흥분하지는 말자고. 내가 재판에서 이겼는지는 몰라도 난 드루 갬블을 만나기 전보다 더 돈이 없어. 또 드루 건도 끝나지 않을 테고."

"네, 하지만 살아남을 거잖아요, 제이크. 안 그래요?"

"어떻게든 그래야지."

"제가 로스쿨을 마칠 때까지 어떻게든 견뎌야 해요."

"난 여기 있을 거야. 그리고 앞으로 3년 동안 자네가 필요할 거야. 언제나 조사해야 할 일이 많으니까." 제이크는 손목시계를 들여다보더니 웃었다. "자, 오늘은 금요일이야. 클로드네 식당에 백인들이 모이는 날. 가서 회사 회식을 하자고."

"회사 비용으로 먹을 수 있어요?"

"아니." 그는 웃으며 말했다. "하지만 클로드가 외상을 줄 거야."

"가요."

그들은 광장을 돌아 정오에 사람들이 몰려오기 직전에 식당에 도착했다. 클로드가 두 사람을 껴안더니 창가 테이블을 가리켰다. 그는 메뉴를 인쇄해 둘 필요성을 단 한 번도 느끼지 않았고, 손님들은 그가 요리하는 걸 군말 없이 먹어야 했다. 대개 갈비나 메기, 바비큐 치킨, 콩 요리에 채소가 듬뿍 추가되었다.

제이크는 고등학생 시절부터 알고 지내는 나이 든 부부와 이야기를 나누었다. 갬블 재판에 조금이라도 관심이 있는 사람은 아무도 없어 보였다. 포샤는 갈비를 주문했고 제이크는 메기가 먹고 싶었다. 그들은 달콤한 차를 마시고 식당에 사람이 들어차는 걸 구경했다.

"질문 있어요." 그녀가 말했다. "뭔가 마음에 걸리는 것이 있거든요."

"말해봐."

"5년 전 헤일리 재판에 관한 모든 기사를 읽었어요. 변호사님이 〈뉴욕타임스〉의 맥키트릭이라는 사람과 인터뷰를 했잖아요. 그때 변호사님은 사형제도가 필요하다면서 상당히 열정적으로 말했어요. 무엇보다, 가스실의 문제는 자주 사용하지 않는 것이다, 라고 말하기도 했잖아요. 요즘은 그렇게 생각하시는 것 같지 않아서요. 어떻게 된 거죠?"

제이크는 웃더니 가게 바깥 인도에 오가는 사람들을 바라보았다. "칼 리가 나타난 거지. 그와 그의 가족을 알게 되면서 그가 유죄 선고를 받을 수도 있었다는 생각이 강하게 들었어. 그랬으면 그는 파치먼 교도소에서 10년이나 15년 동안 갇히고 나는 항소심에 가서 싸우겠지만, 어느 날 주 정부는 그를 묶어놓고 가스를 틀었겠지. 그런 생각을 하면서 살 수 없었어. 변호사로서 나는 가스실 옆에 있는 대기실에서 그와의 마지막 순간을 함께하겠지. 어쩌면 목사님이나 사제와 함께 말이야. 그리고 그들이 그를 데려갔을 거야. 나는 모퉁이를 돌아 증인실로 가서 그의 아내인 그웬과 동생인 레스터 그리고 어쩌면 다른 가족들과 함께 앉아 그가 죽는 모습을 지켜봤겠지. 그런 악몽 때문에 잠을 잘 수가 없었어. 난 사형제도의 역사를 공부했어. 정말이지 태어나서 처음이었지. 명백한 문제점들을 찾아냈어. 불공평함, 불평등, 시간 낭비, 돈 그리고 생명. 게다가 난 도덕적 진퇴유곡에 빠졌어. 우린 생명을 소중히 여기고 사람을 죽이는 게 잘못된 일이라는 데 동의하는데, 왜 주 정부를 통해 우리 스스로 죽이는 일을, 합법적 살인을 허락하지? 그래서 난 마음을 바꿨어. 아마도 그건 성장과 삶, 성숙해지는 과정의 일부일 거야. 우리가 자기 신념에 의문을 품는 일은 자연스러우니까."

클로드가 접시 두 개를 테이블에 내던지다시피 하고는 말했다. "먹을 시간 30분 남았어."

"45분 주세요." 제이크가 말했지만, 그는 이미 사라지고 없었다.

"사형제를 좋아하는 백인들이 왜 그렇게 많은 거죠?" 포샤가 물었다.

"그냥 지역이 그런 거야. 우린 그런 세상에서 자랐어. 집에서 교회에서 학교에서 친구 사이에서 그런 얘기를 듣고 자라지. 이곳은 바이블 벨트야, 포샤. 눈에는 눈, 뭐 그런 거지."

"신약성경과 예수님이 하신 용서에 대한 설교는 다 어떻게 된 거죠?"

"그건 받아들이기 불편하잖아. 예수님은 사랑이 먼저라고 하셨고 인내, 포용, 평등도 가르치셨지. 그렇지만 내가 아는 기독교인 대부분은 성경에서 자기들에게 유리한 것만 골라내는 데 아주 솜씨가 좋아."

"그건 백인 기독교인들만 그런 건 아니에요." 그녀는 웃으며 말했다. 그들은 잠시 음식을 즐겼고 클로드가 멋진 양복을 입은 세 명의 흑인 신사들을 못살게 구는 걸 보고 웃었다. 한 사람이 메뉴를 보여달라고 말하는 실수를 저질렀다. 그들은 클로드의 공격이 끝날 무렵에는 웃고 있었다.

12시 15분이 되자 남은 테이블이 없었고 제이크는 본인 말고도 백인이 일곱 명이나 있다는 걸 알 수 있었지만, 그것이 중요하지는 않았다. 잠깐이었지만 피부색보다 좋은 음식이 더 중요했다. 포샤는 한입에 조금씩 완벽한 매너로 식사했다. 그녀는 이제 스물여섯 살이었고, 군대 덕분에 제이크나 그가 아는 그 누구보다 세상을 더 많이 보았다. 또 그녀는 적당한 남자 친구를 찾는 데 어려움을 겪고 있었다.

"남자 있어?" 그는 문젯거리를 찾으며 물었다.

"아뇨, 묻지 마세요." 그녀는 한 숟갈 먹더니 주위를 둘러보았다. "로스쿨에서 찾으면 어때요?"

"흑인, 백인?"

"이러지 말아요, 제이크. 제가 집에 백인 남자 친구를 데려오면 가족들이 미칠 거예요. 로스쿨에 가면 재능 있는 친구들이 좀 있을 테죠."

"아닐 수도 있어. 난 12년 전에 졸업했지만, 우리 반에 흑인은 세 명뿐이었거든."

"다른 얘기 하죠." 그녀가 말했다. "엄마 같은 소리만 하네요. 결혼 안 한다고 계속 잔소리를 하시거든요. 늘 이렇게 대꾸해요. 엄마가 결혼해서 지금 어떤 꼴인지 보라고요." 그녀의 아버지인 시메온 랭은 힘든 과거가 있었고 지금은 과실치사로 복역 중이었다. 그녀의 어머니인 레티는 2년 전 그와 이혼했다.

클로드가 걸어오더니 접시를 보고 인상을 찌푸렸다. 그는 이미 시간이 지났다는 듯 손목시계를 들여다보았다.

"이렇게 압박하시면 우리가 어떻게 점심을 즐길 수 있겠어요?" 제이크가 그에게 물었다.

"매우 잘하고 있어. 그래도 조금만 서둘러줘. 밖에서 손님들이 기다리고 있어서 말이야."

그들은 식사를 마쳤고 제이크가 테이블에 20달러를 올려놓았다. 클로드는 신용카드나 수표를 받지 않았고, 동네 사람들은 그가 얼마나 돈을 버는지 추측하기를 즐겼다. 그는 시골에 좋은 집을 가졌고 아름다운 캐딜락을 탔고 세 아이를 대학에 보냈다. 그가 인쇄해 둔 메뉴나 영수증, 신용카드를 싫어하는 이유가 소득세 때문이라는 건 누구나 알 수 있었다.

인도로 나온 제이크가 말했다. "난 구치소까지 걸어가서 드루와 한 시간 정도 시간을 보낼까 해. 녀석이 블랙잭에서 날 이기고 있어서 돈을 좀 되찾아야 하거든."

"참 착한 아이예요. 걔를 풀어줄 수는 없어요, 제이크?"

"힘들 것 같아. 내일 개 면회해 줄 수 있어? 걘 자넬 정말 좋아해, 포샤."

"그럼요. 브라우니를 좀 만들어서 갈게요. 간수들이 제가 만든 더블 퍼지를 정말 좋아해요. 다들 살쪄서 그만 먹어야 할 것 같은데."

"두어 시간 뒤에 돌아올게."

"맘대로 하세요, 제이크. 어쨌든 지금은 당신이 제 상사잖아요."

# 52

월요일 아침, 제이크는 드루 갬블 변호에 들어간 시간과 비용 계산을 마무리해 오마르 누스 판사에게 팩스로 청구서를 보냈다.

3월 25일 일요일 스튜어트 코퍼가 실제로 사망한 날 처음 판사가 전화를 걸어온 뒤, 제이크는 정확히는 320시간, 업무 시간의 약 3분의 1을 이 사건에 썼다. 그는 포샤가 일한 100시간을 추가했고, 사건과 관련 있는 가능한 모든 시간을 청구서에 포함했다. 운전, 통화까지 모든 것들을. 그는 일한 시간표를 관대하게 작성했고, 그러면서도 죄책감이 느껴지지 않았다. 법원에서 지정한 변호사에게 인정되는 시간당 보수는 50달러에 불과했고, 변호사로 보자면 형편없는 금액이었다. 이 지역에서 시간당 보수가 가장 비싸다는 소문이 있는 월터 설리번의 경우 한 시간에 200달러를 청구한다며 자랑했다. 잭슨과 멤피스에 있는 로펌들도 그 정도 금액을 청구했다. 2년 전 세스 허버드의 유언장 소송에서 애틀리 판사는 제이크에게 시간당 150달러의 보수를 허가했고, 그는 자신이 그 정도 가치가 있다고 생각했다.

시간당 50달러로는 간신히 실제 경비만 충당할 수 있었다.

그가 청구한 총액은 2만 천 달러로 법에서 정해둔 1급 살인 변호에 허용된 금액보다 2만 달러가 많았고, 솔직히 청구하면서도 그런 큰돈을 볼 수나 있을지 의심스러웠다. 그 이유 하나만으로도 재심 생각을 하면 우울해졌다.

적절한 수임료는 얼마일까? 자산가들이 살인 혐의로 기소되는 일이 거의 없어서 쉽게 알 수 없었다. 3년 전 델타의 한 부유한 농부가 12게이지 산탄총으로 아내를 살해한 혐의로 재판받은 적이 있다. 그는 유명한 법정 변호사를 고용해 무죄 판결을 받았다. 그때 받은 보수가 소문으로는 25만 달러였다.

제이크는 그런 사건을 원했다.

30분 뒤 누스 판사가 전화했다. 제이크는 침을 꿀꺽 삼키고 전화를 받았다. "내가 보기엔 적절해 보이네." 판사가 말했다. "아주 훌륭하게 일을 해줬네, 제이크."

안도한 제이크는 그에게 감사한 뒤 물었다. "이제 어떻게 하죠, 판사님?"

"자네 청구서를 토드 태너힐에게 당장 팩스로 보내고 감독위원회에서 수표를 발행하라고 하지."

화끈하게 진행해 주세요, 판사님. 그는 판사에게 다시 감사 인사를 하고 전화를 끊었다. 감독위원회는 지급을 거절할 테고, 그러면 제이크는 카운티를 오마르 누스가 재판장인 순회재판소에 고소할 계획이었다.

한 시간 뒤 토드 태너힐이 전화했다. 토드는 훌륭한 변호사로 오랫동안 카운티 감독위원회 변호사로 일해왔다. 제이크는 예전부터 그를 좋아했고, 그들은 함께 오리 사냥을 한 적도 있었다. 토드가 말했다. "재판에서 이긴 것 축하하네, 제이크."

"고마워요, 그렇지만 일시적일 뿐이에요."

"그래, 나도 알지. 수임료는 상당히 적절하고 나도 수표를 써주고 싶어. 하지만 법률에 규정이 너무 명확해서 말이야."

"저도 알고 있습니다."

"그래서 말인데, 일단 청구서는 접수하지. 오늘 오후에 위원회 회의가 있어. 내가 가장 시급한 사안으로 회의에 올리겠네. 하지만 자네나 나나 위원회가 거부할 건 뻔히 알잖아. 누스 판사는 자네가 카운티를 고소할 수도 있다던데."

"그거야 뭐 늘 가능한 선택이죠."

"행운을 빌어. 일단 그렇게 진행하지."

화요일 오전 제이크는 태너힐로부터 팩스로 편지를 받았다.

브리건스 씨 귀하

8월 13일 월요일 포드 카운티 감독위원회는 귀하가 법원의 임명을 받아 진행한 드루 갬블 재판 관련 청구서를 받았습니다. 귀하의 청구 금액은 주 법에서 허가한 금액을 초과합니다. 그러므로 위원회는 귀하의 청구서를 거절할 수밖에 없음을 알려드립니다.

귀하의 요청에 따라 위원회는 법정 최고액인 천 달러를 지급할 예정입니다.

유감스럽다는 말씀을 드립니다.

토드 태너힐

제이크는 카운티를 상대로 간단하게 한 페이지짜리 소장을 작성해 아래층 자기 사무실에 있던 루시엔에게 보여주었다. 그는 소장이 아주 마음에 든다며 말했다. "자, 하나님 무섭다는 이 동네 녀석들은 사형제도를 그렇게들 좋아하니까 당연히 그 비용쯤이야 감당하겠지."

듀머스 리가 매주 화요일 오후가 되면 뉴스거리를 찾아 법원 기록을 샅샅이 뒤지는 걸 아는 제이크는 하루쯤 기다렸다가 소장을 제출하기로 했다. 신문은 매주 화요일 밤에 인쇄되었고, 다음 날 판은 코퍼 살인 사건이 미결정 심리로 끝났다는 기사로 온통 도배되어 있을 게 틀림없었다. 제이크가 수임료 문제로 카운티를 고소했다는 이야기는 불에 기름을 끼얹을 뿐이었다.

로웰 다이어는 그런 자제력을 보이지 않았다. 화요일 오후 그는 대배심의 특별 회의를 소집해 그들에게 살인 사건 내용을 다시 설명했다. 오지는 증언대에 올라 똑같은 범죄 현장 사진을 보여주었다. 만장일치로 드루 갬블은 1급 살인 혐의로 다시 기소되었고 감방에서 기소장을 받았다. 다이어는 그 후에야 제이크에게 연락했고 대화에서는 긴장감이 흘렀다.
 정말로 중요한 건 타이밍이 아니었다. 재기소는 예상했던 터였다. 그리고 재선 가능성이 낮아진 다이어는 자신의 패배를 무마하기 위해 뭔가 극적인 행동이 필요했다.

 수요일 오전 일찍 제이크는 칼라와 커피를 마시며 〈타임스〉를 읽었다. 불일치 배심, 사진들 그리고 듀머스가 쓴 숨 가쁜 기사의 굵은 헤드라인을 모두 소화하기에 1면이 부족할 정도였다. 새로운 기소 소식은 2면에 실렸다. 브리건스 씨는 여전히 아무런 의견도 내놓지 않고 있었다.

 목요일 오전, 제이크는 카운티를 상대로 소송을 제기했다. 그는 또 스튜어트 코퍼 재산에 대해서도 소송을 제기했는데, 조시의 병원 비용과 그녀의 고통에 따른 위자료 청구 소송이었다. 사무실에서는 다른 두 건의 소송도 논의되고 있었다. 하나는 세실 코퍼를 상대로 한 의료비 소송으로 그가 당한 폭행 사건에 관한 건이었다. 다른 하나는 스튜어트 재산에 대해 제기하는, 키아라에 대한 간병과 치료 비용 및 아직 출산 전인 그녀의 아기 양육비 청구 소송이었다.
 소송만으로도 기분이 나아졌다.
 포샤는 따로 소송을 준비하고 있었다. 다른 대부분 소도시 개업 변호사들과 마찬가지로 제이크는 구속적부심사 소송을 절대 제기하지 않았다. 구속 관련 소송은 부당하게 구금되었다고 주장하는 수감자들을 대리하는 전문 변호사가 전적으로 맡아 일했고, 사실상 대부분 연방법원에서 진행되었다. 하지만 그녀가 알아낸 바에 따르면 주 법원에 구속 관련 소송을 제기하는 데는 아무 문제가 없었다. 목요일 오후 늦게 그녀는 제이크에게 소장과 그를 뒷받침하는 두꺼운 준비 서면을 보여주었다. 그는 제목인 드루 앨런 갬블 대 포드 카운티 보안관 오지 윌스 사건을 보고 웃으며 말했다. "우리 이제 오지에게 소송을 거는 거야?"

"맞아요. 구금 소송은 원고를 잡아 가둔 사람을 상대로 제기하죠. 대개는 교도소 관리자예요."

"오지에겐 뜻깊은 날이 되겠군."

"오지가 책임을 지거나 손해를 볼 일은 없어요. 그냥 형식적인 거죠."

"그리고 주 법원에서 재판하고?"

"그렇죠. 연방법원으로 가기 전에 주에서 해볼 수 있는 일은 모두 해야죠."

제이크는 웃으며 서류를 계속 읽었다. 소장은 법원(누스 판사)이 1급 살인 혐의는 보석 청구가 불가능한 범죄라고 생각한다는 이유로 드루가 불법적인 구금 상태에 놓였다고 주장했다. 그는 무죄로 추정되는 상황임에도 카운티 구치소에 넉 달 넘게 갇혀 있었다. 주 정부는 그에게 유죄 판결을 내리려 시도했지만 실패했다. 그는 어리다는 이유로 독방에 갇혔고 교육받을 기회도 거부당했다.

"아주 마음에 들어." 제이크는 중얼거리며 읽었다. 포샤는 자신이 해낸 일을 자랑스럽게 보며 웃었다. 제이크의 소송 제기 속도로 볼 때 그가 이 소송을 즉시 제기하리라는 데는 의심의 여지가 없었다.

포드 카운티와 22구역 재판구 순회법원은 미성년자를 성인 구치소에 보석이 불가한 상태로 가둠으로써 잔인하고 비정상적 형벌을 금지하는 수정헌법 8조를 위반하고 있었다.

제이크는 소장을 내려놓고 그녀가 작성한 준비 서면을 들었다. 그가 서류를 읽기 시작하자 그녀가 말했다. "그냥 초안을 잡아본 정도예요. 아직 작업을 더 해야 해요."

"아주 훌륭해. 로스쿨에 갈 필요도 없겠어."

"좋아요. 변호사 자격증만 주신다면요."

그는 페이지를 넘기며 천천히 읽었다. 웃음이 떠나지 않았다. 그가 서류를 모두 읽고 난 뒤에 그녀는 서류를 더 내밀었다.

"이건 뭐야?" 그가 물었다.

"연방법원에 제출할 소장이요. 누스가 기각하면 우린 연방법원으로 달려갈 거예요. 그곳 판사들은 구속적부심에 관해 더 많이 아니까요."

"그렇지, 그리고 아주 싫어하지."

"맞아요, 하지만 그들이 싫어하는 이유는 별로 하릴없는 교도소 변호사들이 제기하는 청원이 넘쳐나기 때문이에요. 수감자들은 누구나 불만이 있어요. 무죄를 주장하는 정당한 주장이든 변기가 새거나 음식이 형편없다는 불만이든, 구속이 부당하다면서 청원을 쏟아내는 거죠. 이건 다르니까 심각하게 받아줄 수도 있어요."

"같은 주장인가?"

"네, 거의 같은 내용의 소장이에요."

제이크는 소장을 내려놓고 일어서서 기지개를 켰다. 그녀는 그를 보더니 말했다. "그리고 제 생각에 누스를 대상으로 법관 기피 신청을 해야 할 것 같아요. 어쨌거나 그는 적절한 보석금을 고려조차 하지 못하게 했으니, 문제를 일으킨 장본인인 셈이잖아요. 우린 재판구 외부의 다른 판사에게 재판을 받을 수 있도록 요구해야 해요."

"아, 그러면 누스 판사가 좋아하겠군. 좋은 생각이 있어. 오전에 재판 마무리 건으로 다이어와 함께 누스를 만날 거야. 다른 재판 첫 출두랑 보석 심리 때문에 이쪽에 와 있거든. 판사와 다이어에게 소장과 준비 서면을 보여주고 이곳에서 소송을 제기했다가 필요한 경우 연방법원으로 가겠다면서 위협하면 어떨까?"

"판사가 이런 걸을 본 적이 있어요?"

"없을 거야. 내가 법관 기피 신청을 내고 신속한 심리를 요구하겠다고 하는 거야. 그러면 언론에 보도될 수 있다는 생각에 번거로움을 피하고 싶겠지. 다이어는 죽는소리를 하면서 대중을 위해 행동해야 한다고 할 테고. 최종 목표는 누스에게 압박을 가해 적당한 보석금을 정하게 만들고 우리 의뢰인이 석방될 수 있도록 하는 거지."

"드루가 보석금을 낼 수가 있어요?"

"훌륭한 질문이야. 그건 때가 되면 걱정하도록 하자고."

# 53

 금요일 오전 9시의 법정은 늘 몰려다니며 소문 관련 수다를 떨거나 철 지난 농담을 즐기는 변호사들로 분주했다. 최근 기소된 젊은이들의 가족들은 방청석에 앉아 걱정하고 있었다. 서기들이 서류를 들고 종종걸음치면서 변호사들과 시시덕거렸다. 제이크가 그 시간의 주인공이었고 그의 경쟁자 몇 명은 어쩔 수 없이 체스터에서 그가 거둔 성공에 축하를 건네야 했다. 하지만 주 정부를 대표하는 로웰 다이어가 나타나자 그것도 멈췄다.
 경위 한 명이 다가와 제이크와 토드 태너힐에게 판사가 그들을 판사실에서 보길 원한다고 말했다. 두 사람이 판사실에 들어서니 누스는 서서 그들을 기다리며 몸이 불편한 듯 스트레칭을 하고 있었다. 그는 두 사람을 악수로 따뜻하게 맞이하고 테이블의 의자를 가리켰다. 모두 자리를 잡고 앉자 그가 말했다. "신사분들, 오늘 아침엔 재판 일정 정리로 바쁘니 바로 본론으로 들어가죠. 제이크,

수임료를 달라고 소송을 제기했더군요. 토드, 얼마나 빨리 답변서를 줄 수 있습니까?"

"금방 드릴 겁니다, 판사님."

"그걸로 충분하지 않을 것 같은데요. 고소장은 달랑 한 페이지에 제이크의 청구서만 붙어 있던데, 이쪽 업계에선 정말 보기 드문 일입니다. 당신의 답변서는 더 간단하겠죠. 온통 부인만 할 테고. 맞죠?"

"그럴 것 같습니다, 판사님."

"의뢰인들과 논의하셨겠지만, 다섯 감독관이 모두 같은 생각이었을 겁니다."

"그렇습니다."

"좋아요. 얼른 사무실로 돌아가서 한 페이지짜리 답변서를 작성해 이리로 가져오세요. 그리고 내가 일정 정리를 마치기 전에 제출하세요."

"오늘 제출하라고요?"

"아뇨. 점심시간 전에 제출하세요. 재판은 이 법정에서 다음 주 목요일에 내가 주재해 열릴 겁니다. 제이크, 혹시 증인을 부를 계획이 있소?"

"없습니다. 정말 아무도 필요 없습니다."

"당신도 마찬가지일 겁니다, 토드. 아주 짧은 재판일 겁니다. 감독관 다섯 명이 모두 법정에 나와야 합니다. 제이크, 그래야 한다면 다섯 명 모두에게 소환장을 발부하세요."

"그럴 필요 없습니다, 판사님." 토드가 말했다. "모두 출석하라고 하겠습니다."

"좋아요, 하지만 만일 한 명이라도 불출석하면 영장을 발부하겠소."

토드는 당황했고 제이크도 마찬가지였다. 선거로 뽑힌 카운티 감독관을 체포해 법정으로 끌고 간다는 생각은 충격적이었다.

누스의 말은 끝나지 않았다. "그리고 토드, 이 법원에 포드 카운티가 주요한 피고인 소송 두 개가 제기되어 있다는 사실을 다섯 분께 조용히 상기시켜 주었으면 좋겠다는 생각이 듭니다. 하나는 카운티 소유 쓰레기 매립장이 오염되었다는 소송인데, 그것 때문에 상수원이 더러워졌다는 주장이 있어요. 원고들이 막대한 보상금을 원하고 있습니다. 두 번째 걱정거리는 카운티 소속 덤프트럭의 사고와 관련한 소송입니다. 두 소송 모두 타당성이 있습니다. 나는 제이크가 돈을 받기를 원합니다. 카운티에는 자금이 있습니다. 내가 회계장부를 봐서 알아요. 모두 아시다시피 카운티의 회계 관련 서류는 전부 공개된 자료입니다."

재판장이 관련도 없는 사건에서 호의를 제공하겠다며 공공연하게 위협하는 일은 더욱 놀라웠다. 태너힐은 충격을 받고 말했다. "판사님, 죄송하지만 마치 위협처럼 들립니다."

"위협이 아닙니다. 약속이죠. 나는 돈을 받게 해주겠다고 확언하고 제이크를 갬블 사건에 끌어들였어요. 그가 청구한 보수는 적정합니다. 그렇게 생각하지 않습니까?"

"청구서에는 문제가 없다고 생각합니다. 다만—"

"알아요, 압니다. 하지만 카운티 감독관들은 예산 문제에 폭넓은 재량권을 갖고 있고, 제한 없는 자금을 이용해 수임료를 지급할 수 있습니다. 그렇게 하도록 합시다."

"알았습니다, 알았어요."

"가봐도 좋습니다, 토드. 정오 전에 답변서 제출하세요."

태너힐은 당황한 표정으로 제이크를 보더니 서둘러 방에서 나갔다. 그가 떠나고 나자 누스는 일어서서 다시 기지개를 켰다. "오늘 오전에 관련 소송이 몇 건이나 있나?"

"최초 출석 두 건에 갬블 건이 있습니다. 갬블을 오늘 법정에 호출하실 건 아니겠죠."

"그건 나중에 하도록 하지. 일단 오전 업무를 마치고 이곳에서 다이어와 함께 점심을 하도록 하지."

"그러죠, 판사님."

"그리고 제이크, 클로드네 가게에서 메기 요리 좀 배달시켜 주게, 괜찮겠지?"

"그럼요, 판사님."

변호사들은 판사의 제안에 따라 재킷을 벗고 넥타이를 느슨하게 풀었다. 판사도 가운을 벗어 문에 걸어두었다. 메기 샌드위치는 여전히 따뜻했고 맛있었다. 몇 입 먹고 난 뒤에 가벼운 얘기를 주고받다가 누스가 물었다. "각자 일정표 갖고 있죠?"

두 사람은 고개를 끄덕이고 가방에서 일정표를 꺼냈다.

누스가 뭔가 적은 내용을 보며 물었다. "12월 10일에 재심을 열면 어떨까요?"

제이크는 10월이 지나면 아무 계획이 없었다. 다이어의 재판 일정은 누스의 일정과 맞물려 돌아갔다. 두 사람 모두 12월 10일에 가능하다고 말했다.

"재판 장소는 어디가 좋을지 좋은 생각들 있으세요?" 제이크가 이번 재판은 밴뷰런 카운티에서 열리지 않기를 간절히 바라며 물었다.

"에, 그건 내가 생각을 좀 해봤는데." 누스가 샌드위치를 한 입 먹더니 종이 냅킨으로 입가를 닦으며 말했다. "이 재판은 계속 진행되어야만 합니다. 체스터에서는 제대로 되지 않았어요. 이곳에서는 안 될 일이고. 타일러 카운티는 로웰의 앞마당이니 안 됩니다. 그럼, 포크와 밀번 카운티가 남죠. 적절한 시기에 내가 한 곳을 골라서 그곳에서 시작하도록 합시다. 반대 있소?"

로웰이 말했다. "물론 있습니다, 판사님. 저희는 재판 장소 변경에 대한 어떤 요청도 반대합니다."

양측 모두 다시 싸우기를 원하지 않았다. 다이어는 또 다른 패배를, 제이크는 파산 가능성을 걱정했다.

"물론 그러시겠죠." 누스가 말했다. "하지만 공연한 반대에 너무 시간을 허비하진 말기 바랍니다."

그 말로 법원은 결정을 내렸다.

판사는 계속 먹으며 얘기했다. "중요한 건 그게 아닙니다. 다섯 카운티 어디서나 길거리에서 열두 명을 뽑아도 결과는 같을 겁니다. 신사분들, 미결정 심리 이후 나는 다른 생각은 할 수가 없었습니다. 어떤 배심원단이라고 해도 그 아이에게 유죄 판결을 내릴 수도 없을 테고, 마찬가지로 무죄로 풀어줄 수도 없을 겁니다. 두 분의 생각을 좀 듣고 싶소."

제이크가 고개를 끄덕이며 아무 말도 하지 않자 다이어가 말했다. "반드시 다시 재판해야 합니다, 안 그렇습니까? 물론 같은 어려움이 있을 테지만, 저는 유죄 판결을 받아낼 자신이 있습니다."

검사라면 누구나 내놓을 표준 답변이었다.

"제이크?"

"저는 판사님과 같은 생각입니다. 투표 결과는 때때로 다를 테고 의견이 반반으로 갈리진 않겠지만, 만장일치 판결은 상상할 수 없습니다. 유일하게 바뀔 수 있는 사실은 다음 달에는 키아라가 출산을 하니 아기가 있을 거라는 점뿐입니다. 저희는 물론 아기가 코퍼의 자녀임을 증명할 수 있도록 혈액 검사를 하도록 하겠습니다."

"혹시 아닐 가능성은 없나요?" 다이어가 정중하게 물었다.

"저는 키아라를 믿습니다." 제이크가 말했다.

"그러니까 당신은 매복 공격 기회를 잃겠네요?"

"그럴 수도 있고, 다른 걸 준비할 수도 있죠."

"신사분들. 우린 12월 10일 다시 시도할 겁니다. 그리고 이제 습격은 안 됩니다. 만일 배심원단이 의견을 통일하지 못하면, 그건 그때 생각합시다. 유죄 인정 협상 가능성은 없습니까?"

다이어는 고개를 흔들고 말했다. "지금은 아닙니다, 판사님. 경찰관 살인 사건을 두고 1급 살인 유죄 선고가 아닌 협상의 여지가 있을 수 없습니다."

"제이크?"

"저도요. 열여섯 살짜리 소년에게 앞으로 30년 이상을 교도소에서 보내는 거래에 동의하라고 할 수는 없어요."

"그럴 줄 알았습니다. 신사분들, 도무지 이 곤경에서 벗어날 방법이 없군요. 사실관계는 변할 것이 없고, 우린 그걸 바꿀 수가 없어요. 계속 노력하는 것밖에는 다른 방법이 없습니다."

제이크는 샌드위치를 옆으로 치우고 다른 서류를 꺼냈다. "그래서 제가 보석 문제를 얘기해 보려고 합니다. 지금까지 제 의뢰인은 아무 죄도 없이 5개월이나 갇혀 있었습니다. 그는 우리 모두 알다시피 무죄추정 대상입니다. 주 정부에서는 그의 유죄를 증명하려 했지만, 실패했습니다. 그를 계속 가두어두는 일은 공정하지 않습니다. 그는 우리와 다름없이 결백합니다. 미성년자라는 사실을 거론할 것도 없이 석방될 기회를 누려야만 합니다."

다이어는 고개를 흔들며 샌드위치를 한 입 깨물었다.

누스는 놀라며 물었다. "나도 그런 생각을 하고 있었소. 마음에 걸려요."

"그것보다 심각한 상황입니다, 판사님. 그 아이는 3월에 학교 학업이 2년 뒤처져 있었습니다. 우리도 이제 모두 알듯이 그 아이는 학교 교육을 띄엄띄엄 받았습니다. 그는 지금 그 어떤 교실에서도 멀리 떨어진 곳에 갇혀 있습니다."

"당신 부인이 방문해 보충하고 있다고 생각했는데."

"일주일에 몇 시간 정도입니다, 판사님. 게다가 기껏해야 일시적인 조치에 불과합니다. 그 정도로는 충분치 않아요. 아이는 공부에 조금 관심을 보이고는 있지만 진짜 학교에 가서 선생님과 다른 학생들을 봐야 합니다. 그리고 수업 후에도 많이 배워야 해요." 제이크는 두 사람에게 서류를 내밀었다. "이건 월요일에 순회법원에 제출할 구속적부심 신청서입니다. 그리고 판사님께 존경하는 마음으로 부탁드리건대 이 사건을 다른 판사에게 넘겨주셨으면 좋겠습니다. 만일 순회법원에서 패소하면 저는 연방법원에 가서 구제받도록 하겠습니다. 아이는 불법적으로 구금되어 있고 저는 연방판사에게 그 점을 소명할 수 있습니다. 신청서를 보시면 미성년자가 성인 구금 시설에, 그것도 독방에 갇혀 있고 교육적 자원에 접근을 금지당하고 있으니 잔인하고 비정상적 형벌을 금지하는 수정헌법 8조에 위반된다는 주장을 담고 있습니다. 저희는 다른 관할구역에서 비슷한 사건을 두 개 찾아냈고, 준비 서면에 관련 내용을 포함했습니다. 만일 저희가 구제를 받아 아이가 풀려나면, 두 분은 다른 사람들을 비난하면서 정치적으로 좋지 않은 결과가 나올까 봐 걱정하지 않으셔도 됩니다."

마지막 말에 짜증이 난 누스는 분노의 표정으로 제이크를 바라보았다. "난 정치는 생각하지 않네, 제이크."

"글쎄요, 판사님은 정치를 생각하지 않는 최초의 정치인이시네요."

"기분 나쁜 말이로군. 날 정치인이라고 생각하나, 제이크?"

"별로 그렇진 않아요. 하지만 판사님 이름이 내년에 투표용지에 올라가겠죠. 당신도 마찬가지고요, 로웰."

"난 정치가 내 고려 사항에 들어가는 걸 허용하지 않아요, 제이크." 로웰이 지나치게 경건한 말투로 말했다.

"그럼 왜 아이를 풀어주지 않는 겁니까?" 제이크가 쏘아붙였다.

누스와 다이어는 신청서를 훑어보며 깊게 심호흡했다. 그들은 대비하고 있지 못했던 것이 분명했고, 그들이 무엇을 읽는지 잘 모르고 있었다. 잠시 후 제이크가 누스에게 말했다. "기분 나쁘게 해 드렸다면 죄송합니다, 판사님. 그럴 의도는 없었습니다."

"사과는 받아들이겠소. 솔직히 말해서 1급 살인죄 재판의 피고인을 구치소에서 풀어준다면 많은 사람이 화낼 거라는 사실에 동의할 수밖에 없습니다. 계획이 있소?"

"네. 출석 보증금은 범죄로 기소된 사람이 출석해 재판받도록 하는 걸 보장하는 돈입니다. 저는 드루와 그의 어머니, 여동생이 어느 법정이든 여러분이 원하면 출석할 거라고 약속드립니다. 제가 약속합니다. 제 계획은 석방 후에 그를 조시와 키이라가 사는 옥스퍼드로 데려가 몇 주 안으로 학교에 보내는 겁니다. 키이라는 아기를 낳으면 학교에 다니기 시작할 겁니다. 그곳에서는 그들을 아는 사람이 없으니까요. 물론 이제 그들이 사는 주소는 기록이 남았습니다만. 드루와 키이라 모두 교육과 약간의 상담이 필요하니, 제가 그것도 주선하도록 하겠습니다."

"어머니는 일하고 있나요?" 누스가 물었다.

"그녀는 시간제로 두 군데에서 일하고 있고, 세 번째 일자리도 구하는 중입니다. 그들에게 작은 아파트를 구해줬고 월세도 일부 지원하고 있습니다. 제가 파산하지 않는 한 계속 그렇게 할 생각입니다."

"보증금을 내야 해요, 제이크. 그들이 어떻게 그런 돈을 낼 수 있겠소?"

제이크는 서류를 들이밀며 말했다. "이건 제 집문서입니다. 이걸 담보로 걸겠습니다. 드루가 법원에 출석할 것을 알기 때문에 이러는 것이 두렵지 않습니다."

"그러지 말아요, 제이크." 다이어가 고개를 흔들며 말했다.

"그럴 순 없소, 제이크." 누스가 말했다.

"여기 집문서가 있습니다, 판사님. 집은 제가 가진 다른 모든 것처럼 대출이 많긴 하지만, 저는 걱정하지 않습니다."

"그들이 또 달아나면 어떻게 할 겁니까?" 다이어가 말했다. "그들은 내내 도망 다니면서 살았어요."

"그러면 그놈의 자식을 쫓아가서 구치소로 끌고 와야죠." 유머가 적절한 때에 터져서 세 사람은 실컷 웃었다.

"집은 얼마나 가치가 나갑니까?" 누스가 물었다.

"친절한 은행에서 형식적으로 받았지만, 감정가가 30만 달러는 됩니다. 거기에 꽉 채워 대출도 받았습니다만."

"우린 당신 집을 담보로 쓸 순 없어요, 제이크. 보석금을 5만 달러로 정하면 어떻겠소?"

"안 됩니다, 판사님. 그러면 저희는, 아니 저는 보증인에게 낼 현금 5천 달러를 쥐어 짜내야 해요. 그게 말이 안 된다는 건 우리 모두 압니다. 지금 당장 저는 5천 달러의 여유가 없어요. 집문서를 받으세요, 판사님. 그 아이는 소환장을 받으면 법원에 출두할 겁니다."

누스는 집문서 사본을 테이블 위에 툭 던졌다. "로웰?"

"주 정부는 이 피고인에 대한 보석 신청은 전부 반대합니다. 1급 살인 혐의를 받고 있어요."

"아주 고마운 말씀이네요." 제이크가 말했다.

누스는 한쪽 손으로 턱을 만지더니 긁기 시작했다. "좋습니다. 집문서로 대신하기로 합시다."

제이크는 또 다른 서류를 꺼내더니 두 사람에게 나누어주었다. "제가 서명하실 명령서를 준비해 왔습니다. 잠시 후에 서기와 얘길 하겠습니다. 그리고 나서 오지에게 얘기해 석방 준비를 할게요. 그 친구가 제 전화를 받는다면 말입니다. 내일 아침 최대한 빨리 아이를 빼내 바로 옥스퍼드로 데려가겠습니다. 우린 이 일이 시작되기 전에 친구였고, 이 일이 끝나고 난 뒤에도 친구일 겁니다. 이 일이 최대한 조용하게 진행되기 위해서는 여러분의 도움이 필요합니다. 조시는 빚이 많고 이미 소장을 받았습니다. 결혼도 하지 않은 키이라는 곧 아기를 낳겠지만, 옥스퍼드에서는 아무도 그걸 몰라요. 저는 키이라가 어린 엄마가 아니라 여느 다른 열네 살짜리 아이처럼 학교에 다니도록 해주고 싶습니다. 그리고 드루가 그냥 자유롭게 돌아다니는 것으로 만족하는 사람들이 있을 수 있습니다. 비밀이 매우 중요합니다."

"알겠습니다." 다이어가 말했다.

누스는 그런 경고는 필요치 않다는 듯 손을 흔들어 보였다.

루시엔이 금요일 오후에 자기 집 테라스에서 술을 한잔하자고 우겼다. 제이크는 사무실에 머물고 싶지 않았고, 오지와 겨우 연락이 되어서 석방 절차를 상세히 의논한 뒤 퇴근해 낡은 포르쉐 뒤에 차를 세웠다. 루시엔은 당연히 흔들의자에 앉아 손에 술잔을 들고 있었고, 제이크는 그가 벌써 몇 잔째 마시고 있는 건지 궁금했다.

제이크는 다른 흔들의자에 앉았고, 두 사람은 더위와 습기에 관해 이야기했다. 보통은 샐리가 나와 무엇을 마시겠느냐고 묻고, 마치 호의라도 베푸는 것처럼 내오곤 했었다.

루시엔이 말했다. "한잔하자고 불렀어. 바는 있던 자리에 있고, 맥주는 냉장고에 있네."

제이크는 주방에 가서 맥주 한 병을 들고 돌아왔다. 그들은 잠시 술을 마시며 귀뚜라미 소리를 들었다. 한참 만에 제이크가 말했다. "무슨 할 얘기가 있으신가요?"

"그래. 루번이 어제 들렀어."

"애틀리 판사요?"

"이 동네에 루번이라는 사람이 몇 명이나 된다고 그래?"

"어떻게 늘 그렇게 잘난 척하면서 말하세요?"

"훈련하는 거야."

"사실 다른 루번도 알아요. 루번 윈슬로. 저랑 같은 교회 다니는 사람이라 모르실 거예요."

"자, 누가 진짜 잘난 척이야?"

"방어하는 겁니다."

"루번과 나는 오래된 사이야. 우린 의견이 다를 때가 많지만 얘기는 통해."

루시엔 윌뱅크스와 의견이 다르지 않은 변호사나 판사 또는 선출직 공무원을 클랜턴에서 찾는다는 건 불가능했다.

"그래, 무슨 일인데요?"

"자넬 걱정하더군. 루번 잘 알잖아. 스스로 이 지역 모든 법률문제를 관장하는 목자라고 생각하고, 조용히 상황을 파악하고 있지. 그 사람이 모르는 일이 법원에서 일어나는 법은 거의 없어. 갬블 재판에 관해서도 거의 법정에 직접 가 있던 나만큼 잘 알고 있더군."

"루번답네요."

"그는 불일치 배심에 놀라지 않았고, 그건 나도 마찬가지였어. 그들이 열 번 기소한다고 해도 유죄 판결은 받아내지 못할 거야. 그렇다고 무죄도 안 되겠지. 자네 변호는 멋졌어, 제이크. 엄청나게 자랑스러워하며 지켜봤네."

"감사합니다." 제이크는 감동했다. 루시엔의 칭찬을 받는 일은 드물었다. 대개는 비판이 많았다.

"정말 묘한 사건이야. 유죄 판결도 무죄 판결도 불가능하니 말이야. 분명히 검찰이 다시 기소하겠지."

"12월 10일이에요. 스미스필드나 템플에서요."

루시엔은 들은 얘기를 생각하면서 술을 한 모금 마셨다. "그때까지 죄 없는 아이가 감옥에 갇혀 있겠군."

"아뇨. 내일 아침에 나와요."

"어떻게 그렇게 했어?"

"제가 아니에요. 포샤가 했죠. 구속적부심 청원을 준비하고 설득력 있는 준비 서면을 작성했는데, 제가 그걸 오늘 오전에 누스에게 보여줬어요. 이곳 법원에 접수한 다음 연방법원으로 가겠다고 협박했죠."

루시엔이 한참 웃더니 술잔 속 얼음을 흔들었다. 웃음이 지나고 나자 그가 말했다. "어쨌거나 루번 얘기로 돌아가자고. 그 사람은 신경 쓰이는 일이 좀 있어. 스몰우드 사건이지. 그는 철도회사가 마음에 들지 않고, 지난 수십 년간 이 지역에서 철도가 위험하게 운영되었다고 생각해. 30년 전에 그의 친구가 같은 건널목에서 거의 열차에 치일 뻔했다고 하더군. 운이 좋아서 사고를 면했다는 거야. 루번은 지금까지 센트럴 철도회사가 연루된 재판을 여러 번 맡았대. 강제 수용 건 같은 소송 말이야. 그쪽 사람들이 거만하고 멍청하고 회사 일에 별로 신경을 쓰지 않는다고 하더군."

"저도 자료가 있어요." 제이크는 태연한 척했지만, 상당히 기운이 났다.

"그런데 수수께끼 같은 증인 때문에 신경이 쓰인다는 거야. 그 사람 이름이 뭐라고 했지?"

"닐 니켈이요."

"루번은 루번답게 법정 기록을 처음부터 끝까지 읽었는데, 이 증인이 현장에 세 시간이나 머물면서도 사방에 경찰관인데 아무 말도 안 했다는 게 마음에 걸린다고 하더군. 그러다가 집에 가서 그냥 아무 일도 아니길 바랐다는 거잖아. 그러다가 재판 전 금요일에 나타나 증언하고 싶다고 했고. 루번은 그게 불공평하다고 생각해."

"그건 정말 충격이었어요. 하지만 왜 루번이 법정 기록을 읽었을까요? 책상에 할 일이 잔뜩이었을 텐데."

"그냥 자료 읽기를 즐긴다고 하더군. 그리고 가족 중에 유일하게 살아남은 아이 때문에 신경이 쓰인대. 그 아이 미래를 걱정하고 있어. 자네가 루번의 법정에서 후견인 신청을 했고 자기가 허가했으니 걱정할 권리가 있다는 거지. 그는 아이가 보호받기를 원해."

"아기는 세라 스몰우드의 언니가 키우고 있어요. 나쁘지 않은 집이에요. 잘살지는 않지만 괜찮아요."

루시엔이 술잔을 비우더니 천천히 일어섰다. 제이크는 루시엔이 정신이 말짱한 것처럼 걸어가는 모습을 보면서 아직 이야기가 끝나려면 멀었다는 걸 알았다. 만일 이야기가 잘 풀린다면, 제이크의 미래 전체가 극적으로 개선될 수도 있었다. 갑자기 불안해진 그는 맥주를 꿀꺽 삼키고, 한 병 더 마실까, 생각했다.

루시엔이 위스키를 새로 따라서 가져와 앉더니 의자를 흔들기 시작했다. "어쨌거나 루번은 재판 돌아가는 꼴이 마음에 들지 않아."

"저도요. 그 재판 때문에 빚더미에 앉았거든요."

"좋은 전략은 순회법원에 걸린 소송을 철회하고 형평법 법원에 다시 제소하는 거야."

"오래된 철회 수법 말이군요." 제이크가 말했다. "로스쿨에서도 배워요."

철회 절차는 원고가 소를 제기한 뒤 판결 전에 어떤 이유에서든 소송을 취소하고 편리한 시점에 다시 소를 제기할 수 있도록 허용하고 있다. 고소하고 만일 정보 공개 내용이 불리하면 철회하고 그만둔다. 고소하고 재판에 갔다가 배심원의 인상이 험하면 철회하고 다음에 다시 싸운다. 걸프 코스트에서 벌어진 유명한 사건이 있다. 원고 변호사는 배심원 논의가 길어지자 질 거라고 판단해 공황 상태에 빠졌다. 그는 소송 철회를 선언했고, 모두 집으로 돌아갔다. 다음 날 밝혀진 바에 따르면 배심원단은 그의 의뢰인에게 유리한 판결을 했다고 했다. 그는 다시 소송을 제기했고 같은 사건을 1년 뒤에 다시 재판해 패배했다. 의뢰인은 그를 과실 혐의로 고소해서 이겼다. 피고 측 변호사들은 이 규정을 혐오했다. 원고 측 변호사들은 불공정한 규정임을 알지만 그걸 잃지 않기 위해 싸웠다. 대부분 주에서는 좀 더 현대적인 방식으로 규정이 바뀌었다.

"참으로 고풍스러운 규정이죠." 제이크가 말했다.

"맞아, 하지만 여전히 법률에 있으니까. 자네 이익을 위해 사용하라고."

제이크는 맥주를 비웠다. 루시엔은 서둘 것 없이 이 순간을 즐기는 것 같았다. 제이크가 물었다. "형평법 법원에 가면 어떻게 될 것 같아요?"

"잘 되겠지. 루번이 재판을 맡을 거야. 후견인 신청 건도 있고 아기를 보호해야 할 책임이 있으니까. 그는 재판 날짜를 정할 테고, 그럼 시작하는 거지."

"배심원 없이 판사가 진행하는 거죠."

"그렇지. 피고 측에서 배심원을 요청하겠지만 루번은 거절하겠지."

제이크는 깊게 심호흡하고 말했다. "저도 그 갈색 술을 한 잔 마셔야겠어요."

"바는 그 자리에 그대로 있다니까. 그래도 조심해. 부인한테 한 대 맞지 말고."

"이 얘기를 들으면 집사람도 한 잔 마시려고 들지도 몰라요."

그는 주방에 갔다가 얼음 넣은 위스키 한 잔을 들고 돌아왔다. "기억하는지 모르겠는데요, 루시엔. 해리 렉스랑 저는 바로 이 문제를 두고 소송을 제기하기 전에 논쟁을 벌였어요. 우리가 그 얘기를 한두 번 할 때 루시엔도 같이 있었던 것 같아요. 우리가 형평법 법원을 피하기로 한 이유는 루번 애틀리 판사가 돈에 인색하기 때문이었어요. 그 사람에게 10만 달러 판결은 가당치도 않은 금액이고 질서 있는 사회의 규칙을 위반하는 일이에요. 그는 구두쇠에다 인색한 노랑이라고요. 변호사들이 후견인을 위해 몇 푼이라도 얻어내려면 엎드려 빌어야 한다니까요."

"허버드 유언장 건 때는 자네한테 관대했어."

"그랬죠. 그래서 우린 그것도 고려했어요. 하지만 워낙 판돈이 커서 관대한 결정이 쉽지 않았을 거예요. 우린 배심원들에게 기대는 것이 확률이 높다고 생각해서 순회법원에 스몰우드 건 소송을 제기한 겁니다."

"맞아, 제이크. 그리고 자넨 큰 법정에서의 승리를 원했지. 법정 변호사로 자리를 잡을 수 있는 기록적인 금액의 판결을 바란 거야."

"그랬죠. 지금도 마찬가지예요."

"하지만 자넨 스몰우드 건으로 그런 판결을 얻어낼 수가 없어. 순회법원에서는."

"그러니까 애틀리 판사가 이 재판을 맡고 싶어 한다는 건가요?"

"재판은 열리지 않을 거야, 제이크. 그는 철도회사가 합의하도록 강요할 거야. 그런 쪽으로 수단이 아주 좋거든. 허버드 건 때도 그랬지."

"그랬죠. 하지만 그건 제가 재판에 이긴 뒤였어요."

"그리고 합의는 공정했어. 모두가 조금씩 얻었고 항소는 피했으니까. 맞지?"

"맞아요."

"이번에도 마찬가지야. 형평법 법원에 다시 소를 제기하면 루번이 재판을 맡을 거야. 그는 아기를 보호할 거고, 변호사들도 보호할 걸세."

제이크는 크게 한 모금 마신 다음 눈을 감고 부드럽게 의자를 흔들었다. 어깨에서 압박이 사라지는 걸 느낄 수 있었고, 땀구멍마다 스트레스가 녹아 흘러내렸다. 알코올이 몸을 적시면서 호흡이 편안해졌다. 몇 달 만에 처음 멀리서 빛이 보였다.

애틀리 판사가 스물네 시간 전에 같은 흔들의자에 앉아 젊은 제이크에게 전해달라며 루시엔에게 말했다는 사실을 받아들이기가 쉽지 않았다.

하지만 그 순간, 딱 루번다운 이야기라는 생각이 들었다.

## 54

오지는 토요일 아침 일찍 구치소에 도착한 제이크를 기다리고 있었다. 정중하게 행동했지만, 악수를 청하지는 않았다. 잭 씨가 수감자를 데려왔고, 드루는 소지품으로 가득 찬 군용 더플백을 들고 접수대로 나왔다. 제이크는 몇 가지 서류에 서명했고 드루는 반환 물품 목록에 서명했다. 두 사람은 오지를 따라 제이크가 차를 세워둔 뒷문으로 향했다. 밖으로 나온 드루는 잠시 멈춰 서서 주위를 둘러보았다. 다섯 달 만에 처음 맛보는 자유였다. 제이크가 운전석 문을 열자 오지가 말했다. "다음 주에 점심 어때?"
"나야 좋지, 오지. 언제든."
그들은 사람들 눈에 띄지 않은 채 달려 5분 뒤 제이크 집 진입로에 차를 세웠다. 테라스에 나와 있던 칼라가 그들을 맞이했고 드루를 붙잡고 오랫동안 격렬하게 포옹했다. 그들은 성대한 식사가 준비된 주방으로 들어갔다. 제이크는 드루를 아래층, 자기 욕실로 데려가 수건을 건네주었다. "원할 때까지 오래 뜨거운 물로 씻어. 끝나면 같이 아침 먹자."

드루는 30분 뒤 젖은 머리에 시원한 스프링스틴 티셔츠에 청반바지, 새 나이키 운동화 차림으로 올라왔다. 신발이 완벽하게 잘 맞는다고 했다. 제이크는 드루에게 1달러 지폐를 세 장 건네며 말했다. "블랙잭 빚이야. 우수리도 너 가져."

그는 돈을 보더니 말했다. "이러지 마세요, 제이크. 그게 무슨 빚이라고 그러세요."

"돈을 받아. 넌 공정하고 분명하게 이겼고, 난 언제나 도박 빚은 갚으니까."

드루는 머뭇거리며 돈을 받고는 해나가 기다리는 식탁에 자리를 잡았다. 해나의 첫 질문은 "감옥에 있으면 어때요?"였다.

제이크가 말했다. "아니, 우린 구치소 얘기는 안 할 거야. 다른 주제를 선택하자꾸나."

"끔찍했어." 드루가 말했다.

드루와 칼라는 여름 내내 함께 역사와 과학을 공부하고 미스터리 소설을 읽으며 긴 시간을 보냈고, 매우 친해졌다. 그녀는 팬케이크와 베이컨이 담긴 접시를 앞에 놓아주며 그의 머리를 헝클어뜨렸다. "너 집에 가면 엄마가 머리부터 깎자고 하시겠구나."

드루가 웃으며 말했다. "너무 기대돼요. 집이 진짜 아파트라면서요?"

"그래." 제이크가 말했다. "크진 않지만 괜찮을 거야. 거기 사는 게 마음에 들 거다, 드루."

"정말 기대돼요." 그는 베이컨 한 조각을 입에 넣었다.

"감옥에서 먹는 음식은 어땠어요?" 해나가 그를 빤히 보며 물었다.

"해나, 아침 먹어. 그리고 구치소 얘기는 이제 하지 마."

드루는 높게 쌓은 팬케이크를 뚝딱 해치우고 더 달라고 했다. 처음에는 말수가 적었지만, 곧 먹으면서 재잘거리며 얘기했다. 목소리가 높아졌다가 낮아졌고 가끔은 새된 소리를 내기도 했다. 키가 4월 이후 적어도 5센티미터는 자란 것 같았고, 여전히 빼빼 마르긴 했지만, 점점 더 평범한 10대 소년처럼 보이고 있었다. 마침내 사춘기가 찾아오고 있었다.

배불리 먹고 나서 그는 칼라에게 고맙다면서 다시 한번 격렬하게 포옹으로 인사하더니 이제 엄마를 만나러 가고 싶다고 말했다. 옥스퍼드로 가는 길에 그는 즐거운 웃음을 띠고 바깥 경치를 바라보면서 점점 말이 없어졌다. 절반쯤 갔을 때 고개를 꾸벅이더니 금방 잠들었다.

제이크는 그를 보며 아이의 미래가 궁금해서 참을 수가 없었다. 드루의 자유가 얼마나 불안정한지 그는 알았다. 그는 누스와 루시엔처럼 드루가 유죄 판결을 받을 것 같지 않다는 자신감이 생기지 않았다. 다음 재판은 다를 것이다. 늘 그랬다. 다른 법정, 다른 배심원단에 검찰도 전략을 바꿀 것이다.

이기든 지든, 아니면 또 비기든 드루 갬블이 앞으로 한참 동안 그의 삶의 일부가 되리라는 걸 제이크는 잘 알았다.

월요일에 제이크는 순회법원에 제기했던 스몰우드 사건 소송을 철회하고 관련 서류 사본을 상대측 변호사에게 보냈다. 월터 설리번이 오후에 세 번이나 사무실로 전화했지만, 제이크는 얘기하고 싶은 기분이 아니었다. 그는 설명할 의무가 없었다.

화요일에 그는 불법 행위로 인한 사망 손해배상 소송을 형평법 법원에 제기하고 서류 사본을 팩스로 애틀리 판사에게 보냈다.

수요일에 〈타임스〉는 예상했던 대로 "코퍼 사건 용의자 보석으로 석방"이라는 제목의 기사를 1면에 실었다. 듀머스 리는 제이크에게 호의를 베풀지 않았다. 그의 기사는 편향적이었고 피고인이 관대한 대우를 받고 있다는 인상을 주었다. 가장 짜증 나는 일은 기사가 전 지방 검사 루퍼스 버클리의 발언에 의지해 작성된 일이었다. 무엇보다 비열했던 버클리의 발언은 누스 판사가 1급 살인죄로 기소된 사람을 석방했다고 말한 부분이었다. "미시시피주에서는 들어본 적 없는 일입니다." 버클리는 마치 자신이 82개 모든 카운티의 역사를 안다는 듯 말했다. 듀머스는 피고인이 무죄로 추정되어야 한다는 점을 단 한 번도 언급하지 않았고 제이크에게 연락해 의견을 묻지도 않았다. 제이크는 자신이 "노코멘트"라고만 하는 데 듀머스가 지쳐서 그랬다고 생각했다.

예상대로 버클리는 이야기할 시간이 많은 것 같았다. 그는 마음에 들지 않는 기자를 만나준 적이 없었다.

목요일에 누스 판사는 *제이크 브리건스 대 포드 카운티* 사건에 관한 재판을 소집했다. 대법정은 사실상 텅 비어 있었다. 앞줄에는 다섯 명의 카운티 감독관이 앞으로 팔짱을 끼고 모여 앉아 있었다.

적인 제이크를 노려보는 모두의 표정에서 좌절감이 분명히 드러나 보였다. 그들은 오랫동안 카운티를 통치해 온 노련한 정치인들이었고 각각 맡은 자리는 거의 변하지 않았다. 각자 대표하는 특정 지역의 영주처럼 우두머리가 되어 관리하면서 도로포장 사업이나 비품 구매, 일자리를 나누어주었다. 그들이 뭉치면 누구에게도, 심지어 판사에게도 밀리는 법이 없었다.

듀머스 리가 슬그머니 나타나 쇼를 구경했다. 제이크는 그를 쳐다보지도 않았지만, 사실은 욕설을 퍼부어주고 싶었다.

재판장이 발언을 시작했다. "브리건스 씨, 당신이 원고입니다. 증인이 있습니까?"

제이크가 일어서서 말했다. "없습니다, 재판장님. 하지만 기록에 남기기 위해 제가 법원에 의해 1급 살인죄 재판에서 드루 갬블 씨를 변호했다는 사실을 말씀드립니다. 그는 과거에도 지금도 가난합니다. 저는 그의 변호에 따라 발생한 제 수임료와 비용 관련 서류를 증거로 제출하고자 합니다." 제이크는 법원 속기사에게 걸어가 서류를 건넸다.

"인정합니다." 누스가 말했다.

제이크가 앉고 토드 태너힐이 일어나 말했다. "재판장님, 저는 피고인 카운티를 대표해 브리건스 씨 청구서를 수령하고 위원회에 제출된 바 있음을 확인합니다. 미시시피주 법률에 따라 이런 문제에 대해 모든 카운티가 지급할 수 있는 보수는 최대한 천 달러로 정해져 있습니다. 카운티는 해당 금액의 수표를 지급할 준비가 되어 있습니다."

누스가 말했다. "알겠습니다. 패트릭 이스트 씨는 증인석으로 나와주세요."

이스트는 현재 감독위원회 위원장이었고 증인으로 호출되자 깜짝 놀랐다. 그는 앞으로 나와 증인 선서를 하고 증인석 의자에 앉았다. 그는 지난 20년간 알고 지낸 사이인 오마르에게 미소를 지어 보였다.

누스 판사는 몇 가지 예비 질문으로 이름과 주소, 직위를 물어본 다음 뭔가 서류를 집어 들었다. "자, 이스트 씨, 올 회계연도 카운티의 예산을 보면 20만 달러의 흑자가 있습니다. 설명하실 수 있습니까?"

"물론입니다, 판사님. 그저 운영을 잘했을 뿐이라고 생각합니다." 이스트는 동료들을 향해 웃어 보였다. 그는 타고나기를 사교적이고 재밌는 사람이었고 유권자들은 그를 매우 좋아했다.

"좋습니다. '재량 계정'이라는 항목이 보입니다. 잔액이 8만 달러입니다. 뭔지 설명하실 수 있나요?"

"그럼요, 판사님. 그건 일종의 비상금 항목입니다. 저희는 예상하지 못한 지출이 있을 때 가끔 사용하곤 합니다."

"예를 들자면요?"

"에, 지난달 저희는 캐러웨이에 있는 야구장 시설에 새로운 조명이 필요했습니다. 그건 예산 요청에 없었고, 저희는 투표를 통해 만 천 달러를 사용하기로 했습니다. 그런 식입니다."

"이 돈을 어떻게 쓰는지에 관한 제한이 있습니까?"

"별로 없습니다. 요청이 적절하고 저희 변호사가 승인하기만 하면 됩니다."

"감사합니다. 자, 위원회가 브리건스 씨의 청구서를 받았을 때, 감독관 다섯 분은 어떻게 투표했습니까?"

"5대 0으로 반대했습니다. 저희는 그냥 법을 따랐을 뿐입니다, 재판장님."

"감사합니다." 누스가 두 명의 변호사를 보더니 물었다. "질문 있습니까?"

일어서지 않고 두 사람은 아니라는 뜻으로 고개를 흔들었다.

"잘 알겠습니다. 이스트 씨, 내려가셔도 좋습니다."

그는 앞줄에 앉은 동료들에게 돌아갔다.

누스가 말했다. "다른 내용은 없습니까?"

제이크와 토드는 할 말이 없었다.

"잘 알겠습니다. 재판부는 원고인 제이크 브리건스 요구를 받아들여 피고인 포드 카운티가 2만 천 달러의 수표를 지급하기를 명령합니다. 재판을 마칩니다."

금요일, 토드 태너힐은 제이크에게 연락해 위원회가 항소하기로 했다는 소식을 전했다. 그는 사과하면서 의뢰인이 원하는 대로 할 수밖에 없다고 말했다.

주 대법원 항소심에는 18개월이 걸릴 터였다.

금요일은 포샤의 마지막 근무일이었다. 그녀는 월요일부터 수업을 들어야 했고 떠날 준비가 되어 있었다. 루시엔, 해리 렉스, 베벌리, 제이크 그리고 칼라가 대회의실에 그녀와 함께 모여 샴페인을 터뜨렸다. 그들은 포샤를 위해 건배했고 가벼운 농담을 주고받으면서 각자 돌아가며 짧은 연설을 했다. 제이크가 마지막이었는데, 갑자기 목이 메었다.

선물은 멋진 밤나무와 청동으로 이루어진 명판으로 '포샤 랭 변호사 사무실'이라고 적혀 있었다. 그 동판은 그녀가 지난 2년 동안 사용한 사무실 문에 설치될 예정이었다. 그녀는 동판을 자랑스레 들어 보이고 눈물을 닦더니 사람들을 보며 말했다. "뭐라고 해야 할지 모르겠어요. 하지만 이곳에 있으면서 이렇게 벅찬 적이 여러 번이었습니다. 제게 우정을 베풀어주시고 다정하게 대해주셔서 감사했습니다. 하지만 또 훨씬 중요한 걸 주셔서 감사합니다. 그건 여러분의 인정입니다. 여러분은 어린 흑인 여자인 절 동등한 사람으로 인정해 주셨어요. 여러분은 제게 믿기 어려운 기회를 주셨고, 동등하게 잘 해낼 수 있다고 기대해 주셨습니다. 여러분의 격려와 인정 덕분에 저는 가끔은 지금도 믿기 어려운 미래를 얻었습니다. 이게 제게 어떤 의미가 있는지 여러분은 모르실 거예요. 감사합니다. 모두 사랑해요. 루시엔, 당신도요."

그녀가 연설을 마쳤을 때 모두의 눈이 젖어 있었다.

## 55

9월 세 번째 일요일, 마침내 여름의 열기가 걷히고 공기 중에 가을 기운이 살짝 감돌기 시작했을 때, 브리건스 가족은 평소처럼 선한목자성서교회 예배에 늦어 서둘러 집을 나서고 있었다. 칼라와 해나는 차에 있었고 제이크가 집의 경보장치를 켜려는데 전화가 울렸다. 조시였는데, 키이라가 애를 낳는다는 소식에 불안해하고 있었다. 그녀는 바쁘게 전화를 끊으며 나중에 연락하겠다고 했다. 제이크는 차분히 경보장치를 켜고 문을 잠그고 차에 올라탔다.
"더 늦었어." 칼라가 으르렁거렸다.
"전화가 와서 그랬어." 그는 진입로에서 차를 뒤로 빼며 말했다.
"누구?"
"조시. 때가 되었나 봐."
칼라는 숨을 깊게 몰아쉬며 중얼거렸다. "좀 이르네." 그들은 아직 해나에게는 말하지 않았다.

한마디도 놓치는 법이 없는 해나가 뒷좌석에서 물었다. "조시 아줌마 괜찮대요?"

"괜찮아." 제이크가 말했다. "아무 일도 아니야."

"그럼 왜 전화했어요?"

"아무 일도 아니었어."

너무 길게 느껴진 설교가 끝나고 그들은 맥게리 목사와 메그를 잠시 만난 뒤 교회를 떠났다. 서둘러 집으로 와서 전화기를 쳐다보며 간단히 점심을 먹었다. 시간이 흘렀다. 해나를 낳을 때 워낙 고생한 두 사람은 모든 일이 문제가 될 수 있다는 걸 알았다. 칼라가 전화에서 그나마 가장 가까운 주방에서 어슬렁거리는 동안 제이크는 미식축구 경기를 보려 애썼다.

마침내 4시 30분에 조시가 아기가 탄생했다는 연락을 해왔다. 키이라는 대단한 일을 해냈다. 산모와 아기는 아무런 합병증 없이 건강했다. 3.3킬로그램인 사내아이는 당연히 아름다웠고 엄마를 쏙 빼닮았다. 해나는 뭔가 이상한 일이 진행된다는 걸 눈치채고 모든 움직임을 눈여겨보았다.

월요일에 해나와 칼라는 평소처럼 학교에 갔다. 제이크는 사무실에서 서류를 검토하고 있었다. 그는 옥스퍼드에 있는 로스쿨 때 친구이자 그의 변호사에게 전화했고, 그들은 계획을 검토했다. 그는 부모님에게 전화해 소식을 알렸다. 칼라는 일요일 밤에 미리 친정에 전화를 해두었다.

학교를 마친 뒤 두 사람은 해나를 친구네 집에 맡기고 옥스퍼드 병원으로 갔다. 조시와 드루가 전날 밤 접이식 침대에서 함께 갔기 때문에 키이라의 병실은 엉망이었다. 가족은 집으로 돌아갈 준비가 되어 있었다. 드루는 특히 지루한 모습이었다.

제이크의 주장에 따라 키이라는 아기를 보지 않았다. 그는 그들에게 절차를 안내하고 법적 의미를 설명했다. 키이라는 감정에 북받쳐 이야기하는 내내 울었다. 칼라는 키이라의 침대 옆에 서서 그녀의 팔을 토닥였다. 그녀는 열네 살도 되어 보이지 않았다.

"너무 불쌍해." 칼라는 뺨을 닦으며 병실을 나와 걸어가며 말했다. "불쌍한 아이야."

제이크는 이제 최악은 지났고 그들이 잘 살 일만 남았다는 식의 진부한 말을 할까도 생각했지만, 드루의 법적 문제가 칼날처럼 걸려 있어 낙관하기가 쉽지 않았다. 하지만 산부인과 병동에 도착하자 슬픔은 사라졌다. 잠깐 아기를 들여다본 그들은 완벽한 아기라고 생각했다.

그날 밤, 그들은 마침내 해나와 함께 앉아 남동생이 생긴다는 소식을 전해주었다. 이제 해나의 외동 시절은 끝나게 되었다. 흥분한 해나는 끝도 없이 질문을 거듭했고, 그들은 오랫동안 아기가 언제 올지, 이름은 어떻게 지을지, 방은 어떻게 꾸밀지 등 이야기를 끝없이 나누었다. 제이크와 칼라는 친모의 정체에 관한 얘기는 나중으로 미뤄두기로 했다. 그냥 아기를 키울 수 없는, 아름다운 어린 소녀라고만 말해두었다. 해나에게는 그런 건 문제가 되지 않았다. 남동생이 생겼다는 생각에 해나는 황홀했다.

제이크는 창고에 숨겨두었던 새 아기 침대를 밤늦게까지 조립했고, 칼라와 해나는 새 가운과 담요, 아기 옷을 풀었다. 해나는 그날 밤 엄마 아빠와 함께 자겠다고 우겼고, 그건 드문 일도 아니었다. 그들은 입을 틀어막다시피 해서 해나를 겨우 재웠다.

그들은 중요한 날을 맞아 일찍 일어나 교회에 가는 것처럼 차려입었다. 해나는 세상 어떤 신생아에게도 필요하지 않을 것처럼 보이는 물건까지 챙기며 기저귀 가방 싸는 일을 도왔다. 옥스퍼드까지 가는 내내 재잘거리며 묻는 해나의 질문에 부모는 어떻게든 모두 대답해 주려고 했지만 소용없었다. 병원에 도착한 뒤 제이크와 칼라는 엄격한 지시 사항과 함께 대기실에 해나를 남겨두고 관리자를 만나러 갔다. 관리자는 서류를 검토한 후 서명했다. 그들은 키이라의 병실로 갔고 그곳에서 떠날 준비를 마친 그녀와 조시를 만났다. 드루는 이미 학교에 간 뒤였다. 의사가 퇴원 서류에 서명했고 갬블 모녀는 병원이 지긋지긋했다. 네 사람은 서로 껴안고 눈물을 흘리며 작별 인사를 했고, 곧 다 같이 만나기로 약속했다. 그런 다음 두 사람은 산부인과로 아기를 만나러 달려갔다. 간호사가 아기를 칼라에게 건넸고, 그녀는 말문이 막혔다. 그들은 서둘러 대기실로 가서 누나에게 아기를 보여주었다. 해나도 결국 잠시 말문이 막혔다. 해나는 마치 인형이라도 되는 것처럼 아기를 껴안고 자신이 선택한 연한 파란색 옷이 지금 상황에 더 어울린다면서 그걸 입어야만 한다고 우겼다.

아기는 해나가 허락한 이름인 루크로 부르기로 했다. 수정된 출생증명서 속 아기의 법적인 이름은 루시엔이었는데, 칼라는 처음에는 반대했다. 클랜턴 최고의 악당 이름을 아기에게 붙이는 건 온갖 문제의 시작이 될 수 있었지만, 제이크는 완강했다. 아이가 열

살이 되면 루시엔 윌뱅크스는 죽고 없을 테고 이 지역의 거의 모든 사람이 그를 잊었을 터였다. 하지만 제이크는 남은 평생 자신의 기억을 소중히 간직할 수 있을 것이다.

그들은 광장으로 가서 제이크의 로스쿨 동기로 친한 친구인 아니 피어스의 사무실 앞에 차를 세웠다. 칼라가 제이크와 만나기 전 아니와 데이트를 한 번 한 적이 있었을 정도로 그들의 관계는 오래되고 믿을 수 있었다. 그들은 도로를 건너 라파예트 카운티 법원으로 향했다. 피어스는 그곳에서 젊은 판사로 제이크도 잘 아는 퍼비스 웨슨과 특별한 만남을 준비해 두었다. 그들은 법원 속기사가 입회한 가운데 판사실에서 비공개 심리를 진행했다. 웨슨 판사는 세례식 신부처럼 아기를 안고 자세히 살펴본 후 아기가 입양할 준비가 되었다고 선언했다.

포샤가 겨우 행사 시간에 맞춰 도착했다. 힘든 로스쿨 생활 3주 만에 그녀는 입양 행사를 직접 보기 위해 기꺼이 수업 한두 개를 빼먹기로 했다.

아니가 준비해 둔 서류를 검토한 웨슨 판사는 사흘의 대기 기간과 6개월의 보호관찰 기간을 면제했다. 그는 신청서와 조서 그리고 키이라가 서명한 동의서를 확인했다. 기록을 위해 그는 아기 아버지의 사망 증명서 일부 내용을 낭독했다. 그는 이름을 두 번 적어 서명했고 어린 루크 브리건스는 제이크와 칼라의 법적 아들이 되었다. 마지막으로 해야 할 일은 관련 서류를 비밀에 부쳐 공개되지 않도록 처리하는 거였다.

30분 뒤 그들은 함께 모여 사진을 찍고 작별 인사를 나누었다.

집으로 돌아오는 길에 해나는 칼라가 뒷자리에 자기 그리고 남동생과 함께 앉아야 한다고 우겼다. 벌써 남동생을 차지한 누나는 젖병을 물리고 싶어 했다. 그러더니 기저귀도 손수 갈겠다고 했는데, 그건 제이크도 진심으로 찬성했다. 해나는 기저귀는 얼마든지 원하는 대로 갈 수 있었다.

클랜턴까지 돌아오는 길은 기쁜 순간이었고, 제이크와 칼라는 오랫동안 그 시간을 되새겨 생각할 터였다. 집에 오니 제이크의 부모 그리고 그날 아침 일찍 멤피스로 비행기를 타고 온 칼라의 부모가 점심을 준비해 두고 기다리고 있었다. 해리 렉스와 루시엔이 아기 도착 행사를 위해 찾아왔다. 제이크가 아기의 이름을 발표하자 해리 렉스는 짜증을 내는 척하며 왜 루시엔의 이름을 골랐느냐고 분연히 물었다. 제이크는 해리 렉스라는 이름은 세상에 한 명으로 족하다고 설명했다.

양쪽 집안 할머니들이 누나의 감시하는 눈초리 아래 돌아가며 아기를 안아보았다. 친구와 가족들은 어떻게든 자세한 내용이 드러나지 않도록 비밀을 지키려 철저히 노력할 터였다. 그런데도 사람들은 수군댈 것이고 결국 동네 사람들은 알게 될 터였다.

제이크는 신경 쓰지 않았다.

— 끝

## 작가의 말

《타임 투 킬》을 1984년에 쓰기 시작해 1989년에 출판했다. 2013년 오랜 시간 끝에 제이크는 《속죄 나무》로 돌아왔다. 그사이 같은 가상의 장소를 배경으로 한 《가스실》,《최후의 배심원》,《소환장》, 그리고 내 유일한 단편집인 《포드 카운티》 등 여러 권의 책이 출간되었다. 이제 이 소설이 추가되면서 클랜턴과 그곳에 사는 여러 인물에 대해 많은 내용이 활자화되었다. 제이크와 칼라, 해리 렉스, 루시엔, 누스 판사, 애틀리 판사, 오지 월스 보안관, 칼 리, 기타 등등. 정말이지 포드 카운티에 관해 많은 글을 썼고 그걸 전부 기억조차 할 수 없다.

이런 이야기를 하는 이유는 혹시라도 모를 실수에 사과하기 위해서다. 나는 너무 게을러 예전 책들을 되돌이켜 읽지 못했다.

나를 도와준 헤르난도의 나이 든 변호사 친구들의 덕택으로 과거에 썼던 내용을 기억해 낼 수 있었다. 제임스 프랭크스, 윌리엄 발라드. 퍼시 린처드 판사에게 감사한다. 그들은 내게 법률을 정확히 설명했다. 그렇지만 내가 이야기에 맞도록 바꿨을 수 있으니 혹시 실수가 있더라도 그건 내 실수이지 그들의 실수가 아니다.

내 고향 주에서의 법률과 절차 규칙에도 똑같은 말을 드리고 싶다. 아주 오래전 나는 젊은 변호사로 법전에 쓰인 내용에 그대로 따라야만 했다. 이제 소설가가 된 나는 그런 속박을 느끼지 않는다. 이전과 마찬가지로 나는 이 책에서 법률을 바꾸고 왜곡하고 심지어 조작하기도 했는데, 이는 모두 이야기를 이끌어가기 위한 노력이었다.

그리고 제목을 정해준 주디 자코비에게 특별히 감사한다.

존 그리샴

# 자비의 시간 2

| | |
|---|---|
| 1판 1쇄 인쇄 | 2025년 5월 7일 |
| 1판 1쇄 발행 | 2025년 5월 21일 |
| 지은이 | 존 그리샴 |
| 옮긴이 | 남명성 |
| 발행인 | 황민호 |
| 본부장 | 박정훈 |
| 책임편집 | 신주식 |
| 편집기획 | 김선림 최경민 윤혜림 |
| 마케팅 | 이승아 |
| 국제판권 | 이주은 한진아 |
| 제작 | 최택순 성시원 |
| 발행처 | 대원씨아이㈜ |
| 주소 | 서울특별시 용산구 한강대로15길 9-12 |
| 전화 | (02)2071-2095 |
| 팩스 | (02)749-2105 |
| 등록 | 제3-563호 |
| 등록일자 | 1992년 5월 11일 |

www.dwci.co.kr

ISBN  979-11-423-1831-3 04840
       979-11-423-1829-0 (set)

- 이 책은 대원씨아이㈜와 저작권자의 계약에 의해 출판된 것이므로 무단 전재 및 유포, 공유, 복제를 금합니다.
- 이 책 내용의 전부 또는 일부를 이용하려면 반드시 저작권자와 대원씨아이㈜의 서면 동의를 받아야 합니다.
- 잘못 만들어진 책은 판매처에서 교환해드립니다.
- 책 가격은 뒤표지에 있습니다.

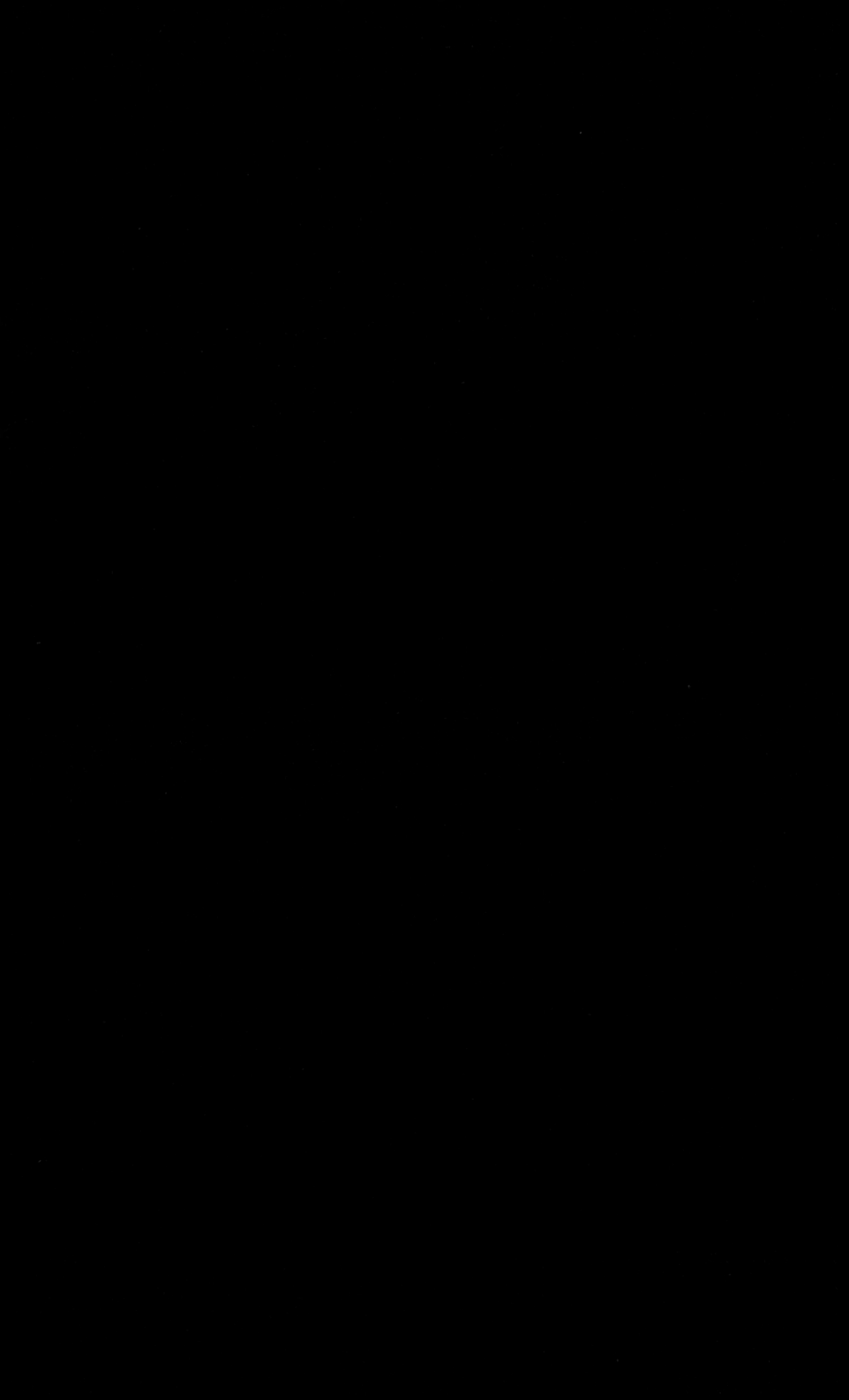